küçük aptalın büyük dünyası

Pucca Günlük

Pucca

'O' kitaplar

Dizüstü Edebiyat - 01

Küçük Aptalın Büyük Dünyası
Pucca Günlük
Pucca

ISBN: 978-605-4054-38-1

X. Baskı: İstanbul, Ekim 2010

Editör: Işıl Karahanoğlu Zaimoğlu
Dizi ve Kapak tasarım: Ebru Demetgül
Kapak fotoğrafı: Ebru Demetgül
Grafik uygulama: Berna Kuleyin Tolga
Film, baskı ve cilt: Matbaa Çözümleri San. ve Dış Tic. Ltd. Şti.
Maltepe Mah. Litros Yolu Sok. Fatih San. Sit. No: 12/102 Topkapı,
Zeytinburnu, İstanbul Tel: (0212) 674 39 80, Faks: (0212) 565 00 61

Fulya Mah. Mehmetçik Cd. Eser Apt. A Blok No: 30 Daire 5-6 Fulya-Şişli-İstanbul
Tel: (0212) 272 20 85 - 86 Faks: (0212) 272 25 32

okuyanus@okuyanus.com.tr
www.okuyanus.com.tr

küçük aptalın büyük dünyası

Pucca Günlük

Pucca

Sana aşkolsun sevgilim, bana aşkın en orospu halini yaşattın

AŞTİ'de, Ankara-İzmir otobüsünün camından, hayatımın dört senesini verdikten sonra karşılığında beni piç gibi ortada bırakan çocuğa el sallıyorum. Hani böyle her insanın takıntı haline getirdiği, ille o olsun, Brad Pitt gelse koluna sümüğümü sürmem dediği aşkı vardır ya, ha işte benimki de buydu. Hep yakışıklı, ilik gibi, zengin, esprili erkeklere baktığım halde, kalkıp dangoz gibi, iki çocuk yemiş de sıçamamış ve o yüzden de kocaman göbekli kalmış, kafasındaki saçların üçte biri döküldüğü halde kalanını jöleye bulamış, hayata dair tek görüşünü Fenerbahçe çerçevesinde oluşturmuş, üstüne üstlük şehla ve de tek kaşlı, bu kaba saba ayı oğlu ayıya âşık oldum.

Şey gibi işte... böyle DKNY'nin vitrinlerine bakıp bakıp iç geçirdikten sonra, kalkıp aynısı pazarda var diyerek 5 TL'ye aldığın penyeler. Kimisi iyi çıkıyor da, bu sefer yanılmıştım.

Camdan ona el sallıyorum, burnumu cama yaslayıp geri zekâlı kız komiklikleri falan yapıyorum... Dört sene boyunca dört bin kez ayrılmıştık ve her ayrılığımızda aynı şeyden şikâyet etmiştim: "İlişkimiz güzel olmadı, bari ayrılığımız güzel olsun." Tabii bunun bir bahane olduğunu söylememe gerek yok sanırım. Ayrılıyorduk, sonra bakıyordum ki aramak için bahanem kalmamış, hoop bu lafı mesaj atıyordum. Sonunda oturduk, mantıklı mantıklı düşündük. Olmayacak bu iş, bari bu kez gerçekten güzel bitsin dedik. Ben İzmir'e dönmeye karar verdim, o ise hayatına devam etmeye... Güzel ayrılık adını verdiğimiz bu salak saçma şeye öyle bir kaptırmıştım ki kendimi, "İnince ara beni" diye işaret yapana kadar kendimdeydim. İşte ondan sonra benim film kopuyor!

Bir ağlamaya başlıyorum ki, Allahım sanki çocuğumu kesiyorlar. Bütün otobüs bana bakıyor fakat umurumda değil. Otobüsün kalkmasına beş on dakika var yok, koşarak aşağıya inip yanına gidiyorum. "Gitmeme izin verme," diye çocuğun boynuna yapışıyorum. O ağlıyor, ben ağlıyorum... Ellerimle yüzünü kavrayıp, gözlerine bakıyorum. O yüzü bir daha hiç göremeyeceğim. Sanki iç organlarımı kesiyorlar, öyle bir acı çekiyorum ki. Öl dese ölecek kadar seviyorum onu.

Kendimi hep onun karısı olarak hayal etmiştim... Bir gün düzelecek ve beni gerçekten sevecekti. Ama olmadı, o hiç düzelmedi ve beni umduğum gibi sevemedi hiç. Şimdi karşımda ağlıyor. Bana, "Gitme, yeniden başlayalım," dese, kendimi biliyorum, gitmem. Ağzının içine bakıyorum o lafı etsin diye. O ise karı gibi ağlıyor. Kimsenin sesini duymuyor, kimsenin yüzünü görmüyorum. Sanki etrafta bir tek o var. Bir son dakika kararı vermek zorundayız. Hani filmlerde olur ya; son saniyede adam "Gitme!" deyince, esas kızla oğlan mutlu mesut bir hayata adım atarlar. Önceki elli milyon kez denemişliğimizden biliyorum ki, bu son kararlar filmlerdeki gibi olmuyor, ama yine de istiyorum ki desin bana: "Gitme PuC-Ca".

Üniversitenin daha birinci senesinde, sınıfa girdiğim anda fark etmiştim bu çocuğu. Tek kaşlıydı falan ama böyle güzel, içten bir gülümseyişi vardı. Sonra nasıl oldu, nasıl bitti anlamadan (sanırım kaşlarının ortasını alınca), biz bununla hop sevişmeler, öpüşmeler derken, ciddi bir ilişkinin içerisinde bulduk kendimizi. İlk üç dört ay her şey gayet sıradandı. Sonra bu çocuğun içine bir öküz kaçtı, bir daha tövbe Allah çıkartamadım o hayvanı.

Dayak mı dersin, kıskançlık mı, küfür mü, çapkınlık mı, ilgisizlikle fazla ilgi arasında dengeleri bozması mı, yani bir ilişkide olmaması gereken ne varsa, bizim ilişkimizde vardı. Ve ben, bildiğin düz, hayvansal bir aşkla bağlıydım bu çocuğa... Gel desin, PuCCa bebenin ayaklarını yıkar; git desin, kapının önünde gel demesini bekler. Böyle ezik bir kız olmuştum. Kafama aldığım darbelerden dolayı dayağa da alışmıştım... Hatta üç gün vurmasa bana, başkası mı var lan diye düşünecek kadar beynimi kullanamaz hale gelmiştim.

Sonra bizim okul bitince, her üniversiteli çiftin başına gelen "ayrı şehirler" durumu başladı. Tabii bu sırada ilişkim piç oldu, her gün kavga dövüş kıyamet Allaaaahhh. Ay kalbim daralıyor hatırladıkça bak. Bir akşam çocuk bana dedi ki, "Uzak mesafe ilişkisi yürümüyor." Aslında ayrılmak istediğini söylemeye çalışıyordu ama ben o salaklıkla bunu, "Kalk gel buraya" diye algılamıştım. O gece sabaha kadar düşündüm. Sonunda, işi her zaman bulabilirim, ama onu asla diyerek, pılımı pırtımı toplayıp Ankara'ya yerleştim. Orada burada iş güç ayarladım, genelde onların evinde yaşayarak bir sene kaplumbağa gibi dolandım durdum. Ardından nişanlandık; benim ailemden kimsenin siklemediği, hacılarınkine benzeyen gümüş yüzüklerimizin takıldığı bir ambiansta gerçekleşti olay.

Yüzüğü ne kadar taktın diye sorarsan, en fazla yedi gün. Zaten o yüzük dört beş defa değişti. Biri balkondan aşağıya atıldı, biri klozette yüzdü, birini kafasına attım, en sonuncusunu ise eline vermiştim.

İlk Ankara'ya gittiğim ve kendime hemen iş bulduğum dönemde bunun işi gücü yoktu. Ağır bir depresyondaydı. Bir dayak yerdim ondan, var yaaa insan evdeki halısını öyle dövmez. "Tamam," dedim, "depresyonda, o yüzden böyle, nasıl olsa düzelecek." Yok ama anacım, düzeleceği yerde daha beter oldu. Ben onun için artık âşık olduğu kız değil de nefret ettiği biri haline geldim. Sonra bu işe girdi falan ve taşakları serer sermez terk etti beni. Kaldım mı orada sap gibi. Ulan ben herif için kalktım, bütün hayatımı değiştirdim, adam daha iş bulduğunun ikinci haftası bana postayı koydu. Anlatamam nasıl acı çektiğimi. Nasıl bir aşksa ulan, hiç kimseyi beğenmiyorum, kimseyi gözüm görmüyor, ille de onu istiyorum. Saplantı haline getirdim adamı, bana dönsün diye evimi bile yaktım yaaa (sonra anlatırım bunu, çok uzun hikâye). Akşamları, "Allahım n'olur ben öleyim, pezevenk de acısından ölsün!" diye dualar ederdim.

Bana dönmesi için yaptığım bu numaralardan birine tav olunca, biz yeniden başladık. Tabii bambaşka bir adam olarak: İlgisiz, umarsız, sikine bile beni takmayan. Eskiden sıçarken bile beni arayıp haber veren adam gitti, yerine başka bir numarası olduğunu bile benden saklayan adam geldi.

Sabrettim, olacak dedim. Bu çocuk benim kaderim, ben bununla evlenmeliyim diye her şeyine olur verdim. Ta ki bir gün aynada göz kenarlarımdaki kaz ayaklarının belirgin olduğunu görünceye kadar. Kendi kendime, "Allahım benim burada ne işim var?" diye sordum. Durumuma şöyle bir baktım: Hayatım sadece bir adama endekslenmiş; ondan başka hiçbir şeyde gözüm yok; geleceğe dair tek planım, onunla evlenmek. Sonunda, "Ben dümdüz bir geri zekâlıymışım ya," dedim ve gitmeye karar verdim. Ankara'ya gelişim gibi bu kararım da ani oldu ve vazgeçmemek için hemen harekete geçtim. Ona söyledim, dünden hazırmış gibi kabul etti ve bir daha başlamamak üzere bitirdik.

Şimdi ise kafam karman çorman. Beni sevmiyorsa, neden ağlıyor? Madem seviyor, neden gitmemi istiyor? Nerede ne hata yaptık da bu haldeyiz? Muavin "Artık kalkıyoruz," deyince, tekrar otobüse binmek zorunda kalıyorum. Yerime oturup, hâlâ belki "Gitme!" der diye camdan bakarak bekliyorum. Ama demiyor.

Ankara'dan uzaklaşırken, çalıştığım televizyon kanalını, evimi, oradaki kedimi, o saplantılı aşkımı, hepsini geride bırakıyorum. Onunla birlikte yaşadığım hiçbir anın güzel olmadığını fark ediyorum. Hiç mutlu olmamışım, ama yine de içimde hâlâ, "Dön dese dönerim," diyen birinin sesi çınlıyor.

Ayrılık dönemleri

İzmir'e evime döndüm dönmesine ama, keşke başka şansım olsaydı da Ankara'da kalsaydım diye düşünüyorum. Şimdi, benim annem ile babam tee seneler evvel olaylı bir şekilde ayrılmışlar. Annemle aramız hiç iyi değil. Babamla yaşıyoruz, üç kardeşiz. İki yaş küçük bir kız kardeşim ile dört yaş küçük bir erkek kardeşim var. Kız kardeşim benim en yakın arkadaşım. Hiçbir şey konuşmadan anlaşabildiğim tek insan. Dönerken de tek avuntum oydu. En azından o var, bana destek verir diye düşünmüştüm.

O kadar sene evden uzak kaldıktan sonra, döndüğüm yerin aynı olmadığını fark etmem bir günümü aldı sadece. Ertesi sabah, babam başımın dibinde, "Ee ne zaman çalışacaksın? Şımarıksın işte! Ne istersen yaptık, ama çalışman lazım. Kalk git İstanbul'a bence. Burada bir tane televizyon kanalı var, onda da sana ekmek çıkmaz. Burada durman saçma," diye söylenmeye başladı. Daha geleli bir gün olmadan, beynimi yedi yedi yedi adam. Zaten ağır bir travma yaşıyorum, ulan koskoca saplantılı bir aşkı bitirmişim. Tabii adama böyle diyemem, ama hani bir anla beni herif! Bir rahat bırak! Odamda liseliler gibi Sezen Aksu falan dinleyeyim.

İlk günlerimi babamın bu sözlerini işitmekle geçirdim. Sonra çocuğu çok özlemeye başladım. Odadan dışarı çıkmamaya, habire yemek yemeye, hatta yemek yiyerek kendimi öldürmeye çalıştım. Ankara'dan dönerken kırk sekiz kiloydum. Hoop üç haftada oldum elli üç. Ayrılık aşamalarını önceki ilişkilerimden de detaylıca bildiğim için, şu an bir Yıldız Tilbe sendromu yaşadığımın farkındayım. Ayrıca bu durumu acayip uzattığımın ve en kısa zamanda çıkmam gerektiğinin de farkındayım.

Ayrılık aşamalarına gelirsek:

YILDIZ TİLBE SENDROMU:

İlk olayımız budur. Ayrıldığınız şahıstan başka kimseyle yiyişmek istemezsiniz. Robbie Williams gelse sikmişim taşşaklarını dersiniz. Ha bire ara beni, gel bana, sev beni, aşkımsın tarzı şeyler beyninizden geçer. Göz sürekli telefondadır. Önce telefonu kapatırsınız, on dakika sonra hemen geri açarsınız. Ardından, "Ararsa asla açmıcam, aslaaaa," dersiniz. On dakika sonra, "Ararsa çok soğuk konuşacam," dersiniz. On dakika sonra, "Aradığında sen açsana Canan yaaa, 'Yok' de benim için," dersiniz. On dakika sonra, "Arasa, ah bi arasa," dersiniz. Bunun sonunda ise, el telefonda, göz tavanda, fonda bayık müzikler eşliğinde, "Allahım arasın beniii" diye dua ederken bulursunuz kendinizi.

Bu arada, er kişi sürekli takip edilir. Sanki bir günde birini bulacakmış gibi. Eğer hâlâ silinmediyse, Facebook'tan en az yirmi beş kez sayfasına tıklanır. Kişisel iletiler hep damardır: "Canım yanıyor!", "yarısı senin, yarısı ihanetinin bekçisi", "kıymet bilene gelsin bu şarkı!" gibi.

Kapıcı çocuğunun bile beyni sikilir. Dünyadaki tek sorun onun ayrılığıdır. İşin garibi, başkalarının da bu durumunu umursamalarını bekler. Dünyaya on beş dakika sonra göktaşı düşecek desen, "Yaa benim derdim başımdan aşkın, sen ne diyosun?" diyerek terslemeye müsait bir yapıları vardır. Sadece sevgilisini anlatabileceği arkadaşlarıyla konuşur, diğerlerini de bir kalemde siler. Dışarı çıkmaz, kendini eve kapayıp ağlarr ağlarr ağlarr. Kadınlar en büyük pişmanlıkları, "keşke"leri bu dönemde yaşar. Zaten bir kadın pişman olmuşsa yaptığından, işin en başında döner. Yok dönmediyse eğer, daha beklemenin âlemi yoktur. O karı hayatta dönmez.

DEMET AKALIN SENDROMU:

En sevdiğim sendromdur. Bu dönem, bir önceki hareketlerini takiben, tek bir mesaj veya arama bile olmayınca başlar. Hemen hanım kızımız silkelenip kendine gelir. Selam veren her erkeğin ona asıldığını düşünür. Eski sevgilileriyle fingirdeşme durumları olur. Dışarı çıkmaya başlar. İletileri değişir: "Mutluyum!". En önemlisi de, birileriyle flört aşamasına geçer. Ha bire sataşmalar başlar. Örneğin, "Ya-a Batuhan yaaaaa" falan gibi, bize Batuhan diye birinin varlığını belli edecek iletiler yazar. "Hacı naaptın eski sevgiliyi?" diye sorulduğunda, "Amaan ya boşver onu, biz önümüzdeki maçlara bakalım," der. Bu dönemde içilir, sıçılır, gezilir, biraz rahatsa sevişilir. "Hayat onsuz güzel, herkes bana eş, herkes bana değer" dönemine geçilir. Duruma en çok uyan şarkı ise, "Yüzünü bile görmek istemiyorum, yoluma çıkmasan iyi edersin. Sözlerim sana ağır mı geldi? Kalbini mi kırdım? Affedersin" olur. Sanki kaltak o kadar acı çekmemiş, herifi kendi bırakmıştır da adam peşinde pervane oluyordur.

ORHAN GENCEBAY SENDROMU:

Bu laylaylom faslında bile aramayan er kişi, hanım kızımızın bünyesinin içine sıçar. Bir anda çöker. Kendini çirkin, işe yaramaz bulur. "Kimse beni sevmiyor", "herkes kötü, ben iyi", "elimde sadece temiz yüreğim ve sevaplarım var" gibi modlara geçer. "Beni de Allah yarattı ulan," diye isyanlara başlar. Ajitasyonun Allah'ı bu dönemde gerçekleşir: "Benim tek sorunum herkesi kendim gibi sanmam", "İnsanları tanıyorum yavaş yavaş", "Sadece susuyorum", "İnsanlar neden bu kadar kötü, kalbim acıyor" gibi cümlelerle hayatına yön verir.

Milletin işi gücü yokmuş gibi, "Hahaha saf bir kız bulduk, hadi onla dalga geçip iyi niyetini suiistimal edelim," diye düşündüğünü sanır. Sanki bir önceki dönemde, "Koymuşum minareyi götüne..." diyen kendisi değilmiş gibi, dünya omuzlarını ezmiş modunda, etrafta ağlak ağlak dolanır. Hayatındaki diğer sorunları bu dönemde fark eder: "Zaten işim gücüm yok", "Annemle hep kavga ediyoruz", "Hastir sivilcem çıkmış" gibi.

SERDAR ORTAÇ SENDROMU:

Bu iyice kızın beyninin mal olduğu sendromdur. Kafa bir Demet Akalın'a gider, bir Orhan Gencebay'a. Serdar Ortaç şarkıları gibi ne anlatmaya çalıştığını anlamazsın. Mesela adamın şarkısının başı, "Âşığım sana ulan! Ölüyorum kahpe!" diye başlar. Ortasına doğru, meğer kardeşini seviyormuş, onu anlatmaya çalışmış diye düşünürsün. Ortasında, lan evlilermiş, sonra kadın bunu aldatmış ve başka memlekete gitmiş diye olayı çözdüğünü zannedersin. Şarkı devam ettikçe, aldatan meğer Serdar'mış ve sikinde bile değilmiş, üç sevgilisi bile varmış dersin. Anam bir anda dünya barışıyla ilgili bir mesaj, hoop sonunda haydi kızlar plaja.

Kadının ruh hali de böyle değişir. Sabah kalkar, "Çok seviyorummmm böhüüü!" diye ağlar. Öğlene doğru, "Ben eski sevgilimi daha çok seviyorum aslında, unutamadığım o," diye söylenir. Öğlen, "Ya aslında ona karşı hissettiğim sevgi değil, elde edememe, sahip olamama duygusu," der. Akşamüstü, "Karşı komşu da ne yakışıklı lan!" diye düşünür. Akşam ise, "Artık kimseyi sevmeyeceğim, atkı öreyim bari," diye noktalar durumu.

İLHAN ŞEŞEN SENDROMU:

Artık heriften umudu kesmişsindir. "Ulan bari bir selam ver de dost olalım" diye içinden geçirirsin. Bazı şeyler için geç kalındığının farkına varırsın. Dönse bile, bilirsin, eskisi gibi olmayacak hiçbir şey. Düne kadar ağladığın anılar, bu dönemde gülümsetir seni. Şarkılarda ciğerini parçalayarak ağlamak gelmez içinden, sadece dalarsın öyle. Mutlaka başka biri daha vardır bu dönemde, kıyaslarsın sürekli ikisini. Kafanda biriktirdiğin konuşmalar, bu dönemde "soft"laşır. "Şu köşeden çıksa şimdi, suratına bakmayacağım," dediğin anlar geçmişte kalmıştır. Canını acıtan şeyler artık koymamaya başlar. Nefes almaya başladığını fark edersin... Böylelikle bir aşkın daha sonuna gelmişsindir.

Tüy yolma operasyonu

Tam bir buçuk ay geçti. Bu bir buçuk ay boyunca evden dışarıya çıkmadım. Gece yatmaz, sabah kalkmaz bir kız oldum. Bakkala bile gitmedim lan! Tek yaptığım hayvanlar gibi yemek yemek, ağlamak, Google'da eski sevgilimin ismini sürekli aramak oldu.

Bu bir buçuk ay boyunca, beni bir defa bile aramadı. Başta ben de aramadım, ama sonra dayanamayıp telefonda "Kum gibi" şarkısını dinlettim ona. Ayy biliyorum kekoyum, ama n'apim? Dinletirken mantıklı geldi. O şarkıyı dinleyip, "Aa-a evet biz tavşanlar gibi sevişirdik seninle, ayy hadi yeniden başlayalım, bu kez ben düzelcem" diyeceğini düşündüm. Tabii öyle bir şey olmadı. "PuCCa artık kendi hayatına bak lütfen, böyle beni de kendini de zorluyorsun. Bunu bize yapma!" dedi amcık suratlı. Bu götünün kalkıklığına da deli oluyorum. Kesin birini buldu pezevenk. Böyle beni terslediği zaman, keşke ölse de en azından cesedine ağlasam diye düşünüyorum.

Sanırım bana koyan soru, "Neden istediği ben değilim?" Yani, Sibel Can gibi karıyım, gözlerim renkli en azından. Öyle sağımda solumda dolanan mal mal tipler de var. Komik bir kızım, eğlenceliyim. Bir kere sadığım, birini sevdiğim zaman Terrier cinsi köpek gibi oluyorum... Ve ben bu herife dört senemi verdim de neden beni hayatının geri kalanında istemedi. Kim bilir hangi orospularla gezip tozuyor! Benim ne eksiğim var lan? Hayatta istediği her şeyi elde etmiş bir kızım. Ama bu herifin bana köpek çekmesi, beni daha da mı cezbediyor ne?

Sabah ezanıyla yattığım için akşamüstü uyandım. Battaniyenin altından çıkan bacaklarıma bir baktım ki, anammm Mahsun Kırmızıgül gibi olmuşum. O tüyler, daha doğrusu kıllar, bir buçuk ayda nasıl o hale gelmiş! Kalktım, kendime kahve yapmak için mutfağa doğru ilerlerken, aynaya gözüm çarptı. Tabii hiç sokağa çıkmadığımdan kendimi sadece bilgisayar monitörünün karanlığında görüyordum. Açıkçası kendime bakmak içimden gelmiyordu. Şimdi şöyle bir aynaya bakınca, bildiğin Kaptan Mağara Adamı gibi bişi olduğumu gördüm. Saçlarım kabarmış, bıyıklar almış başını gitmiş, kaşlar desen öyle, gözlerimin altı mosmor, cildim mayın tarlası gibi, yanlarım fırtlamış, götüm cartlamış... Ayyy bokum gibi bişi olmuşum.

"Yok," dedim, "bu böyle olmayacak. Elin mandavalı yüzünden kendimi mundar edecem bu evde." Aşağı mahalledeki kuaföre gitmeye karar verdim. Günlerdir evden çıkmamışım ya, böyle biraz yürüdüm, nasıl oldu, ne oldu anlamadım ama bir anda bir kan kokusu geldi burnuma ve hop ben yerde iki seksen. Gözümü açınca ilk aklımdan geçen bacaklarımın durumu oldu. İnsanları görüyordum, sanki bana kahkaha atıyorlardı, hepsi gülüyor gibiydi. Allah kahretsin kıllı bacaklarımı gördüler. "Gülmeyin abilerim ablalarım," demek için ağzımı açtım ama konuşamıyordum. Nasıl kahkaha sesleri geliyordu. Sonra bir açtım gözümü, kafam bir adamın dizine yaslanmıştı. Bacaklarıma doğru uzanıp onları örtmek istedim, ama hiç halim yoktu. Adama ilk sorduğum soru, "Eşofmanım altımda mı?" olmuş. Acil'de daha bir kendime geldim. Eşofmanım altımda, çorabım da dizime kadar çekikti. Yani kıllar huzurlu ve güvendeydi. Niye bu kadar taktığımı anlamamıştım. Telefonum, param falan hiç aklıma gelmemişti de bacaklarımı görecekler diye sıçmıştım. Herhalde kafama aldığım darbe yüzünden de uğultuları kahkaha diye duymuştum. Hem bayılmış bir kızın bacaklarına kıllı diye kim güler? Gülmeyin ağdasızsa, yazık o da bir can, bir derdi var ki ondan almamış belli.

Serum verdiler. Zaten Acil'e kolum kesik diye git, dayıyorlar serumu. Sonra oluyorum ben at gibi. Bir de benim hiç bilgim yoktur bu hastane kültürüyle ilgili. Öyle insanlar biliyorum ki, emekli sandığından olan kişinin yatak çarşafı nasıl olur onu bile biliyor cinsler. Gene böyle bir defa bayılmıştım, dediler ki "Emar çektirmen lazım". Bana verdiler günü yedi ay sonraya. Yedi ay sonra gittim, ciddiyim bak. Ankara'da Dışkapı'daki SSK var ya oraya işte. Sıra bana gelince karı dedi ki, "Cihaz bozuldu. Biz sana kâğıt vereceğiz, istediğin özel hastaneden git çektir." Madem cihaz bozuktu, iki saattir ne kuyrukta beklettin beni? Hepsini bırak, madem istediğim yere gidiyordum, yedi ay önce niye vermedin bu kâğıdı bana? Neyse, hastanenin dört bir yanına dağılmış mekânlara gittim imzalattım o kâğıdı. Anam ağladı yani bu iş için. İşkence yaa, valla ağız tadıyla hasta bile olamıyorsun. Paso imzalattırıyorsun her bir şeyi. Ve ben bu memlekette neden insanların, "Geç kalınmış. Daha erken olsaydı yaşardı..." lafını duyduklarını orada anladım. Diyelim kansersin, Emar'ını çekmek için sana veriyorlar yedi ay sonraya bir gün. Bir de benim gibi dünya sikine minareyse, geliyorsun yedi ay sonra ve vay efendim geç kalınmış, büyümüş burnundan çıkacakmış tümor bik bik. Bir de hasta yakınlarını suçluyorlar, geç kalınmış diye. Hastane zamanında müdahale etti yani. Onlar mükemmel, ama bizim halk cahil olduğu için geç kalınmış. Valla son dakikalarımı yaşayacak pozisyona gelirsem, Türk hekimi, hastanesi istemem. Verin parayı, kaldırın bana uçak. Scrubs'ın hastanesine götürün, oradaki doktorlara emanet edin beni. Son dakikalarımı Dr. Cox'la geçirip mutlu mesut ölürüm. Bir de çiftleşirsek onlardan biriyle, ki bu Turk olabilir, çok tatlı puşt... Bir de üzerine afiyet zenci olursa çocuğumuz, ohhh ben cennete gitmeyeyim de kim gitsin? Zaten daha ömrü hayatımda bir tane yakışıklı doktor görmedim, hepsi E.T gibi. İlginç olan ise, kadın doktorların hepsi taş. Erkekler akraba evliliği ürünü sanki. Doktor olmuşsun ama hacı, sıçana benziyorsun. Ne bu havalar tavalar demek isterim hatta. "Doktor koca" hayaliyle yanıp tutuşan kızları anlamak çok zor. Zaten bir onları anlamıyorum, bir de üniforma için deliren hatunları. Asker, polis, Tansaş güvenlik görevlisi, ölüp bitiyorlar bunlar için. Bunların arabaya önem veren kızlarla hiçbir farklarının olmadığını düşünüyorum.

Neyse sonra kalktım geldim hastaneden ama bir daha kuaföre gidemedim. Kardeşimle beraber, tam beş saat, neyim var neyim yoksa, ağda bantlarıyla cak cak cak aldık. Bu akşam kuş gibi yatarım, iki kilo kıl döktüm, insana benzedim yeminle.

Mazi kalbimde bir yaradır

Tüylerimle beraber bütün geçmişimi de ağda bantlarında bıraktım. Bir şehri sevdiren aşktır ya hani, işte bu aşk nefret etmeye de yarıyor bazen. İzmir'den nefret etmeme sebep olan çocukluk aşkım dingilin tekiydi, ama onun uğruna da yemediğim bok kalmamıştı. Biz bununla aynı apartmandaydık. Aslında çok yakın arkadaştık, ama ben buna nasıl âşıktım nasıllll. Lise 2 miydi neydi, resmî olarak evet biz çıkıyoruz "start"ını almıştık. Bana "Fasulyem" derdi. Allah'ın salağı, kendini Kurt Cobain zannediyordu. Klasik gitarıyla "Düş Sokağı Sakinleri"nin şarkılarını çalıyordu. Yağlı saçları omuzlarına dökülür, ortadan ikiye ayrılırdı. Kaptan mağara adamı gibi bütün sıfatını kapardı o saçları. Bebek gibi güzel bir yüzü vardı. Gözleri elaydı, içerisinde yeşil çakıl taşları gibi parçalar vardı. Dişleri çok güzeldi, güldüğü zaman bütün yağlarım erir giderdi. Kotu yırtık pırtıktı. Parası da vardı aslında, ama eline geçeni uyuşturucuya yatırırdı. Her zaman takıldığımız bir yer vardı, orada sabahlardık. Sessiz sinema oynardık, ta ki o sızana kadar. Ben çok içmezdim o zamanlar. Hatta hiç içmezdim. Zaten ayık halim sarhoş gibiydi. Elini yanaklarıma götürüp, "I'm so excited. I can't wait to meet you there. And I don't care. I'm so horny. But that's ok. My will is good" şarkısını mırıldanırdı. Hâlâ ne zaman bu şarkıyı duysam, tüylerim diken diken olur. Arkadaşlarımdan hiç kimse onu sevmezdi, hatta nefret ederlerdi. "Bu bitlinin teki, PuCCa kendine gel, bu oğlan pisliğin teki, uyuşturucu parası için seni bile satar bu, iğrenç biri bu," gibi şeyler söylerlerdi. Ben biraz daha hanım hanımcık kalırdım yanında. Zaten Korn başımı çok ağrıtıyordu. Evde gizli gizli Sezen Aksu dinlerdim.

Zat-ı muhterem uyuşturucu kullanıyordu, o yüzden onun cehenneme gideceğini zannediyordum. Her gün ağlıyordum, "O cehenneme gidecek, ben cennette n'apcam onsuz!" diye. Önceleri sessiz bir çığlık olan ağlamalarımı, sonunda çocuğa da belli etmiştim. Salya sümük yanına gidip, "Sen şimdi o zıkkımı kullanıyorsun diye Allah seni yakacak. Ben de iyi kalpliyim, cennete gideceğim. Ama senden ayrılmak istemiyorum," diye böğrüme vura vura ağlamıştım.

Sonra bizim akıllı bıdığın aklına bir şey geldi: "Ben cennete gidemem, ama sen benim için gel cehenneme, yanımda olduğunda ateş vız gelir bana. Hayat boş zaten, bak artık damardan da çekiyorum, en fazla üç yılım kaldı şu hayatta. Seni de bu pis dünyada yalnız bırakamam, gel birlikte intihar edelim!!!" Hiç düşünmedim, bir saniye bile "Ayyyy tamam o zaman," diye gittik bunların evine intihar etmeye. Ben havalarda uçuyordum. "El ele kol kola ölmeye gidiyoruz, bütün gazeteler benden bahsedecek heyoo" falan modundaydım. Gömleğimin altında da anarşinin simgesi olan A harfli bir atlet vardı, ortama uysun diye gözlerimi de iyice siyaha boyamıştım. O dönemde satanistlik mevzuları revaçtaydı; kolyeler, bileklikler, bir de yarısı yenmiş siyah ojelerim vardı. Ohh be bir taşla iki kuş diye düşünüyordum: Hem öldükten sonra herkes benden bahsedecek, hem de aşkımla birlikte ebedi mutluluğa ulaşacağız. "Hadi," dedim, "getir hapları, çok heyecanlandım ben." Yaklaştı yanıma, tuttu boynumdan kulağıma doğru, "Önce dünyadaki en büyük zevki tadalım," dedi. Hemen çaktım davayı ve azıcık kaçtım geriye. Ben kaçtıkça, o soyunmam için diretiyordu. Ben önce ilaçları içmek istiyordum. O ise, "Çok yoruluruz o zaman, önce yapalım, sonra içelim," diye karşılık veriyordu. Artık çocukcaaz ne düşündüyse, yorulacağız falan, ben iyice tırstım. "Ben yapmayacağım, sen git şu köşede dünyanın zevkini eline al. Ama kusura bakma, otopsi raporumda önce şey edilmiş derlerse, babam kızar bana," dedim. Çocuk tabii sinirlendi: "Ölmüş gitmişsin kızım, baban bir şey demez, hadi gel sen." Allahım, takmış kafaya sikecek beni. Bir sinirlendim beni kandırmasına. Bir de karar vermiştik, evlenince o işi yapacağız diye, böyle söz vermiştik birbirimize. Oysa salağı öyle seviyordum ki, kalk gel yiyişelim dese yapardım ha! Salak yerine konduğumu fark edince, şalter attı bende. Bu çocuk beni kandırıyor dedim. Yiyişip atacak diye, çektim kapıyı çıktım gittim. Nasıl sinirliydim ama, yetmedi sadece çıkıp gitmek. İkinci katta oturuyorlardı, elime aldığım gibi taşı attım bunların camına. Tüm mahalle gördü, ama umurumda bile değildi. Bildiğin çingene gibiydim. Bu çıktı pencereye, ben bir daha taş attım, değmedi. Bu da indi beni kovalamaya başladı. Babaannemlere kaçıp saklandım. Sonra yine sinirim geçmeyince, gidip annesine babasına uyuşturucu kullandığını söyledim. Bendeki de ayrı bir mallık. Çocukla ölmeyi kabul ediyordum, ama halvet olmaya gelince cıkss olmaz diye kaçıyordum. Gençtik tabii o zamanlar...

Biz bununla o ara bir ayrıldık. Sonra dayanamadık yeniden birleştik. Öyle böyle, bu bizim mahalledeki bütün karılarla yattı kalktı. Akşam benden bir bahane bulup ayrılıyordu, iki gün ortada görmüyordum, sonra bir duyuyordum ki bilmem kimin koynundaymış. "Ama tatlım seninle ayrılmıştık, çok acı çekiyordum, karı beni kandırdı... PuCCa, bak fasulyem, belli ihtiyaçlarım var benim... bunları karşılamam lazım... onlar sadece et benim için... ama sen öyle misin? Sana âşık olduğum için dokunmuyorum ben..." gibi şeyler söyleyince, bir şey diyemiyordum.

Derken lise bitti. Üniversiteye ilk giriş amacım konservatuvarda okumaktı. "Ya konservatuvar olacak ya hiçbir şey!" diyordum. İlk sene, bir defa bile deneme sınavına girmeden ÖSS/ÖYS'ye girdim. Benim zekâm biraz garip. Yani, zeki bir kız olarak görmedim hiç kendimi. Lise boyunca hep ilk dönem dokuz zayıfım olurdu, ikinci dönem teşekkür alırdım. Hayatımda hiç ödev yapmadım, defter tutmadım... Çarpım tablosunu beşlerden sonra hâlâ ezberleyemiyorum, ama tiyatro metinlerini bir defa okumam yeter. Matematiğim çok zayıf olduğu halde, o havuz problemlerini, yaş problemlerini kâğıt kalem olmadan kafamdan çözebiliyorum.

Öyle boş beleş girdiğim sınavdan, Tarih ve Coğrafya bölümlerini tutturacak puanı aldım ama umurumda bile değildi. Kalktım gittim Mimar Sinan'ın sınavına girmeye. Kendime nasıl güveniyordum anlatamam. Herkes kazanacağım gözüyle bakıyordu bana. Bendeki oyunculuk yeteneği hiç kimsede yoktu ne de olsa. Haldun Dormen falan bok yemişti benim yanımda, öyle bir göt kalkıklığı vardı bende. Kazanmama gibi bir ihtimalim bile yoktu. Hedefim belliydi, Mimar Sinan'dan sonra yurt dışında oyunculuk eğitimi alıp, kendimi orada ispatlayacaktım. Türkiye'de falan kendimi harcayamazdım. Girdim sınava, sonuçlar bir geldi, yedeklere bile almamıştı puştlar beni.

Bütün kendime güvenim bitti. Ben hiçbir şeydim, zavallıydım, oyunculuk yoktu bende. Bir sene kendime gelemedim. O sene dershaneye gittim, daha doğrusu gitmedim. Paso bu bebeyle takılmaya başladım. Sahilde ot içerdi, gitarıyla şarkı söylerdi. Ben de boyoz alıp yanına gider, hayran hayran onu izlerdim. O da sınavlara hazırlanıyordu. Bir de beni kandırmıştı salak, kokain içip ders çalıştığında her şey kafasına daha çok giriyor diye.

O sene ben bayağı iyi bir puan aldım. Bu, barajı bile geçemedi. "Sen üniversiteye gidersen, bu ilişki biter. Bu yılki dershane paralarımızı alalım, sırt çantalarımızı takıp dünyayı dolaşalım. Bu kurulu düzenin bir parçası olmayalım. Bizi de koyun yapmalarına izin vermeyelim. Ben gittiğimiz ülkelerde şarkı söylerim, seni asla aç bırakmam. Ya benimle gel ya da bu emperyalist düzenin sefil koyunlarından biri ol," dedi.

Ben hiç düşünmeden, "Evet bebeğimmm, seninle dünya turuna çıkacağım," diyerek gitmedim üniversiteye. Zaten ne okumak istediğimi de bilmiyordum. Yani Tarih okuyup, ne olacaktım ki? İçimde hâlâ oyuncu olma isteği vardı, ama küsmüştüm işte, onu da olamazdım. O yaz planımızı yaptık: Eylülde evden kaçıp gidecektik. O annesinin altınlarını çalacaktı, ben de dershaneye yeniden yazılıyorum diye babamın parasını alacaktım. Sonra bütün dünya bizimdi!

...

Kaçma planımızdan sadece kankamın haberi vardı. Beni yolumdan döndürmek için canla başla çalıştı. Ama yok, aşktan resmen gözüm dönmüştü benim. Ağustos sonlarına doğru, kaçış zamanı yaklaştıkça, kankam beni ikna edemeyeceğini anlayıp çocuğu ikna etme çabalarına başlamıştı. Sürekli onunla konuşmaya gidiyordu; yapmayın, etmeyin falan diye.

Bir gün bu kız, öğlen sıcağı daha tepedeyken, zil zurna sarhoş bizim eve geldi. Eve o halde giderse, annesinin ebesini sikeceğini biliyordu. Kahve yaptım, ayıltmaya çalıştım. Sonra bu ağlayarak konuşmaya başladı: "PuCCa, ben seninkiyle yattım... Nasıl oldu bilmiyorum ama oldu işte..."

O anda beynimden vuruldum. Hemen aklıma, ikisi de sarhoştu, demek ki yeni yapmışlar gibi düşünceler geldi. Sonra bin tane şey geçti kafamdan: İlk nasıl başladı? Neden başladı? Neden yani, buna mı âşık oldu? Nasıl âşık oldu? Neden, neden, yani neden ki? Değil seviştiklerini veya birbirlerine baktıklarını, arkamdan konuştuklarını bile düşününce sinirleniyordum. Demek ki hoşlanmıştı bu kızdan.

"Geçen hafta sizden çıktıktan sonra, seni götürmesin diye onunla konuşmaya gitmiştim... Kafası güzeldi, nasıl oldu bilmiyorum... Sonra bütün hafta boyunca her gün devam etti..." diye anlatmayı sürdürdü.

Bir hafta düzüşmüşlerdi!!! Tam bir hafta, karı her gün kalkmış gitmiş bunlara, vur babam tamburun tellerine. Tam bir hafta boyunca götleriyle gülmüşlerdi bana. En kötüsü sanırım aptal yerine konmaktı. Hiçbir şey demedim. Ayıltmak için uğraştım kızı, sonra da evine gitti. Bir ay evden dışarı çıkmadım. Bu gibi durumlarda kilitliyorum ben kendimi. Çocukken de böyleydim; başıma kötü bir şey gelince, kendimi cezalandırırdım. Çok acı çektim. Hiç uyuyamıyordum, aklıma hep nasıl yiyiştikleri geliyordu. Her gün umarım bu bir kâbustur diye uyanıyordum. Ama değildi maalesef. Baktım bunu atlatamayacağım, intihar ettim, üstelik vitamin haplarıyla. Ne yapayım yani, evde sadece o haplardan vardı. Sonra pişman oldum, şekerli su içtim. Allah seviyormuş demek beni ki bir bok olmadı. Çok ağladım, sesim yeri göğü inletecek kadar bönüre bönüre ağladım. Hayat benim için bitmişti. Önce oyunculuk hayallerim yıkılmıştı, sonra sevdiğim adam gitmişti. Bende olan neyi var neyi yoksa balkondan aşağı attım. Hiç kimseyle tek kelime konuşmadım. Yüzünü bile görmek istemiyordum, ne onun ne de o orospu arkadaşımın. Kendimi çirkin, uğursuz, sevilmeye layık olmayan biri olarak görmeye başlamıştım. Son bir sene boyunca ona ne kadar çok güvenmiştim. Ailem beni sevmiyordu; sevdiğim çocuk bir ucube olduğu halde, o bile beni sevmiyordu. Artık hiç kimsem kalmamıştı. Sürekli uyuyordum. Telefonumu parçalayıp atmıştım. Dişlerimi bile fırçalamıyordum. Evde oturup sadece yemek yiyordum.

Ek kontenjanla bir yeri kazanıp, hemen gittim İzmir'den. Ancak bu şekilde kurtulacağımı düşündüm o aşktan. Kurtuldum da. Sadece aldığım kiloları vermekte biraz zorlandım... Sonra bu çocuk evlenip gitti Kanada'ya. Hiç bırakmadı peşimi ama. Hatta düğün günü bile aradı beni. O evlendiği gün, ben de gittim başkasıyla çıkmaya başladım. Sırf inat uğruna, şaşı ve göbekli kıronun biriyle birlikte oldum. O da Ankara'daki bebe işte. Hani tam tersi olsun diye... Sonra o kıro da ağzıma yüzüme sıçtı, ayrı bir mevzu. Sonra boşandı bu, bir tane kızı oldu. Burada mı değil mi hiç bilmiyorum, ama herife karşı hiç kin yok içimde. Zaman gerçekten her şeyi unutturuyor.

Bir kahramana ihtiyacım var

Babam artık çalışmam konusunda iyice beynimi sikiyor. İş miş aramadığım halde, ezberlediğim lafı söyleyip duruyorum: "İş yok baba İzmir'de, bu iş yapılmıyoo ya n'apim ha n'apim??? Başvurduğum hiçbir yerden cevap gelmedi." Oysa daha hiçbir yere başvurmadım, hatta kalkıp burada hangi kanallar varmış hele bir bakayım bile demedim. Fakat sonra eski arkadaşlarımdan hiçbirinin İzmir'de kalmadığını görünce, en azından yeni bir iş biraz kendime gelmemi sağlayabilir diye düşündüm. Bu gidiş iyi değildi çünkü. En önemlisi de, o geri zekâlı bebe hayatını yaşarken, ben burada kendimi eve kapatıyordum ki, bu hiç hoş değildi!

İlk iş olarak, kariyer.net'i, İzmir basın ilanlarını tarayayım dedim şöyle bir. Tabii İzmir'de basın demek, elli yaş üstü heriflerin parsellediği alan demek olduğu için öyle bir ilan yoktu. Baktım olmayacak, ben de eski haber müdürüme iş arıyorum falan filan diye mesaj attım. O da bana hemen, "Kalk git şuraya selamımı söyle," dedi. Gittim televizyon kanalına, bizim herifin selamını söylemeye. Tabii bundan önce çalıştığım kanallara göre hayli küçük bir kanaldı. Adam bana, "Biz seni sonra ararız," diye cevap verince, "Ayy burada hayatta çalışmam," dedim. Sonra tam çıkış kapısına doğru giderken, bir çocuk gördüm. Allahım sana geliyorum diye beynimde çanlar çalmaya başladı. O sırada hayat durmuştu, sadece o slow-motion'da yürüyordu. Çocuk o kadar güzeldi ki, gördüğüm en yakışıklı bebe diyebilirdim onun için. Kaş, göz, dudaklar, fizik... Allahım, sanırım sokağa o kadar süre çıkmayınca abazanlaştım. Gördüğüm ilk taşaklıya vuruldum. Kendine gel kızım, salyalarını sil diyerek pıtır pıtır dışarıya çıktım.

Akşam eve gelince, çocuğu kafamdan çıkartamadım bir türlü. Gözlerimi kapatıp çocuğu düşünüyordum. Hayır, sadece onu düşünsem iyi, onunla beraber yapacağım çocukları bile düşünüyordum. Baktım olacak gibi değil, kalktım o kanalın Facebook sayfasına girdim, hani çalışanları orada eklemişlerdir belki diye. Tek tek hepsini inceledim ama maalesef onu bulamadım. Yalnız kendimce bir şeye sevindim: Nicedir bir Allah'ın kulundan hoşlanmamıştım. Bu çocuk için böyle hop güm pat attıysa yüreciğim, demek ki ben diğer salağı kolayca unutabilecektim.

Ertesi gün oldu, "Biz sizi arayacağız," diyen adam aramadı. Bütün günü, elim telefonda, "Allahım n'olur arasın 'Gel bizde başla' desin, sonra bu çocukla biz tanışalım, evlenelim, tenimiz uysun, maaşı iyi olsun, hemen çocuk yapalım, düğün fotolarımı eski manitama yollayayım, ne olur Allahım, lütfen Allahım, gözünün yağını yiyim Allahım, yap bana bi kıyak" diye dua ederek geçirdim. Hiç kimse aramadı.

Aradan iki gün geçti, ne arayan vardı ne soran. Baktım olmayacak, adamı ben aradım. Telefonuma cevap vermedi. Ama ben o çocuğu kafaya takmıştım, onu almalıydım, bir şekilde olmalıydı bu iş. Kalktım gittim kanala, adamla yüz yüze konuşmaya. Ayy sanki BBC, Allah'ın osuruktan TV kanalı işte, nasıl afra tafra. Yok randevu almamışım, yok bilmem ne yapmamışım, yani görüştürmeyecekler adamla beni. Ben ise ille de orada çalışacağım diye götümü yırtıyordum. Bu zahmete stajım için bile katlanmamıştım. Bekledim adamı, toplantıda mıymış neymiş; bir taraftan da çocuğu aradım. Tuvalete gidiyorum ayağına, bütün katlardakilere girdim çıktım. Karşılaşsak ne diyeceğimi de bilmiyordum ama en azından birimini öğrenmek istiyordum. Bebe hiçbir birimde yoktu; teknikte yoktu, haberde yoktu, programda yoktu. Pizzacı mıydı neydi bu salak. Belki o kanalda bile çalışmıyordu. Adını bile bilmiyordum lan. Bir yandan da kendimden korkuyordum, sapık mıyım neyim diye. Ama valla Ankara'daki çocuktan sonra birini beğenmek benim için büyük bir adımdı ve bu adımı koşarak devam ettirmek istiyordum sadece. Çocuğu bulamadım ve kanalın içinde öyle dolanmak dikkat çekecek diye gittim adamı beklemeye başladım. Adam geldi, konuştuk falan. Ayy beni bir görün. Resmen işe alın, almazsanız evdeki üç çocuğum aç kalacak, sütten kesileceğim tarzı yalvarıyordum.

Nerdeyse eski maaşımın yarısını alacak şekilde anlaştık. Pazartesi günü işe başlıyorum. Eğer bu çocuk o kanalda yoksa ve oraya sadece öylesine gelmiş biriyse, en fazla bir hafta çalışır, sonra evime döner depresyonuma devam ederim. Çünkü bana verecekleri maaş, manikürcünün aldığından daha az. Ve yemin ederim, otobüs parasını içinden çıkarttığımda, maaşın kalanıyla ancak kendime üç beş kıyafet alırım. Hayır babamı da biliyorum; bana ne para verir, ne pul. Bu, yoksulluk seviyesinin altında bir yaşam süreceğim demektir. Bunun yerine evimde oturur, daha iyi bir maaş gelene kadar babamın bıdıbıdısını dinlerim. Haa eğer orada çalışıyorsa, en azından diğer bebeği unutabilecek miyim diye bir bakarım, sonra yine ayrılırım.

Stadyum kadar götüme güvenmeyeceğim de neye güveneceğim ha?

Bugün işyerinde ilk günümdü. Aylardır depresyon ayağına gecelerin kadını gibi yaşadığımdan, sabaha karşı dörtte anca uyuyabildim. Yedide kalktım, ama gel bana sor nasıl kalktığımı. Geceden neler giyeceğime karar vermiştim, ama işte bir şeyi unutmuştum. Lan ben Ankara'dan döndüğümden beri hayvan gibi olmuşum. Tam altmış beş kilo!!! Üç ayda bunu nasıl başarabildiğimi inanın bilmiyorum. Üç ayda iki kilo veremem de on küsur kiloyu lak diye zorlanmadan nasıl alırım, valla inanamıyorum. Bayramlıklarımı koyar gibi yatağımın kenarına katladığım pantolonum, diz kapağımın ilerisine geçemedi. İnatla, şişmanlamadım, sabah sabah topladığım su o, regl olcam diye, göbişim şişmiş diye kendimi kandırsam da, aynada gördüğüm görüntü, kıyafet giymiş bir su aygırıydı!

Allahım o pantolonu götüme geçirmek için yatağa yatıyordum, yok olmuyordu. Başka pantolon giyiyordum, ıı ıhh o götüme kadar bile girmiyordu. Dedim olmayacak, kalk git etek giy. Normalde belden düşük ve boyu diz altı olan bir etek giydim. Ama o Atlas okyanusu büyüklüğündeki götüm de karnımın üstünde kaldı ve bildiğin mini etek gibi durdu. Üstüme giydiğim badiden fırtlayan yanlarımla, insanları kadınlardan tiksindirecek bir görüntüye sahiptim.

Kahvaltı yapayım diye mutfağa gittim. Kendime çay koyup oturdum ki bir de ne göreyim, göbeğim masanın altını bastırıyordu. "Ayyy dünyaları yemişsin aylarca, hâlâ mı yiyeceksin," deyip kalktım çıktım.

Nasıl bir bunalıma girdiysem, otobüste bütün kadınların götlerini inceliyordum. Bel orantılarına falan bakıyordum, uzun bacaklı yosmalar için tek tek beddua ediyordum: "İnşallaaahhhhh yirmi beş kilo birden alırlar, o bacaklar olur dobişko, memeleri diz kapaklarına kadar sarkar. Allaammm sana inandım, sana güvendim, hiçbir duamı kabul etmedin ama şunu kabul et bari, şu zayıf uzun bacaklı orospuların hepsi götüme benzesin. Bir tek güzel ben olayım. Geri zekâlılar, nefret ediyorum onlardan, bak bak bak nasıl da alımlı, pis sürtük!!!"

Kanala girdim. Daha geçen gün bu kanaldaydım, aynı kilodaydım, ama niyeyse bugün bütün yağlarımı yeni fark etmişim gibi kendimden nefret ediyordum. Bokum gibi bir programda çalışmak için görevlendirildim. Çıktım program katına, bana söyledikleri yere oturdum. Bir yandan o gün gördüğüm çocuğu arıyordum, diğer taraftan Allahım ne olur görmesin beni diye dua ediyordum. Ya var ya, şu 'ilk iş günü' için bir şeyler yapılmalı bence. Kimin yanına yanaşacağımı kestiremiyordum. Öyle birini seçmeliydim ki, iş hayatıma onunla devam edeceğim için sünepe olmamalıydı. Ama maalesef yeni gelenlere yanaşanlar da genelde işyerlerinin en ezik, en salak tipleridir. Oturduğum yerden kendime yakın bir iş arkadaşı aramaya başladım: "Bu olmaz, çok zayıf, yanında boşuna komplekse girmenin âlemi yok. Iıh ıh bu olmaz, çok salak birine benziyor. Hımm şu telefonla konuşana bakayım bir, ayy yok bu da olmaz. Büyük ihtimalle sevgilisine tapıyordur; bunun tek muhabbeti manitası olur şimdi, hiç çekilmez! Şuradaki mini etekli kesinlikle hayır, çok sürtük bir şey. Onun yanındaki de çok mutaassıp; gece çıkmam, içmem, gezmem, amcamgillere gitcem diyen kızlardan. Hiç eğlenceli değil! Bak şu masada oturan kız olabilir, evet evet o olsun, ona doğru hamle yapayım ben."

Arkadaş ayıklamasından sonra, yakışıklı çocuk radarlarımı açtım. Yaa bu İzmir'in neden böyle bir kaderi var bilmiyorum, ama abi bu kadar mı çirkin olur erkekler. Kızlarını güzel yapan şu hava su olayı, erkeklere neden yansımamış? Bir de zaten çalışanların çoğu mortingen olmaya on beş dakikaları kalmış gibiler. Evli barklı kelli felli herifler. Bir kaç tane taze kan var, ama ıı ıhh onlara da sümüğümü sürmem. Yalnız ben neysem? Ulan götümün üstünde Beşiktaş-Galatasaray maçı rahat rahat yapılır. Koca götlü göbekli, bir de dişlek bir hatunum. Utanmadan sümüğümü sürmem diyorum yaaa.

Hiç kimseyi tanımıyor, hatta biraz da hor görüyordum etrafımdakileri. "Hahayyy ben İstanbul, Ankara görmüş kızım, siz buradan çıkmamış eziklersiniz" gibi bir havam vardı. Hayır kime ne havası atıyorsam? Asgari ücretten az yüksek maaşım var oysa. Kendi aralarında konuşuyorlardı, öyle komiklikler falan. Ben, bana verilen masada öyle yavşak yavşak gülümseyerek etrafıma bakınıyordum. Yemek saati sanırım en zor olan kısmıydı, çünkü bir Allah'ın kulu bana kalk gel yemek yiyeceğiz demedi. Ben de götümü göbeğimi gördükçe, yemek yemememin gerekli olduğu fikrine kapıldım. Karnım nasıl guruldduyordu, açlıktan öldü ölecektim. İnsanları yürüyen patatesler olarak görüyordum. Bir taraftan da bugün yemedim, şu kadar kilo vermişimdir kesin diye düşünüyordum. Tam ben böyle kafamda yiyeceklerin hayalini kurup kendime işkence çektirirken, içeriye o çocuk girdi!!!

Kalbim nasıl çarpmaya başladı. Oha o da bu programda çalışıyor. Bu, aynı katta olacağız demektir. O kadar yakışıklıydı ki, masama gelip "Sevişelim mi?" dese, "Ayyy taaammm" diyecektim. Tam çaprazımdaki masaya geçti, bilgisayarını açtı, iki üç kişiye selam verdi ve sandalyesine oturdu. İki elini ensesinde birleştirip gerindi. Allahım dünyada gördüğüm en güzel şeydi, manzara izler gibi izliyordum çocuğu. Sonra bir çift bacak gördüm yanında. Sadece bacak, başka hiçbir uzuv yok. Sanki üst tarafı neye benziyor bakmam için kafamı kaldırmam gerekti, o derece uzun boylu bir kadındı. Yalnız tepeye doğru gittikçe, kalçasının belle uyumu, bacaklarının şekli, boyunun narinliği, mankenlere taş çıkartan havasının yanında, Maykıl Ceksın'a benzeyen bir sıfat ile karşılaşıyordun. Üstelik Maykıl'ın beyazlamış versiyonuydu. Bir yandan aldı mı bir taraftan veren Rabbim, karıya bir sıfat eklemeyi unutmuştu! Ama o fiziği, ah o kahrolası fiziği! Hiçbir zaman sahip olamayacağım pürüzsüz bacaklarıyla, dümdüz göbeğiyle, çocuğun yanında salındı salındı durdu. Sonra, o götünü sağa sola zıplatarak çekti gitti. Bir de kendime baktım ve halimden utandım. Allahım benim acilen kilo vermem lazım, böyle olmayacak. O kızla yarışamam ben. Bildiğin kaltak, "Bayan kaltak", işte bundan sonra adı bu o malın.

Pekmez

Çocuk hakkında birkaç şey öğrendim; daha yeni girmiş işe, benden bir hafta mı ne önce. İstanbul'dan gelmiş, reklamcıymış, ödülü bile varmış. Bu arada büyük ihtimal kanalın en sünepe kızıyla arkadaşlık etmeye başladım, bunları da o kızdan öğrendim. Çok ilginç bir çocuk bu, mesela sabahları evden getirdiği pekmezli ekmeğini yiyor. Sonra hep Morcheeba dinliyor. Kimseyle muhatap olmuyor. Öğlenleri sürekli dama çıkıyor. Yaa hepsini siktir et de, pekmezli ekmek ne be? Yani ben de severim de, o kadar pekmezi yiyorsa bu çocuk, kesin sevgilisi vardır ve geceye hazırlık yapıyordur. Eğer sevgilisi varsa, Allah o kızı tez zamanda frijit yapsın, o pekmezler kıza yaramasın!

Ben bu çocuktan "Pekmez" diye bahsedeyim. Hem daha tanımıyorum ama kendisi de Pekmez gibi bence. İçini yakar, ille bir şeylerle yumuşatman gerekir. İstanbul'dan neden İzmir'e gelmiş olabilir diye düşünüyorum. Yine, "kesin kız arkadaşı vardır"a gidiyor bütün bulduğum cevaplar. Bir kere İzmir piyasası adamı neredeyse bedavaya çalıştırıyor -eğer yanlış görmediysem- bu adamın Jetta arabası var. Demek ki, eski işinde taşak dolusu para alıyormuş! Kesin burada manitası var diye kalkıp geldi. Allah o kızı tez zamanda Suudi Arabistan'a gönderir de bu peşinden gidemez, bana kalır inşallah!

Bütün gün gözlerimi ayırmadan sapık gibi çocuğu izliyorum. Nereye gidiyor? Ne ediyor? Ne yapıyor? Mesela düşünürken kulak memesini ovuşturuyor; iki bardak kahveden sonra tuvalete gidiyor. Büyük ihtimalle iki günde bir öğleden sonra kakasını yapıyor, çünkü o zamanlar uzun kalıyor orada. Sigara falan kullanmıyor, ama paso dama çıkıp duruyor. Geçen gün yine sapık gibi onu izliyordum ki, bir anda döndü baktı... Far görmüş tavşan gibi kalakaldım yerimde. Ne yapacağımı bilemedim; malak gibi ben ona bakıyorum, o bana bakıyor... Sonra döndü kafasını da nefes almaya devam ettim. O kritik andan beri daha sinsice izliyorum. Belli köşeler buldum kendime, yansımalarını görüyorum oralardan. Haa, tek kelime konuştun mu dersen, maalesef sadece sabahları "Günaydın", akşamları "İyi akşamlar" diyoruz birbirimize. Bir de bazen metin yollayınca, "Ağ'a attım" diyorum. Hademeyle bile el ense şaplak göte oluyorum da, bunun karşısına geçince hebele hübeleden öteye gidemiyorum.

Yalnız bugün aştım kendimi! Kalktım gittim bilgisayarın ortak ağını bozdum. "Tüh ya ağ çalışmıyor! Metinleri sana yollayamayacağım. Bana MSN'ini versene, oradan sana atayım," dedim. "Ben MSN türü şeylere karşıyım, o yüzden mailime yolla," diye karşılık verdi.

1- Ya gerçekten karşı

2- Bana MSN'ini vermek istemiyor...

Ben birinci şıkkı umarak, mail adresini kalbime nakış gibi işledim. Ona her gün FW mailler mi yollasam acaba? "Bunu 10 kişiye gönder, ama bana da gönder. O zaman dileğin kabul olacak, yollamazsan çükün düşecek." Bu sayede yolladığı kişilerin isimlerine bakıp, sevgilisi var mı yok mu anlarım. Heee aferin PuCCa, daha iğrenç bir fikir olamazdı. Çocuk ikinci gün bıraksın seni. Şahsen ben, FW mail yollayanların anasına avradına hayvanlar gibi küfrediyorum. Hele sonuna, "Böyle şeylere inanmazdım ama gerçekmiş!" yazıyorlar ya, ayy bir siktirin gidin, ölün mümkünse. Bir mail adresiyle ne yapabilirim? Onu hack'leyebilirim. Hayır bunu beceremem, daha şifresini hatırlamadığında ne bok yiyeceğini bilmeyen bir tipim. Hımmmm o mail adresini Google'da aratıp, üye olduğu yerleri görebilirim ya da aşkımı itiraf eden bir mail atabilirim: "Senden köpekler gibi hoşlanıyorum. Ne olur beni kırma, evet de bana. Kocam ol, erkeğim ol, yiğidim ol, gülü bir gün seni..." Öörrkkkkk daha da iğrençleşmeden kapatıyorum bu bahsi. O mail adresiyle bir bok yapmayayım, dursun bir köşede. En azından elimde bir mail adresi var ve sürekli bozup duracağım bir bilgisayar.

Zayıf noktalarımdan bir doğru kesiştiremiyorum

Pekmez'le sanırım olmayacak; ne bileyim daha bir kademe yol ilerleyemedim sanki... Ya ben niye böyle erkekler konusunda zayıfım acaba hiç anlamıyorum... Hayatıma baktığım zaman, döüm noktalarında hep erkeklerin olduğunu görüyorum. Aslında erkekler demek doğru değil, aşk yüzünden. Taaa çocukluğumdan beri, hayallerimi hep âşık olduğum adama göre kurup babayı alınca, mal gibi kalıyorum.

Lisede, bir hafta Olimpos'a gitmek için marketlerde promosyon elemanlığı yapmaya başlamıştım. Para tatlı gelmeye başladı sonra, işi de gayet iyi yapıyordum. Üniversite okuyup ne yapacağım ben yaa dedim ve gittim babamın karşısına, "Ben vazgeçtim üniversitede okumaktan, idealimi buldum, stand hostesi olacağım," dedim. Babam uzun uzun baktı bana, saçlarımı okşayarak, "Bak kızım, markette çalışırsan eğer, oradaki güvenlik görevlisiyle evlenir, Güzeltepe'de bir gecekonduda, kaynananla birlikte, doğurduğun dört çocuğuna bakarsın. Kazandığın para şimdi sana çok gelebilir, ama o parayla bir hafta ancak geçinirsin. Hem sen çok önemli yerlere gelmeyi hak eden bir kızsın, burası sadece senin için bir basamak olmalı," demişti. O sırada da marketin güvenlik görevlisine yazılıyordum. "Tamam," dedim, "adam bildi". Yavşadığım güvenlikçi de Güzeltepe'de oturuyor. Küçümseyerek "Iyyyy asla!" deyip, işten çıktım. Ara ara o olayı düşünmüyor değilim. Babamın aklına uyduğum için ağzıma sıçayım! O kadar okudum, götümü yırttım da ne oldu? Gene aynı maaşı alıyorum, üstelik sağımda solumda yavşayabileceğim baklava dilim vücutlu bir güvenlikçi de yok. Keşke işten çıkmasaydım da evimde kaynanamla bebelerime baksaydım!

Bunu ciddi ciddi düşünebiliyorum. Çocukken, "İleride ne olacaksın?" diye sorduklarında, "Allah olup, hepinizin kolunu bacağını yakcam," dermişim. "Aaa tövbe de!" deyince insanlar, "şaka şaka, gelin olcam ben," diye çevirirmişim. Erkekleri karşıdan yürürken smokinli hayal ediyorum. Biraz yaklaştıklarında, hoop ellerinde bir çocuk; az daha gelince, Tansaş alışveriş arabası ile görmeye başlıyorum. Birinden hoşlanayım, ilk düşündüğüm şey, "Allaam çocuğun gözü bana benzesin, dudakları babasına," oluyor. Ama tabii bunlar içten düşündüklerim; toplum arasında konuştuğum şeyler ise, "Ayy evlilik, aman benden uzak olsun", "Çok ama çok saçma, bir erkeğe sonsuza kadar bağlı kalmak", "Bir çocuğun sorumluluğu mu, aman Allah korusun!" oluyor. İçimden ise, "Allaaam tez zamanda bana bir koca, kedi gibi de doğurayım minnak minnak bebeler," diye dua ediyorum. Uzun bacaklı ve mükemmel fizikli kaltak kaşarlar dışında, hayatta en çok kıskandığım şunları yaşayan kızlardır:

Otobüste tanışmıştık. Önceleri pek güvenemedim, ama zaman geçtikçe kanım ısındı. Beş ay sonra da evlendik zaten.

İşyerime gelip gidiyordu. Bir gün yemeğe çıktık, benden hoşlandığını söyledi, ben de boş değildim. Altı ay sonra evlendik.

Arkadaşlar vasıtasıyla tanıştık, dediler o da senin gibi aynı, valla öyle çıktı. Ruh eşim sanki, bir sene sonra evlendik.

Aynı okuldaydık, aynı eve de çıkmıştık. Yedi ay sonra ayrılamayacağımıza karar verdik, evlendik. Hem okulu hem evliliği aynı anda yürüttük.

İnternetten tesadüfen tanıştık. O da birini aramıyordu, ben de. Ama birbirimizi bulmuştuk işte. Üç ay sonra düğünümüzü yaptık.

Etrafım böyle evlenen insanlarla doluyor yavaş yavaş. Hepsine böyle, "Ahaha ne banal, ne salakça. Otuz olmadan evlenmek mi, aman aslaaa!" diyorum, ama içten içe nasıl kıskanıyorum, nasıl kendimi yiyorum. Ben de biriyle tanışıp, hemen âşık olup, direkt evlenmek istiyorum. Otobüste sağıma soluma bakıyorum, hepsi hanzo. İşyerimde bir Pekmez var, onunla da daha yeni yeni konuşmaya başladık. Bu hızla kırk beş yaşımızda evleniriz. Arkadaşlarım beni kimseyle tanıştırmıyorlar, pis kaltaklar. Aynı okuldan denedim; okul bitti, bizim ilişki de bitti. İnternetten de imkânsız, daha o kadar düşmedim. Bu işin bir formülü, bir sırrı olmalı. Kesinlikle! Yoksa kuruyup gideceğim.

Bayan Kaltak, sen gerçekten bir kaltaksın

Bir gıdım yol ilerleyemiyorum diye dualar etmiştim ya, Allah beni duydu valla billaaa!!! O bozduğum bilgisayarlar işe yaradı. Artık Pekmez'le daha samimiyiz. Dama beraber çıkıyoruz, bazen yemeğe gidiyoruz. Ama çocuk nasıl bir çocuksa ağzından kendiyle ilgili tek kelime çıkmıyor. O kadar gittik geldik ettik, hâlâ bir kız arkadaşı var mı yok mu bilmiyorum!!! Bir türlü konu oraya gelmiyor. Çünkü bu sürekli ana haber bülteni gibi konuşuyor. Gündemden konuşmaktan artık böörrhhh geldi.

Bugün de kantinde Pekmez'le birlikte, Butto suikastını, oğlunun yerinde olsak yapabileceklerimizi, Şii olmasına rağmen Hıristiyan eğitimi almasını bla bla bla konuşurken; dikkatimi, beynime beynime vuran bir topuk sesi ve travesti kokusu -Angel adlı parfüm- bozdu. Sağ tarafıma döndüğümde, bembeyaz düdük gibi pantolonuyla Bayan Kaltak bize doğru ilerliyordu. Bir kızın rakibinin bacak boyunun 1.10 cm. olması kadar kötü bir şey var mı acaba? Allahtan dua ediyorum, hatunun suratı çok çirkin. Uzata uzata lafları, başladı konuşmaya. Her cümlenin sonunda, eli Pekmez'in omzuna değip duruyor. Şeytan diyor tut elini, kır bileğini!!!

"Krismısss içinn B'lerin home party'sineee katılcanızzz, dimiiii?" diye sordu ikimize. Benim zaten yılbaşı programım hazır; halamlarla okey ve tabu oynayıp, patlayana kadar çerez, pasta, börek yiyecek, "Avrupa Yakası"nı izleyip, saat on ikide havai fişeklere bakacaktım. Pekmez'in o partiye gitmeyeceğine emindim. Haftalardır bu muhabbet dönüyor, ağzından daha tek kelime bile çıkmadı; çıkmamasını bırak, buradakilerle yemeğe bile gitmiyor, bir de partilerine mi gidecek diye düşünerek, suratıma küçümser bir ifade takınıp, "Ne işim var yaa," dedim. Akabinde gelişen konuşmaları aynen aktarıyorum:

"Eve geri dönemem diye gitmeyeceksen, ben bırakırım seni."

"Yaa yok ondan değil, benim planım var o yüzden."

"Sen bilirsin..."

Dangalak PuCCa, geri zekâlı insan evladı, önce bir çocuk söylesin gidip gitmeyeceğini, di mi? Kefal, hemen atladın gitmem diye. Ama ne olursa olsun o partiye gitmeliyim. Ev partilerini oldum olası sevmemişimdir. Erkeklerin hatunu nereye götürsem diye dertlenmediği, dertlenmediği için relax'lığın bokunu çıkardığı partilerdir bunlar. Zaten aynı işyerindeki adamlarla parti yapmak kadar saçma bir şey yok (en azından benim için), içtiğimde çok sevecen bir kız oluyorum çünkü. Her önüme gelene, "Seni seviyorummm" diye ağlıyorum. Bir keresinde kendimi Amerikan ajanı sanıyormuşum, o kadar çok ağlamışım ki karakola gidip teslim olacağım diye, yanımdakiler inanmış bana. Şimdi sen tut, aynı işyerinde çalıştığın adamlarla iç, sonra kanalda bir de otorite sağlamaya çalış. Ben bu tip düşüncelere dalmışken, Bayan Kaltak arada bulduğu boşluğu hiç kaçırmadı.

"Ayyy Pekmezzz, o zaman n'apalım? Sen madem arabayla gelcen, beni de bırakırsın dı mıııı? Ayy çok güzel olcak ya. Çorbacıya gideriz zaten. Senin ev uzak, bence alma araba. Zaten içceezz falan ya, bizde kalırız. Hiçç uraşma yaniii."

"Bakarız."

Allahım, onlarda kalacak, üstelik alkollü bir şekilde. "Bakarız" ne yaaa? Niye bakıyorsun? Offf sevişecekler kesinnn. Bu arada, demek ki kız arkadaşı yok. Yılbaşında plan yaptığına göre. O gece ne yapıp ne edip oraya gitmem lazım, gittikten sonra adam gibi içmeyi öğrenmem lazım, kendimi rezil etmemem lazım, hemen kıyafet almam lazım, hayatımın erkeğini uzun bacaklı bir kaltağa kaptırmamam lazım...

Beklerim ama içim yanıyor, ya boşa geçerse saatler

İlk başta gitmeyeceğim dedim ya partiye, sanki bir yerden oraya geçiyormuşum gibi ayak yapacağım. Kusura bakmasın Bayan Kaltak! Kendime bir elbise aldım, yarım ancak girer. İçindeyken, bağırsaklarımın şeklini şemailini hissediyorum. Nasıl bir baskı, ciğerim ağzımdan çıkacak. Kaburga kemiklerim birbirine girmiş. Az zayıf görüneyim diye bokunu çıkarmışım olayın. Üç gündür dur durak bilmeden de kusuyorum ki, azcık daralayım.

Saçımı başımı yaptırdım. Ayy bir kötü oldu, sanki az sonra kına gecem var gibi. Birinin, bu mahalle kuaförlerine maşa denilen şeyi öğretmesi lazım. Kafam kalıp gibi bir görüntü aldı, eve gelince dağıttım saçtım az savurdum saçlarımı. Üstüne bir de makyaj yaptım, "Hoş geldin ya şehr-i ramazan" yazıları gibi. Nasıl ışıl ışıl oldu. İçime Bülent Ersoy kaçmış da çıkmak için can atıyor sanki. 0.5 tombo uç inceliğindeki ayakkabılarımı da giyip dışarı çıktım. Şimdi, babamın bana kullan diye verdiği bir ofis arabası var, gerçi sadece bana göre araba; arkadaşlarım onu kısaca, "Ayy ben buna binmem!" diye adlandırıyorlar. Dedim bununla gidersem, en azından çocuğa derim ki, "Gel seni de eve bırakayım." Bu sayede gece Bayan Kaltak'la güreş tutmaz. Yok derse eğer, ben de paşa paşa dikiz aynasından izlerim onu. İşimi şansa bırakmayacağım, kalacaksam da onlarla kalırım ki aynı yatakta yatmasınlar. Bu işi engellemek pahasına, gerekirse aralarında yatarım!

En sonunda taksiye bineyim bari dedim, ama aklıma daha maaşımı almadığım geldi. Cebimde az para var. Evin olduğu yer anasının nikâhı. Oraya kadar taksi, iliğimi kemiğimi kurutur. Hayır bir de çıkışta bir bok olur, eve dönmek zorunda kalırım, sonra al başına belayı. Kalktım gittim otobüse binmeye... O kalk git otobüse bin diyen aklımı bir tabur asker siksin! Allahım yaşarken cehennemi gördüm resmen. Bu nasıl bir işkence. Koltukta oturamıyorum, zaten elbise o kadar dar ki üzerimde parçalanacak. Dudaklarımdaki parlatıcılara saçlarım sürekli yapışıp duruyor. Montumdan bacaklarım açılıyor. O topuklar ayaklarımı derinden derinden sikiyor.

İndim geleceğimiz yere, çaldım kapıyı, girdim içeri. Pekmez'i arıyorum, yok! Sinsi sinsi odalara girip bakıyorum, yok! Bayan Kaltak mutfakta bir şeyler hazırlıyor, ama Pekmez yok! Her kapı çalana koşuyorum, o mu diye, ama yok! Artık elbisemin fermuarı atmaya başlayınca, saat de on bire yaklaşınca, Bayan Kaltak'a sordum Pekmez'i. Aramış Pekmez, "Rahatsızım biraz," demiş. Gelemeyecekmiş yani. Nasıl sinirlendim, nasıl ama var ya! Kalktım gittim o sinirle, çarptım kapıyı çıktım. Lan adam orada diye o kadar hazırlık yap, hepsi boşa gitsin. Kalktım gittim kardeşimin yanına, onlarla eğlendim. O kadar çok içmişim ki, en son hatırladığım sahnede robot dansı yapıyordum. Gece boyunca Pekmez'den ne kadar nefret ettiğimi tekrarladım durdum.

Bu sabah telefon sesine uyandım, ağzımdaki salyaları silerken (uyurken salyam akar da), bir baktım Pekmez yazıyor. Kasetlerle ilgili aramış. Sonra da, "Dün gece gitmişsin, eğlenebildin mi bari?" diye sordu.

"Çok kalamadım yaaa orada, sen yoktun?"

"Sen gelmeyeceğim deyince, kafa dengi adam yoktur diye gitmedim."

Ben gelmeyeceğim dedim diye gitmemiş. Bu söz beynimdeki çanları çınn çınn çaldı. Ohaaa inanamıyorum. Üstelik Bayan Kaltak'la sevişme ihtimali varken, sırf ben yokum diye gitmemişşşş... Yorganı Süpermen'in şalı gibi attım sırtıma, bütün evi dolandım durdum, çığlık ata ata... Valla bu iş olacak!!!

Sen sadece kaltak değil, bence dünyadaki en büyük orospusun, pislik karı!

İki gündür o kadar sinirliyim ki anlatamam. Bayan Kaltak'la Pekmez o kadar samimi oldular ki, bugün beraber öğlen yemeğine bile çıktılar. Bundan önce beraber çıkıyorduk çocukla. Bugün iki dakika tuvalete gittim geldim, baktım çocuk yok ortada. Aradan bir saat geçti, kapının oradan kahkaha ata ata bu ikisi geliyor. Bir muhabbet! Gör sen bunları, sanki amca çocukları. Bayan Kaltak aslında aşağı katta çalışıyor, ama bu iki gündür bizim birimden çıkamadı. Bir şey de yapamıyorum, sinirden tırnaklarımın kenarlarını yiyerek paramparça ettim.

Klozetin üzerine oturdum düşünmeye başladım. Bir yarım saat falan plan yapayım dedim, ama sonra vazgeçtim. Sanırım olmayacak bu çocukla, ben o kızla nasıl baş ederim. Kızın bacağının boyu, benle bir. Ki benim boyum da 1.68. Fiziği çok güzel, yaz kış demeden bembeyaz pantolonu çekiyor götüne. Allah neden hep böyle sürtüklere veriyor ki bu fiziği. Ne var bana verse halla halla. Bana da vermiş kazan gibi göt, başka da bir bok vermemiş. Kesin onlar çıkacaklar var yaa. "En güzeli," dedim, "vazgeçmek PuCCa. Sana erkek mi yok kızım, bırak Allah'ın dingilini!" Çektim donumu, girdim içeri. Bunlar yine Pekmez'in masasında oturarak gülüşüyorlar. O anda bir perçinlendim. "Her istediğini elde ettin kızım sen; tamam elinde tutamadın, ama olsun. Bunda da vazgeçme, onun Eyfel kulesi gibi boyu varsa, senin de okyanus gibi gözlerin var. Hem her şey tip değildir, sen kimlerin elinden kimleri almadın mı haa? Otur düşün bakayım. Gazan mübarek olsun," dedim ve verdim kendime gazı, gittim masasına çocuğun.

"Pekmezciğim bir baksana şu metinlere, sanırım değiştirmem gereken yerler var. Dur, senin bilgisayarından açayım. Az çekilir misin? İş için bir şey göstermem gerek de," diyerek ittim Bayan Kaltak'ı, oturdum Pekmez'in yanına. Gözlerimi de kısarak bakış attım ona. Sonra yavaş yavaş dosyayı falan açmaya başladım. Bayan Kaltak çıkışta bir arkadaşına gidecekmiş, Pekmez'e "Yolunun üstüyse beni de bırakır mısın?" diye sordu. Ben o anda bir telaş ettim niyeyse. "Ayy o taraf senin yolunun üstüyse, ben halamlara gidecektim bugün, beni de bırakır mısın?" deyiverdim. Oysa halamlar orada oturmuyorlar ve yolunun üstü dediği yer, bizim evin tam aksi istikameti. Ama işte, bir an arabada o ikisi falan filan, çıktı ağzımdan...

Çıkışta ön koltuğa oturmasın diye, resmen 15 dakika önce inip çocuğun arabasının yanında bekledim. Bunlar indi arkamdan, ön kapının kulpunu da nasıl tutmuşum, dişlerimi sıka sıka kıza bakıyorum. Sonra bindik arabaya, ben öne tabi-i, o pis sürtük de arkaya oturdu. Bunlar tam muhabbete başlıyor, "Aaa bu şarkı çok güzel, kesmeyin lütfen," diyorum. Neyse git git gittttt, kız inmiyor. Kız insin, sonra ben ineceğim. Onları yalnız bırakır mıyım hiç? Çocuk soruyor "Nerede bırakayım sizi?" diye, ben diyorum önce Bayan Kaltak insin de benim var daha, o da aynısını diyor. Artık bebe sinirlendi.

"Hanımlar, bizim evin oraya geldik, bari nereden gideceğimi söyleyin de...."

"Aaa evinin oraya mı geldik, ayy bak görüyor musun? Şeyy Bayan Kaltak inelim bence, bak ayıp oldu."

"İnmeyin, nerede bırakacağımı söyleyin yeter."

"Ayy yok yok inelim biz, saçmalama, zaten yakın gideceğim yer benim," dedim.

Bayan Kaltak öffledi möffledi, sonra çocuk durdurdu arabayı, kız kapıyı açtı. O anda, "Ya Pekmez şuradan döneceksen, beni de o tarafta bırak, o apartman zaten. Karşıya geçmeyeyim boşuna. Hadi Bayan Kaltakcım, öptüm canım seni, yarın görüşürüz," dedim. Salak karıyı indirdim orada, ben bir sokak daha ilerlemiş ve bu sayede onları yalnız bırakmamış oldum. Dikiz aynasından da kıza, "Nasıl kodum ama!" bakışı attım. Gerçi sonra hiç bilmediğim bir semtte indim ve keriz gibi dolmuşa binerek evime geri döndüm. Yani kıza salak dedim, ama sanki salak benmişim gibi oldu biraz. Aman olsun içimin yağları eridi, ohhh misss gibi...

Salak

Bu aralar Pekmez'le acayip iyiyiz. Öyle böyle değil. Geçen gün işe biraz geç gittim, bana mesaj attı, "İyi misin? Gelmedin, merak ettim," diye. Bayan Kaltak bizim katta sürekli dolanıp duruyor diye, geçen gün şikâyet ettim onu. Sanırım işe yaramış, o da gelmez oldu, keşke işten atılsa da tamamen kurtulsam. Aman ne kötüsün falan demeyin, "Karı ölse" demediğime dua edin!

Dün bütün gün çekimdeydik, o yüzden Pekmez'le de ayrı gayrı takıldık. Akşam kamerayı teslim etmeye gittiğimde bir baktım montajda kaseti bekliyor. Hemen şeytan girdi aklıma, gittim aldım kaseti. "Hadi bir de ben bakayım," dedim, izleme odasına götürürken de tırnağımla bandı kopardım! Kaset bozuk, çekmemiş diye yarım saat görüntüleri birlikte yeniden aktardık. Böylece havadan yarım saat baş başa kalmayı başardım. Çok heyecanlandım. Bir oda, ikimiz, yalnızız falan. Ayağım titredi, yani o derece heyecanlandım. Aramızda bir "South Park" sessizliği var sanki. İlk on dakika, sadece ne desem, ne konuşsam diye kıvrandım durdum. O anda görüntüdeki kadın saçma bir şey söyledi ve ağzımdan "Salak!" diye bir kelime çıkıverdi. Bu bir kahkaha atarak, "Çok tatlı 'salak' dedin ya," dedi ve ben suratına bakıp milyon kere salak, salak, salak, salak demeye hazır buldum kendimi.

Bugün zaten her üç cümlemin sonuna, alâkalı alâkasız koyuyorum salağı! Çok utanç verici ve saçma, ama valla istem dışı oluyor! Amaaaaa asıl bombayı yazmadım.... Bu sabah kahvemi Pekmez getirdi, sonra yüzüme doğru iyice yaklaşıp çenemden tuttu. İçimden, "Allahımm sana geliyorum," diye feryat figan coşarken, dine imana dönerken, içimde patlayan havai fişekleri yutarken, "Senin kirpiklerin takma mı?" diye sordu. "Yok," dedim. "Ne güzel, aynı oyuncak bebeklere benziyorsun," dedi. Orda öyle sanırım saatlerce mal pozisyonunda durmuşumdur. Peki, sonra akıllı bıdık olan ben naaptım? Gittim tuvalete, elimde avucumda ne kadar rimel varsa, onlarla boyadım kirpiklerimi. Yetmedi, bir kez bile kullanmadığım kirpik kıvırma aletiyle sıkıştırıp, iyice yukarı dayadım küçük kıl parçacıklarımı. Şu anda o kadar ağırlar ki, üzerlerine resmen Tansaş alışveriş poşetlerini koymuşum gibi, kapadıkça geri açamıyorum. Hepsinden öte adım gibi biliyorum, şu anda aynı maymuna benziyorum!!!

Bütün gece sabaha kadar

Bazen işten kaçmak için, "Montaj bitmedi, montajcı da gitti. Ben sabaha kadar hallederim bunu," deyip, on beş dakika kaseti aktarıp evime gidiyorum. Herkes bütün gece montaj yaptığımı zannettiği için de ertesi gün otomatik izinli oluyorum. Bir sonraki gün Pekmez izinliydi, o izinliyken de işe gelmek sıkıcı oluyor diye, yine bu numarayı çekeyim dedim. Gittim montaj odasına. Sonra Pekmez geldi yanıma, "Dur," dedi, "ben de kalayım senle, tek başına yapma. Yarın izinliyim zaten." Allaaahhhh, ben istedim bir göz, Allah verdi bana gözetleme kulesini. Bütün gece Pekmez'le olcam, düşünsene. Zaten geceleri kanalda azcık adam duruyor, hotirinariniray tirinarinarinay!!! Gerçi o lanet montajı baştan yapmak kusturucu bir eziyet olsa da, ne yapalım? Başa gelen çekilir bebeğim. Hoop kapadım montaj odasının kapısını. Geldi, oturdu yanı başıma. Ben de açtım Sims oyununu, bir yandan oynuyorum, diğer yandan da ağır ağır kesme biçmeyi yapıyorum ki sabaha kadar sürsün muhabbetimiz.

Bu bir dillendi, başladı hayat hikâyesini anlatmaya. İşte babası vefat edince annesi yalnız kalmasın diye buraya gelmiş. Ama burada mutlu değilmiş. Babasını, tam üç sene, işim gücüm var ayağına hiç aramamış sormamış. Öldüğünü bile bir hafta sonra söylemişler buna. Çok koymuş bu durum. Aslında bana yaralarını açarken, "Üzülme anlıyorum seni, canım yaaa," falan ayağına yatıp, sinsice kanına girebilirdim, ama yapmadım. Şu hayatta birçok adilik yapmış olabilirim; ev arkadaşıma ayarladığım çocuğun iyi parça olduğunu görüp kendime ayartmam gibi ya da iki arkadaşa birden yüz verip, sonra ortadan yok olmam gibi ya da karşı komşunun kızının kına gecesinde karakolu arayıp, rahatsız oluyoruz diye çemkirip, kızın kına gecesini mahvetmem gibi ya da bana verilen sırları, "kimseye söyleme sakın" diye inatla tembihlenen cümleleri millete yaymam gibi ya da kardeşimin saçı benden daha uzun diye geceleri milim milim kesmem gibi vs. vs. vs. Ama şu hayatta öğrendiğim tek şey varsa, o da insanların yaralarıyla oynamamak gerektiğidir. Hem ben sevmem öyle, dert dinleyeyim derman olayım muhabbetlerini. Bana yapmacık geliyor bu olaylar. Yani insanlar kendileri yaşamadığı sürece, anlattığın sorunu anlayamazlar. Sadece kendi başlarına gelirse diye korkup sana cevap verirler veya "iyi biriyim ben" egosunu tatmak için senin sorununu kullanırlar. Bu yüzden onu hiç dinlemiyormuş gibi yaparak, hiçbir yorumda bulunmadım. Zaten o da bana anlatıyor gibi değildi, bir nevi günah çıkarıyordu.

Sonra bu muhabbet biraz baymaya başladı. Saat sabaha karşı dört oldu ve bu hâlâ aynı şeyleri döndürüp döndürüp anlatıyor. "Abi tamam yaralısın anladık da höh bizdeki de beyin," diyemedim. Sonra bir bakayım dedim şuna: Bir eli karnında, diğer eli çenesindeki kirli sakalıyla oynuyor; yere doğru dalmış, nefes çekerek olayları falan anlatıyor. Allahım nasıl güzel bir çocuk böyle; gözleri, kirpiklerinin kıvrımı, dudakları. Şu anda var ya öpüşsek yeri yani. Dışarıda da kimse yok, ben sandalyeyi az ona doğru çekeyim hele bir. Ya ağzım kokuyorsa! Siktir kokuyordur kesin. Bileğini yalayıp kokladığında koku var ise, ağzın kokuyordur. Dur çaktırmadan şu bileğimi yalayayım. Hıı kokmuyormuş, iyi bari. Tamam, ama ilk hamle benden mi gelecek? Ya çocuk bağırırsa, bana tecavüz ediliyor diye, ya tokatlarsa beni, ya iterse... Ayy yok ben bari seksi bir duruş yapayım, o yapsın hamlesini. Hopp dudaklar olsun, "üç kilo çiğdem çıtlatmış, tuzdan kabarmış" modeli. Ne meme gözüküyor, ne bacağım. Gerçi iyi ki gözükmüyor, onları açıp çocuğu cinsellikten soğutmanın da mânâsı yok. Lan nasıl öpüşeceğiz şimdi, anlattıkça anlatıyor. Arada es verse, bir yolunu buluruz belki ama... Bari gözlerinin içine içine bakayım derken, çocuk bir döndü bana, sesli harflerin tümünü unuttum. Nefesim kesildi resmen. Sadece döndü yani, öpme falan yok, hatta ikimiz arasında üç adım mesafe bile var. Bakması, ben diyeyim on saat, siz deyin 10 saniye sürdü, ama benim beyin damarcıklarımı patır kütür patlattı. Karnımın içindeki tenyalar kolbastı oynamaya başladı. Sonra bu güldü.

"Bu kanalda en çok seninle olmayı seviyorum. Ne zaman baksam gülümsüyorsun. Garip bir enerji veriyorsun, bu çok hoş," dedi ve kalktı bize kahve almaya gitti.

Allahhhhh beni bir gör sen, gözlerim kalp kalp oldu resmen. Hoş, sürekli gülüyorsun dediği durumun aslı şudur: Ben dişlek olduğum için, sağ olsun dudaklarım az kapanmıyor. Gülümsemezsem, salak bir görüntü ortaya çıkıyor. Seda Sayan'ın on sekiz yaşındaki haline benziyorum. O sebeple sürekli gülümsüyorum, deli gibi yani.

O gece öpüşemedik, ama o dedikleriyle, benim göt arşa da arza da değdi valla...

Kurtların, kuzuların, hatta ineklerin bile
düzenli bir cinsel hayatı var...
Bana yine hasret, yine bana hüsran...

Ya biz Pekmez'le çok samimi olduk, ama ben sıkıldım bu muhabbetten. Olacaksa olsun, olmayacaksa olmasın, yeter, çok uzadı yani. Bildiğin arkadaş gibiyiz. Böyle aptal aptal birbirimize espriler falan yapıyoruz; el ense, şaplak göte muhabbeti. Saç çekme, toka saklama. Garip garip muhabbetler. Dün sabah dörde kadar telefonda mesajlaştık.

"Çizgili pijama giymiş eşeğe ne denir?"

"Zebra?"

"Hayır."

"İyi geceler?"

"Yaklaştın, aferin."

"Eee ne denir söyle... Ben daha zor sorarım bak!"

"İyi geceler çizgili pijama giymiş eşek denir, puhahahaha."

"İğrençsin! Sıra bende; okuldan aldım bir tane, eve geldim bin tane."

"Off asıl iğrenç sensin, nar."

"Hayır, bit, puhahahahah."

İçinde aşk namına tek kelime barınmayan bilmeceler sorduk durduk birbirimize. Devamlı kahkaha atma, birbirimizle dalga geçme durumuna girdik. Hayır, bunu nasıl başardım bilmiyorum. Çocuğun yanında daha birkaç hafta öncesine kadar tek bir kelime edemiyordum, şimdi utanmasam, "Taşaklar sıcak mı hacıı" diyeceğim. Ayy iğrencim var ya, Allah benim belamı versin. Tam hayatımın aşkını buldum diyorum, onunla da oturup "çizgili eşşek espirisi"ni yapıyorum. Offf offff!!! Bu durumdan nasıl çıkarım hiçbir fikrim yok. Ve en kötüsü, tek bir kelimemiz dahi ne aşkla ilgili ne de hoşlanma ile. Ya sanırım bu çocuğun benden hoşlandığı falan yok! Hoşlanmış olsa, en azından bir mıncıklamak, bir götürmek ister değil mi? Ama yok, ibne midir nedir artık anlamadım ki!!! Ohaa belki gerçekten de eşcinsel. Yakışıklılar da genelde ibne oluyor ama Allaam bu değildir inşallah, olursa çok üzülürüm, öyle böyle değil.

Zaten nerede eli yüzü düzgün, kültürlü, esprili, ukala, işinde başarılı insan varsa, hep ibne çıkıyor. Ya zaten bu son dönemde erkek nesli iyiden iyiye çirkinleşti. Sokakta üç kızdan ikisinin ilik gibi kıvamı var, ama üç erkekten üçü de bildiğin bokum gibi çıkıyor. Gerçekten bir bak sağına soluna, adamlar çirkin; yakışıklı bulmak çok zor. Buna rağmen nasıl özgüvenleri varsa, orası ayrı mevzu gerçi. İşte yüzüne bakılır olanların da priz delikleri arkadan oluyor. "İbne mi, değil mi anlamam lazım" diyerek, çocuğu incelemeye alıyorum. Erkekler geçiyor karşıdan, bakıyorum gözünün içine kesecek mi onları diye. Yok, kesmiyor. Aksine, nerde karı götü memesi var, onlara bakıyor puşt.

Bugün yemekteydik, karşı masada teknik ekipten bir çocuk var. Hafif hafif sorayım çaktırmadan dedim, belki anladığımı anlar, bana açılır falan diye.

"Şu xxxx ne tatlı çocuk di mi?"

"Hangisi? Haa o mu? İyi çocuk..."

"Belki de eşcinseldir ama, çünkü hep yakışıklı, kibar, iyi adamlar öyle oluyorlar. Ne yazık yaa?"

"Tarkan gibi yani... Bilemem, öyledir belki, ama sanmıyorum."

"Neden sanmıyorum dedin? Bişi mi biliyorsun, bi eşcinseli hemen tanır mısın, neden öyle dedin ki?"

"Ne bilim öyle düşündüm, ben gidiyorum, sana afiyet olsun," dedi ve kalktı. Ya off eşcinsel işte, geri zekâlı PuCCa! Gerçi gizli eşcinselse de kabul ederim, sineye çekerim. Ama olmaz, sonra bir gün eve geldiğimde kıllı bir kamyon şoförüyle kocamı görmek istemem... Ya biseksüel ise... Off çok kötü! Adamı karıdan kızdan sakladığın yetmeyecek, bir de heriflerden saklayacaksın. Allah yardım etsin biseksüellerin sevgililerine, valla yazık, dünyanın yükü onların omzunda.

Bütün umudum bitmişti yani. Eşcinsel olmasa, neden öyle oflasın puflasın diye gece düşünürken, bir mesaj geldi.

"Haddim değil ama sen xxx'den mi hoşlanıyorsun?" Şimdi-ii, bu mesajın iki anlamı olabilir. Bir, çocuk kıskandı; iki, o da çocuktan hoşlanıyor. "Yok ya, saçmalama," falan yazdım. Anında bir mesaj daha geldi: "Rahat uyuyabilirim öyleyse". Lan şimdi daha karıştı ortalık. Ondan yana mı rahat uyuyacak, benden yana mı? Ayy Allahım bir yol göster bana artık off!!! Ben işin içinden çıkamıyorum...

İşte asıl hikâyem şimdi başlamalı

Ben günlerdir ibne mi değil mi neyin nesi diye garip testler yapıyordum çocuğa... Sonunda ibne olmadığını öğrendim, bir muhabbette "Eski kız arkadaşım" dedi çünkü.. Bir kızla fanfini yapmış demek ki... Ben tabii bu durumdan daha da gaz alıp, Pekmez'le izinleri aynı güne denk getirdim, bir şeyler falan yapalım diye. Anlaştık ettik, buluştuk o gün... Artık el ense şaplak göte muhabbetine girdiğimiz için rahat rahat "Yarın çıkalımm yaeee" diyebiliyorum... Gezdik, dolandık falan filan. Ben artık umudu kestim, yok anacım olmayacak bu iş. Yani bütün gün yapayalnız İnciraltı'nda fink attık, liseden kaçmış çocuklar gibi, hâlâ bana "salak, salla da sümüğüne bak" tarzı espriler yapıyor. Hayır yaşı küçük olsa tamam diyeceğim, ama yirmi yedi yaşında mı ne herif. Bu ibne herhalde benden hoşlanmıyor, ama yine de erkek lan bu! Hoşlanmasa da, kızın belli ki gönlü var, bir kuytu bulayım mıncırım der. Bir sinir etti geri zekâlı beni. Bütün gün öyle, hadi şimdi açılsın, hadi şimdi olsun diye kıvrandım durdum. Ben açılsam diyorum, ama hiç yapmadığım bir durum. Hani biraz tensel yaklaşımlar olsa, ilk adımı bari ben atayım diyeceğim, ama o da yok. Dedim ki hiç uğraşma, bu çocuktan bir bok olmayacak, bari kalk git başkasını bul.

Yemek yiyip, eve bırakmak için arabasına bindik. İkimiz de susuyoruz, tek kelime yok. Arabasının da teybi bozulmuş, öyle malak malak bakınıyorum etrafa. Konuşasım da gelmiyor açıkçası. Sonunda evimin oraya geldik, komşular görmesin diye arka sokakta durdurttum arabayı. Tokalaştık ve ben eve doğru yürümeye başladım. İçimden de, "Olmayacak kızım bu iş, herif angut, geleceği yok," diye düşünürken, arkamdan birinin koştuğunu fark ettim. Anaa bir baktım Pekmez! Tam apartmanın önündeyiz, konu komşu görmesin diye o kadar ileride indim, sen gözlerine sokar gibi diplerine gel. Çocuğu aldığım gibi apartmanın içine soktum! "Sana bir şey demem lazım," dedi. İlk kattaki Yozgatlıların kapısı açılır gibi oldu, hemen asansöre attım çocuğu ve iki ile üçüncü kat arasında durdurdum. "Burada de, ama sessiz ol," diye de uyardım. "Bunu bugün demezsem, bir daha diyemem. Ben senden çok hoşlanıyorum," diye girdi konuşmaya. Öyle boyoz gibi açarak gözlerimi dinledim. Aklımdan geçen tek şey, o soğanlı köfteyi yememem gerektiğiydi. Karşımda bakıyor öyle, bir şey diyemiyorum. Bu noktada öpüşmemiz gerek, ama kendi soğan kokumdan kendim iğrendim. Ayy geri zekâlıyım ben, gerçekten malım! Ben böyle heyecandan apışıp kalıp, kendime kızmakla meşgulken, biri asansörün kapısına vurdu, bırakın şunu diye.

"Hadi sen git," dedim ve ikinci katta indirdim çocuğu. Kapıyı kapatırken de, "Ee cevabın…" dedi. "Ben de seni seviyorum," dedim o panikle. Çok utandım ama sonra. "Seni seviyorum" ne yaaaa?!?! Ama olsun, sonunda oldu. Anam şimdi dank etti; artık bir sevgilim var! Allahım lütfen bunu elimden kaçırmama izin verme, eski sevgililerimi karşıma çıkarma, bu çocuğun önüne güzel güzel kızları koyma, içimdeki kıskançlık denen canavarı yok et. Ve soğanlı yiyeceğim zaman içime bir ateş düşür, aklımı dürt!

Bim bam bom çok şükür dostlar, benim de artık bir sevgilim var. Ayy bu şarkı da tam bir abazan şarkısı. Kırk yıl sonra sevgili yapmış, bunun da utanmamış şarkısını bestelemiş. Eskiler gerçekten çılgın mıymış neymiş.

Aşkın dönem halleri

Aylardır peşinden koştuğum şeye sonunda kavuştum! Ama böyle nasıl kasıyorum kendimi... Ya böyle insanlar sürekli işte aşkın başları, ilk günleri mıy mıy diye ötüyorlar hani. Hah ben ona inanmıyorum işte. Bence aşkın en güzel kısmı iki dönemde özetlenebilir: Bir platonik olan tarafı, böyle bakışmalar, fingirdeşmeler, olacak mı olmayacak mı telaşı; bir de ilişkinin ortası oluyor. Ya bir kere, başta karşı tarafa güvenmiyorsun; acaba ne olacak, yatsak mı yatmasak mı, beni ciddi olarak görüyor mu, eski manitası kim, arasam mı, üstüne düşsem mi, falan mı filan mı? Ya böyle direkt gökten zembille inmiş uzun süreli bir ilişkim olsun istiyorum. Hoop başlarken otomatik olarak üç senelik gibi davranalım yani. Ama olmuyor maalesef. Şimdi işte Pekmez'de de böyle hissediyorum, geçsin bitsin hemen şu ilk günlerin baskısı. Bazen böyle onu görmek bile istemiyorum, ama sonrası da korkutuyor beni. Her ilişkinin kesin ve net kuralı zaten bir tarafın sevgisi muhakkak daha ağır basar! Hah mesela aşama aşama söyleyecek olursam onları, işte size "erkeğin daha az, kadının daha fazla sevdiği ilişki"nin aşamaları:

Giriş dönemi:

Bu dönemde kadın biraz soğuktur erkeğe karşı. Nedense hatun böyle yalnız kalmak istemez erkekle. Bir de başkalarının yanında, "O bana yavşıyor, *n'apim* acıyorum çocuğa" imajını verir. Yanına sürekli birilerini takar. Kantinde otururken, birini görür görmez, hemen tutar kolundan ve "Aaaa gel gel otur, zaten önemli bir şey konuşmuyorduk," diyerek, adamları masasına toplar. Erkek biraz daha sırnaşıktır, fazla abartılıdır. Hedefe gözünü dikmiştir. Cinsel olarak yakınlaşmalarıyla bu dönem sona erer.

Mıçmıç dönemi:

Artık sevişilmiş, rahatlanmış, gevşenmiştir. Kadın, özellikle daha yakın davranmaya başlar erkeğe. Önceden masaya topladığı o insanlara uyuz olmaya başlar. Sürekli yalnız kalmak ister. Aralarında şifreler oluşur, telefonda isimler değiştirilir. Hayatım, aşkım, böcüüm, kılkurdum gibi abuk sabuk şeylerle birbirlerine seslenirler. Günün yirmi üç saati birliktelerse, o ayrı kaldıkları bir saat de telefonda konuşurlar. Kadına otomatik olarak yüklenen iğrenç çocuk taklidi, bu dönemde başlar. Erkek, en güzel sms'ler ve aşk mesajları gibi sitelerde bulunan (hatta kitabı bile var olan), götümden daha iğrenç yazıları takır takır hatuna yollar. Şu mesajı almamış bir insan evladı yoktur sanırım: *"Beyaz bir güvercin gönderiyorum sana. Kanatlarında mutluluk, yüreğinde sevgi ve şefkat, kar beyaz tüylerinde kokun, ve gagasında iyi geceler öpücüğü"*. Hatta o güvercinin ağzına tıkıştırılan mesaj değiştirilip, kandil, bayram, Anneler Günü, 19 Mayıs gibi özel günlerde de yollanır. Bu dönem fazla yılış yapış, sümük kıvamında devam eder. Erkeği sadece bu dönemde böyle görebilirsiniz.

Benimki dönemi:

Sahiplenme dönemidir bu. Üçüncü şahıslara sevgilini "benimki" olarak tanıtma faslıdır. Bankaya birlikte gidilir, faturaları ödeme sırasında birlikte beklenilir, faceebook kapatılır, yavaş yavaş şifreler doğum tarihlerinin birleşimi olur. En güzel sms'ler yerini, "Eve şimdi girdim tatlım, sabah ben seni uyandırırım" tarzı mesajlara bırakır. Hafif kıskançlıklar baş gösterir. Erkekler, telefon listesindeki ayda bir yatılacak kadınların numaralarını silerler. Kadınlar, önceden kuyruk salladıkları her adama, "Benim bir sevgilim var" derler ve de kuyruklarını yere indirirler. İki taraf da bu aşamada arkadaşlarından kopmuştur. Özellikle kadının bütün dünyası ilişkisi olmuştur.

"Zarife moralim çok bozuk... Annemin ölümünden bir hafta sonra babamı da kaybetmek bana çok koydu. Birileriyle konuşmaya ihtiyacım var."

"Yaa benimkinin babası da anjiyo olacak. Moralimiz bozuk bizim de günlerdir. Çok iyi bir babası var, bir görsen adamı. Beni çok seviyorlar zaten. Annesi de nasıl hanfendi, nasıl iyi biri. Allah dualarımı kabul etti, bana böyle birini gönderdi. Hiç yalnız bırakmıyor beni, ne desem yapıyor, çok seviyorum onu. Aaa dur arıyorr. Neyse tatlım ben gidiyorum, hadi öptüm seni."

"Aaa n'oluyo?" dönemi:

Bu dönemde erkek artık arkadaşlarına doğru kaymaya başlar. Yapışık ikizler gibi gezmekten bunalmıştır. Her hareketini kadına söylemekten gına gelmiştir. Kadın bu dönemde bir mal olur, n'oluyo falan diye bir telaşa kapılır... Etrafında hiç arkadaşı kalmadığı için, kalanları da ?benimki benimki? diye sıkıp bunalttığı için, bu dönemi saçmalayarak geçirir. Arkadaşlarıyla gezmesini, başka kızlara bağlar. Aldatıldığını düşünür. Kendini yapayalnız hisseder.

Beyin sikme dönemi:

Adam arkadaşlarıyla her çıkışında, kadının verdiği tepkiyi duymamak için yalan söylemeye başlar. Evde Pes turnuvası düzenliyordur, ama kıza amcasının evinde olduğunu söyler. Yalanlar ortaya çıktıkça, hatun çıldırır, anlam veremez. Kesin başkası var diye düşünür. Telefonda atılan mesajlar, sorgulayıcı olmaya başlar: "Neredesin?", "Kim var?",

"Neden geç yazıyorsun?" Başlarda kapatılmayan telefonlar, artık kısa konuşmalarla sona erer. Adamın eski sevgililerinin şecereleri çıkarılır, ha bire onlarla ilgili sorular sorulur: "Pekiii Canan diye sevgilin oldu mu hiç?", "En çok hangisini sevdin?", "Ondan neden ayrılmıştın?", "O da annenlerle tanıştı mı?" gibi sorularla kendini eskilerle kıyaslamaya başlar.

"Sen böyle değildin" dönemi:

Bu dönem, kızın artık depresyona girdiği; erkeğin ise bunalıp resti çektiği dönemdir. Ne zaman bir araya gelinse, kavga edilir. Erkek kızı anlamaz. Kız erkeğe sesini duyuramaz. Adam artık iyice uzaklaşır, görüşmek işkence gibi gelmeye başlar. Başkalarıyla görüşür, aldatır. Artık atılan mesajlar iyice değişmiştir. Kadın, "Neden böyle yapıyorsun?", "Eskiden böyle değildin", "Bugün beni hiç aramadın", "Yanında kim varsa, sen onlarla ilgilen", "Yaşanılan her şey hataymış sanırım" der; erkekten gelen mesajlar ise, "Seni ararım","İyi, sen bilirsin", "İşim var biraz, yarın görüşürüz", "Peki" vs.'dir

Uzatmalar dönemi:

Bu, son aşamaya gelindiğini anlatan dönemdir. Kızın sinir krizleri geçirdiği, adamın ise sikinde bile olmadığı aşamadır. Kavga bile etmeye mecali kalmaz adamın. Birlikte olduklarında sıkılır, konuşacak bir şey bulamaz, aramak içinden gelmez, ayrılmak ister, ama kadının sürekli sulu göz halleri yüzünden ses çıkartamaz. Kadın baştan sona harcadığı bütün emekleri adama mesaj olarak atar: "Ben sana böyle böyle yapmıştım", "Senin yüzünden herkesi karşıma aldım", "Senin sorunlarını kendi sorunum bildim", "Ben senin için nelerden vazgeçtim". Zaten bunlarla başlar ayrılık sinyalleri. Ne zaman çetele tutulur, o zaman anlaşılır alışverişin bittiği. Bu mesajlarla adam daha da bunalır, bunalır, bunalır... Bir kavga kıyamet kopar... Ayrılık yaşanır... Bu ayrılık süresince kızın attığı mesajlar çeşitlilik gösterir: "Tabii işin bitti, hemen postala beni. Aferin yaa sana yakışan da bu", "Ayrıldık ya hemen o kızın yanına git, hiç vakit kaybetme", "Her şey haram olsun sana. Pislik, neden telefonunu açmadığını biliyorum. Allah belanı versin", "Son kez konuşalım". Bir defa daha denenir, bir defa, bir defa derken artık iyice cıvır...

Ayrılık dönemi:

Erkeğin telefon numarasını değiştirdiği dönemdir.

Erkeğin, kadını daha fazla sevdiği ilişkiler ise daha kısa sürer. Mıçmıç döneminin ortasında kadın daha iyisini bulur ve gider.

Umuyorum bizimkinin bir farkı olur da, ikimiz aynı anda sevip küçük minnacık topalak gibi çocuklar doğururuz, mutlu mesut yaşarız...

Kimse bilmesin aşkları

Aynı işyeri, aynı mahalle, aynı sınıf, yani cümlenin içerisinde "aynı" kelimesi geçen her ortamda, "Ayy kimseye söylemeyelim" aşkları yaşanır genelde. Biz de bu klişeye uyalım dedik ve kimse bilmesin durumuna girdik. Yaa bir de benim kaderim midir nedir, yemin ederim her başladığım ilişki bu şekilde: "Şimdilik kimseye söylemeyelim" durumuyla başlıyoruz. Allah biliyor benim içimden geçeni: Hani bu ilişki sürmez mürmez, sonra göt gibi kalırsam, en azından mavra konusu olmayayım; ya da olur olur, daha iyisi çıkar karşıma, kısmetime mâni olmayayım. Ama karşımdakiler de benden mi utanıyor n'apıyorsa "Yaa yaymayalım bu durumu ehi ehi" deyince hemen hoop dünden hazır gibi kabul ediyorlar...

Hah işte bunda da böyle oldu olmasına ama bir şeyi hesaba katamadım: Bayan Kaltak. Allahım nasıl bir sürtükse, tam yakasından düştü sandım çocuğun, hoop hortlayıverdi. Sabahları beraber kahvaltı ediyoruz, sonra da kanala ayrı gayrı giriyoruz. Ben önce giriyorum, o benden beş dakika sonra geliyor. Ben tam yerime oturuyorum, bir bakıyorum ki nasıl denk getirmişse sürtük ile kapıdan beraber giriyorlar. Her sabah aynı terane. Sonra sürekli yanına çıkıyor, ahtapot gibi elleri devamlı çocuğun omzunda, karnında, belinde, her yanında. Gerekli gereksiz kahkahalar, laf sokmalar, uzaktan uzaktan çocuğu süzmeler falan. İfrit oluyorum oturduğum yerden.

Keşke baştan, "Kimse bilmesin, sadece Bayan Kaltak bilsin" diye çevirseydim olayı diyorum. Öyle bir durum ki, kıskandığımı da belli etmek istemiyorum. Bir önceki ilişkimde yaptığım hatalar burada devam etmesin diye, baştan birkaç oyun oynamalıyım çünkü. Onlardan biri de, o bunaltıcı psikopat kıskançlığımı biraz bastırmak olacak. Ama anacım bastırılmıyor ki, ben tam bastıracağım, hoop karı atlayıveriyor bebenin kucağına.

Ve gerçekten de öyle böyle değil, bildiğin sürtük. Daha bugün, biz merdivenlerin orada durup hafif hafif cilveleşiyoruz Pekmez'le. Cilveleşiyoruz deyince, öyle merdiven başında bir dizini kırmış mini etekli bir kız ve onun bacakları arasında malafatını sürterek ağzını yüzünü yalayan bir çocuk aklınıza gelmesin. Daha dili dilime değmedi yeminle. Bizim fingirdeşmelerimiz daha çok böyle merdivenin oradan aşağıya bakarak gerekli gereksiz ihihihi mihihihi falan yapmak. İşte bu karı, tam biz ihihihi yaparken geldi, dibimize yanaştı. O çemçük gibi ağzını büzüştüre büzüştüre, on kilo limon yalamış da dili dudağı kabarmış gibi konuşmaya başladı:

"Pekmezzzzz, ya ben de sabahlardan berii seni arorumm. Nerdesin yaaaa?"

Geri zekâlı karı, sanki gittiği yeri ona haber vermek zorunda. Pekmez'in de bok yemesi var ya bence, abi nasıl karıya yüz veriyor anlamıyorum. Böyle geldiler yanımda vıdıvıdı gereksiz gereksiz konuşmalar, bir yılışıklık, bir bilmem ne. Böyle şeytan diyor, kalk git, trip at, laf sok falan. Sonra diğer yanımdaki, artık melek mi desem, geçmişimden gelen bir ses mi desem, öyle dandik bir şey işte, "Ya saçmalama PuCCa, bak daha önce dört senelik götünde patlayan bir ilişkin oldu, bunda o dingille yaptığın hataları yapma lütfen, öyle tripler falan gereksiz. Hem sen trip atıp gideceksin, kızın daha çok işine gelecek. Kıskanıldığını fark eden kadının götünün nasıl kalktığını en iyi sen bilirsin. Ses çıkarma, hiç sikine takmıyormuş gibi davran ve gülümse canım benim, ısırma o dudaklarını kanatacaksın, gülümse hadi," diyor.

Ben de onu dinleyip, gülümseyе başladım. Bir şeylerden bahsediyorlar, ama beynim cümleleri algılamıyor, daha çok her şey yavaş çekimde ilerliyor gibi. Eli sürekli omzuna değiyor kızın, gülerken o suratını daha çok yaklaştırıyor. Allahım her şey aynı işkence gibi, başım dönüyor bayıldım bayılacağım ya da o karıyı boğacağım orada. Aa yok, bir şey yapamıyorum, sadece izleyip Mona Lisa gibi gülümsüyorum.

Pekmez denyosu da uzun zaman benimle ilgilenmediğini anladı sanırım, "Sen ne düşünüyorsun?" diye bana doğru dönüş yaptı. Neden bahsettiklerini bilmediğim için salak salak bakıyordum çocuğun suratına; Bayan Kaltak, yine o kırılasıca elini Pekmez'in omzuna atıp, "Ayy yaa ben senin adını hep unutuyorum, neydi?" diye sordu bana. Bu nasıl küçük düşürücü bir şey, bu nasıl bir hakaret, sen kimsin de benim adımı unutuyorsun? Ben her gün senin adını sayıklayıp, sana vodoo yapmayı düşünürken, adını koyan anaya babaya küfrü basıp dururken, sen benim kalbimi sıkıştırıp, tırnaklarımın kenarlarını yememe sebepken, sen kimsin de benim farkıma varmazsın. Allaaaah, ben bu kadar mı ezik biriyim? O adamın, ne kadar yiyişmesek de, sevgilisiyim ve ona yılışan karı benim adımı bilmiyor. Allahım, öldür beni şuracıkta. Sen öldürmezsen, ben o kaltağı alıp pencereden aşağıya atacağım. Üstünde zıplayacağım, sonra hoop alacağım körüklü otobüsü, içine dolduracağım KSK taraftarlarını, otobüsle onu ezip pestilini çıkartacağım, sonra o pestili oradan tırnaklarımla kazıyıp, köpeklere yedireceğim.

Derin bir nefes aldım ve gülümsedim. Ardından da, "Bir penisim olsaydı, eminim adımı hatırlardın. Penisim olmadığı için, hatırlamana lüzum da yok," dedim ve merdivenlerden yukarıya çıktım. Sikerim lan ilişkisini de Pekmezini de. Adam gibi bir ilişki yürüteceğiz diye, elin elektrik direği bacaklı karısının yanında ne küçük düşecekmişim. Çok sinir oldum, geçtim oturdum masama. Hemen ardımdan Pekmez geldi. Şimdi dedim, "Ayy neden yaptın böle? Ayıp oldu kıza, aslında o kız çok iyi bir kız bla bla bla?" diyecek kesin.

Genelde hep böyle oluyor. Bu herifler, kendilerine yavşayan sürtükler için sevgililerine, "Yaa o kız çok iyi bir kız" diyorlar. İyi kız olunca, "Haa tamam iyi kızsa, sevişebilirsiniz o zaman canım," diyeceğimizi mi sanıyorlar, n'apıyorlar?

Böyle yavaş yavaş masama yaklaşıyor, ben de kendimi bu "iyi kız" muhabbetine hazırlamaya çalışıyorum. İpleri kopardım artık, kıskandığımı da anlayacaksa anlasın, n'apiim?! Geldi iki elini masama koydu. Dünyanın en güzel kokusu burnumun dibindeydi. Böyle kafasını iyice yaklaştırdı, gözleri gözlerime gelecek şekilde, "Hahahah çok güldüm ya, iyi dedin," dedi. Gözlerime baktı baktı ve sonra kollarını çekip masasına gitti. Ve ben orada öldüm, ciddi ciddi bildiğin öldüm.

Allahım ben bu adamı seviyorum, ne olursun beni bu adamla tez zamanda evlendir, ne olurrrrrrrrr.

Belki yakarım bu evi, kurtulurum ikimizden

Hayatımda sanırım ilk defa saygı ve sevgi çerçevesinde bir ilişkim oldu... Öyle de korkuyorum ki bir şey olacak da ayrılacağız diye. Korkuyorum korkmasına ama psikopat gibi de ayrılacağımızın hayalini kurup, şıpır şıpır ağlıyorum... Var benim öyle kafayı biraz yemişliğim... Mesela gece yatarken bazen kendi ölümümün hayalini kuruyorum... Sonra da öldüm diye salya sümük sabaha kadar ağlıyorum... Şimdi de böyle ya Pekmez'den ayrılırsam diye kafamdan ayrılık cümleleri, hikâyeleri falan geçiyor... O kadar güzel gidiyor ki bitmesini istemiyorum o yüzden, Pekmez'le eskiden yaptığım hiçbir hatayı yapmamak için götümü yırtıyorum. Aşk konusunda çünkü acayip derecede sapıklaşabiliyorum bazen. Hayatıma giren adamı her şeyin merkezi yapıyorum. Bu da bir süre sonra bana da ona da zarar veriyor. O sırada her şey mantık çerçevesinde ilerliyormuş gibi gözükse de, sonradan düşününce bildiğin hastalıklı insan davranışı sergilediğimi fark ediyorum. İnsan ev yakar mı sevgilisi onunla ilgilensin diye! Onu bile yaptım düşün artık.

Okul yeni bitmiş, hayatımın iş olarak bana gelen en ballı fırsatını osuruktan bir söz yüzüğü[1] için bırakıp başka şehre gitmişim... Depresyonun bokunu çıkarıyorum resmen, bir tane bile arkadaşım, konuştuğum insan yok. İşe başlayalı çok olmamış, bir türlü adapte olamıyorum. Sevgilim beni aramıyor, sormuyor. Sik gibi kalmışım ortada, bir evim var, eşya az, evin içinde sadece ağlıyorum... Telefonum bir kere bile çalmıyor. Fonda da Özlem Tekin'den "Belki yakarım bu evi, kurtulurum ikimizden, belki yıkarım gider, ne kaldı hikâyemizden?" şarkısı. Sen kalk, elin herifi seni dizinin dibinde istiyor diye, her şeyi es geç, gel. Adam seni aramasın, sana köpek çeksin! Değer mi be PuCCa dedim! Bir gaza gelmişim ben, sıçarım demişim sözüne de, yüzüğüne de, beni siklemeyen herife de, işine de, yakarım lan dedim bu evi! Bırakıp giderim kendi evime. Attım çantama iki kot, bir bot, perdenin altından yaktım çakmağı, kapıyı çektim gittim...

Aklımca işte anıları yakıp gidiyorum, "bir iz kalmasın bu aşktan" gibisinden. Böyle arabesk haldeyim, asansörden indim, "Ulan müstakil evde mi yaşıyorsun? On dört katlı bir apartman! Çatır çatır yakacağım bok yoluna insanları" diye paldır küldür çıktım yukarı. Perde ve yanındaki koltuk

1 Osuruktan söz yüzüğü: Erkeğin "Bu kız kahrımı çok çekti, evlenmek gibi bir niyetim yok ama sevinsin garibim en azından"; kızın ise "Off tam da ayrılacakken, seviyor lan beni bu, bari bütün ömrümü adayayım. Canım ya baksana söz bile taktı bana" diyerek taktığı yüzük.

alev almış, söndürdüm hemen. Yoruldum tabii. Dedim azıcık uyuyayım, sabah terk ederim bu kenti. Gece bir uyandım, her taraf kıpkırmızı, kalkamıyorum yerimden, öyle bir baskı var ki! Bütün ev yanıyor! MacGyver gibi geçtim alevlerin içinden, attım kendimi evden. Bütün apartman ayaklanmış, itfaiye gelmiş, herkes yangını söndürmeye çalışıyor, her şeyim gözümün önünde yanıyor! İnsanlar da beni teselli ediyor. Meğer ben ilk perdeyi yaktığımda, koltuğun süngerinde bir parça kalmış. O da yavaş yavaş yana yana büyük bir yangın çıkartmış. Yangın söndükten sonra karakolda ifade verdim, "Küçük tüp yüzünden" dedim. Bütün herkes; ev sahibi, sevgilim, apartmandakiler piknik tüpümü suçladı. Özür dilerim minik tüpüm, her şey üstüne kaldı ama ne yapabilirdim? "Ben bir psikopatım, sevgilimi terk edecektim, bari havalı terk edeyim diye evi yaktım," diyemezdim ya.

Bulduğumun umduğumdan daha değerli olması

Lisede falan hani, "Yaa benim sevgilim beni çok seviyo, bana dokunmuyo hiç, sevişmiyoruz," diyen kızlar vardı ya. Oysa işin aslı; her köşe başında, boş ev bulduklarında, bağırsaklarının canını çıkartıp, bekâretleri kabak gibi yerinde duran kızlar. Bir de seviştiğini söylerse, sanki orospu olacak. Çünkü o hemen öyle etiketlediği için, milletin de kendisini etiketlemesini istemez. O sebeple paso, "Ayy ben sevişmem, gömüşmem" diye ayak yaparlar. "Kusura bakmasın da, bana kimse inandıramaz bu muhabbeti," derdim, ta ki şu ana kadar. Biri bana aranız nasıl diye sorsa, "Çok seviyoruz birbirimizi, ama sevişmiyoruz," diye cevap veririm.

Abi biz sevişmiyoruz yaa, bildiğin sevişme denen olay yok. Sabah akşam, bir bok yeme umuduyla, her yanımı tavuk gibi bırakıyorum. Hayır, bir de öyle ki tüycüklerim kısacıkken ağdayla alamadığımdan, paso basıyorum jileti. Babamın suratı gibi oluverecek yakında, ondan korkuyorum. Geçen hafta sonu buluşmayacaktık. Ben de nasıl olsa onu görmeyeceğim, her gün de babamdan çok tıraş oluyorum, bırakayım da uzasın, adam gibi ağda yapmam lazım diyerek, minnak minnak bıraktım olayı. Ama aradı beni bu, "Bir şeyler yapalım, özledim," falan dedi. Ben de çıktım öyle, nasıl olsa çıplak görmez beni diye. Allah'ın işi işte, çocuk arabada "Bize gidelim," dedi. "Aha," dedim, "sıçtın PuCCa! Aylardır beklediğin zaman bu zaman, bunda da sen müsait değilsin." ?Ayy yok gitmeyelim," falan diyorum, ama bildiğin on dörtlük kız tripleri oluyor. Tabii bu ayak bir işe yaramadı. En son apartmanın merdivenlerinden yukarı çıkıyorduk ve ben, onun arkasından "Off PuCCa off" diye kafamı duvara vuruyordum.

Kapıyı çaldı. Lan biz beraber olacağız diye düşünürken, annesi açtı kapıyı. Ayyy! Ev derken, emme gömmeden bahsetmemiş çocuk, gayet anamla tanıştırayım demiş meğer. Allahım ben nasıl utandım. Utanmayı siktir et, hazır değildim. Bilseydim böyle olacağını, bir kek, bir börek yapardım, gözüne girerdim kadının. Gayet şirin bir annesi var. Acayip de cana yakın falan, ama ben nasıl kasılıyorum. Bir de kardeşi var. Evlerini dolaştırdı Pekmez. Bizim evin dört katı falan bir ev. Tuvaletleri bizim salon kadar.

Neyse; başkasının evinde değil iş, götümü koltuktan bile kaldıramıyorum resmen. Zaten böyle suratımda yapmacık bir gülümseyiş, her boka sırıtır vaziyetteyim. Konuşmalarım, üç yaşında bir beyin özürlü edasında. Pekmez'e yakın davransam mı davranmasam mı bilmiyorum. Kadına samimi davransam mı kestiremiyorum derken, annesi yemek yapmak için mutfağa geçti. Bu işin kuralı, benim de ardından geçip, o yalak suratımla, "Yardımmm edeyimmm miiii?" diye sormam gerek. Ama gel gör ki hiç istemiyorum, hatta "Ohh iyi ki geçti içeri, çenem ağrıdı sırıtmaktan," diyorum. Yalnız yapacak bir şey yok. Gitmem gerek diyerek, girdim mutfağa; iki elim apış aram hizasında, ağzım kulaklarımda, sanki hiç yemek yapan karı görmemişim gibi bir mutlu bir şen şekilde kekeleyerek, "Ehehe yardım edim miiiii?" sorusunu sordum. İçimden de, "'Yok' desin Allaam. 'Git içeri kızım, olur mu!' desin. N'olur bi bok yaptırmasın," diye geçiriyorum. Ama sanırım meşgule attı numarayı kadın ve direkt "Salatayı yapabilirsin" dedi. O noktada ben salata yapmayı unuttum. Salata yap PuCCa diye kafamda bir şeyler dolanıyor, ama salata yapmayı resmen unuttum. Bir iki dakika kan beynime gitmedi sanırım. Bir silkelendim, kendime geldim. Sonra oturdum, düşündüm: Salata salata, domatesle falan yapılıyor, sakin ol diyerek aldım domatesi, salatalığı, marulu.

Şey kızlar var ya hani, "Ayy ben çok güzel yemek yaparım," diyen. Haa işte hiç onlardan biri olamadım. On iki yaşından beri sürekli yemek yaptığım halde, kimsenin evinde yemek yapamam. Ya da yaptığım şeye güvenemem. Babam yiyor garibim, ne yapsın? Adamın önüne koy ekmek peynir, onu da yer. O yüzden de onun beğendiği şeyleri kıstas alamam. Kız kıza toplanmalarda da ezik gibi dururum. Herkes neyi nasıl yapacağını bilir; ben acaba bunları küçük doğrasam mı, ayy ya büyük seviyorlarsa, içine limon sıksam mı, kenarına mı koyayım, off kötü mü oldu, ya kimse yemezse telaşı yaşarım.

Bunda da aynı öyle oldu. Bir de alt tarafı salata yani... Domatesi nasıl doğramam gerektiğini kendi kendime dünyanın en büyük sorunu haline getirmişken, içten içe de dua ediyordum: "Allahım, deprem olsun, kaçalım, ben şu salata yapma işinden kurtulayım. Allahım, bomba patlasın, bişi olsun, kaçmak zorunda kalalım. Haa belirtmeme gerek yok sanırım, kimse ölmesin! Ama bir doğal afet, bir şey yap, kurtar beni şu durumdan. Sen ki koca okyanusu ikiye ayırttırdın, ne bilim ebabil kuşlarına taş toprak attırdın, hadi bir kıyak yap bana, lütfen kurtar beni şu olaydan." İşte böyle saçma sapan dua ederken, Pekmez yanıma geldi ve elimden bıçağı alıp, "Sen benim salatamı yemedin daha hiç, bak ben yapayım bunu," dedi. Bu dediği şeyi kafam hemen bel altı olarak algılasa da, arkamı dönüp, "Allamm çok tenkyuu, valla çok iyisin, seni çok seviyorum," deyip, oturdum oradaki sandalyeye.

Dünyada seksi erkek davranışlarından en iyisi ne diye sorsalar, "eşofmanlı yemek yapan erkek" derim. O nasıl güzel bir görüntüydü öyle. O salatayı her kesişinde, ben onunla evlendiğimizin hayallerini kuruyordum. "Bu ev bizim olsun, anasını göndeririz küçük bir eve, yeni eşyalar falan alırım buraya, o hep yemeklerimizi yapar, ben balkonda masa hazırlarım. Bir de iki çocuk yaparım ohh missss," diye mutlu mesut düşüncelere dalmıştım. Sonra annesi, "Masayı bi hazırlayıverin, ben bi aşağıya incem," dedi. Beraber tabakları falan yerleştiriyoruz, ama nasıl mutluyum, direkt kafamda karı kocayız imajı var. Salak salak gülüyorum falan. Sonra Pekmez belimden tuttu beni, iyice çekti kendine. Böyle gözümün içine bakıyor. Öpecek sonunda falan diye seviniyorum, ama bir yandan da anası ya da kardeşi içeri girerse diye de telaş ediyorum. Haa bir de ya kokuyorsa ağzım diye düşünüyorum. İlk öpüşmemiz olacak ve benim Ankara'daki çocuktan sonra ilk öpüştüğüm adam olacak. Öpüşmeyi unutmuş olabilir miyim falan gibi salak salak şeyleri düşünürken, hoop benim alt dudak onun dudaklarının arasına yerleşiverdi. Dilimi devreye soksam oha der mi, böyle bir alt bir üst şeklinde mi devam edeceğiz, anası gelecek dur bir bakayım kapının oraya, dudakları da amma soğuk falan derken, bitti bizim öpüşme. Hiçbir şey anlamadım öpüştüğümüzden. Ama şey hoşuma gitti; iki yanağımdan tuttu, onları öpüp bıraktı beni.

Sonra anası geldi, yemek falan yedik, gayet normal bir öğlen geçirdik. Ardından odasına geçtik bunun, PES oynadık, orada da iki defa öpüştük. Son öpüşmede eli mememe de kaydı. Yani sevişmek için ilk adımımızı attık, hayırlı uğurlu olsun. Mememi yıkamam artık bir sene bu günün anısına...

Bir ben var ki benim içimde, benden öte, benden ziyade

Allahım nazarlardan koru falan bir şeyler yap, ama Pekmez'le her şey çok güzel gidiyor. Bugün bana "Seninle evlenmek için bütün varımı yoğumu veririm. Hiç kimsenin yanında bu kadar rahat değilim ben! Çok şanslı bir herifim," dedi. "Need for speed" oynarken ben Pekmez'e turu bindirince, bu sözleri söyledi. Oyunun gazıyla heyecana geldi, gırgırına, maksat muhabbet olsun diye söyledi biliyorum, ama olsun.

Çocuk PC oyunları delisi, ben de ortak noktalarımız varmış gibisinden kendimi oyun hastası gösterdim. Bütün buluşmalarımız, izleme odasında oyun oynayarak geçiyor. Mutlu muyum? Hayır! Sürekli ben kazanıyorum. Bu çocukla evlenmek istiyorum; planlarıma göre, gelecek yaza kadar evlenmem gerek. İki sene sevişme, oynaşma, evliliğin bokunu çıkarma, sonra hooop çocuk. Şu dünyaya geliş amacım zaten sadece evlenmek. Öyle kariyer yapayım gibi bir derdim yok, biliyorum ki memelerim sarktığı zaman kariyerim de bitecek. Hem eskidendi öyle şeyler, bir ara çok hevesliydim; bir şeyler olayım, aman da aman diye. Sonradan baktım, şu hayatın tek anlamı, sana saçılan tohumlardan insan yapmak, başka bir şey için gelmemişsin dünyaya. Ya da aşk gözümü kör etti, yine ben manyaklaştım ve ilk bulduğum adamı kocam vasfına soktum...

Evlensek nasıl olacak diye hayaller kurup duruyorum, annesini o evden çıkartırız, Göztepe sahilinde kocaman ev. Karı ne yapsın orayı? Ona küçük bir ev tutarız, uzakta bir yerlerde. Ya tamam annesi dünya tatlısı olabilir ama ben anneleri hiç sevmiyorum. Sadece sevgililerimin değil, arkadaşlarımın da annelerini sevmem. Çok garip geliyorlar bana, böyle sürekli elleri üstlerinde sanki, her şeyi çok bilmiş tavırları falan. Bir de kıskanıyorum ana-kız ana-oğul muhabetlerini. Afakanlar basıyor biri annesiyle yanımdayken, böyle kadın gitsin diye gözünün içine bakıyorum. Çocukken de şimdi de annelerin kızları için düşündüğü "iyi arkadaş özelliklerini" taşımıyorum zaten. Yani bütün arkadaşlarımın anneleri mutlaka bir defa da olsa "O kızla görüşme!" demişlerdir benim için. Lisedeyken Alsancak'ta sabahlayan, ders çalışmayan ama yine de bir şekilde yırtan, bel altı espriler yapan, her an kızlarını yoldan çıkartabilecek gibi duran biriydim. Anneler tarafından asla eve sokulamayacak bir kızdım yani. Tek kendi çocukları mükemmelmiş gibi, dünyanın en harika yaratığına sahiplermiş gibi, embesil kızlarını övüp beni aşağılarlardı. Okulda bir olay olduğu zaman, babam benim için "Kesin bizim kız suçludur," derdi ve veli toplantılarında gıkını çıkarmazdı. Ama o anneler gelip, kendi çocuklarını aklamak için beni daha da batırırlardı. Kaç kez disiplin kurulunda sinirden avuçlarımı kanattım bu yüzden. Ve öyle acımasız olurlardı ki, sıçar gibi doğurdukları salak çocuklarını benden korumak için her türlü yarama tuz basarlardı. Suratıma baka baka, "Anneniz doğurmuş sizi sokağa atmış, böyle başıboş büyümüşsünüz. Kızımla konuşma bir daha, onun ders çalışması gerek, senin gibi değil o! Baban karı kız peşinde dolanacağına, biraz dayak atsın size! Bu ne ya millet doğuruyor bize olan oluyor!" diye söylenirlerdi. O günlerden kalan bir şeyle, başkalarının anneleri benim için hep bir tehlike unsuru oldu. Umuyorum Pekmez'in annesi de bu durumu sakince karşılayıp ayrı eve çıkar...

Ayy sanki yarın evlenecekmişiz gibi heyecanlandım. Ama hazır yeri gelmişken, kafamı kurcalayan bazı sorunları da bir irdeleyeyim. Mesela sanki hiç osurmaz gibi geliyor. Eski sevgilim denen hayvan oğlu hayvan, ceset yemiş gibi gaz salardı ortalığa, Allah'ın ayısı! İçten pazarlıklı değildir umarım. Her şeyi kafasına takıp büyütenlerden de değildir inşallah. Dilerim koruyup kollayıcıdır, sarıp sarmalayıcıdır. Ne bileyim, sonradan farklı bir insan olarak çıkmaz karşıma umarım. Eğer bunlar da tamamsa, hobereyy bekle beni kabarık Fransız güpürüyle yapılmış gelinliğim!

Hoş o daha çok şoke olacak, gerçek "ben" ile karşılaşınca. Yanında biri ayıp bir şey söylediğinde, salak numarası yapıp, aptal aptal bakıyorum. Sonra açıklayınca durumu, yüzümü kızartıyorum (Allah'ın bana verdiği, en işime yarayan özellikler: Bir, yüzümü istediğim zaman kızartabilme; iki, istediğim an, istediğim yerde hüngür hüngür ağlayabilme). Oysa bir milyondan fazla bel altı fıkra biliyorum ve erkekleri bile utandıran küfürleri nefes almadan sıralayabilirim. Baklava yapamadığımı öğrenince, dumur olacak. Makyajsız görünce, tırsacak. Savaş filmlerini sevmediğimi duyunca, bozulacak. PC oyun CD'lerini kafasında kırınca, ağlayacak. Tek amacımın çocuk ve evlilik olduğunu duyunca, kaçacak. Gülben Ergen şarkılarında ağladığımı görünce, kusacak. Futbolu sevmediğimi öğrenince, şaşıracak. Selülitlerimi görünce, kafasını duvardan duvara vuracak.

Bunları belli etmeden o nikâhı kıydırtmak için çoookk çalışmam gerekecek puufff!!!

Ergenlik dönemi

Şu sıçtığımın bilim adamları her boka çare buldu, ama regl henüz yerinde duruyor! Işınlanmayı buldunuz lan Allahsızlar! Bize gelince, hâlâ kanatlı Orkid'in devrimini yaşıyoruz. Bilimin kadınlardan nefret ettiğini falan düşünüyorum. Şu an, regl sancıları içerisinde kıvrım kıvrım kıvranıyorum ve ben her ay bu işkenceyi çekiyorum! Keşke işyerleri regl dönemlerinde izin verse bize. O kadar ağrı çekiyorum ki elimi içime sokup yumurtalıklarımı sıkmak istiyorum. Ancak öyle geçecek sanki ağrı. Ayın bir haftasını beş kiloya dönüşen memelerim, içi su dolu göbeğim, narkoz yemiş gibi şişen suratımla geçiriyorum. Öyle sinirli oluyorum ki, biri bana ne yapıyorsun diye sorsa, "Sana neee beaaaa" diye tekme tokat girişebilirim. Pekmez gibi bir çocuğa bile bas bas bağırabiliyorum. Yıllardır her ay aynı işkenceyi çekiyorum, hâlâ da alışamadım şu ağrıya! Ayyy, aklıma ilk kanamam geldi. Ergenliğe yeni adım atmak üzereydim. Herkes âdet olmaktan falan bahsediyordu, ama kimse bu işi bana ayrıntılı bir şekilde anlatmıyordu.

"Ergenliğe giren kızların koltuk altlarında kıllar çıkarmış."

"Öörrkkkk orda kıl mı olur bee, erkek gibi aynı."

"Sen ne diyosun? Minçoda bile çıkıyomuş."

"İnanmıyorummmmm."

"Benim üç tane çıktı."

"Iyykk pislik gibi bişi. Kakanı yaparken, ağ gibi olup takılır oraya."

"Senin memelerin büyümüş azcık."

"Annem kâse koydu oraya, kâse kadar olacakmış."

"Ehehehe ben de salata tabağı koydum dün." (Bunu söyleyen benim)

"Geri zekâlı mısın? Şukufe Abla gibi biciklerin yere iner."

Ergenliği sadece kıl, tüy ve bicik büyümesi olarak biliyordum. Hiç kimse bana, "PuCCa yavrum, kan ağlayacaksın," dememişti. Bir gün, okuldan eve gelince, tuvalete bir girdim, anammm kilodum batmıştı. Ağlayarak çıktım oradan. Aynaya bakıyordum, bir daha ağlıyordum. Külotumu indiriyordum, gene ağlamaya başlıyordum. Evde de kimse yoktu. Başım döndü bir anda ve yere düştüm. Bir türlü ayağa kalkamıyordum. Tavana bakarak kendime gelmeyi bekledim. Sonra sürünerek telefonun oraya doğru gittim ve babamı aradım.

"Baba, böhüüü ben kanserim."

"Nasıl kansersin?!?! Nereden çıkardın bunu?? Ne oldu???"

"Baba ayıpçıl yerimden kan akmış, çok akmış hem de... Ölcemm, başım dönüyo, gözlerim görmüyoo."

"Hımm... şeyy haha... Benim küçük kızım, genç kız oldu... Korkma sakın, bir dakika dur bekle, kapatıyorum telefonu," dedi ve sonra babamın işyerindeki bütün kadınlar olayı anlatmak için beni telefonla aradı. O gün en azından on beş kadından regl muhabbetini dinledim, hatta bir tanesi kızlık zarına kadar anlattı.

Bir süre babamın yüzüne bakmaya çok utandım, sonra arsızlaştım. Ne zaman babamdan para isteyecek olsam, Orkid alacağım deyip, ped parasının on katı fazla para alıyordum. "Kızım masayı topla" dediğinde ise, hemen karnımı tutup "Sancım var, yapamam," diyordum. Sonra o yaşta saçlarımı sarıya boyattım, babam kıyameti koparttı. "Bluğ çağındayım, üstüme gelirsen okulu bırakır, uyuşturucuya başlarım," diye tehdit ettim. Sarı saçlarıma tam alıştı, ben tarz değiştirip mavi siyah yaptım. Adam fıttırıyordu. "Regl dönemindeydim, bana böyle gelgitler oluyomuş, örtmenimiz söledi... Üstüme gelme, şu anda da bi gelgit yaşıyorum, odama gidip Korn dinlemem lazım," dedim. Sonra biraz daha büyüdüm ve okul eteğim artık diz kapağımdan bir karış yukarıda olmaya başladı. O eteğin üzerine de bir sürü rozet takıyordum ve şu anda bundan inanılmaz derecede utanıyorum ama topuklu botlarla okula gidiyordum. Deri kolyelerim, bilekliklerim ve siyah göz kalemim vardı hep. Bir de böyle yanıma ucube kılıklı üç beş tane kız topluyordum. Her gün müdür yardımcısı girişte üstümdekileri çıkarttırıyordu. Ardından mavi siyah saçtan vazgeçip, kestane üzerine sarı balyajlar attırınca, gömleğimin ilk üç düğmesi açık, etek boyu aynı, deri bileklikler ile değil de daha tini mini altın bir kolyeyle ve dudaklarımda parlatıcıyla okula gitmeye başladım. Yanımdaki ucubelerden sıkıldığım için, onların karşıt görüşünde olan, bakımlı ama benden daha çirkin kızlarla gezmeye başladım. Böyle kişiliksizce bir kimlik bunalımı yaşıyordum. Ayy şimdi düşününce, kendim gibi kızım olsa, çarparım ağzının üstüne diyorum. Ama ne yapalım işte, biz de o zaman derdimizi acımızı bu şekilde göstermişiz.

Sonra ben ne olsam, kim olsam diye düşünürken; kâh Özlem Tekin, kâh Yıldız Tilbe arasında oynayıp dururken; ağda gibi bir sorunum da oluşmaya başladı. Evdeki en büyük kızdım. Babam oturup bize böyle şeyleri anlatmıyordu. Bacaklarımı ilk defa babamın jiletiyle almıştım. Sonra bu olay sadece bacakla kalmadı tabii. Babamın suratı yara bere içinde kalınca, kendime ağda alıp, onu nasıl kullanacağımı öğrenmem gerektiğini kavradım.

İlk ağda deneyimimde, belki bacaklarımdaki kılları alamadım fakat ağdayı apartmandaki bütün kızlarla afiyetle yedik. İkincisinde, arkadaşım bu işe gönüllü oldu. Onun annesi evde hep yapıyordu ve deneyimliydi. Gitti bir güzel pişirdi o ağdayı, çarşafı serdi, beni oturttu önüne ve "Aç bacaklarını," dedi. Aldı eline bir güzel ağdasını, şak şak şak uzata çeke. Bir de ortasına tükürüverdi ve sonra şap yapıştırdı mincoma. Buraya kadar gayet sakindim. Onu çeker çekmez, "Allahhımmm sana geliyorum," diye acıyla kaçmaya başladım. Ben önde, o arkada; elinde ağdayla kovalıyor beni. Tuttuğu anda ebemi sikecek. Odaya girdim, kapıyı kilitledim ve hüngür hüngür ağlayarak, o yardımsever arkadaşımı evden kovdum. Sonrasında, kuaför ablanın hafif eliyle bu işi on dakikada çözümlemeyi öğrendim.

Öyle böyle her gün garip olaylarla eve gelip giderken, babam o yıl kardeşimin de ergenliğe girmek üzere olduğunu fark etti (onunki çok çok daha kötü geçti, çünkü o daha doğarken depresyondaydı) ve bu durumun herkese fazla ağır geleceğini düşünmüş olacak ki, beni Allah ne verdiyse bulduğu bütün kurslara yazdırdı: Bateri, gitar, keman, tiyatro, İngilizce, İspanyolca, dans. Kalan hayatım kurslarda devam etti. İşte ergenlik sürecim de böyle geldi geçti... Ama sancısı inanın hâlâ yumurtalıklarımda.

Kendime sorduğum soruların cevaplarını dahi "bilmiyorum"

Bizim üniversiteden kızın biri kanalda işe başladı. Kızla okulda hiç muhabbetim falan yoktu, ondan samimi davranmaya lüzum görmemiştim. Bugün öğlen Pekmez'le yemekteydik, bu kız geldi yanımıza oturdu. İşte okuldan hocalardan falan bahsederken, "Sizin nişanlandığınızı duymuştum ben Ankara'dakiyle, ne oldu ya, o ne yaptı?" dedi. Sonra ben orada rüyadan uyanır gibi oldum. Çok garip bir histi, sanki Pekmez'i hiç sevmiyorum gibi geldi. Yani nasıl desem... Kalkıp ben bir su alayım deyip, Ankara'ya gitmem gibi veya burada bu çocukla ne işim var gibi.

Sonra bir şeyler anlatmaya başladı kız; okulda bize dair olanlardan, yaptığımız kliplerden falan. Orada onu susturmam gerektiğinin farkındaydım, ama susmasını istemiyordum, hep böyle bahsetsin ondan istiyordum. Öyle özlemişim ki, "gerçekten birbirimizi sevdiğimizi sandığım anları". O kadar karmaşık şeyler yaşayınca, o anıları unutmuşum ben. Aklımda sadece kötü şeyler kalmış. Kız anlatırken, okul yolundan onların evine gidiyormuşum gibi oldu.

Dünyanın en mutlu kızı bendim sanırım o sıralarda. Öğrenci eviydi, bildiğin açtık falan ama çok gülüyordum yanında. Bir zamanlar eğleniyorduk biz onunla ya. Batak oynarlardı, kaybeden evin yanındaki boş kilisede kalırdı. Sonra bir gün "Canım kiraz çekti" diye mesaj atmıştım. Kapıma kiraz ağacını söküp getirmişti.

Doğum günümde, bütün arkadaşları güllerin yapraklarını kopartıp arabanın arkasına koymuşlar. Ama benim haberim yok. "İnternet kafe'ye gitmem lazım, sen de gel," dedi. Bir bindim arabaya, hacı yağı gibi kokuyor. "Arkadan sigaramı versene," deyince, arka tarafa bir döndüm, her taraf kırmızı gül yaprağı. Sonra bir yere gittik ve bagajı bir açtım, dal dal güller duruyor. Biz eve gelene kadar arkadaşları bizim yatağı da güllerle donatmışlar.

Sonra ne bileyim, ben buna bir kilo pirinç al derdim, poşetin içine mutlaka çiçek koyardı. Bir gece kavga etmiştik ve sabah bir uyanmıştım ki odanın her tarafına post-it'ler yapıştırmış. Hepsinde "Seni seviyorum", "Beni bırakma", "Sana âşığım" yazıyor. Yastığımın altına da mektup yazıp koymuş. Hâlâ onları saklıyorum. Bir zamanlar gerçekten mutluydum. Ama o kadar canım yanmış ki, ben bunların hepsini unutmuşum.

Sonra kendime geldim. Yanımda Pekmez var ve Pekmez

eski sevgilimi dinliyor. Ben de yanında melül melül anılara dalıyorum. Kızı susturmam gerek diye düşünüp, "Ayrıldık bitti ya o!" dedim ve kalktım gittim masadan. Pekmez bir şeyler söylüyor, "Nişan mişan ne bu?" falan diye, ama hiç duymuyordum. Sadece eve gidip, battaniye altına girip, o günleri yâd etmek istiyordum. O kadar özlemişim ki onu, o hallerini, o zaman yaşanan şeyleri... Biliyorum imkânsız o zamanları geriye getirmek, bir daha beni sevmesini istemek... Ama uyandığım zaman bana bakan gözlerini özledim, gülüşünü özledim, üstüme kalın bir şeyler giymem için uğraşmasını özledim, beni benden daha çok düşünmesini özledim, okulun önünde beni beklemesini özledim, beni görünce gülümsediği zamanları özledim, en sevdiği renk olan laciverdi özledim, geceleri bana su getirmesini özledim, beni çocuk gibi sevmesini özledim, saatlerce gözlerime bakmasını özledim, ses tonunu özledim, onu ben çok özledim.

Arasam, biliyorum açmayacak ya da açıp kalbimden geçen her şeyi bozacak. Dönsem, biliyorum özlediklerim aynı olmayacak. Başlasak, biliyorum birbirimizden daha çok nefret edeceğiz. Bu kadar şeyi biliyorum, ama soluk borumu kesip, burnumun ucunda sızıya dönüşen hissi ne yapacağımı bilmiyorum.

Varlığın, yokluğun her bir bokun bana zarar

İki üç gündür böyle geçmişi düşünüp düşünüp salaklıklar yaptım. O değil de, elimdekinden olacağım, böyle sürekli aklıma getire getire. Ve karar verdim, o çocuk son bıraktığım haldeki gibi, nefret ettiğim kişi olarak aklımda kalmalı. İki gündür, bütün güzel anılarımızı bir bir kendime hikâye formatında anlatıp, hüngür hüngür ağladım resmen. Yeter yani! Öğlen yemekte, Türkücü Ceylan'ı yemişim de hazmedememişim gibi bir sancı çekiyorum lan durup dururken. Niye öyle bir formata soktuysam kendimi; eskisine dönmeye çalışsam, sanki adam kabul edecek. Hâlâ bu gerçekle yüzleşemiyorum. O adam beni artık istemiyor! Bir zamanlar sevmiş olması, ömrü boyunca seveceği anlamına da gelmiyor. Ama yine de insan böyle durumlarda, "Yaa eskiden böle bir adamdı, ama belki olur yeniden," umudunu taşıyor, yapacak bir şey yok! O osuruk gibi, çıkışı sorunlu, içimdeyken bana sancı veren "umut" yüzünden, Pekmez'den olacağım.

Pekmez de anladı, anlaşılmayacak gibi değil çünkü. İki üç gündür hiç konuşmuyoruz, onunla karşılaşmak bile istemiyorum. Bir anda soğudum böyle heriften. Ha bire tuvalete gidip, klozetin üstünde yarım saat falan oturuyorum. Ne zaman konuşmaya başlasak, hoop konu geliyor benim eski sevgilime. Darlandım yani ondan da.

Mantıklı olarak düşününce, biliyorum bu buhranın bir süre sonra geçeceğini. Sonra ben yine Pekmez diye öleceğim. O zaman da tabii, Pekmez'i Bayan Kaltak çatır çatır yiyor olacak. "Malak malak iş yapma," dedim kendime, "bir sakin ol, bir destur de, bir soluklan." Merdivenlerin oraya çağırdım Pekmez'i. Bende bir şımarıklıklar, bir yılışıklıklar, ayy kendimden tiksindim, o derece. O gayet soğukkanlı bir biçimde gülümsüyor falan. Sonra ayağa kalktı.

"Neyin olduğunu bilmiyorum ama, o kızın anlattığı şeylerle ilgili olduğuna eminim! Hiç zorlamayalım bence bu ilişkiyi," dedi ve böyle filmlerdeki gibi arkasını döndü. "Hah!" dedim, "PuCCa, aferin, iyi bok yedin." Şimdi üç seçeneğin var karşında: Bir, boku direkt ona at, hemen bir suç bul. İki, ağla. Üç, "Peki" de ve başın öne eğik git, yani gizem yarat. Birinci maddeyi yapayım, tutmazsa iki üç devam ederiz diye, bir kaşımı havaya kaldırdım ve sinirli bir şekilde kalktım ayağa, gözlerinin içine içine bakarak, "Hangi kızdan bahsediyorsun sen? Neyinden eminsin?" dedim.

"Nişan falan bir şeyler anlattı o gün, ondan beri iyi değilsin."

"Haaa buydu yani olayım. Gerçekten teşekkür ederim!!! Beni hiiç tanımamışsın. Tanımadığın gibi, neyden beri iyi olup olmadığımı dahi bilmiyorsun. Hepsini geçtim, iki gündür zombi gibi dolanıyordum, bir defa bile neyin var demedin. Demediğin gibi, şimdi kalkıp bana, nişan mişan diyorsun. Ne nişanı ya? İlişki zora gelmiş, bilmem neymiş. Gerçekten şu yaptığından midem bulandı. İki gündür kanalda bilmeyen yok! Anneannem komada, hastanede yatıyor; kafam, aklım fikrim hep onda. Sen de kalkmışsın bana, yok nişan, yok ilişki diyorsun. Gerçekten sen... Neyse boş ver," dedim ve hızlı hızlı merdivenlerden yukarı çıktım. Bu arkamdan geliyor, kolumu falan tutmaya çalışıyor. Bir yandan ağlıyorum, bir yandan da kolumu çekiştiriyorum. Nasıl ağlıyorum ama, ben bile kendime inandım. Çok hayatımı kurtardı valla o gözyaşları.

Sonra sarıldık marıldık, ben hıçkırarak ağladım falan. Anneannesi tarafından büyütülen kız pozisyonuna geçtim. Bu da yalan, büyütmedi, hatta bizi hiç sevmezdi bile. Tabii anneannem komada falan da değil. Herkes biliyor dedim, ama çocuk oturup kamuoyu yoklaması da yapacak değil ya! Ama napiim? Oturup, "Yaa evet haklısın, benim kafa eskisine gitti. Keşke yeniden birleşsek, sen sikimde bile olmayacaksın" mı deseydim? İnan bana dürüstlük dediğin şey, her bokta işe yaramaz. Öyle, yaralı ceylan modunda bir gün geçirdik. En azından bir krizi atlattım, bundan sonra bir daha eskiye asla dönüp bakmayacağım.

Göğüs uçlarından küpe yapacağım kendime

Pekmez'le aramız az biraz kötü. O günden sonra bir daha toparlanamadık gibi. Ben eskiyi düşünmekten vazgeçtim. O, öylesine bir anlık histi, geldi geçti, bitti. Ama Pekmez hâlâ bitirmiyor; muhabbetini açarak aklıma mıh gibi sokmaya çalışıyor. Artık höh getirdi bana. Hayır sonunda dayanamayacağım, "Köpek gibi âşıktım eski sevgilime, hayvan gibi seviyordum, fecii dehşet güzel öpüşüyordu, yiyişiyordu. Bak dur aklıma geldi, bi arayayım şunu," diyeceğim. Ders olsun, bir daha kimsenin eskisini deşemesin saftirik! Allahım sen de ne olur, bir tanesini kapaklamışım, bırak elimde avucumda dursun. Bir elleşme artık, kader denilen zımbırtıyı böyle ufak oyunlarla aleyhime kullanma, rica ediyorum.

Neyse biz yine böyle kantindeyiz, bu oradan buradan eski sevgili muhabbetini açıyor, ben susuyorum. Sonra bir baktım, Bayan Kaltak o beyaz pantolonuyla bize doğru yaklaşıyor. Geldi, oturdu yanımıza, salak salak bir şeylerden bahsediyor ve o tarantula elleri yine çocuğun üstünde. Ayy valla ben bu kızı paralayacağım. Ya hayır bir de benimle hiç konuşmuyor, hiç hem de. Hava soğuk moğuk bir muhabbetler ediyorduk, bu geri zekâlı, bu mal, bu Allah'ın kaşarı, bu yollu karı, "Ya bi de klimayı açıyorlar yukarda, göğüs uçlarım çıkıyor yaaa," dedi. Ben şoke, hemen döndüm Pekmez'e baktım. Pekmez'in baktığı yerin kızın memeleri olduğunu söylememe gerek yok herhalde; açmış monçiçi gibi gözlerini, memelerine dikmiş kızın. Benim kalbim sıkıştı orada. Na böle o masayı alıp Pekmez'in kafasına atarak, beynini dağıtmak falan istedim. Sonra kızı yere yatırıp, topuğumu ağzına gömüp, meme uçlarını tırnaklarımla kopartıp, kulağıma top küpe yaptığımın hayalini kuruyordum ki, bu geri zekâlı, "Ahaha ben ne dedim yaaa? Ahahahah ay ben ne dedim? İhihihih ben ne dedim?" dedi ve elini Pekmez'in apış arasına yakın bir yere koydu. Bu sefer, bendeki işkence planları daha da arttı. Son sürat arabada giderken, arabanın kapısını açıp kızın kafasını asfalta sürtmek istedim. Sonra, o kafayı turşu suyuna batırıp, üstüne yünlü kazak giydirmek istedim. Sonra, burun deliklerine parmaklarımı sokup, onları koparmak istedim. Sonraaa, o bacaklarını ikiye ayırıp, bir tanesini kopararak, kızın götüne sokmak istedim. Ben böyle hayaller kurup rahatlarken, bir baktım, "Gözümün içine bir şey kaçtı, şunu çıkarır mısın?" deyip, o iğrenç suratını yapıştırdı Pekmez'e. "Ben çıkartırım," dedim ve tuttum kızın suratını, resmen tırnağımla gözünün beyazını deştim. Bildiğin deştim ama öyle böyle değil. Ağlayarak tuvalete gitti, canı yanmış sürtüğün, oyy canım benim. Pislik, beter olsun! Gözünü çıkartmadığıma dua etsin! Pekmez'e de dedim, "Şu kızı becer de, o da rahatlasın, ben de kurtulayım artık!" Aslında bir nevi iyi de oldu, gündem değişti; eski sevgilim out, Bayan Kaltak in!

Dedim artık önüne gelene söyleyeceksin sevgili olduğumuzu. Duymayan bir kişi kalmayacak ve o kaltak sağında solunda bir daha olursa, andım olsun burayı onun mezarı yaparım. Artık resmî olarak açıkladık herkese sevgili olduğumuzu, zaten kabak gibi belliydi de en azından bize sordular mı yalanlama ihtiyacına girmeyeceğiz. İyi oldu bu iyi, en azından karının ağzına sıçarken bir vasfım olacak.

Yok bir şey

Bugün, Sevgililer Günü'ydü. Pekmez'e, "Özel günlerden hoşlanmam ben, ıyykk Sevgililer Günü falan çok demode aman," desem de, dört gözle bugüne özel bir şeyler yapsın diye bekledim durdum... Ama yapmadı.

Bütün gün EXPO denilen zımbırtı için uğraşıp durdum, Pekmez de delegelerle birlikte sempozyumdaydı. Bir telefonunu bekledim, cıks... aramadı. Akşam olunca, çıktı geldi ve "Sana sürprizim var," dedi. Ben tabii direkt hayallere daldım; şarap, güller, şık lokantalar falan derken, o da ne? Abdullah Gül, EXPO için gazetecilere ve delegelere yemek veriyormuş, oraya götürdü beni! Hep hayalimdi zaten Sevgililer Günü'nde böyle bir yemek!!! Tek lokma yiyemedim. Anlamadığım şey; sen adamlara ülkeni tanıtıyorsun, yemekte Türk yemeğine dair tek bir lokma yok, peynir bile ithaldi.

Bütün gün arayamamasının sebebi: Çok yoğunmuş, kafasını kaşıyacak vakti yokmuş bla bla bla. Ulan birden fark ettim ki, bütün muhabir kızlar selam veriyorlar Pekmez'e. Yabancı muhabirlerle gelsin 'fine thanks and you'lar, gitsin 'hawaryou'lar. Bizim yerli muhabirlerle öpüş koklaş. Üç kızdan biri ile aynı diyalog: "Ayy bugün ne eğlendikk, yaa hep görüşelim senle Pekmezzz." Beni de tanıştırıyor tabii gelenle gidenle: "Bu hanımefendi, bilmem ne televizyonundan bilmem kim. Bu da PuCCa," Demek, "bu da!" Bak senn! Benim surat beş karış, sinirden köpürüyorum, kıskançlıktan dudaklarımı yiyorum. Tek istediğim terk edip gitmek orayı, ama giderken de kolunu bacağını kırıp gitmek istiyorum. Kızlarla her konuşmasında, gülüşmesinde, sanki beni aşağılıyor gibi geliyor. Bu kıskançlık, böyle mideme şırıngayla hava dolduruyorlarmış gibi bir his yaratıyor. Hem çok sinirliyim, çekip gitmek istiyorum hem de gidersem ve arkamdan gelmezse diye korkuyorum.

"Neyin var Pucca?"

"Yok bir şeyim! Sen işine bak!"

Herkes Gül'ün ağzından çıkacak iki kelime için çırpınıyor; benimse tek derdim, bütün gün o kızlarla nasıl eğlenmiş acaba oluyor. Sonra sıkıldığımı anlayıp dışarı çıkıyoruz. Ağzımı bıçak açmıyor. Bir kumrucuya gidiyoruz, adam gibi bir şeyler yiyelim diye. Çok sinirliyim, kırgınım ve kıskancım, yani deli gibi tehlikeliyim.

"Neyin var Pucca?"

"Yok bir şey, yemeğini ye sen!"

Hediye almamıştır diye içimden düşündüm, neyse ki onu akıl edebilmiş. Ama ala ala yusufçuk kolyesi almış. Onu da bugün oradaki kızlardan biriyle gidip almıştır eminim. Dünyanın en iğrenç hediyesi bu sanırım: Yusufçuk kolyesi. Evde tonlarca bu kolyeden var, hiçbirini de ben almadım. Bu erkeklere kim diyor, manitalarınıza yusufçuk alın diye? Yüzüm beş karış asık, bana şans getirmesi gereken bir yusufçukla, bir de etrafında dolanan her memeliyi kendine hayran bırakan bir sevgiliyle bir Sevgililer Günü'nü daha bitirdim. Çok kırıldım bugün, insan bir defa olsun aramaz mı? Sabahtan beri orada yediği bokları tahmin edip dudaklarımın içlerini kemiriyorum. İlişkinin en sevmediğim bölümündeyiz işte; onun dışarıdaki hayatı fark edip beni ikinci plana atması bölümü. Keşke hiç kız yüzü görmese, ne bileyim tek kelime konuşmasa insanlarla, sadece benim malım olsa. Kıskançlık çok kötü bir şey, ama kaburga kemiklerimin içinde saklamak istiyorum onu.

Ayakların bana biraz cesaret versin

Sevgililer Günü'ndeki sinir harbim ertesi gün geçti gitti. Ne kaprisim kapris gibi, ne nazım naz gibi. En fazla yarım saat süreyle trip atıyorum, baktım karşımdakinden ses soluk çıkmıyor, hoop hemen kıvırıveriyorum. Gece boyunca içimden kurdum kurdum; artık böyle davranmayacağım, şöyle yapacağım, ağzına sıçacağım, sürüm sürüm süründüreceğim dedim. Sabah işe geldiğimde ise, "Bebeiiimmmmmm!" diye kollarına atladım. Bir atasözü var ya, "Orospunun yemini penisi görene kadarmış" diye. Hah benimki de öyle aynı işte!

Çıkışta bir şeyler yapalım dedik. Arabasıyla tenhalar menhalar muhabbeti yapıyoruz: Hafiften yüzeysel sevişmeler, el memede öpüşmeler falan. Derken, bunun gözler bayık, sesi kısık bir şekilde kulağıma yaklaştı.

"PuCCa, bana ayaklarını göstersene..."

Hönk?!?

Ohaaa şimdi kafamdaki soru işaretlerini çözüyorum yavaş yavaş. Ben de diyordum ki herifte hiç saldırma potansiyeli yok, ileri gitme hevesi yok, 'seni bir eve atayım' durumları yok! Ne güzel yaa diyordum, ömrümde böyle anlayışlı birini görmedim. Meğer çocuğum ayaklardan hoşlanıyormuş. Nasıl aklıma gelmedi? Nereden aklına gelsin Allah'ın salağı PuCCa? Bacaklarını almazken, eli oraya gitmesin diye kıvrım kıvrım kıvranıyordun. Elini bileğime doğru götürmeye başladı, fakat ayağımda spor ayakkabı olduğu için kokuyor mu kokmuyor mu diye çekindim. Kızların ayağı kokmaz, ama ya kokuyorsa? Benim ayaklarım güzel mi değil mi onun bile bilmiyorum, hele de kışın o çizmelerin içinde iki büklüm dolaştılar garibanlar. Bir de cidden bilmiyorum, kimse bana, "Aaa ayağın ne güzelmiş" demedi. Çirkinmiş de demedi, ama ya çirkinse? Oje bile yok, o an ayaklarım gözüme amcamın oğlunun suratı gibi gözükmeye başladı. Hemen ittirdim çocuğun kolunu, ne diyeceğini bilemeyen geri zekâlılar gibi konuşmaya başladım.

"Ne kadar garip, sen şimdi fetişistsin, çok ilginç yaa!"

"Fetişistlik mi bilmiyorum ama çekici geliyor bana..."

"Vayy canına, ben hiç fetişist görmemiştim, normal insana benziyorsun oysa."

"PuCCa, bana sorunlu biri gibi davranma, söylediğime de pişman etme!"

"Yok ondan demiyorum, çok ilginç yani, ayakla bi insan ne yapar ki?"

Gerisini yazıp, ne kadar beyinsiz olduğumu ispatlamayayım! Valla o kadar aptal değilim! Sadece konu değişsin, çocuğun şevki sönsün, ayakkabımı çıkarmaktan vazgeçsin diye saçmaladım. Nitekim söndü ve vazgeçti. Sonra normal diyaloğumuza devam ettik.

Eve geldiğimde ilk iş ayaklarıma bakmak oldu, cidden amcamın oğluna benziyorlarmış. Bunları ben nasıl adam ederim ki? Bir yerim de düzgün olsa zaten kına yakacağım. Bazen o kadar çirkin buluyorum ki kendimi, NASA insan dışı bir yaratığım diye evi basıp, alıp götürecek diye tırsıyorum. Bazen de o kadar güzel buluyorum ki kendimi, Adriana Lima sanki kız kardeşimmiş gibi geliyor! Bir yandan da sevindim böyle çıkmasına: O ayaklarımla oynarken, ben meyve yiyebileceğim; TV izleyebileceğim; sürekli kovalamacalar olmayacak. Bir de ne güzel bir şey, herif hep ayaklarının altında teyydıdıteyyteyyy!!! Yalnız şöyle bir durum var, ömrünün sonuna kadar ayaklarımla kalmaz umarım. Abuuuu-u öyle bir şey olursa, anam hiç çekilmez bu. Bekârlık günleri tamam da, ne bilim yaa!!! Bir şey daha diyeceğim, ayak yaa o sonuçta; devamlı çorabın içinde can çekişen, yastığa bile koymadığımız bir uzvumuz. Küçükken ağzıma aldığımda ayağımı, annem kıyametleri koparırdı. Neyse onu da seven, sayan, takdir edenler varmış demek ki.

Bir parmak bal sürüyorsun ağzıma, sonra tıkıyorsun biberli turşuyu

Günlerdir kanalda, "Pekmez İstanbul'a gidiyor" muhabbeti vardı. İlk başlarda Pekmez bana anlatmadığı için aman dedikodudur dedim. Daha doğrusu, onu yollasalar bile ben buradayken gitmez diye böbrülendim. Ama boşuna böbürlenip kendimi bir bok zannetmişim. Bugün Pekmez, sanki iki mahalle öteye gidecekmiş gibi, "İki üç haftaya kadar İstanbul'a yeniden dönüyorum. Orada işleri hallettim. Sana da bir şeyler ayarlasak benimle gelir misin?" dedi. Off evlat acısı gibi koydu yemin ederim gideceğini bilmek! Ne demem gerektiğini de bilemedim. Bazen Allah'ın benle dalga geçtiğini falan düşünüyorum. Ne zaman işim gücüm iyi gitsin, aşk bok gibi oluyor. Ne zaman aşk güzel olsun, kalan her şey tepe taklak düşüyor.

"Benimle gelir misin?" dedi ama bu hatayı ben Ankara'ya giderek yapmıştım zaten. Yine aynı şeyler olursa ya... Off kafam Rus Salatası gibi, ne yapacağımı bilmiyorum. "Seninle gelirim," dedim, ama neden hep birileri için giden ben oluyorum ki? Millet benim için kılını kıpırdatmazken, neden hep ben birilerinin peşinden savruluyorum? Cevabını bildiğim soruları sorup canımı daha çok acıtmamayı çocukken öğrenmiştim. O yüzden "Sen kal" burada demedim, desem de zaten bir işe yaramayacaktı. Adam her şeyini halletmiş. Zaten buraya da gitmek için gelmiş... Ayy bu da "İclal Aydın"vâri bir kelime oldu, ama sonuçta babası öldü diye annesini yalnız bırakmamak için buraya gelmişti. Şimdi ise işi bitmiş ve dönecekmiş... Ee madem öyle, baştan bana da söyleseydin ya. Ben de ona göre haraket ederdim, düğünü İnciraltı'nda planlamazdım.

Gideceğini duyduğum andan beri bir duygusallık çöktü üstüme, bir can yanması, bir acı acı koyma, bir giderse çük gibi kalcam lan telaşı... Dün akşam onlardaydım. Dizimde yattı. Yüzünü hafızama iyice işlemek için, yeşil gözlerine, kirpiklerinin kıvrımına, yanağındaki yara izine, kirli sakalına, dudaklarının kıvrımına, yüzündeki her noktaya dokundum. Gördüğüm en güzel yüzdü sanırım; şaşkın bakışları, gülümseyişi, muntazam dişleri, çocuksu mahzunluğu, saçlarıyla oynarken gözlerini kapatması, dizlerimde çocuk gibi uysallaşması... Hiç olmadığım kadar huzurluydum. Neden bilmiyorum, kendimi güvende hissediyordum. Kirpiği yanağına düşmüştü, "Dilek tut," dedim. "Hep yanımda kal," dedi. En güzel yerlerde film biter ya, sonrası mühim değildir, artık kahramanlar yorulmuştur ve huzur içinde bir "Son" yazısı yazar. Ben eğer bir film olsaydım, bu sahnede biterdim: Pekmez dizlerimde, ellerim saçlarında, TV izlerken. Sonrası yok, öncesi mühim değil. Her şey burada bitsin. 'Son' yazısı yazarak, blur'a dönsün sahne.

Sonra sordum "Hangi yanağın?" diye, "Sol" dedi, ama kirpik sağındaydı.

Affetmek...

Kadın olmaktan bazen nefret ediyorum. Bir hafta sonum var, onda da evi temizliyorum. Yıldız Tilbe gibi günlerdir yanık yanık dolanıyorum! Şurada sevgilim gidecek, ne olacağımız belli değil, onunla ilgilenip son günlerimi güzel geçirmek isterken, babam dün akşam bıd bıd bıd beynimi yedi: "Arena ekibi gelse bu eve hakkıdır, her taraf bok içinde. Ne biçim kızsınız, çöpleri bile atmamışsınız, tencereleri neden yıkamadınız, çöp ev olacak burası!" Ben de bugün temizlik yapayım bari dedim. Hem şu içimdeki acı çeken, gurbete giden kocasını beklemeye meyilli Hülya Koçyiğit'e de iyi gelir.

Çamaşırları falan yıkarken kullandığım yumuşatıcının kokusu burnuma gelince, birden çocukluğumu hatırladım... "Hayatından bir bölümü çıkartmak isteseydin, hangisi olurdu?" diye sorsalardı, hiç düşünmeden "Çocukluğumu" derdım. Kendımden, yaşananlardan, ailemden tiksiniyorum. Nefesim daralıyor aklıma geldikçe. Affetmeyi öğrenebildim ama unutmayı başaramıyorum bir türlü. Ve lanet gibi, bir koku, bir insan, bir eşya yüzünden... ne bileyim hep bir şekilde karşıma çıkıyor çocukluğum. Şimdi de bu yumuşatıcının kokusunu hatırladım. Annemin evindeyken çarşaflarımız böyle kokardı. O evden, o çarşaflardan, annemden, kocasından, yaşadıklarımdan, her şeyden o denli nefret ederdim ki, lavanta kokusu benim için sadece gözlerimi dolduran bir şey olmuştu.

Annem babamdan boşandıktan hemen sonra, hiç nefes almadan, babamın kuzeniyle evlenmişti. Tabii bu durum bütün sülalede bir şok etkisi yarattı! Lanetlemeler, küsmeler, bütün ailenin birbirine girmesi derken, annem kocasını alarak başka şehre taşındı. Biz de niyeyse, o akılla annemiz de annemiz diye götümüzü yırtıp, kadının yanına gittik. Benim okulum olduğu için, başta tek başıma orada kalıyordum. Kardeşlerim babaannemin yanındaydılar. Hiçbir şeyi anlamıyor, konuşulanları algılayamıyordum. Zaten daha yedi yaşındaydım. Hayal meyal hatırlıyorum olanları neredeyse. Bazı şeyleri zaten hafızamdan öylesine sildim ki, hatırlasam dahi yokmuş gibi davranıyorum.

Öyle böyle derken, o ev bana kâbus evi gibi oldu. Annemin kocası, şehrin Büyükşehir Belediye Başkan Adayı'ydı. Herkes olacak gözüyle bakıyordu, çünkü partisi o zamanın en taşaklılarından biriydi. Sonra olmadı. Evlilik hayatıyla ilgili olan şeyler karıştırdı ortalığı bir şekilde, aldılar bunu. Bu da bütün acısını, hırsını bizden aldı. O kadar çok dayak yerdim ki. Şimdi düşününce dayak değil işkenceymiş onlar. Üvey babamdan öylesine nefret ediyordum ki, her gece dua listem belliydi: Bir Sindy bebek evi, büyüyünce film yıldızı olmak ve üvey babamın ölmesi.

Aradan bir iki yıl geçince, artık Sindy bebek evine ihtiyacım kalmamıştı; büyümeme de daha çok vardı; ama neden Allah üvey babamın canını hâlâ almamıştı? Normalde bahçedeki suya düşen karıncaları bile tek tek toplayıp ölmelerine izin vermezdim. Bir civcivim vardı, sürekli saçlarımda yatardı; öldüğünde, ona iyi bakamadım diye kendimi cezalandırmak için saçlarımı kesmiştim. İnsanlara kin duymayı bilmezdim, ama nedense bu adamın ölmesini istiyordum ve bunu çok yürekten diliyordum.

En sonunda bunu kendi başıma yapmaya karar vermiştim. Her gün çayına bir çimdik vim atıyordum ve aklımca onu yavaş yavaş zehirlediğimi düşünüyordum. Ama maalesef yaşamaya devam ediyordu. Bir gün bir plan yaptım: Okula gitmeyip, odadaki dolapta saklanacaktım. Evimiz dubleksti ve üvey babamın terlikleri sürekli ses çıkarırdı. Yukarıya çıktığını o sesten anlardık. Merdivenlerden aşağıya inerkenki seslerini duyup hemen dolaptan çıkacak ve merdivenlerin alt kısmında bana doğru bakarken, kafasına alet kutusunu atacaktım. Ama plan işlemedi. O gün yukarıdan tıkırtılar geldiğini fark edip, merdivenlerden çıktı. Dolabın kıpırdadığını görünce kapağını açtı ve benimle karşılaşınca da korkudan kalp krizi geçirdi. Ne yapacağımı bilemedim. Koskoca adam yere yığılıp kalmıştı. Ben de var gücümle evden kaçtım. O gün akşam altıya kadar hiçbir şey olmamış gibi arkadaşlarımla oynadım. Eve geldiğimde, onu gene televizyon koltuğunda pis pis sırıtırken buldum. Meğersem hiçbir şey olmamış, dalga geçmiş pezevenk benle. Bir de üstüne cazalandırdı beni (!) Onu öldürmeyi başaramayınca, daha çok dayak yiyêceğimi bildiğim için artık vazgeçtim planlarımdan. Allah'a bıraktım işimi...

Yıllar sonra ben üniversitede okurken, intihar haberini aldım. Bileklerini kesmişti ve komadaydı. Annem beni arayıp, "Yaşama şansı yok, bilinci sıfır," diye ağlamıştı. Onun yanında olmak için apar topar gittim. Hastanede göremeyince, akşam kaldığında giymesi için üç beş kıyafetini almaya eve gittim. İğrenç derece bir kan kokusu evi sarmıştı. Salonda ise korkunç bir manzara ile karşı karşıya kaldım. Bütün her yer kan olmuştu; yerler, duvarlar, koltuklar, televizyon. Her taraf pıhtılaşmış kanla sıvanmıştı. O duvarları hatırlıyordum, el izim çıktı diye kafamı vura vura kanatmıştı onlarda. O televizyonu hatırlıyordum, ondan habersiz kumandaya dokundum diye kumandayı suratımda parçalamıştı. O koltukları hatırlıyordum, hiçbirinde güzel bir anım yoktu. Aniden bedduamı hatırladım... Akşam yemeği yememekle cezalandırılırdım çoğu kez. O yemek yerken beni masaya oturturur, annemle beraber önümde, hayvan gibi, şapır şupur, geviş getire getire yemek yerdi. Ellerimi masaya koymamı yasaklardı. Elimi masaya koyduğum an, cezam bir gece daha uzatılırdı. Ve o zamanlar, "O ellerini kullanamayacak hale gel!" diye içimden sayardım. Allah eğer bir şeylerin cezasını çok sonradan çıkartıyorsa, artık benim için geçmişti. Hiçbir şey, ölüm bile, yaşadıklarımı geri getiremeyecekti. Orada onu affettim, ölümünü her gün dilediğim adamın yaşaması için dua ettim. Ve iyileşti...

O iyileşti ama benim hâlâ hiçbir yaram iyileşmedi. Çocukken her şeyi büyüttüğümü zannederdim, ama büyüyünce de hiçbir şey küçülmüyor sanki! Bir yumuşatıcı kokusu bile bazen bütün günümü zehir etmeye neden olabiliyor.

Bitti...

Pekmez'in gidişi netlik kazanınca, kafasını ütüleyip kendimi depresyona sokmayayım dedim. Son günlerimizi çok güzel geçirmek için canla başla uğraştım. Kal demedim, darlamadım da, saldırmadım da. Bir de nedense içimden bir ses paso "Gitmeyeceeekkk" diyip duruyordu. Böylece gezdik, tozduk, PES oynadık, gitmekten falan bahsetmedik. Sadece İstanbul'a geldiğinde böyle yaparız, şurada yaşarız, sana benim oradan iş buluruz gibi vaatlerde bulunuyordu bana. Oradan buradan iş başvuruları yaptık benim için. Derken son gün geldi çattı...

Hâlâ o zamana kadar gitmeyecek kafasındaydım. Ama son an gelince, yaka paça tutuştu bende. Bari dedim son dakika aklına gireyim; korkutup onu, her an senden ayrılabilirim sinyalini vereyim. Oturdum bir güzel söyleyeceklerimin provasını yaptım; "Uzak mesafe ilişkileri bilirsin hiç yürümez, bilmiyorum biz ne olacağız?", "Ben istemez miydim dizinin dibinde kalayım, ama olmuyor bazen", "Hem ayrılmak zorunda değiliz ki, tarifeli hatları araştıralım bir", "Belki de ayrılık ikimiz için de daha iyi. Evet evet ayrılmalıyız", "Lütfen ağlamayı keser misin!", "Dünyanın sonu değil bu tatlım, hadi kendine gel, kalp krizi geçiriyor numarası yapma, bak korkutuyorsun beni"

Bütün göt kalkıklığımla sabahın bir körü evlerine gittim. Ben bunları söyleyeceğim, bu da son dakika gitmekten vazgeçecek falan diye mi düşündüm artık ne yaptım. Şimdi gel sor bana, yeminle bilmiyorum! Bir gittim ki eşyalarını falan topluyor. Öyle görünce onu kahroldum ya. Orada dank etti: Burada piç gibi kalacağım, çocuk gidiyor; ne bok yapacağımı bilmiyorum, yapayalnızım, bütün kısmetlerimi kapadım... Allahım ne yapmalıyım, sen bana akıl ver. Gitmesin diye yalvarayım mı? İşi gücü bırakıp ben de ardından mı gideyim?

Bunların hepsi kafamdan geçip dururken, çocuğun karşısına geçtim, ellerini ellerimin içine aldım. O soğuk, o anaç, o boktan bakışlarımla gözlerimi dikerek ona, "Mesafe girdiğinde araya sürmez bu ilişki, bunu biliyorsun. Boşuna deneyerek birbirimizi yıpratmayalım. Güzel bir şey yaşadık, burada bitsin," dedim. Gülümseyerek cevabını bekledim. Bu da, sanki biraz sağa doğru kaykılsana demişim gibi, "Tamam," dedi. Salak yaa, bu sözün anlamı, "Ben senden ayrılmak istemiyorum, bu işi yürüteceğine dair bana gaz ver"dir. Ama nato kafa nato mermer! Anlamadı. Gayet de "Tamam peki, sen bilirsin," dedi ve götünü dönüp eşyalarını toparlamaya devam etti. Ben de ne yapayım, hiç böyle bir cevap beklemediğimden kaldım öyle mal gibi.

Çocuğun odasındayız, bana arkasını dönmüş, dolabın içinde bir şeyler arıyor. Az önceki dediğime, "Şakaaa yaptımmmm ehehehe!" desem olmayacak! O hiçbir şey olmamış gibi eşyalarını toparlamaya devam etti. Kalktım, evden çıktım gittim. Gidiyorum bile demedim. Sonra da beni hiç aramadı! Dün gece otobüse binmiş olması lazımdı, aramadı. Bugün aramadı... Ve hiç aramayacak...

Ne hissetmem gerektiğini bilmiyorum, sadece boşlukta dibe doğru gidiyorum sanki. Bir kez daha anladım ki hayat çok orospu. Bütün işvesi cilvesi, parasını alana kadar sürüyor. Sonra giren çıkan fark etmiyor. Kimisinden çok zevk alsa da, sonuçta hepsi aynı deliğe giriyor.

Hayatımın müziği Pop oldu, ondan hep böyle bok oldu

Teoride Pekmez'i ben terk etmiş olsam da, pratikte terk edildim. Şöyle hayatıma giren adamlara baktığım zaman olayların hep bu şekilde geliştiğini görüyorum. İlk terk edilmem, Alamancı bir züppe tarafından gerçekleşmişti. Çocukluktan ergenliğe geçtiğim yaz tatiliydi. Biciklerim kayısı kadar olmuştu, ama ben farkında bile değildim, hâlâ "Taso oynayalım mı?" kafasındaydım. Bu çocuk o yaz Almanya'dan birinin akrabası olarak gelmişti. Ama ben nasıl âşıktım ona, nasıl? Öl desin ölürdüm, o derece. O kaş, o göz, o Almancı tavır, Allahım amerikan tıraşı saçları, fanilayla sokağa çıkması falan öldürüyordu beni. Mahallenin erkekleri bir oyun bulmuşlardı: "Street Fighter" var ya, onun mahalle versiyonu. Bir yuvarlak içinde kavga ediliyor, ama dokunmak yasak. Dokunmadan birbirine, karate hareketleri yapıyorsun. Çizgiden çıkan yeniliyor.

Ben Chun-li'ydim, Serkan diye bir bebeyle dövüşüyorduk, akrobasi hareketlerimi gösteriyordum. Bebe çizgiden çıkmıştı, ama inatla, "Çıkmadım ben yööeeeee" diye bas bas bağırıyor, beni itiyordu falan. Sonra eliyle mememi bir tuttu, "Vik vik" dedi bir de piç. Herkes bir gülmeye başladı, "PuCCa'nın memeleri çıkmışşşşş!" diyerek. Allahım o nasıl bir utançtı. Yarıl yer yarıl, ben öleyim orada dedim.

Eve doğru koşmaya başladım, ama o kayısılar bana nasıl ağır geliyordu. Fark etmediğim memelerim sanki yirmi beş kilo olmuşlardı. Taşıyamıyordum. O kadar ki, apartmanın merdivenlerinden çıkarken, ellerimle tutuyordum. Hemen eve attım kendimi. Sanki insanlar takip edecekler, "memeleri var" diye beni yakacaklardı. Kendimi Ortaçağ'daki cadılar gibi hissettim. Artık dışarı çıkamazdım, Taso oynayamazdım, ben artık memeleri olan biriydim. Erkekler beni asla aralarına almayacaklardı. Alamancı aşkım, suratıma bakmayacaktı. Gerçi hoş zaten bakmıyordu, pek bir burnu havadaydı. Tetris'i vardı, onunla takılıyordu. Sırf çocukla yakınlaşabilmek adına, babam Tetris alsın diye, üç gün banyo temizlemiştim. Babamın Tetris'i aldığı gün, çocuğun hevesi kaçmıştı. Ben paso o "Z" harfini yerleştirmeye uğraştım günlerce. Sırf o Tetris yüzünden, "Z" harfinden nefret ettim. Bizle beraberken falan hep Almanca kelimeler araya sıkıştırıyor, "Anlamıyor ben anlamıyor" deyip duruyordu. Bildiğin de kerroydu ha, zincirlerle falan geziyordu, bize orada hava basıyordu. Ama olsun, aşk bu! Kime ne zaman, nasıl olacağı belli olmadığı için, o bir Sara, ben bir Musa olabilirdik. Neyse işte, o dönem babama taşındığımızdan, meme nasıl çıkar, regl nedir hiç bilmiyordum. Kendi kendime dedim ki, bu odadan hiç dışarıya çıkmayacağım. Artık insanların yüzüne bakamazdım, çünkü benim memelerim vardı, normal biri değildim. En yakın arkadaşım kız kardeşimdi, o da sopa gibiydi (hâlâ da sopa gibi). Ben de ise iki kayısı. Lanet olsun dedim. Her şey bir gel-git içerisindeydi sanki. Duygularım allak bullaktı: Bir taraftan ağlayıp yok olma isteği, diğer taraftan coşma güdüsü. Açtım Süper FM'i, çıkan Nilüfer şarkılarına ağlamaya başladım. Benim için hayat bitmişti. Bütün mahalle memelerim olduğunu öğrenmişti. Popülerliğim gitmişti. Zaten annemin yanında yaşarken ezik bir çocuktum; babamın yanına taşınınca yeni bir hayata başlıyorum diye kendimi toparlamıştım, ama o kayısılar da bunu bozmuştu. Kardeşimi odaya falan almayınca, kızcağız kapının önünde oturup, "Ağlama lütfen, bulaşıkları ben yıkarım, ağlama," diye yalvarmaya başladı.

Akşam babam işten eve geldi. Adam memelerimi fark etmesin diye, onları muz çorabımla iyice bağlayıp tişörtümü giydim üstüme ve geceyi öyle geçirdim. Ertesi gün biraz daha kendime geldim, ama yine de mahallenin çocukları arasına karışacak gücüm yoktu. O yüzden, bizim apartmanda, benle aynı yaşlarda olan bir kızın evine gittim. Kızın memelerine bir baktım, lan benimkiyle aynılardı. Allahım tek sorunu olan ben değilmişim diyerek, kıza sarıldım. Üstündeki iğrenç sutyeni gösterdi bana. Bir de onun Birgül adında, yirmi yaşında bir ablası vardı. Karıda bir basen vardı, yemin ederim benim bütün bedenim kadardı. O zamanlar bana yirmi yaş nasıl erişilmez, nasıl harika gelirdi. Hiç yirmi yaşında olacağımı hayal edemezdim. Birgül Abla, benim için, dünyanın tekerine çomak sokmuş, her şeyi bilen biriydi. O, "iki" ile başlayan bir yaşa gelmişti çünkü. Oysa şimdi yirmi yaşındaysa biri, çocuk lan bu diyorum. Neyse işte, o geldi, böyle iki mıncırdı memelerimizi. "Aaa bakın bunlara kâse koyun, o kadar olsunlar," diye bize çorba kâsesi getirdi. "Ayy," dedim, "yok ben istemem çorba kâsesi. Gittim çay tabağı bastım." Sonra kız bize, "memelerin her kapıyı açtığı" hikâyeler anlattı. En güzel kadınların göğüslerinin olduğunu; erkeklerin aslında göğüslerimizle ilgilendiklerini; bir kadının göğsü var diye değil, yok diye intihar etmesi gerektiğini söyledi. Beynime nasıl işlemişse kızın anlattıkları, kalktım gittim mutfağa, salata kâsesi bastım memelerime. Sonra memelerle uyumanın nasıl bir şey olduğunu merak ettiğim için, eve gidip çorap koydum ve onlarla yattım falan.

Aynaya bakıyordum; bir gün önce bana varil gelen bicikler, şimdi gözüme ufacık gözüküyordu. Bütün gün kendimi gaza getirdim, Birgül'ün dediklerini de düşündüm. Bir sutyenim olmadığı için, atletimin içine çorap koydum, alttan da lastikle bağladım. Lambada eteğim, önünde "yes" arkasında "no" yazan tişörtüm, boncuklardan yaptığımız çiçekli bilekliklerim ve doksan beşlik memelerim ile artık dışarıya çıkmaya hazırdım.

İşte şimdi dünyanın en seksi kızıydım. O Serkan denen hıyar memelerimi vikviklese bile bir sorun olmayacaktı, çünkü hissetmeyecektim. O Almanyalı çocuk benim farkıma varacaktı, çünkü Almanyalarda bile benim kadar seksisini görmüş olamazdı. Öyle bir kendime güvenim vardı ki, Musti beni görse klibinde oynatırdı. Üstelik artık Taso ve Street Fighter da oynamayacaktım onlarla. İlk planım, onlar oynarken, karşılarına oturup "Hahah çocuksunuz siz" diye gülmekti. Sonra, Almanyalı bebe yanıma gelip, "Evet onlar çok çocuk, sen çok olgunsun. Bi kere memelerin var, Yonca Evcimik gibisin. Benimle evlenir misin?" diyecekti. Aynaya son kez baktım "Kızım PuCCa, Allah kahretsin seni, çok harikasın lan sen," dedim. Kahvaltı yapmak için mutfağa gittim. Babam benimle karşılaşınca güldü. Çocukluğumun içine annem, ergenliğimin içine babam sıçtı zaten.

"Naptın kızım kendine? Çıkar şu içindekileri, Allah naapmasın seni."

"Ne beeeööo, içimde bişi yok!!!"

"Kim sana öğretti bunları? Ne koydun oralarına?"

"Oralarımda bişi yok beaaa. Sanane hem yaaaaa, sen gitsene işeee."

"Odana git, adam gibi çıkar o zımbırtıları, beni delirtme! O öndeki koca dişini kırarım senin."

"Öldürcem kendimi o olcak, öldürcem yemin ederim öldürcem."

"Kızım saçmalama! Soytarı gibi olmuşsun, deli deli iş yapma."

Kalktım gittim odaya, pusuda babamın işe gitmesini bekledim. Çıkarmadım tabii memelerimi, onlar benim silahımdı çünkü. Pencereden gittiğini görünce, ben hoop arkasından sokağa çıktım, önce karşı komşu ile karşılaştım. Kadın, aynı babamın tepkisini verdi. Başta götüyle güldü. Sonra kalktı bana, memelerimin zamanla kıvama geleceğini ve benim yaşımdakilerin böyle memesi olmasının imkânı olmayacağını açıkladı. Ardından da Birgül Abla geldi ve o da anlattı durdu. Ben ise hâlâ ikna olmamıştım. O esnada, Birgül'ün kardeşi gelerek, bana acı haberi verdi: "Almanyalı bebe memleketine dönmüş dün gece."

Yıkıldım, dondum kaldım. Çorapları atletten çıkardım, iki elimle merdivene oturdum. Yaşadıklarımız bir film şeridi gibi gözümün önünden geçti: Kovalamaca oynarken, elimin beline değmesi; saklambaç oynarken, aynı yerde saklanmak için onu bir sapık gibi takip etmem; Street Fighter oynarken, dokunmaca yasak olmasına rağmen, onun üstüne düşmem ve ardından attığımız kahkahalar, sonra bana bakıp, "Ohaa dişe bak, katır gibi," demesi; dansa davet oynarken, bir defasında beni kaldırması... Artık o olmayacak mıydı? Ne yani, benim bu ülkeden, ailemden uzaklaşıp kaçma güvencem olan Alamancı çocuk, bana veda etmeden gitmiş miydi? Ben ne yapacaktım şimdi? Nasıl yaşayacaktım? Artık hayatın bir anlamı yoktu, memelerimin de. Bu aşk da başlamadan bitmişti işte. Kader bizi ayırmıştı. Kafamın içinde bir şarkı çalıyordu: "Gidenlerden bir tek seni bana ekledim, seni deli gibi bekledim gidenlerdenn".

Ve o gün bugündür, ne zaman birinden ayrılsam, hep o aynı şarkı kafamın içinde çalıp durur...

İçime kaçan İbrahim Tatlıses'le sesleniyorum sana...

Daha yeni boktan bir aşk yüzünden depresyondan çıkmışken, şimdi işin yoksa sar başa hikâyeyi. Tek istediğim şey uyumak, deliler gibi; sonra hoop uyandığımda, böyle çor çocuk sahibi bir hatun olmak. Offf tam birini buldum derken, herif kaçtı gitti resmen ya. Bence en boktan yaş yirmi beş; bazı şeyler için çok erken, bazı şeyler içinse çok geç. Ayrılık acısına çare olan maddeleri sıralayan Cosmo dergilerinin ise, götüme kaçan ücretleri dışında hiçbir faydaları olmuyor maalesef. Kursa gidin, yeni ortamlara girin falan diyorlar mesela, nasıl olacak bunlar? Zaten sabah dokuz akşam sekiz bir işim var, sadece bir gün izinliyim. O izinli olduğum gün de kaşımı bıyığımı mı alayım, yoksa şarap tadım kurslarında entelektüel ama koltuk altı kıllı kadın seven adam mı arayayım? Yeni bir dil öğreneyim desem, işten çıktıktan sonra, fındık kadar olan beynime bir boku sokamam yani. Haaa zaten kürsların parası da maaşım kadar olduğundan, çok istesem de olmaz. Arkadaşların arkadaşlarıyla tanıştırdığı çocuklarla takılayım desem, benim kaltak arkadaşlarım neleri var neleri yok kendilerine sakladıkları için, anca çer çöpü benimle tanıştırırlar. Yok sağ olsunlar, almayayım ben de onları. Bir de ben ancak çok yakınımdaysa âşık oluyorum. Aynı sınıf, aynı işyeri, aynı apartman. Âşık olacaksam yakınımda olmalı, şu ana kadar da hep öyle oldu zaten. Bir şekilde aynı mekânı paylaşmak zorunda olduğumuz kişilere hissettim en derin aşklarımı.

Hal böyle olunca, en kolay çözüm, geceleri cenin pozisyonunda yatıp, sabahları gözyaşı içerisinde uyandıktan sonra, mala bağlanmış bir biçimde ortalarda dolanmak oluyor. İşte bugünlerde yaptığım tek şey bu. İşyerinde zaten Pekmez'in yokluğu o kadar çok koyuyor ki, klozette oturup hüngür hüngür ağlıyorum, masasına bakıp bakıp ağlıyorum. Aslında sadece ona da ağlamıyorum, arada ondan önceki için de ağlıyorum. Ağlama olayını o kadar abarttım ki, geçen sabah işe giderken "Ayı Yogi ve Çetesi" çizgi filmini görünce, "Bunların gemisinde tuvalet yok, ayı da olsa onlar da bir canlı nedeeen hak ettikleri muameleyi görmüyorlar? Bunlar nereye sıçacaaakkkkk?" diye işe gidene kadar ağladım.

Tam birinden hoşlandım demiştim, o da gitti. Ve benim, İzmir'e ilk geldiğim anlarda yaşadıklarımı tekrar etmeye gücüm bu kez yok. Maalesef ben böyle biriyim, hayatımda hiç yalnız kalmadım. Ve yalnız kalma korkusu yüzünden de, sevgilim olduğu dönemlerde bana yapılan her boka eyvallah dedim. Olmuyor, hayatımda bir erkek yoksa, ben adım atamıyorum. Oysa gayet güçlü, kendi ayakları üzerinde durabilen, adamlara maddi yönden ihtiyacı olmayan bir hatunum, ama hayatımda biri mutlaka olmalı. Yoksa direkt İbrahim Tatlıses modunda, ömrümün kalan zamanını, bütün hayatıma girmiş olan erkekler için ağıt yakarak geçiriyorum.

O yüzden bu sefer, en azından bunun farkında olduğum için, hemen radarları açayım dedim. Tecrübeler yeni hatalar yapmayı engeller mantığıyla, kendime hemen iki dakikada sevgili bulmaya karar verdim. Bundan önceki ilişkim bittiğinde, çivi çiviyi sökmez, yalan o işler demiştim. Eee o kadar bekledikten sonra ne oldu? Babayı aldım!

Az önce üstümü değiştirirken, göğsümün altına bir kalem koydum, sarkıp sarkmadığını kontrol için (eğer kalem yere düşmez ve iki etin arasında kalırsa, senin meme artık memelikten çıkmış demektir). Ohhh binlerce şükür Rabbime, hâlâ Madonna gibiler; dik yürekli ve cesur. O kadar tırsıyorum ki yaşlanmaktan, çirkinleşmekten, kırışıklarımın olmasından. Bir gün olacak biliyorum, ama ben o günü mümkünse asla görmeyeyim. En büyük korkularım arasında balon şişirmek, gözüme iğne batması ve yaşlanıp çirkin bir kadın olmak var.

Hemen durum analizi yapmak için aldım elime telefonu ve "Düşün PuCCa, kim sana asılıyor bu aralar? En azından iş at, egonu tatmin et. Yoksa bu depresyonu yemek yiyip, saçlarını değiştirerek geçireceksin," dedim. Sonra da, "Bu Ankara'da, bu Antalya'da, bu evlendi, bu ter kokuyordu, bu eski sevgilinin arkadaşı, bu çok çirkin, bunun parası yok, bu yalnız yaşıyor ve hemen eve gidip düzüşelim ayağına geçecek, bunun kulaklarında bir kere kir gördüm... Bu kim acaba? İsmi güzelmiş," diye diye bir kişiyi yedeklere aldım. Halen kanala gelip giden, Amerika'da büfe işletmiş, şimdi bizim de sponsor olduğumuz futbolla ilgili bir şeyin organizatörlüğünü yapan, uzun boylu, kumral, yakışıklı bir çocuktu bu. Epeydir yalanıp duruyordu peşimde. Bir bakalım, tartalım, ölçelim, biçelim. Bir umutla belki olur dedim ve hoop çocuğa işle ilgili olmasına rağmen alâkasız bir şeyden mesaj attım. Çocuğun okur okumaz direkt "keklik yemi yuttu" diyebileceği bir mesaj yani. Öyle böyle derken bütün gece çocukla mesajlaştık durduk. Bu hafta içinde kesin bir buluşma gerçekleştireceğiz.

Bu arada, böyle bir karar almamın bir nedeni de, hâlâ Pekmez'in aramamış olmasıdır. Ararsa diyeceklerimi kâğıda bile yazdım, ama aramadı puşt! Allahım karşıma erkek çıkarmayacaksan, bu da olmayacaksa, ne olur Pekmez'i geri yolla. Bir bok yedim, hayvanlık ettim; çocuğa bitti dedim. Ya da bir işaret çak, ben gideyim İstanbul'a. Ama kısa sürede yap! Zaten anlamıyorum, lap diye zamanı geçiriveriyorsun. Yarın gözümü açtığımda, evde kalmış, çirkin, yaşlı bir kız kurusu olarak uyanmaktan çok korkuyorum.

Bazen çivi çiviyi sökmüyor, daha da duvara işliyor

Futbol ile ilgili dandiri dunduri bir şeyler için sponsor olduğumuz bebeyle dün buluştuk. Aslında yemeğe gidecektik, ama ben geç çıkınca, ertelememek için bir şeyler içmeye karar verdik. İlk başta çocuk çok hoşuma gitti. Bana hiç, "Nereye gidelim?" diye sormadı. En nefret ettiğim sorudur bu, çünkü erkeğin kendine güveni olmadığını gösterir. Hiçbir şey söylemedi, bindik arabaya, "Seni çok beğeneceğin bir yere götürüyorum," dedi. Sadece şarapların olduğu bir mekâna girdik. Burayı biliyordum, ama hiç girmemiştim. Ne de olsa tek bildiğim şaraplar, 10 ile 20 YTL arasındakiler ve 20 ile 30 YTL arasındakiler. Geri kalanı beni alâkadar etmiyor.

Bu, hangi şarabı içeceğimi de kendi söyledi. 'Kontrolcü erkek', bayılırım, ama sadece ilişkinin başında! Erkek dediğin öyle olacak. 'Erkek' işte, adı üstünde. Şaraplar hakkında o kadar çok şey biliyor ki, sürekli konuşuyor, Bir erkeğin benden çok şey bilmesi hep hoşuma gitmiştir. Eğer birinden hoşlanmışsam, mutlaka yanında salak kız numarası yaparım; bahsettiği her şeyi ilk kez duymuşum gibi, gözlerimi açarak dinlerim ve "Ne kadar çok şey biliyorsun," diyerek, götünü tavan yaparım. Gecenin başında da aynen böyle yaptım. Anlattığı her şeyi, gözlerim açık, aptal bir gülümseme ve hayranlıkla dinledim.

Lakin sonra bir şey oldu; burnuna dikkatlice bakınca, o da ne? "Kılcal damarlar". Kıpkırmızı ince çizgiler, gözüme bir batmaya başladı. O kadar çirkin geliyorlar ki, çocuk kocaman bir kılcal damara dönüştü sanki. "Herif buram buram para kokuyor, bu kılcal damarlar alınmaz mı? Bir tamiri yok mu?" diyorum. "Başka yere odaklan," diyorum. Yok olmuyor, gözüm gidiyor yine, o buruna bakıyor!!! Çocuk fark etti, burnunu falan siliyor. Ama "Kılcal damarlarından rahatsız oldum," da denmez ki! O kılcal damarlar büyüdü büyüdü beni hapsetti. Az önce prensim olabilir dediğim erkek, bir anda salağın tekine dönüştü. Bir insan sürekli konuşur mu? Duyan da, Amerika'nın en büyük lokantasının sahibiydi zanneder. Eminim, dandik bir döner büfesi vardı. Şimdi gıcık oldum ya, bu kez başladı bende bir aşağılama. Eğer bir erkekten hoşlanmamışsam, onu aşağılarım, bilgiçlik taslarım. Allah bana öyle bir yetenek vermiş ki, bilmediğim konular hakkında saatlerce konuşabilirim. Ya bir defasında kimya ile ilgili oturdum iki saat konuştum. Kimya element melement falan bildiğim tek şey lisede öğrendiklerim oysa. Onda da dersi bile dinlemediğim için nasıl o kadar lafı bir araya getirdim kendime şaşırdım.

Orada otururken de ne söylediyse bana, tersini savunmaya başladım. Bir ara Bekir Coşkun'u bile savundum, düşünün artık!!! Gıcıklık değil mi? Görgüsüz olduğunu da suratına söyledim. Biraz da alkolün etkisiyle, gıcık oğlu gıcık bir kız oldum. Halim, tavrım, el hareketlerim beni bile tiksindirtti, ama onu da sinir etmiş olmaktan büyük bir haz aldım. En sonunda, karşıma çıkan on erkekten dokuzunun iltifat için söylediği o sözü söyledi. Bu söz tabii ki sadece bana özgü değil, hayatının bir döneminde yalnız olan her kız bu lafı duymuştur. Bir de, "Seni kimse almazsa, ben alırım ehehehe," diye yavşak yavşak espri yapan heriflerle her kız en azından tanışmıştır. Ayy mümkünse ölün siz, tüketin o nesillerinizi! Hah ne diyordum? Kalktı bu, bir numaralı klişeyi pat diye söyleyiverdi: "Senin gibi bir kızın nasıl erkek arkadaşı olmaz şaşırıyorum..."

Bunun cevabı çok basit canım, senin cinsini sadece başta etkileyebiliyorum. Sonra benden olabildiğince kaçıyorsunuz, sanki size kızgın iğne batırıyorum!!! Ama bundan böyle, sevgilim olan erkeğin poposuna gece yatarken, o boğalara mühür mü ney işte ondan vuruyorlar ya, ben de ondan vuracam. Bakalım kaç canlının hayatının içine sıçmışım? Poposunda 'PuCCa'nın Malı' yazan bir çocukla tanışırsanız, bilin ki geri zekâlının tekidir; bedenen az kullanılmış, beyin olarak çökertilmiş bir bünyeye sahip bir insan evladıdır.

Böyle deli gibi gıcık gıcık davrandıktan sonra, bir dur dedim PuCCa, ne yapıyorsun?? Adamın kılcal damarı var diye, utanmasan öldürüp Körfez'e atacaksın. O sana, "Iyy karıya bak, katır gibi dişi var" diyor mu? Ne ayıp dedim, hem çocuk gayet kibar, sahiplenici falan bir bebe. Bir sakin ol, bir dur. Gerçi hoş bu salağın kesin bir kız arkadaşı da vardır. Yani, bunu boşta bırakırlar mı hiç sansar tipli kadınlar?

Yolda soda istedim, bir büfede durdu. Almaya gittiği sırada, sutyen askımı arka koltuğa attım. Eğer kız arkadaşı falan varsa, sutyen askımı görüp ayrılır belki diye. Ara sıra gelen arıza halim geçerse, en azından yedeğimde beklesin çocuk. Beni eve bıraktı, anladı ondan hoşlanmadığımı. Aslında sorun tabii ki kılcal damarlar değildi, o sadece işin bahanesiydi. "Senin için güzel bir gece olmadı sanırım, bir hatam olduysa özür dilerim," dedi. Ben de özür dilerim valla, ama olmadı n'apayım!!! Belki sonra erkeksizlikten ölürsem, ararım ama ben yine seni. Şimdi Pekmez'in yasını tutmaya devam edeyim...

Meslek seçimi

Bu aralar yaptığım işten nefret ediyorum. Zaten bu kanalda işe sadece Pekmez için başlamıştım, şimdi ise işkence haline geldi burası, her sabah ağlaya ağlaya gidiyorum. Eskiden bir saat dolabın başında kitlenirdim ne giyeceğimi bulmak için, şimdi utanmasam pijamalarımla çıkacağım dışarı! Geçen gece çıktığım o çocukla da olsun istemiyorum. İçim kalktı ya ona karşı, şimdi yeniden başa sar, kendini anlat off hiç uğraşamam valla. Ya neden ben böyleyim acaba, hayatımda bir ilişki olmadığı zaman kendimi çok güçsüz hissediyorum. İstediğim şey sevişmek, emmek, gömmek falan değil. Ya da flörtleşmek de değil. Benim istediğim tek şey sadece ilişki. Bir ilişki içerisinde olmadığım zaman tatsız, tutsuz ruh bir karı oluyorum. Şimdi de aynı, hiçbir şeyden zevk almıyorum. Öyle ki makyaj bile yapmadan işe gidiyorum. Sanırım bu işten de ayrılacağım ben, babam çok ötecek ama ne yapalım.

Zaten bazen bu işin bana göre olmadığını düşünüyorum. Çocukluğumdan beri tek istediğim şey çok çok çok ünlü bir film yıldızı olmaktı. Öyle ki, hâlâ yatmadan önce bunun hayalini kuruyorum: Bir yerde bir şekilde biri beni fark ediyor ve sonra hoop açılsın bana Hollywood kapıları. Tabii bu sadece hayal olarak kaldı. Ben de en azından alt yapısında bulunayım bu işin diye, kalktım gittim televizyoncu oldum. Haa iyi mi ettin dersen, nerdeee??? Aklıma sıçayım, keşke Hukuk okusaydım diyorum ara ara.

Bir arkadaşım var; kızla aynı yaştayız ama o avukat ve on beş kilo. Nerede Murat Boz gibi bebeler var, kız onları buluyor. Bir de benim mesleğe bak, pehhh. Üniversitede okurken zaten belliydi çok boktan bir şey seçtiğim. Havalı meslek falan ya, sandım sınıfımdakiler birer Robbie Williams. Anamm bir girdim sınıfa, eciş bücüş, böyle ezik büzük tipler. Sanırsın ki, Ormancılık Fakültesi. Sınıfın en yakışıklı çocuğuyla çıktım, o da tek kaşlı, şaşı ve göbekliydi. Artık diğerlerini siz düşünün.

"Sen mezun olunca n'apcan? Artiz mi olcan?" İşte bölümümle ilgili tek sorulan soru buydu. İçinde televizyonculuk geçiyor ya, sanıyorlar ki mezun olanı alıp haber spikeri yapıyorlar! Okurken, radyonun birinde DJ'lik yapıyordum ve günde dört saat, na buraya yazdığım gibi hayatımı radyodan anlatıyordum. Sevgilimin eski sevgilisinin şehre geldiğini, evden kovulduğumu, dolmuşta fordçu kurbanı olduğumu, çizmelerime verdiğim parayı, regl günlerimi bile anlatıyordum. Tabii beni dinleyen, sadece Japon pazarına gidip gelen 'bir milyoncu'lardı. Orada hep bizim radyo çalıyordu. DJ'lik diye bir kariyer olmadığı için ayrıldım sonra oradan. Aslında asıl ayrılma nedenim, arayanların bana inatla şiir okutturmak istemesiydi. Bence şu DJ'ler ne zaman şiir okumayı bırakır, o zaman radyolar daha çalışılabilir hale gelir.

Sonra gerçek iş hayatına atıldım. Dedim, ben şanssızım, sektördekiler eminim Robbie Williams gibi olacak. Yanıldım, sınıfımdakilerin bin beterleri iş arkadaşım oldu. Üstelik çirkin ve abazan oldukları halde, günde yirmi beş kız götürüyorlarmış gibi burunları havadaydı.

"Aaa sen o kanalda mı çalışıyosun? Haberleri mi sunuyosun?"

"Hayır, kamera arkasındayım."

"Hıııımmm, neyse ya üzülme. Kamera önüne alırlar bi gün seni de."

Kamera arkası deyince, nasıl da tiksinç bir ifadeyle suratıma bakıyorlardı. Sanki orospuluk yaptığımı söylüyorum. Kamera önü maceram da oldu, ama olduğu gibi kaldı öyle. Hayatımda sadece çalıştığım bir kanaldan utanmıştım: Flash TV. Porno bir kanalda çalışsam, inanın daha az utanırdım.

"Flash'ta mı çalışıyosun? 'Acı Umut'ta mı yoksa? Ahaha!"

"Yok, haber dairesinde."

"Abi, 'Acı Umut' nasıl bir şey öyle yaa? Ahahah. 'Eşşeği sikiyorum, karımı sikemiyorum' diye bişey çıkarttılar geçen gün."

"Bilmiyorum, izlemiyorum."

"Ahahaha adamı görüyo musun sen? Ben fanıyım ya onun. Bi de sizin 'Gerçek Kesit' var ahahahah."

"Haber benimki, habeeerr, HABER."

"Ahaha sizin haberler de çok iyi yaa, oklu moklu. İzleyen var mı ya sizi hiç? Kaldırsınlar ya o kanalı, bombalasınlar falan. Sizin sunucu Papa'yı Müslüman edecekti dimi ahahaha."

"O oklar götüne girsin senin... Papa da..."

Sonra evime döndüğümde, yerel bir kanalda işe başladım. Orada da şöyle tepkilerle karşılaştım:

"Biraz daha çabalarsan, daha iyi bir kanala geçersin belki." Bunu söyleyen kişi köfteciydi bu arada. Ona göre bile, yerel kanalda çalışmak en aşağının aşağısıydı.

"Yaa habire milletin özel hayatına burnunuzu sokuyosunuz, çok iğrenç yani... O insanların yakasını bırakın yaaa."

"Ben magazin servisinde değilim, haberdeyim."

"Aaa bi şey dicem o zaman; şimdi ben sana haber bulsam, kaça satarım?"

"Beş kuruş para vermezler."

"Bizim yazlığın yanında Bergüzar Korel oturuyo, bu yaz kesin Tan'la gelecekler. Onların fotolarını satsam ya sizin kanala, hem isminiz duyulur dimi?"

"Magazin servisiyle konuş, ben Murat'la tanıştırırım seni."

"Yaa magazinde çıkmasın, ana haberde çıksın. Benim de ismim yazsın ama." Bu tipleri emmek, gömmek, sokmak, çıkarmak istiyorum. Onlar için haber demek, magazin demek. Magazin de önemli bir şey değil zaten.

Bir de şu tipler var:

"Türkiye'de televizyon ahlâksızlık demek, her kanal çıplak kadınlarla dolu, kasap gibi... Ben sevmiyorum televizyon izlemeyi."

"Ben politika programı yapıyorum."

"Türkiye'de politika ahlâksızlık demek, sürekli bizi sömürüyorlar, ben sevmiyorum politikayı."

Tanıştığım on kişiden ikisi bunlardan. Televizyon lafını duyunca hemen aşağılamaya başlıyorlar. Televizyondan bir şey öğrenmeye çalışan zihniyeti zaten anlamam. Abi o kutudan ne diye bana bilgi vermek için o kadar zorlarsın? Bence televizyon, eğlence demek. Adı üstünde, aptal kutusu. Gece dışarı çıkmak gibi bir şey. Ben hiçbir kulüpte DJ'den bana hayatın anlamını öğretmesini, bilgi vermesini beklemiyorum. Bence televizyonu da öyle görün. Ikınmayın ondan bilgi almak için; izleyin, unutun, bitirin. Bir milyon kanal var zaten, sen oturup en dandiklerini seçiyorsan, demek ki senin de içinde bir dandiklik var.

Ben sıkıldım bu meslekten. İş yapmaktan sıkılmadım da, artık televizyoncuyum demek istemiyorum. Daha havalı bir şeyler demeliyim. Mesela, "Merhaba, ben avukat PuCCa", "Selam, ben doktor PuCCa", "Hoş geldiniz, ben uzman psikolog PuCCa" gibi. İşte böyle çok para kazandıran, kazandırdığı kadar da havası bin beş yüz olan işler istiyorum.

Hem ben bu işteyken çocuk da yapamam. Bazen eve on birde geliyorum. Seçimlerde, otlarda, boklarda, kanalda yatıyorum. Tren kazası gibi durumlarda, uykumdan uyandırılıp çapaklı gözlerle oraya gidiyorum. Hem, "Annen ne iş yapıyor?" dediklerinde, avukatlık kulağa daha hoş geliyor...

Böyle de mücadeleci bir kişiliğim var!

Pekmez beni hiç aramadı. Bayan Kaltak'ı bile aramış! Geçen tuvaletteydim, bu içine at kaçmış gibi koştur koştur girdi içeri. Sonra da makyaj çantasının içindeki envai çeşit parlatıcıdan bir tanesini çıkartıp dudaklarına sıvarken konuşmaya başladı: "Pekmez aradı akşam kızlar, selamı var... Bana da bi yerler ayarlar artık İstanbul'dan hihihihi." O öyle söyleyince, girdim klozete oturdum. Gözyaşlarımı görmesine izin veremezdim. Sürekli kafamın içinde bir ses yankılanıyordu: "Pekmez aradı, Pekmez aradı, Pekmez aradı."

O orospu çocuğu Pekmez beni değil de neden seni arıyor domuz sıfatlı karı?!?! Ahmet'i arasın, Mehmet'i arasın, ama seni neden arıyor? Seni arayacağına, beni arasa ya! O kadar çok sinirlendim ki dayanamadım, aldım telefonumu çıktım dışarı, aradım Pekmez'i.

"Alo n'apıyorsun?"

"İyiyim sağol, çalışıyordum."

"Vay çalışabiliyorsun demek. Bayan Kaltak'ı aramadığın zamanlarda başarıyorsun yani bunu!"

"Ne diyosun ya sen?"

"Ne dediğimi gayet iyi anladın! Her gün Bayan Kaltak'ı arıyormuşsun, işte duydum. Aferin ya ben de seni adam sanmıştım..."

"Hiç konuşma! Sadece beni dinle," dedi ve bildiğin ağzıma sıçtı. "Ben seni ailemle tanıştırıyorum, bir şeyler olsun diye uğraşıyorum, sen ilk zorlukta kalktın gittin," diye böyle saydı da saydı. Sonra da suratıma kapattı telefonu. Benim tek merak ettiğim gerçekten o kızı arayıp aramadığıydı, onu da sordum, "O beni aradı," dedi.

Demek ki bu adam beni seviyor, yoksa neden böyle bir konuşma yapsın. Bir karar verdim, daha doğrusu sesini de duyunca gaza geldim. Yine anneannemi hasta ederek işten iki gün izin aldım ve ertesi gün kalktım gittim İstanbul'a. Yalnız bir sorun vardı; Pekmez'in nerede oturduğunu bilmiyordum, sadece çalıştığı yeri biliyordum. O da eskiden benim de çalıştığım bina olduğu içindi, yoksa hayatta bulmamın imkânı yoktu.

İndiğimde saat beşti. Oraya git, bilmem ne yap derken, yedi buçuk oldu. Pekmez işten çıkıp gittiyse evine, sıçtığımın resmiydi yani. Bir sonraki gün izinli mi değil mi, onu bile bilmiyordum. Kanalın önüne geldiğimde, işimi garantiye almak için aradım. Numaramı gizlemeyi unutmuşum, açmadı.

Bir daha aradım, yine açmadı. Bir daha aradım, pezevenk telefonu kapadı!!

Ne kadar kötü bir durum düşünsenize, sen tut onca yoldan gel, adam sana telefonu bile açmasın! Çok bozuldum. Geri dönecektim, ama neyse dedim, bari neler kaçırdığını göstereyim ona. Girdim kanala, güvenlik farklı yer söyledi, oradakiler farklı yer, bütün katları tek tek dolandım. Yok çocuk! Eski arkadaşlarımı gördüm. Bir yandan da kızın birinden kaçıyordum (ki sanırım ayrılmış, görmedim çünkü). Nasıl bir lanet okula gittiysem, topu topu yirmi yedi kişilik sınıfımız vardı ve hepsini her yanda görmekten artık bööö geldi. Kız, götten bacak bir şıllıktı. Okulda da, okul bittikten sonra da, bundan önceki sevgilime asılıyordu. Yaklaşık yedi sekiz ay önce de kızın ağzına yüzüne sıçmıştım, "Erkeğimden uzak dur," diye. Şimdi de oraya başka bir erkek için gidiyordum. Bu çok yakışık alan bir durum olmadığından, bu kızı görmemek için Allah'a dualar ede ede Pekmez'i aradım (diğer duam ise, 'Pekmez'le bu kız hayatı boyunca karşılaşmasın' idi).

Sonunda onu bir post odasında buldum, üç erkek iki kız duruyorlardı. Yanına gitsem mi, dursam mı, bana bağırır mı, kovar mı, kovarsa deli göt olurum gibi düşünceler beynimi sarmıştı. 'Geri dön PuCCa, yapma yavrum, rezil etme kendini,' dedim, ama ayaklarım girdi içeri. Omzuna dokundum, gıkım çıkmıyor ama. Döndü, ayağa kalktı, sonra iyice baktı. Dedim, aha kovacak. "Piç kurusu," diyerek sarıldı, bir beş dakika sarmaş dolaş kalmışızdır. Sonra elimden tutup, "Kız arkadaşım, İzmir'de çalışıyor," diyerek, beni yan postlar da olmak üzere, nerdeyse bir on beş kişiyle tanıştırdı. Önceden beni başkalarıyla tanıştırırken, kız arkadaşım demezdi, 'Bu' diye bahsederdi. 'Kız arkadaşım' diyen dillerini yerim ben onun diyerek, böyle içimde kelebekler uçuşa uçuşa yanında dolandım durdum.

"Geleceğin aklıma gelmezdi."

"Telefonda söylediklerini suratıma söyle diye geldim."

"Keşke bilseydim böyle yapacağını, gittiğim gün onları söylerdim. Ben seni çok özledim..."

Sonra gezdik dolaştık, İzmir'de olmadığı kadar seviştik. Yaa aslında seviştik yazıyorum da, yok öyle bir şey, olay sadece ayaktan ibaretti. Ben televizyon izlerken, o aşağıda bir şeyler yapıyordu. Ama yine de çok güzel bir iki gün geçirdim. Çok seviyorum, çok mutluyum, ama eksik bir şey var hâlâ. Beni koruyup kollayacak gücü yok gibi. Bunu anlatması biraz zor, ama yanında korkuyorum, bir şey olduğunda topuk olacak gibi geliyor. Nasıl anlatsam? Mesela yolda biri bize saldırsa, o arkasına bakmadan kaçacak gibi geliyor. Yaa garip bir his bu, anlatmam çok zor...

Sanki Monaco Prensesi'yim yaa, koruyup kollayacak adam arıyorum kendime.

Kamera aşkları

İzmir'e döndüğümden beri Pekmez'le ilişkimiz teknolojik aletler üzerinden devam ediyor. Gündüzleri telefon, akşamları MSN ve kamera. Telefon özürlü bir birey olduğum için, pek konuşamıyorum, devamlı uzun uzun nefes alış verişlerimizi dinliyoruz. Ama kamera olayı öyle değil, neredeyse her gece MSN'den kamera ve mikrofon açık bir biçimde görüşüyoruz. İlk günler hoşuma gidiyordu, yalnız azıcık sıkıldım gibi. Her gün ayaklarıma pudra sürüyorum, kamerada güzel gözüksünler diye. Zaten makyajla gece yarılarına kadar durmaktan suratım perişan oldu. Babam da asosyal biri oldum diye tırsmaya başladı.

Pekmez, tuvalete gittiğimde iki dakika geciksem, hemen arayıp "Ne oldu? Niye gelmiyorsun?" demeye başladı. "Ayaklarını bana göster" dediğinde, jimnastikçi kızlar gibi bacaklarımı kafama kadar kaldırmaktan her an kemiklerimi kırabilirim. Yemeğimizi bile beraber yiyormuşuz hissini yakalamak için kamera karşısında yiyoruz. Utanmasak tuvaletimizi bile oraya yapacağız, Öyle aşk böcüğü vıcık vıcık bir ilişkimiz var.

Geçen gece yine ayak gösterme seansımızda bu ayaklarıma bakarken, ben uyuyakalmışım. Bana küstü, onu sallamayıp uyudum diye. Sonra, "Ayaklarına oje sürersen barışırım," dedi. Şımardı, "Ayak parmaklarını dudaklarına değdir, barışırım," dedi (azcık esnek bir yapım var da). Yapar gibi oldum, bebe kendinden geçti. Ölecek sandım, hemen vazgeçtim. Çok ilginç ya, kendimi ayaklarımdan kıskanmaya başladım. Adam sadece oraya odaklandı. "Heyoo bak gözüm de güzel benim, biciklerim de var, bak dekolte verdim" falan yapıyorum, adamda tık yok. Aç kaplanlar gibi, durmadan "ayak ayak ayak". Bir de ukala diyor ki, "Ayakların çirkin ama teninden sanırım, çekiyor kendine". Converse ayakkabı giymemem için ağlıyor resmen. Odamda habire topuklu ayakkabılarımla tıngır mıngır defile sunuyorum bebeye.

Bu iş bu raddeye nasıl geldi bilmiyorum, sanırım Pandora?nın kutusu açıldı. İstanbul'a gitmeden önce cinsellik bir tabuydu bizim için, birçok şeyden bahsediyorduk, şimdi sadece amcaoğluna benzeyen ayaklarımdan bahsediyoruz.

"Bugün Movenpick'te açılışa gittim, üç saat bir röp çıkmadı."

"Topuklularını mı giydin? Onları giyip göstersene bana."

"Ciner'ler yeni TV açacaklar, CV'mi verdim ben de."

"Kamerayı biraz sağa çevir, göremiyorum parmaklarını."

Sanırım sadece ayak sevenlerden bu. Şu sıralarda bu olay çok canımı sıkmaya başladı. Cinsellik yönü falan değil sadece, ne bileyim adamın tek derdi palet ayaklarım. Adamın umurunda değilim gibi gelmeye başladı. Bu iş İstanbul'dan döndükten sonra oldu. Dedim yeni barıştık, al ayaklarım emrine amade. Bokunu çıkardı o da. Bunun bir çaresi yok mudur acaba, ne bileyim tedavisi falan. Tamam cinsel olarak zaten bir beklentim yok, çünkü girişli çıkışlı hiçbir şey yaşayamıyoruz. Ona bile eyvallah dedim, ama bu biraz nasıl desem yani, en azından sadece oraya odaklamasa. Başlarda teytıdıtytey heyoo benim de ayak seven bir manitam var diye seviniyordum da, yok yani şimdi nefret ediyorum. Ama sadece sorun bu, yoksa Pekmez hâlâ benim için canımdan can. Gülü seven dikenine katlanır diyerek, kan kussam kızılcık şerbeti içtim derim.

Erkeğinin yanında ezik kalan kızım ben lan!

Günlerdir, Bayan Kaltak'ın kulağına gitsin diye her önüme gelen yerde Pekmez'le olan abuk subuk anılarımı anlatıyorum. Sadece anı olsa iyi, ilişkimizi öyle bir anlatıyorum ki on beş dakika sonra düğünümüz var sanki. Geçen gün ben yine böyle kaptırmış gidiyorum, masada bizim editörlerden biri de var. Hani şu her sektörde bulunan olgun olduğu kadar dolgun karılar[2] var ya hah işte o kılıkta biri... Arka masadaki Kaltak duysun diye ben böyle ballandıra ballandıra anlatırken, bu lafa girdi ve "Yaa bırak, aldın gül gibi çocuğu kapatma olarak kullanıyormuşsun," dedi.

Bu Sevgililer Günü'ne denk gelen EXPO muhabbetinde bizimkine dış görev vermişlerdi ya hani. Meğersem bizimki o

2 Olgun olduğu kadar dolgun karılar: Yaşı kırka dayanmış, üçüncü kocayı eskitmiş, küt saçlı, kirpikleri alnından çenesine kadar uzanan, makyajsız asla göremeyeceğiniz, cinselliği sere serpe yaşayan, karşı cinsle konuşurken devamlı temas halinde bulunan, her konuyla ilgili mutlaka bir şeyi olan, kahkahası üç mahalle öteden duyulan, erk[illegible] fazla [illegible] mıç, kadınlarla da iğreti bir şekilde dobra olan hatunlar.

zaman orada kendine bir hayran kitlesi yaratmış. Millet onun poposundan ve gözlerinden bahsede bahsede bitiremiyormuş! Çekti sandalyesini yanıma, tuttu elimden, nasihat verir gibi, "O çocuğu orada kaparlar, sağ bırakmazlar. Manken gibi çocukla çıkıyorsun, efendi de, parası da var, kaşı gözü oynamıyor, dudaklar köfte, kalça yerinde, bir tane bile kusuru yok. Haaaa küçükmüş diyorsan bilemem, ama taşşaklı görünüyordu kotunun içinden. O gül gibi çocuğu kaçırırsan geri zekalı derim ben sana," dedi.

"Kottan gözüküyormuş", kaltakta sanki X-ray cihazı var! Halla halla sana ne benim sevgilim taşağından baldırından, ama yine de bir gurur duydum ki anlatamam. Şu ana kadar hiçbir sevgilimden böyle bahseden olmamıştı. Genelde sevgililerimden hep şu şekilde bahsedilmişti: Birincisi için, "Allah belanı versin, uyuşturucu kullanıyor bu sünepe. Saçına başına bak şunun, aylardır banyo yapmıyor, bitlidir bu ıyyyyykkk." İkincisi için, "Resmen bir hödükle birliktesin, ayı oğlu ayı bu. Göbeğe bak, yarım dünya gibi. Kaba saba, görgüsüzün teki. Puccacım sen daha iyilerini hakediyorsun." Üçüncüsü için, "Canım, kızma ama bu otistik mi?"

Kadın tam iki saat sadece Pekmez'den bahsetti ve benim kıskançlığım Pekmez'e katmer katmer aşk olarak geri döndü. Hemen Pekmez'i arayıp saatlerce en gereksiz muhabbetleri yaparak şımarıklık yaptım. Hafta sonu geleceği için ona hediye bakmaya çıktım. Hatta yalakalık olayını o kadar abarttım ki, annesine ametist taşından abidik gubidik bişi aldım.

Yalnız şöyle bir durum da oluştu bende; hani şu manken kızların yanında duran kıro, kısa, çirkin herifler var ya, aynı onlar gibi hissediyorum kendimi şimdi. Hatun benim için tek kelime bile olumlu konuşmadı. Bende direkt, 'ben bundan daha iyisini bulamayacağım, bari bunu elimden kaçırmayayım' durumu oluştu. Çok ezik hissettim kendimi! Tabii şunu da hesaba katarak düşündüm; 2238 yılında dünyada tek bir erkek bile kalmayacakmış. Lezbiyenlerin mekânı olacakmış gezegen. Soyu tükenmeye yüz tutan bu cinsten elimde bir tane varken, iyi beslemeye karar verdim.

Yani evet, cinsellik önemli bir mevzu aslında. Kafasının sadece ayağımda olması da kötü bir şey ama bundan iyisi can sağlığı. Tam adam gibi birini bulmuşum, bir tek bunun yüzünden soğursam olmaz. Bir de o kadar götümü yırttım onunla olmak için, şimdi yani ayıp olur biraz...

Umurunda değildi Juliet'in sonsuz aşk, o yüzden ölmek istememişti ya zaten

Bizim karşı komşumuzun bir kızı var. Kız benimle aynı yaşlarda ama ikinci kez evleniyor. Kızdan ölesiye nefret ediyorum. Lan ben daha bir tanesini bulamadım, hatun birinciyi sepetledi, ikinciye gidecekmiş şimdi. İlk düğününde üniversitedeydim, final tatiline gelmiştim İzmir'e. Kapının önünde kına gecesi yapıyorlardı. O kadar çok kıskanmıştım ki, polisi arayıp, "Rahatsız oluyoruz yaaeeee!" demiştim. Bir saat içinde dağıttılar ortamı, müziğin sesini falan kıstırdılar. Ben de balkondan sinsi sinsi izleyip zevk almıştım. Şimdi işte o çocuktan boşanmış, evine dönmüş, başkasıyla fingirdeşmeye başlamış. Ama anası babası istememiş yeniden evlenmesini. Bu salak da o yüzden intihar etmiş. Tabii işe yaramış bu durum, elime davetiyeyi sıkıştırdı bugün. Nasıl başarıyor o götten bacak bunu ya. Ben de acaba intihar ediyorum diyerek, Pekmez'le mi evlensem ne yapsam? Onu da beceremem ya, ölüveririm valla bu kez.

Hayatımda dört buçuk kere intihar etmişliğim vardır. Birincisi, lisede okuldan atıldığımı öğrendiğimde olmuştu. Hatırlamak istemeyeceğim anlardan bir tanesidir. Okuldan atıldığım yetmediği gibi, bir de herkes arkamdan küfür ediyordu. Kendi başımla beraber on kişiyi falan da yakmıştım çünkü. Üstelik siyasi suçlu damgası yemiştim. Okulda yurtta bile kalamıyordum. Devlet memuru bile olamıyorum sanırım hâlâ o yediğim bok yüzünden. Siyasi suç da cidden siyasi olsa. Tamamen benim beyinsizliğimin sonucu, üç gün makara kukara yapalım diye insanların başlarını belaya sokmuştum. Matematik sınavına girmemek için, sınıfta salağın birine bir sürü sinir hapı içirmiştik. Sinir hapları da küçücük ya, kıza bir şey olmaz, sinirlenir sadece ehuehuehu diye mal mal espri yapıyorduk. Aklımız sıra, kız kusacak, ders boş geçecek, biz de kızı hastaneye götüreceğiz ve sınavdan yırtacağız falan gibi bir plan yaptık. Ama kazın ayağı öyle değildi işte! Kızın gözlerinin beyazı değişti, eli ayağı tirtir titremeye başladı. Ağzından beyaz beyaz bir şeyler aktığını görünce, aha şimdi ayvayı yedin PuCCa dedim. Kızı apar topar hastaneye kaldırdılar. Kız ölürse, direkt isteyerek adam öldürme olayından içeride yatma, kaltak kız başlığı altında gözü bantlı fotoğraflarımın gazetelerde verilmesi gibi durumlar bir an gözümün önünden geçti. Allahım topluca kızı öldürmüş olacaktık. Tuvalette bir yandan ağlıyor bir yandan da ne yapacağımızı düşünüyorduk. Dedim olacak iş değil, simitçinin üstüne atalım. Simitlerin içinden çıktı, o da yemiş diyelim.

Hedefleri ona yöneltelim, zaten pezevenk pahalıya satıyor. Hemen planı uygulamaya geçtik, bütün çığırtkanlığım ve cazgırlığımla okulda herkese saldırdım, "Simitlerden yemeyin, Sevimm simit yedi de böyle oldu, Allah belanı versin simitçi!!! Senin yüzünden başımıza gelene bak," falan derken, iki ders sonrasına kadar herkesin simitçiyle ilgili kötü bir anısını birbirine anlatmasıyla olay büyüdü. Aileler falan geliyor okula, zehirli simit varmış, simitin içine adam hap atmış diye.

Derken kız kurtuldu, midesini yıkamışlar. Kendimi nasıl kaptırdıysam olaya, böyle Kara Melek gibi hissediyorum: "Hımm kız kurtuldu, gerçekleri anlatabilir, gidip gece keseyim kafasını" falan gibi iç sesim dolanıp duruyor. Bir de böyle nasıl bir üstünlük sağladıysam, benden de korkuyor yanımdakiler. Onların da gazıyla, kız bir şey söylerse, bana onlar içirdi derse, ne söyleyeceğimize karar verdik: "Sevgilisiyle birlikte olmuşlardı, ailesi bunu duymasın diye böyle bir bok yedi. Biz de simitçi denilen emektar, işinde gücünde adamcağızdan şüphelendik, yazıklar olsun bu kıza." Sevgilisiyle birlikte oldu lafıyla zaten hemen ailesi hoop olayı kapatır. Türkiye burası neticede, tecavüzler, tacizler, bacak arasında yaşanan her şey, sonucu ölüm bile olsa asla dillendirilmez. Bunu en iyi ben biliyorum! O kadar iyi biliyordum ki işe yarayacağından adım gibi emindim.

İyileşti dedikleri gün hastaneye gidemedik, müdür bizi odasına çağırdı. Dedim sıçtım, kız anlattı her şeyi. Bu salak hatunlar da iki dakikada satarlar beni. Müdür ananıza söyleyeceğim sizi dese, kuş gibi öterler. Müdürün odasına girer girmez ağlamaya başladım. Hüngür hüngür ağlıyorum, kendimi yerlere atıyorum. "Vallahi ben yapmadım, Tuba bize dedi, bi şey diyemedik, içme dedik hapları, yapma dedik, o içti," falan diye sanki olayı onlar dizayn etmiş de ben bir günah keçisiymişim gibi anlattım. Ve orada anladım ki, liderlik, elemanlarına güvenmekten geçermiş! Kızların hiçbiri ağzını açıp tek kelime söylememiş, hastanedeki kız bile. Müdür sadece simitçiyle ilgili yazı hazırlıyormuş, onun için çağırmış. Bu olaydan sonra beş kişi okuldan atıldık. Neyi nereden bağladılar bilmiyorum, ama siyasi suç, protesto falan yazdılar sebebine.

Dedim tamam, babam beni nasılsa yaşatmaz; babam yaşatsa, o çocukların aileleri yaşatmaz; ben en iyisi mi öleyim. Evdeki hapları içtim. Bir şey olmadı, başım bile dönmedi, o kadar ilaç ne oldu bilmiyorum valla. Babam yazlığa götürmedi beni o yıl, evde oturup kitap okuttudu. Sokağa da çıkmaya pek yüzüm yoktu. Sonra zaten unutuldu gitti. Hatta diğer gittiğim okulda inanılmaz süksem oldu. Bu olay benim için bir avantaj oldu ki sorma. Anam iyi ki ölmemişim dedim.

İkincisi ise bu hapları içtikten iki üç hafta sonra oldu. Bir arkadaşımla beraber ölüm nasıl bir şey diye merak ediyorduk. Dedim, "Ben denedim geçen haftalarda, ışık mışık gördüm öle. Ondan beri her gün rüyalar görüyorum. 'Gel banaaa gel banaa' diye dedem beni yanına çağırıyor..." Niyeyse kıza böyle yalanlar attım. O zamanlar çok modaydı ama. Herkesin böyle mistik bir hikâyesi vardı. Karşılığında kızın bana anlattıklarını ise hâlâ düşünemem, yusuf yusuf atıyorum çünkü. Ne demişti ya... Haa bir gün yolda gidiyormuş, buna taşlar atılmış, ama canı acımıyormuş. Bir bakmış, cinler buna hayali bir şeyler atıyorlarmış meğer. Evdeyken biri kulağına sürekli çığlık atıyormuş falan da filan da. Bu hikâyeleri anlatınca, benim neyim eksik lan senden! Ben de gotiğim, bende mistiğim, ben de peygamber torunuyum diye, ölüm beni çağırıyor ayağına girmiştim olaya. Sonra bu bir anda heyecanlandı falan. Beni de gaza getirdi ki çabucak gaza gelirim. Dedik boş beleş hayat yaşıyoruz. Düşünsene doktor olsak bile, bok gibi paramız olsa da, ölümden kaçınılmayacak. Hiçbir şey için çaba sarf etmeye değmez. İnsanlık için bir iyilik yapalım, ölüm anlarımızı yazalım, bunu kitap haline çevirirler. Biz de Gogol gibi bir şey olabiliriz ilerde. Hem yaşam çok bok falan. Aldık evden hapları, çıktık apartmanın damına. Bu kız bir de ot falan içiyordu. Dokuz on tane Novaljin içtik. "Ulan dedim, "hadi onun kafa dumanlı, salak sen napıyon burada?" Kalktım gittim, kustum çıkardım içtiklerimi. Annesine söyledim, kızın damda salak salak iş yapıyor diye, onu da kurtardılar. Kız bir daha benle konuşmadı, ama bilmiyor bana borçlu hayatını.

Üçüncüsünü ise, hani o uğrunda üniversiteye gitmediğim çocuk vardı ya, işte o kankamla yatınca yapmıştım. Ama o sefer cidden ölmek istemiştim. Yaşayamam zannediyordum, bu acı bitmez tükenmez sanıyordum. Nefes alamıyordum sanki. Aklıma geldikçe çocuk, daralıyordum. Ne aşktı be benim ona hissettiğim. Ne kadar ufakmışız diyorum şimdi.

Buçuğum da yine bu çocuk yüzünden olmuştu. Gerçi o zaman sadece niyetlenmiştim. Sonra amacının fanfini olduğunu fark edince tüymüştüm.

Dördüncüsü de Ankara'daki çocuk içindi. Üniversitede çok âşığım ben böyle ona, ama nasıl var ya, ölüyorum. Biz gene kavga etmişiz. Kavga nedeni de, ya büyük ihtimal dar bady giydiğim içindir ya da hadi gezelim biraz dediğim içindir. Onun evinde yaşıyor gibi bir şeydim. Kendi evime gittim, bir ton ilaç içtim, Zanax falan ne bulduysam hak getire. Ama bir ton. Onun eve geri döndüm, yattım yatağa. Sabah kalktığında, öldüğümü görsün de bir daha bu anı unutamasın, hayatı boyunca pişmanlıktan yaşayamasın istedim. Niyeyse, öyle manyak, psikopat bir his içerisine girdim. Ölüm haberim onu yıksın, dağıtsın, parçalasın falan istiyordum. Düşündüğüm şeye bak, sabah kalkacak çocuk, beni görecek, buz gibi mosmor. Hayatı boyunca travma yaşayacak. Ben de öbür dünyadan, "Ehehehe dangozzz, dangozzz," diye eğlenceğim. Ama nasıl acı çekmesini istiyorum anlatamam. Yaşamımda çektiremediğim acıları, ölümümde çeker inşallah diyorum. Öyle yattım. Bir saat falan geçti. Beni sardı bir korku, yusuf yusuf atıyorum. Tabutumu falan düşünüyorum, ağlıyorum öyle. Ulan babam kesin, "Elin herifinin yatağında ölmüş, kim bilir ne bok yiyordu?" diyecek. Ağlayacaklarını düşünüp, kendim ağlıyorum. Dayanamadım kendi ölümümün acısına, kalktım gittim kusmaya. Gidip gelip kusuyorum. Ağzım nasıl kuru ve ben nasıl bitkinim. Ellerimin titrediğini falan görüyorum. Çocuğu uyandırdım, dedim ben intihar ettim. Hiiiç sikine sallamadı. Gittim yoğurt yedim, şekerli su içtim yattım gene. Sonra bir ara elini ağzıma koydu, nefes alıp almadığıma bakıyor. "Ayy," dedim "yavrum beni seviyoo." Adama intihar ettim demişim, dönüp kıçını uyumuş. Sonra da yaşıyor muyum diye kontrol etmesinden, beni seviyooo diye seviniyorum. Çok salağım var ya, ama işte gençlik şeysi diyelim. Ve Allah beni seviyor sanırım, bir türlü yanına almıyor ya da buraya gelip bir de burada başımı ağrıtmasın, sürünsün mal işte orda diye beni öldürmüyor.

Kendimi savunmak için bir bahanem bile yok

Pekmez hafta sonu için yanıma geldi. Gayet güzel vakit geçirdik, bütün gün evlerinden çıkmadık. Beraber yemek yaptık, televizyon izledik. Bakkala bile gitmedik, o derece kapattık kendimizi. Pazar akşamı gelince, ben bunu havaalanına bıraktım. Dönüşte, bizim kanaldakiler bir mekânda buluşuyorlarmış, onların yanına geçtim. Neredeyse bütün kanal oradaydı. Mekânda da geçtiğimiz günlerde röportajını yaptığımız bir grup sahne alıyor. Çocuklarla muhabbetimiz var biraz, aralarda yanımıza gelip oturuyorlar. Ya nasıl oldu, nasıl bitti hiç bilmiyorum ama benim kafa iyice güzel olmaya başladı. Onlar sahneden indi, başka grup çıktı, bunlarla beraber masadayız. Oradaki çocuklardan biriyle biz muhabbeti kurduk. Paso önüme içkiler geliyor, ama birini içiyorum, birini bırakıyorum. Bir de bedava, o yüzden hiç düşünmüyorum bile. En son hatırladığım şey Tekila yarışına girmemiz çocuklardan biriyle, oradan sonrası nokta!

Sabah bir kalktım, hiç bilmediğim bir odanın içerisindeyim. Olanlar parça parça aklıma gelmeye başladı; Tekilalar, çocuğun yüzü, tuvalet, kusma, taksi. Böyle parça parça birleştiriyordum ki, bacaklarımın çıplak olduğunu ve üzerimde sadece sütyen olduğunu fark ettim!!! Hiç bilmediğim bir odada yatıyorum, yarı çıplağım, gece sarhoştum. Tek eksiğim, yan tarafımda yatan bir insan. Sağ tarafa doğru dönük olduğum için, arkamda büyük ihtimal geceden halvete girdiğim çocuk yatıyor olmalı dedim. Derin derin nefes al PuCCà, hemen giyin ve kalk git bu evden diyerek yavaş yavaş arkama döndüm ki, kimse yok lan arkamda!!!

Yanımda bile yatmaya lüzum görmemiş, beni kullanmış kullanmış bütün gece, posamı çıkartıp kalkıp gitmiş pezevenk başka yatakta yatmış. Bir sinirlendim, kalktım ayağa, pantolonumu falan aramaya başladım. Pantolonum yok ortada! Oda bildiğin anne baba yatak odası. Kenarlara falan bakıyorum, kimin evinde olduğuma dair bir detay çıkarmaya çalışıyorum, ama yok. En son gruptaki çocuklardan biriyle Tekila içiyorduk, Bayan Kaltak vardı mekânda, sonra kızlardan biriyle klozette kustuğumu hatırlıyorum. Lan lan lan yoksa Bayan Kaltak beni birine mi pazarladı?!?! Yo-o bebeğim yoo o kadar da değil, Türk filmi mi lan bu?

Allahım Pekmez!!! Ne bok yiyeceğim ben, telefonumu bulmalıyım diye sağa sola bakınıyorum ama yok. Ne kıyafetlerim var, ne çantam. Meraktan ölmüştür o şimdi. Gerçi başıma daha fazla ne gelebilir ki? Çıplak bir şekilde hiç bilmediğim bir yatakta yatıyorum ve çantam ile kıyafetlerim ortada yok. Kalktım ayağa, külotuma baktım, yerinde duruyor, üstümde de sutyen. Bir cinsel aktiviteye girmediğimi fark ettim, çünkü Pekmez ayağımdan başka bir yerime dokunmuyordu ve sanırım yıl oldu hiçbir şey yapmayalı. O yüzden, en azından sabah oramın biraz acı çekmesi zonklaması gerekirdi. Belki de beni şey etmeye çalıştı ama ben Pekmez'i sevdiğimi söyleyerek çocuğu uzaklaştırdım. İçim biraz rahatlamış şekilde, kafamı kapıdan dışarı uzattım, koridora falan baktım, "Merhabaaaaaa!" diye seslendim. Ses yok, evde hiç kimse yok sanki. Bir daha seslendim, yok...

Salon karşı taraftaydı, ben oraya doğru pıtır pıtır don sutyen koşarken, bir baktım arkadan bir erkek sesi, "Günaydın" dedi. İşte o an beynimden kaynar sular aktı aktı aktı. Pekmez'in suratı geldi aklıma, Allah benim belamı versin. Çocuğu resmen aldatmışım farkında olmadan. Bir erkekle aynı evdeyim ve çıplağım. O sesin kime ait olduğunu da biliyorum! Gece Tekila yarışına girdiğimiz çocuğa ait. Ve ben bu çocukla buraya geldiysem, bütün kanal gördü beni. Ben ne yapacağım? En önemlisi gün ışığı var ve götüm selülit dolu ve şu an arkadan çocuk o götü görüyor.

Bir yutkundum, nefesimi içeri çektim ve pıt pıt pıt salona doğru koşmaya devam ediyordum ki çocuk, "Salonaaaa girmeeeeee!!! Orada insanlar var, kıyafetlerin banyoda!" diye bağırdı. Banyo nerede lan, ben nasıl önümü döneceğim? Hâlâ götüme bakıyor büyük ihtimalle, gerçi gece de görmüştür ama. Off allaamm, öldür beni burada lütfen öldür yaaa. Sağa sola paniklemiş halde bakarken, banyoyu görüp içeri girdim. Çamaşır makinesinin üzerinde kıyafetlerim vardı, giyindim. Giyinirken de kendime tonlarca küfür ettim ve ağladım. Kendimden resmen nefret ettim, bütün kanalın önünde rezil olmuştum. Pekmez'e söylemişlerdir kesin, söylemeseler bile bu durum çok kötü. Vicdanım o kadar rahatsız eder ki şimdi beni... Nefret ediyorum kendimden de içkiden de... O kadar içecek ne var di mi? Hayvanım var ya, resmen hayvan!!!

Çantam da banyodaydı. Telefonuma bir baktım, elli altı tane cevapsız arama ve otuz mesaj. Hepsi Pekmez'den. Mesajların birkaç tanesine baktım, "Neredesin? Bir şey yaz," falan demiş. Yüzümü yıkadım ve "Sakin ol kızım, olmuşla ölmüşün çaresi yok. Kaç git buradan. Pekmez için de evde sakin kafayla düşünürsün," diyerek çıktım banyodan. Çocuk da mutfağın orada bir şeyler hazırlıyordu. Kafam öne eğik, dış kapıya doğru koşturuyordum ki, salondan arkadaşımın sesini duydum: "Puccaaa, dur! Daha saat altı, işe dokuzda gidecez." Lan dedim, ne oluyor? Salona bir gittim, bizim kanaldaki kızın biri koltukta yatıyor, diğer koltukta da başka bir kız. Bir tane daha çocuk var, o da yerde yatıyor, ama kim bilmiyorum. Çocuğun evine kanaldaki kızlarla gelmişiz yani. Kızın yanına geçtim, hadi gidelim diye dürtmeye başladım. Döndü götünü, "Yaa dün gece uyutmadın zaten kızım, sabaha kadar kustun, bari bırak şimdi yatalım," dedi. Çocuk da kapının oradan bizi izliyor. Zorla morla kaldırdım kızı, çıktık biz dışarı. Ne olduğunu ne bittiğini anlattı bana.

Mekânda çok sarhoş olmuşum, çocukla düz fingirdeşiyormuşuz, dans etmeye falan başlamışız. Böyle tuvaletin orada biz biraz yakınlaşınca, bu kız almış beni çocuğun yanından. Herkesin kafa iyiymiş, ama Pekmez'e falan söylerler diye kız akıllılık yapmış. O da tam hatırlamıyor, ama ben artık iyice cıvıtınca, eve de böyle dönemeyeceğimiz için, çocuk da götümüzden ayrılmayınca, onların evine gitmişiz. Klozette beni kusturan buymuş. İşe de bu kıyafetlerle gelirim diye, kız o kafayla her şeyimi soymuş, sonra da üşenmişim giyinmeye. Sonra da kızla beraber o yatakta yatmışız, ama öylesine kusmuk kokuyormuşum ki kız dayanamamış sabaha karşı salona geçmiş. Yani çocukla sadece mekânda yüzeysel olarak fingirdeşmeyle kalmışım.

Biraz içim rahatladı. Pekmez olayı için de bir şeyler, bir yalan dolan, suçu ona atacak bir plan bulmalıyım diye düşündüm. Bayan Kaltak ona kesinlikle dün gece söylemiştir çünkü, hiç kaçar mı abi böyle bir fırsat. Off offf onu gerçekten seviyorum ya, ben nasıl böyle bir bok yedim? İçince, hormonlarım tepip, elin çocuğuyla herkesin önünde nasıl yiyişebildim?

Sadakat kadının iki bacağı arasındadır

O yediğim boktan sonra işyerine gittiğimde anladım ki, orada çalışmaya devam edemeyeceğim ya da en azından biraz uzaklaştırmalıyım kendimi. Bir defa herkesin benim hakkımda tek düşündüğü şey "orospu" olduğum. Oturup insanlara tek tek "Sarhoştum!" demek istiyorum, ama yapsam bile neyi geri getirecek? Ve ben, nasıl bir geri zekâlıyım ki o kadar adamın arasında bu boku yedim! Günlerdir ağlıyorum resmen, bunu nasıl yaptım diye. Hayır sinsice yapsam yine gam yemem, ama böyle olması çok kötü ya.

Pekmez'in yazdığı bütün mesajları o gün tek tek okudum. Biri arayıp söylemiş, tahmin etmem zor değil tabii. Bayan Kaltak söylemiştir kesin! O gün hiç aramadım onu. İşyerine gittim, geceden kaldığım için baş ağrısı ve kafamda otuz bir çeken üç filin tepinmesiyle kendimde değildim. O da beni aramadı zaten. Aradığı zaman ağzına sıçayım dedim, "İşte sen busun, nasıl elalemin laflarına inanıyorsun? Bu kadar basit mi zannettin beni, Allah kahretsin işte... Çekemiyorlar bizi, farkında değil misin? Demek ki benden ayrılmak istiyormuşsun. Hem onu bunu boş ver, o kız seni neden arıyor onu söyle!" diye söyleyeceklerimi bir bir kafamda tasarladım. Bu sayede hem ilişkimi kurtaracaktım hem de Bayan Kaltak denilen ucubeyle görüşmemelerini sağlayacaktım. Lakin beni aradığı zaman sesini duyduğumda bunu yapamadım. O kadar ezildim ki o sesin altında. "Ben sadece seni merak etmiştim," dedi. Ses çıkarmadım, özür diledim, bitsin dedim ve kapattım.

Yani insanların gözünde o çocuğa "godoş bu" dedirtmeye hakkım olmadığını düşündüm. Onu gerçekten seviyorum, ama kafam iyiyken başkasıyla yiyişmeye çalıştıysam, demek ki olmuyor bir şeyler. Ya o bana yapsaydı bunu. Çok iyi biliyorum ki, aldatılmanın en kötü yanı eş dostun duymasıdır. Ne kendimi küçültmeye ne de onu bu duruma sokmaya hakkım yok. Yediğim bokun ceremesini çekmek zorundayım işte, yapacak bir şey de yok! İşyerindekilerin bana bakışlarını anlatamam ya da ben çok büyütüyorum, bilmiyorum. Rapor aldım zaten on günlük. Belki bu bir işe yarar, biraz rahatlarım, kendime gelirim... Hem de olay unutulur...

Bu aldatma mevzusunda erkekler kadar kadınlar da ayrıcalıklı olsalar keşke diyorum bazen. Tabii insan başına gelmeyince anlamazmış da şu an resmen ayrıcalık istiyorum. Normal bir durum bu diye insanlara açıklama yapmalıyım gibi düşünüyorum. Erkekler sürekli seksin özel bir hadise olmadığını, çekirdeği olan her canlıdan reçel yapılabileceğini, onların böyle sere serpe yatmalarını neden bu kadar büyük bir hadise olarak gördüğümüzü söyleyip duruyorlar ya, uyuz oluyorum. Erkek aldatır, yatar kalkar, seks onlar için başka bir anlam taşır, ihtiyaçları ıvırları zıvırları vardır. Madem büyütülecek bir hadise değil, ulan biz yaptığımızda neden bu kadar sorun haline geliyor. Kadın yatınca namus oluyor, göl kenarına gidilip kafasına iki el silah sıkılıyor. Ama erkek yapınca, beş dakikalık zevk oluyor. Bu işte bir karmaşıklık var. Erkek sevişebilir yani, öyle kabullenmişiz bu olayı. Bizden başkasının kukusuna girip ziyafet çekmesini, başka kadına dokunmasını, bedeninde can bulmasını affedebiliyoruz. Başkasına âşık olmadığı sürece affedilebilir.

Bu çifte ayrım ne kadar kötü bir şey aslında. Mesela erkek olsam, gerine gerine giderdim işe, hiç utanmadan. Şimdi kimse beni görmesin, yer yarılsın içine gireyim diyorum. Ve kendimden öte Pekmez'i bu duruma düşürdüğüm için üzülüyorum. Ne yapsam ne etsem, Pekmez'in o "seni merak etmiştim" sesi aklımdan çıkmıyor bir türlü. İçimde kocaman bir sıkıntı var, aklıma geldikçe çivi gibi karnıma batıyor offf offf!!!

Kaderde varsa üzülmek, neye yarar düzülmek!

İki gündür evde Lost izliyorum. O adadaki gizli mistik esrarı çözerken, Pekmez'i ve yediğim boku düşünmemeye çalışıyorum. Dizideki belli detaylara takılı kalarak, kafamı dağıtıyorum. Mesela, şu kızlar kaş, bıyık, ağda, dip boyası gibi şeylerini nasıl yapıyorlar? Onu da gösterip aradan çıkarsınlar bence. Hiç mi koltuk altı uzamaz anacım bir insanın? Hadi elin Amerikalısının diyelim kılı uzamaz, o dip boyasını nasıl hallediyorlar. O adaya sadece ve sadece ondan gitmek isterdim, yemin ederim. Bir de diziye kendimi öyle kaptırmışım ki rüyalarım bile alt yazılı olmaya başladı. Adam konuşuyor rüyamda, altta bir yazı beliriyor, onu okuyorum. Rüyanın sonunda da "Pınar Batum" yazıyor.

Bence ayrılığa, depresyona birebir gelen yegâne şey sezon sezon dizi izlemek. Şu an kendi hayatımı unutmuşum, Sawyer'la sevişemeyen ada sakinlerine üzülüyorum. Ama baktım bu olmayacak, Lost bile içimde yanıp duran vicdanı kapatamayacak, ne yapsam ne etsem, Pekmez içimde şişip beni öldürecek... Arada diyorum bir arasa, ama aradığı zaman tek kelime konuşmaya hakkım yok diyorum sonra. Ben arayayım diyorum, ne diyeceğim? Hangi yüzle? Sürekli neden içtim o akşam diye durup durup ağlıyorum.

Ben böyle ağlarken, hop Facebook'tan bir ekleme talebi geldi. O gün evlerinde kalıp barda yiyiştiğim o çocuk beni Facebook'tan eklemiş. O çocuktan ölesiye nefret ediyorum, o geri zekâlı yüzünden hayatımın aşkını, işyerindeki karizmamı, her şeyimi kaybettim!!! Şöyle bir profiline baktım, aslında gayet gideri var yani çocuğun. Kirli sakallı, esmer kolları dövmeli, yani hoş biri. Ama bildiğin piç! Yedi yüz arkadaştan altı yüzü kız. Ve beş yüzü büyük ihtimal on altı yaş altı. Foto altı yorumları hep o kızlara ait. "Mihi ^_^ Çook TaTLiSıN" falan. Ayy o yaşta kızsın sen, ne anlarsın erkeğin tatlısından? Kalk git ders çalış. Baban sana interneti, kirli sakallı, seksi vucutlu, ilik gibi esmer kıllı pezevenklere yorum yap diye mi aldı??? Allah bilir ailene, "Coğrafya ödevim için istiyorum, örtmen dedi," demişsindir. O bilgisayarın çöker de bir daha giremezsin internete inşallaaaahhhh. Hatta böyle erkeklerin fotolarına yorum yazmaktan, ÖSS'yi kazanamazsın da kalırsın mal gibi tuhafiyecide çalışırsın, kebapçıyla evlenirsin inşallah. Bu da sana ders olur!

Niye böyle sinirlendiysem? Çocuğu kıskandığımdan falan değil de nefret ediyorum o yaştaki kızlardan, çok lüzumsuzlar. Böyle gelip ekmeğimize taş koyuyorlar gibi geliyor. Ulan zaten bir adam bulmak zor, ona da çıtırlığınızı kullanıp şey ediyorsunuz. Yapmayın bunu, kalkın gidin üst sınıftan çocuklarla. 11 TM'deki Gökhan'la, ne bilim KSK'lı Murat'la falan takılın. Size ne Alsancak'ta grubun birinde çalan bebeden???

Lan dedim acaba bununla mı olsam? Neticede yüzeysel olarak bir şeyler de yaşadık, çocuğun anasının mı artık neyininse yatağında bile yattım. Belki de kaderdir lan falan diye düşündüm, ama yok dedim, sonunda belli ki şapa otururum bununla. Gelemem zaten, öyle barlarda sabahlara kadar beklemeler falan, on dörtlük kızların hayranlıkları, bunun göt kalkıklığı. "İlişki adamı değilim ben beybi, yoruyor beni, ânı yaşa, ooo yeee" falan yapar üç sevişmeden sonra. Bir de en önemlisi o gün ışığında götümü gördü ya, cıkss, olsa da olmaz artık. Yani ben istesem de olmaz. O göte kim bakar lan! Ayy PuCCaa dedim hiç düşünme bile, bırak kalsın. Bir süre zaten mümkünse kimseyle olma. Yaptığın şeyin cezasını çek. Çocuğu direkt blokladım. Lost'a kaldığı yerden devam ettim.

Sevgili Rus kızları, ırkınız kurusun.
Öptüm bye.

Beynim Lost dizisiyle hamurlaşmaya başlamıştı ki, bir dur dedim kendime. Lan zaten raporum bitince işe dönüp o işkenceyi çekeceğim, bari raporun kaymağını yiyeyim de tatile çıkayım. Arkadaşımla beraber üç günlüğüne Çeşme'ye gittik. Gitmez olaydım, yemin ederim!!! Tatil kadar yorucu, bıktırıcı hiçbir şey yok sanırım. Bir de ben tatil kızı değilim hiç. Tamam genç kızken yazlık muhabbetleri çok güzeldi. Neden? Hoşlandığın çocuk orada, baban sabaha kadar izin veriyor sana, güzel geçiyordu üç ay. Ama şimdi bir sene çalışıp çırpınıp, tonlarca para verip, bir ton hödükle aynı otelde kalıp, işkence çekmenin adı tatil olmamalı.

Denizden nefret ediyorum, sudan zaten korkuyorum. Sıcakta tuzlu suyun içinde cıpcıpcıp bebeler gibi oynamak ne salakça lan. Sonra çık oradan, kavrul güneşin altında, gâvur amı gibi yan yan yan, beynine güneş geçsin, tam olarak kullanamadığın organın iyice cıvısın ve burnundan aksın gitsin. O kadar para verip aldığın bikiniyi, milletin çişini kakasını yaptığı denize girerek harcıyorsun. Zaten paso su yutuyorsun. Gel küvete işedim, tadına bak nasıl olmuş desem, gelip bakmazsın, ama Ege'nin suyu oldu mu yarabbi şükür diye lıkır lıkır içersin utanmadan.

Bronz tenin güzel bir şey olduğunu kim çıkartmışsa, aklına sıçayım ben onun. Arabaların önüne atlayıp, "Silim mi abi!" diyen bebelerden bir farkın kalmıyor. Bok rengi saç, kara sarı ten. Bir de soyulmaya başladın mı, yamalı eşek gibi dolanıyorsun. Ben hayatım boyunca bronz olamadım, solaryuma girdiğim zamanlar hariç. Güneşe ne zaman çıksam, pancar gibi kızarıp, gece Bepanthen ve yoğurt sürerek, sabah olsun Allahım bitsin bu işkence diye dualar ettim.

Gece âlemlere akmak da eğlenceli değil, yani bana göre değil. Tamam ne zaman tatile çıksam hep sarhoşum ve masaların üzerinde 50 cent eşliğinde oryantal yapıyorum ama neden diye bir sor. Çünkü beynim cıvıyor gündüz güneşte. Beynimi kaybetmiş bir şekilde sağa sola kaykılıyorum. Acınası halime eğlence deyip, çıkıyorum masalara. Benim yaz tatilinden anladığım olay bu. Bok gibi yani, dünyanın en gereksiz şeyi. Evimde otururum, açarım neti falan, böyle takılırım, daha mantıklı. O derece pişman oldum. Tabii pişman olmamın bir diğer nedeni, "Kaltak Rus kızları!"

O kızların hepsininin bacaklarını kıvırıp, bir güzel o sıkı

kıçlarına sokup, dolgun dudaklarından çıkartıp, biciklerini de kesip köpeklere atmak isteğiyle yanıp tutuşuyorum. Belki fiziği güzel olan benim, belki normal olanı benim tipim. Onlar anormal diye kendimi avutma eğilimine geçsem de, gerçek acı bir tokatla suratıma çarpılıyor. Allahım, neden yaratılış aşamasında bazı ırklara torpil geçtiğini anlamıyorum. Hani biz eşittik, hani biz hepimiz senin kulunduk? Lan madem öyle, neden götten bacaklı, sarkık bicikli, yayvan baldırlı bir ırka mensubum. Bu mu yani eşitlik? Bir yukarımız ilik gibi hatunlarla kaynarken, kımıl kımıl sarı gacıları hop hop hoplarken, yüzlerindeki pürüzsüzlük bizi bizden alırken, aynaya bakmaya utanıyorum. Bir de her yana yayılan dedikodular var ki onlarla hiç baş edemem: "Ruslar çok sadık; günde yedi çeşit yemek yapıyorlar; her gün evde bakımlı bir şekilde dolanıyorlar; koltuk altlarında hiç kıl çıkmıyor; on dokuz kaplan gücünde sevişiyorlar; boğazına kadar alıyorlar da gık demiyorlar; erkekleri konuşurken, seslerini asla çıkarmıyorlar; kapris, naz, tripten haberleri bile yok; hepsi genel kültürlü; birine âşık oldular mı gözleri başkasını görmüyor, ama manitaları yatağa üç kız daha alsa, gülümseyip teşekkür ediyorlar." Vay babam vay. İnsan değil, sanki erkek için yaratılmış bir robot!

Şu dedikodular ortalarda dolanırken, kızların neye benzediği de ortadayken, iç güzellik falan gibi şeyleri geçin efendim. İç güzellik denen bir şey yok zaten. Bu mevzuyu, adım gibi eminim, Hobbit gibi bir karı uydurmuştur. Ama iyi yapmış, o ayrı. Bir de iyi yemiş bizim erkekler ki dörtte biri, "Önemli olan beyni, iç güzelliği" diyerek dolanıyorlar etrafta. Kendi ırkımızın güzellerini bu yöntemle atlatıyoruz ama anacım bu lanet Rus kızlarına yapacak birşey yok. Onlar için de bir kaç plan yapmıştık, ama bu yeni yüzyılın hatun modeli biraz hoppa olunca pek işe yaramadı. "Onların namusu yok, bizim var. Onları herkes düdüklüyor, ama bizi bir kişi. Onlarınki folofoş olmuş, bizimki tek kullanımlık. Rus mu? Ahah Nataşa yani orospu lan orospu!" gibi şeyleri yayarak etrafa, bir süre zaman kazandık. Ama İzmir'de bir tane bile bakire yokmuş dedikodusu bitirdi bu planımızı. Son dakika golü olarak, baktık baktık yol bulamadık ve "Eee Rus kızları otuzundan sonra patlıyo, eciş bücüş oluyor," diye dolandık durduk. Ya gerçekten de bu yalana inanan var mı? Ya da hiç mi görmez etrafındaki karıları. Sanki Türkler otuzdan sonra birer Angelina Jolie'ye dönüyormuşçasına, nasıl burun kıvırıyoruz, nasıl eziyoruz.

İşte ben Çeşme'de her gün bu uzun bacaklı karıları izleyerek geçirdim günlerimi. Zaten denize giremediğim için, plajda havlulara sarılarak, mırmırmır küfrede küfrede karıları kestim. Sonra geçen gece dedik bir yerlere gidelim, buradayız bari bir eğlenelim. Arkadaşım ve onun arkadaşları falan, kızlı erkekli bir topluluk, gittik bir mekâna. Tabii bu arada ben o geceden beri alkol sürmüyorum ağzıma. Kesinlikle tövbeliyim. Ayık kafayla cıstık cıstık sesleri de hiç çekilmiyor. Bir de sağlı sollu dört koldan Rus akını var. Hop hop dans ederken, şöyle bir yan yana geldik iki tanesiyle. İkisinin birleşimi ben kadar, aynadan gördüm. Memelerine gelen kafamla ezildim büzüldüm. O kadar kötü bir durum ki, bütün kendime güvenim falan bitti. Hah, şimdi o mekânda ben nasıl diretebilirim iç güzellik falan diye. İçimin güzelliğini, zekâmı nasıl gösterebilirim orada. Göstersem bile kimsenin sikinde olacağını zannetmiyorum. Hipnoz mu ediyorlar n'apıyorlar bizim malları, bomba patlasa, "tehlike anında ilk kurtarılacaklar kitap gibi hatunlar" başlığı altında, beni bırakıp gidecekler orada. Kendimi kessem dönüp bakmaz kimse, o derece. Kendime, zekânı göster, zeki kızlar çekicidir unutmaaa ya da bacağını mı açsan, yok yok tiksindirme insanları, sen zekânı göster PuCCa diye telkinler vererek, nasıl cümleler kurmam gerektiğini düşündüm:

"Şirinlikleriniz ve beş yaş muhabbetleriniz çok güzel ama Obama-Etibank ikilemi için ne düşünüyorsunuz?"

"İki üniversite bitirdim işte ben de, ahah öyle yani ben hep bitiririm, üç dört beş no poroblemo."

"İlkokulda IQ testi yapmışlardı, normalin üstünde çıkmıştım ben, öyle laf arasında söyleyeyim dedim."

"Kardeşini Seç'e üyeyim, dört tane kardeşim var ordan, bi tanesiyle görüştük. İç güzellik falan hani."

"Problemleri kâğıt kalem kullanmadan çözebiliyorum, kafadan bi sor sor bak valla billa."

"Bence bir kadın kendini kocasına saklamalı, lafım meclisten dışarı. Sizin ar damarınız çatlamış, üstünüzden geçen geçmeyen belli diil ama ayıp yani, ahlâksızlık böyle şeyler. Yani kim ister yanındaki kadını senden önce düdükleyen altı yüz kişinin var olmasını. Örf ve âdetlerimize uymaz. Bi de yani bize göre değil. Bunla gezerken herkes dicek ki, 'çocuk arkasını dönse, ben de düdüklesem'. Cık cık cık valla olmaz ayıp, haa sözüm meclisten dışarı demiştim dimi!"

Kafamda böyle bir sürü cümle kurdum kurdum kurdum. Kurdum kurmasına da o bangır bangır müzik varken, bunları nasıl aktarabilirdim ve böyle bir muhabbeti nasıl kurabilirdim ki. Herkesin birbirini fortlamak için var olduğu bir yer neticede orası. Hiçbir şey yapmadım, oturdum sandalyeye. "Neyin var?" diyene, "Yok bişeyimmm beaaaa!" diye bağırdım. Bütün kinim ve nefretimle burnumdan tıslaya tıslaya geçirdim hoppidi mekânlarında günlerimi.

Haa yeri gelmişken, anlamadığım bir iki durum var bizim Türk erkeklerine dair. "Rus Kızlarını Etkileme Dersi Part I: Peçeteyle gül yapın" gibi bir şey olmalı. Kimi görsem böyle yemekte falan, kızlara paso peçeteyle gül yolluyorlar. Peçeteyle gül ne lan? Origami kursuna mı gidelim diyorsun? Ama elin gâvur gacılarını tavlamak için sümüğümü sildiğim peçeteden bunlar ev bile inşa ederler, şerefsizler. Diğer şey ise, bu kızların Türkçe iki üç kelime söylemesini sevimli bulmaları. "Bioadrumm çok gusell" diyorlar, bizimkiler de "Ayy ne şirin, ay ne güzel, ay ne tatlı, ay ne bilmem, ne ayy ayy ayy" oluyorlar. Ben "pembe" kelimesini söyleyemiyorum, "piembe" diye çıkıyor ağzımdan. Onun için aylarca dalga geçen, beni çingenelikle suçlayan tipler, gacıların "Marhgabaları-na", senin ağzını yerim ben diye bakıyorlar.

Allahım yaz bitse de dağılıp gitseler memleketlerine. Kurtulsam şunlardan, piç ettiler resmen tatilimi. Yoksa ilerideki günlerde, viral bir kampanya adı altında, "Kezzaplı Sapık" diye dolanacağım etrafta. Maske takıp, Rus kızlarının suratlarına kezzap atıp, kaçacağım. Sonra da bunu internette Rus sitelerinde bir güzel yayıp, bir daha buraya gelmemelerini sağlayacağım. Ben böyle bir uygulamaya geçmeden, umarım yaptıkları hatayı anlayıp, kendi erkekleriyle yetinmeyi bilirler.

Çok garip şeyler olmaya başladı

Rus kızlarıyla amansız mücadeleden 1–0 yenik ayrılarak tatilden döndüm. Raporum da bitti ama işe geri dönesim hiç yoktu. Yani herkes beni görüp, "Orospuya bak, rezil" diyerek suratıma tükürecek gibi geliyordu. En çok da Bayan Kaltak'tan utanıyordum. Onunla karşılaşmak Pekmez'le karşılaşmaktan çok daha zor geliyordu. Ne yapsam ne etsem de bu durumdan kurtulsam diye kendi kendime evde insanlara yapacağım konuşmayı hazırladım. Gülben Ergen'in beyaz gömlekle basın karşısında gözyaşı dökmesini kendime örnek alarak, usturuplu bir şekilde kendime çeki düzen verip, yavruları araba altında ezilmiş kedi gibi bir tavırla işe gitmeye karar verdim. Banyo aynasında bana soru soranlara vereceğim cevapları tekrarladım. Gözlerim hafif nemli, karşımdakinin gözbebeklerine bakarak ve mutlaka koluna dokunarak konuşacaktım. Sıkıştığım noktalarda, "Bilmediğiniz o kadar çok şey var ki!" deyip insanların Pekmez'i de suçlu zannetmesini sağlayacaktım. Oysa kime ne yani, hiçbir şey söylemeden kalkıp gitsem, çatır çatır da "Meme benim göt benim, istediğime veririm, dağılın lan" yapsam, kimse gıkını çıkartamaz. Ama yine de götüm yemiyor! Kimsenin de beni salladığını sanmıyorum, kısacası kendi vicdanıma yapıyorum bu numaraları. İşe giderken sürekli olarak, "Allaaam deprem falan olsun, bi şi olsun ama kimse ölmesin. Sadece bina yıkılsın, görmeyeyim kimseyi. Allam ne olur, sen büyüksün, yaradansın, yaparsın bir kıyak. Sel mel bi şi yap, tamam felaket yapamam diyorsan, en azından şu otobüs kaza yapsın ama kimseye bi şi olmasın, bana olan olsun ama sonra iyileştir beni," diye dualarımı ederek geldim binanın önüne. Masumiyeti simgeleyen beyaz gömleğimin üst düğmesini de kapatıp girdim içeri. Kendi katıma geçerek oturdum masama. Sağa sola hiçbir yere bakamıyordum. Sanki bir derdim var gibi kıvranıyordum. Uzaklara dalıp dalıp duruyordum. Derken yönetmen yanıma geldi, "Hastalığın şifasını Çeşme'lerde bulmuşsundur umarım. Bizim burada götümüzden ter damlarken, sen rapor alıp tatile çıkmışsın. Neyse bunu sonra konuşuruz, önce maillerine bak, yapacaklarını yazdım," dedi ve gitti. Hastir, geri zekâlılık konusunda çığır açmışım da haberim yok, malım lan bariz. Tatil fotoğraflarımı ekledim tabii Facebook'a, bir elimde içkiler, ben masalardayım falan. Gerçi bu adam bende ekli değil, ama demek ki göstermişler. Kendime küfrede küfrede açtım mailimi, adamın yazdıklarına bir baktım, alâkalı alâkasız her boku bana dayamış, resmen anamı ağlatacak öyle böyle değil. Yapacak bir şey yok, kaderime razı olmalıyım diyerek diğer maillerime bakmaya devam ettim ve yemin ederim Allah'ın varlığına o dakika inandım. O kadar gelmemek için dualar ettim, yalvardım. Beni iplemediğini zannettim ama iplemiş oolum, üstelik dün iplemiş. Musa'nın denizi ikiye yarması gibi bir mucize bu!

Pekmez'le çıkarken, İstanbul'da bir yere başvurmuştum. Onunla beraber olayım, İstanbul'a gideyim falan diye. Ama o dönemde hiç ses soluk çıkmamıştı. İşte oradan başvuruma cevap vermişler. Tuvalete gidip hemen aradım. Nerede olduğumu sordular, işi kaçırmayayım diye "İstanbul'dayım," dedim. "Ön görüşme için gelin," dediler! Rüyamda bile göremeyeceğim bir pozisyon üstelik bu. Yani olursa yırttım demektir. Yepyeni bir hayat beni bekliyor!!! Fırtınadan önceki sessizlik falan derler ya, demek buymuş. Hoş daha bir şey belli değil, ön görüşme için çağırıyorlar ama olsun. İstanbul'a gidersem babamın dırdırından da kurtulurum, bayağı da taşaklı yer, para da verirler. Bu kez yırtarım yani. İstanbul abi boru mu? Her şeye sıfırdan başlayıp tepelere çıkabileceğim şehir! Daha işe alınmadığım halde, tuvaletten çıkarken o kapattığım üst düğmemi açarak az önce bana papar atan yönetmenin yanına gittim ve "İşten ayrılıyorum," dedim. Zaten o da dünden hazırmış sanırım, "He tamam iyi," dedi. Sonra da yukarı kata işlemlerimi halletmeye çıktım, ama bir sorun çıktı; istifa dilekçemi yazdığım adam, on beş gün çalışmam gerektiğini zırvaladı. Baktım yapacak bir şey yok, az önce açtığım düğmemi sinsice kapatarak ağlamaya başladım. "Babam hastalandı, başında durmam gerek, yoksa istifa eder miydim," diye uzaklara dalarak şıp şıp gözyaşları döktüm. Zaten aldığım rapor falan derken, adam "Peki" diyerek beni yolladı.

Yani artık işsizim. Oradan kurtulduğum için öyle bir rahatladım ki. İstanbul'daki iş olmazsa sıçtığımın resmidir ama yapacak bir şey yok! Bir defa şansımı denemem gerek. Gerçi bu ilk istanbul deneyimim değil. Okulun son senesiydi, staj için kendime kanal ayarlamam lazımdı. O Ankara'daki çocukla aynı sınıftaydık. Ya memleketim olan İzmir'e gidecektim ya da okuldan sonra ciddi bir adım olarak onun yaşadığı şehirde, yani Ankara'da kalacaktım. İzmir'e dönmek istemiyordum, çünkü geleceğim için bana bir şey katabileceğine inanmıyordum. Ankara'da kalmak konusunda da emin değildim. Aklım bu düşüncelerle gel git yaşarken, sevgilimle alâkasız şeylerden kavga etmeye, her şeyi büyütüp sorun çıkartmaya, birbirimize tahammül edememeye başladık. En son öyle bir tartışma yaşadık ki dağlara taşlara saç baş giriştik birbirimize. O kavganın verdiği hırsla ev arkadaşımla birlikte içki masası kurup, yediğim küfürlerin diyeti olarak sayıp sayıştırıyordum çocuğa. Ev arkadaşım Antalyalı, çıtı pıtı, biraz safça bir kızdı. Alkolun etkisi ve birbirimize verdiğimiz gazla, İstanbul'a gitmeye karar verdik. Yalnız bir sorun vardı, bir sonraki gün finale girmemiz gerekiyordu. Sadece bir gün durabilirdik İstanbul'da, gece kalmadan geri dönmemiz lazımdı. Kafamız bir milyon, ev arkadaşımın verdiği "Hadi beni geçtik, kızım sen kendini buralarda harcama, İstanbul senin yerin" gazıyla İstanbul'a doğru yola çıktık. Yolculuk boyunca sızdık, salyalarımızı koltuk kenarlarına bırakarak. Uyandığımda, Boğaz Köprüsü'nün üzerinden geçiyordum. Esenler otogarına indiğimizde, hemen tuvalete giderek üstümüzü değiştirip, makyaj yaptık. Boru değil, koskoca kanala gidip, iş isteyecektik. Yalnız bir sorunumuz vardı, kanalın nerede olduğunu bilmiyorduk. En önemlisi, ikimiz de İstanbul'a ilk kez gelmiştik. Bunu fark ettiğimiz anda, bizi bir korku sardı. İstanbul için anlatılan efsaneler bir bir kafamızda uyanmaya başladı. Orası bizim için korkunç bir yerdi, herkes kurttu ve biz saf, savunmasız kuzulardık.

Tuvaletten çıktık, otogarın çıkışını aramaya başladık. Her gittiğimiz yolun sonu, geldiğimiz yere varıyordu. Her şey çok karışıktı. Labirentteki fare gibi ürkek, telaşlı bir şekilde oradan oraya koşturup duruyorduk. Kimseye soramıyorduk da, herkes gözümüze sapık, katil, tecavüzcü gibi görünüyordu. Sezgi ve saf yüzlü insanları takip yeteneğimiz sayesinde, iki saat sonunda çıkışa ulaştık. Nasılsa her şehrin bir merkezi vardır mantığıyla metroya bindik. Metroya binmemizle bir durak sonra kendimizi dışarıya atmamız bir oldu. Çünkü yanımdaki arkadaşım, bütün gece tuttuğu midesini, orada kusarak boşalttı.

Onu kendine getirdikten sonra, büfeler sapık olmaz, o küçücük yerde bize bir şey yapamazlar dedik ve telefonumuzu "155"de hazır tutarak, büfenin birine kanalın yerini sorduk. Ardından Mecidiyeköy'e doğru yol aldık. Otobüste ineceğimiz durağı kaçırırız, sonra böbreksiz bir şekilde küvetin birinde uyanırız diye gözlerimiz fal taşı gibi açık, cama vantuz balığı gibi yapışarak gittik. Mecidiyeköy'de seçtiğimiz akça pakça tiplere kanalın yerini sorduk. Sorduğumuz on kişiden sadece bir tanesi doğru yolu tarif etti. Orada da, aynı binanın önünde iki saat dolandık durduk. Zaten İstanbul mantığını sonradan kavradık; basit, aşağısı deniz, yukarısı E5.

Kanalın kapısına yaklaşınca, benim kalbim boğazımda atmaya başladı. Kapı açılacak, Aydın Doğan beni karşılayacak, Seda Sayan gülümseyecek, Okan Bayülgen evlenme teklif edecek, Beyaz telefon numaramı isteyecekti. O bina benim hayallerimdi sanki. Çocukluğumdan beri yıldız olmak istiyordum. İçeriye girer girmez keşfedilecektim, hatta belki ana haberi bile sunabilirdim. Dişlektim ama olsun. Neticede maaşım iyi, yaptırırım dişlerimi, sorun mu yani. Hayalim karşıda bana bakıyordu, pırıl pırıl parlıyordu. Çok az kalmıştı, her adımda sanki önüme kırmızı halı seriliyordu, yolun sonunda Oscar verecekler gibi hissediyordum. Ben tam hayalimin, "Özel hayatımla değil, işimle gündemde kalmak istiyorum" kısmına gelmiştim ki, bir sesle kendime geldim; "Abla yasak, oraya girmeyin. Neye baktınız? Hem kanal taşındı Bağcılar'a. İçeride tek işçiler var."

Kurduğum hayaller, ünüm, şöhretim, Okan'dan doğurduğum çocuklar, Diyarbakırlı bir dayının sesiyle tuzla buz olmuştu. Bağcılar neresi onu bile bilmiyorduk. Saat üç buçuğu geçiyordu, büyük ihtimal biz orayı bulana kadar kanal kapanırdı. Açlığım aklıma geldi, adam Bağcılar yolunu anlatırken. O kadar uzun anlatıyordu ki, o yol gözümde büyüdü. Tam o sırada telefonum çaldı, bir baktım sevgilim. Gece yaptığımız kavganın ardından pişman olmuş, babasını arayarak, ikimize de TRT'de staj ayarlamış. Dedim sanırım bu benim için bir işaret: Kaderimde ün, şöhret, para pul yok. Ankara'ya kapağı atıp TRT'de dokuz beş çalışarak, evimin hanımı, çocuklarımın anası olacağım. Hem zaten mutfakta aşçı, sokakta hanfendi, yatakta fahişe olmaya müsait bir alt yapım var. Benden iyi bir gelin olur. Bu devirde erkek de zor bulunuyor. Bu dişlek ve çiko halimle onun gibi bir çocuğu bir daha bulamam. Tamam öküz möküz ama neticede erkek erkekti. Bundan iyisi can sağlığı.

Böylece hayallerimden vazgeçtim. Arkadaşıma döndüm, "Hadi gidelim, hayatta yetişemeyiz oraya, bari yemek yiyelim," dedim. O sırada bize Bağcılar'a nasıl gideceğimizi anlatan dayı yine lafa girdi; "Hele durun hele, Cemil koçum baksana bir. Bu kızlar kanala gidecekler, bi atıver oraya gidiyosan." Adamın o sözüyle zihnimde canlanan görüntü şudur: İki kız, iki yabani adam, ormanlık alan, Nuri Alço müziği, sabaha kadar mokoko. Yine de umrumda olmadı. Hayalimden vazgeçmişim ulan, bundan sonra bana birşey koymaz diyerek bindim arabaya. Arabanın üzerinde kanalın ambleminin olması tabii bize daha çok güven verdi.

Arabada bir yandan sevgilimle mesajlaşıyordum bir yandan da boşuna gidiyoruz bari ordan otogara geçeriz diye düşünüyordum. Bu sıkkın ve bıkkın halim kanalın kocaman dalgalanan bayrağını görünce sona erdi. İçime kaçan Marilyn Monroe yeniden canlandı. "Hahay ne var canım Sibel Can gibi etli butlu, bıngıl bıngıl hatunum. Elimi sallasam ellisi. Hem benim karakterimde birisi bir erkek için değil Ankara'ya, tuvalete bile gitmez be!" diyerek girdim kapıdan. İnsan Kaynakları'na doğru merdivenlerden çıkarken, gaza gelip, "Ya aslında ün şöhret falan bunlar boş işler. Kanal sahibi olmak var bu devirde. Aydın Doğan'ın metresi mi olsam lan acaba?!" gibi türlü malak düşünceler içine girip, kovacağım insanların listesini aklımdan geçirmeye başladım.

İnsan Kaynakları bölümüne gelince, şişmanca, güleç yüzlü bir kadını ayakta çantasını toparlarken bulduk. Bizi gördü ve biz daha bir şey söylemeden; "Staj için mi geldiniz? Öyleyse çok ballısınız," dedi.

"Evet staj için..."

"Çok güzel, on dakika önce gelseydiniz, yollardım kapıdan. Haziran başında gelirim diyorsanız, birinizi programa, diğerini dış haberlere veririm. Yok olmaz derseniz, kusura bakmayın."

"Ayy yok geliriz geliriz."

"O zaman verin kâğıtlarınızı, haziran ayında görüşürüz."

Bu kadar kolay oldu. Ellerimizi sıkıp, sevinç çığlıkları attıktan sonra, açlıktan bayılmak üzere olduğumuzu fark edip, doğruca otogara döndük ve yemek yedik. Sonra otobüse binip okula geri döndük. Ardından Haziran'da staja, sonrasında da işe başladım. Ama kaşındım işte. O ilk başta hayalimin peşinden koşmalıyım diye siktiri basmak üzere olduğum adama âşık olduğumu düşünüp, her şeyi bıraktım. Sonuç babayı aldım tabii, daha ne alacaktım yani???

İşte şimdi yeniden o ilk başlarda içimde olan kıpırtı canlandı. Böyle pırpır ediyorum. Bu kez biliyorum çok güzel şeyler olacak, asıl hikâyem şimdi başlayacak.

Yeni ile başlayan her bir şeyim hayırlara vesile olsun!

Ön görüşmem olumlu geçti ve ertesi gün işe başladım. Otobüste o kadar çok dua ettim ki olsun diye. Babaannemi arayıp, ona bile dua ettirdim. O kadar istiyordum, düşün işte! Buraya kadar olan her şey rüya gibiydi. Artık gayet taşaklı bir işim var. İsmimi söylerken başına pozisyonumu da ekleyebiliyorum, o derece bir iş. Babamın her yeni şehre gittiğim zaman ayarladığı misafirhanelerden birinde kalıyorum. Maaşı baştan vermedikleri için çulsuzum, hatta sadece işyerinde yemek yiyorum.

Mutlu musun, o kadar dua ettin diye sorsan, zerre kadar değilim! İşyerindekilerden nefret ediyorum, o kadar parasızım ki kendimi acayip ezik hissediyorum. Pekmez'in en yakın arkadaşı burada çalışıyor, zırt pırt Pekmez buraya gelip duruyor ve tek kelime konuşmuyoruz. O kadar utanıyorum ki ondan. Her akşam misafirhaneye gidip ağlıyorum. Düşün ki geldim geleli Taksim'e bile gitmedim! Babamdan para istemeye yüzüm de yok, maaşı alayım diye bekliyorum.

Geçen gün işe gittim, akşam da bir şey yememiştim, nasıl açım. Oradaki kızlar habire bir yerden sandwich alıp duruyorlar. O gün artık nasıl canım çektiyse, bana da alın dedim. Bir sandwich ne kadar olabilir en fazla diyerek düşündüm. Bana yirmi lira deyince kızlar, o ekmek arası peynir domates için, "Höh artık, yok daha neler, koca almıyoruz lan, alt tarafı ekmek!" dememek için kendimi zor tuttum! Bütün metropollüğümle, "İhihih keşke kepekli isteseymişim" diyerek, içim ağlaya ağlaya yedim. Lanet ettim bu kapitalist sisteme. Bir de bu kızların ne kadar maaş aldığını da doğrusu merak ediyorum. Lan her sabah bunlardan yiyorlar. Hayır aynı işi yapıyorsak, benim alacağım parayla bunu yapmaları imkânsız. Çocuğumu düşürmüşçesine üzüldüm lan o parayı verirken. Bunlar her gün maşallah...

Kızlar çok ilginç burada, ne bileyim böyle hiç tarzım değiller. Tarzım değil de nasıl bir cümleyse, sanki üst baş bakıyorum kendime töbe töbe. Neyse bir tane kız var mesela, acayip itici, ama bir o kadar da çekici geliyor hatun bana! Bir onunla samimiyiz, o da kuyruk acısı muhabbetine. Pekmez'in arkadaşının eski sevgilisiymiş bu, o yüzden böyle bir geçmişimiz var. Bana tuvaleti, yemekhaneyi de o gösterdi. Hatun bildiğin Esma Ceyhan, hem tip olarak hem karakter olarak. Kıza ben "EsmaCeyhan" diyeyim en iyisi. Bazı olaylarda öylesine soğukkanlı ki şaşırıyorum. Sabah toplantıda buna paparı basıyorlar mesela. Kız sanki ona söylenmemişçesine, "Uykum vardı yapamadım," diyor. Fakat yemekhanede biri tuzluğu istesin bundan, öyle bir carlıyor ki: "Her masada tuzluk yok mu? Yoksa masanda tuzluk, benden neden istiyorsun? Kalk git mutfağa al! Yemeğim zehir oldu". Yemin ederim ya, bu muhabbeti aynen yaptı!!!

Yanında nasıl davranacağımı kestiremiyorum. Bir şey diyor mesela, bakıyorum bir on dakika şaka mı yaptı diye, sonra ciddi mi lan bu telaşı sarıyor beni. Ota boka herşeye, "Ee ne hissediyorsun?" diye soruyor. Cevaplar tatmin etmeyince, "Ben bir şey anlamadım amaaaa," diyor. Bir kıllanıyorum öyle yapınca. Onunla konuşurken kendimi TV programına çıkmış hatun gibi hissediyorum: Her şeyi açıklamalıyım, ama kısa ve öz biçimde, uzatınca sıkılıyor çünkü.

Sevmediği insanları sürekli aşağılıyor, herkese takacak bir kulpu mutlaka var. Onun götü büyük, bunun memesi küçük, o varoş, bu kokoş, o içiyo, bu sıçarken kokuyo, bu jigolo. Bi insanı sevmediyse bitti. Onunla kavga edebilmek için canla başla uğraşıyor. Aslında garip gelecek ama bu tavrına hastayım onun. Ciddiyim bak, hayatta hiçbir zaman bu kadar açık bir kız olamadım ben. Hep işlerimi sinsi sinsi hallettim. Hatun sevmiyorsa o kişiyi, hiç affetmiyor, kökünü kazıyor. Ama ben var ya, bir gör, bildiğin kedi yavrusu gibi bir şeyim aslında. Yani insanlar hep benim için, "Ne saf kız, ne iyi niyetli, ayy canım ya, o kesinlikle öyle bir şey yapmaz, yapmışsa iyi niyetindendir," falan der (Pekmez ve eski işyerim hariç).

Yüzümün lolipop kıvamında yuvarlak olması ve dişlek olduğum için sürekli gülüyor olmam sebebiyle, öyle saf bir kanaat oluştu benle ilgili. Çıkmıyor, yapacak bir şey yok yani. O yüzden bu kızın bu tavrını seviyorum. Ama bazen bokunu da çıkartıyor, her gün düzenli olarak kıyafetini sorması gibi:

"PuCCa bugün nasıl olmuşum?"

"Çok güzel olmuşsun."

"Ama dünkü daha güzeldi dimi? Dün daha farklı bakarak söylemiştin."

"Yoo bakışım aynıdır, yani ikisi de çok güzel."

"Sen olsan bunları giyer miydin?"

"Giyerdim tabii."

Haa bir de ilginç ilginç soruları var:

"PuCCa, ev sizin üzerinize mi?"

"Ne oldu ki?"

"Baban ölürse falan ortada kalır mısınız diye merak ettim. Gerçi maaşı size bağlanır ama."

"Allah korusun de manyak."

"Korur korumasına da canım, ölüm Allah'ın emri. Kardeşin ne kadar maaş alıyo?"

"!?!"

Pekmez'in arkadaşına deli gibi âşık. Öyle böyle değil hem de. Mesela tuvalete giderken yanıma geliyor, "PuCCa, ona bak şimdi, arkamdan bakacak mı?" diyor. Sonra tak tuk saçlarını savura savura gidiyor. İki dakika sonra telefonum çalıyor.

"PuCCa arkamdan baktı mı?"

"Höhh yani telefon mu ettin bunun için."

"Ayy dayanamadım yaa, baktı mı sölesenee."

"Baktı baktı, sen gidene kadar boynu koptu hatta, şu anda da seni aranıyor."

Pekmez'in arkadaşı da orospu bakışlı bir oğlan. Benden nefret ediyor. Çünkü eski sevgilim olan Pekmez her yerde benim ne tür bir kaltak olduğumu yaymış!!! Hakkıdır hakka tapan milletimin istiklal demekten başka çarem olmadığı için, ben de bu EsmaCeyhan'la tuvaletlerde parlatıcılarımı sürerek vakit geçiriyorum...

Tırt fotoları olan bir insanım...

O kadar parasız bir haldeyim ki, servisi bir kaçırsam sıçtığımın resmidir! Her gün misafirhaneden işe, işten misafirhaneye geliyorum. Neredeyse bir ay olacak buraya geleli ama ben hâlâ hiçbir yeri gezemedim. Bir odam var, bir de salon gibi bir şey. Odada yatak ve dolap var. Diğer tarafta da bir üçlü koltuk, bir de televizyon. Ama o kadar soğuk, o kadar soğuk oluyor ki hava, orada yatmıyorum. Laptopu bacaklarıma, karnıma, bazen yanaklarıma koyup, üçlü koltukta TV karşısında sızıyorum.

Tek eğlencem de Aşk-ı Memnu dizisinde birbirini düdükleyen akrabalar ve Facebook'ta arkadaşlarımın çılgın yaşamları, eski sevgililerimin ve onların eski sevgililerinin fotoları. Başka eğlencem yok desem yeridir. Pekmez kızın biriyle çıkmaya başlamış. İçim kan ağlaya ağlaya kızın fotoğraflarına her gün bakıyorum. Hatta kendi fotolarımdan daha çok bakıyorum. Profili açar açmaz girdiğim ilk yer kızın profili. Garip bir şekilde, kızı kıskanıyor muyum yoksa hayran mıyım anlamadım. Tek tek ölesiye inceleyerek bakıyorum! "Hımmm ne giymiş böyle, saçları da nasıl güzel, ayaklarını da koymamış, ama ne güzel dişleri var ya pis sürtük!" diye diye dün akşam yine kıza bakıyordum ki beni Facebook'tan biri ekledi. Bir de mesaj attı: "Naber güzellik? Uzun zaman oldu. Umarım iyisindir." Kimmiş lan bu dedim ve resimlerine baktım. Oofff oofff diyorum sadece. Anam, yeme de yanında yat herifin. Böyle havuz başında sermiş kaslarını ortaya. Sırtını göstermiş bir de. Burnu, kaşı gözü elle çizilmiş gibi. Lan ben böyle bir bebeyi tanısam, bırakır mıyım hiç! Tanımadığım bariz belli. Karşılaşmış bile olsak asla affetmem, yerim yutarım ben bu oğlanı. Soğuk soğuk terler döküyorum çocuğun fotolara bakarken. Fake mi lan bu dedim, yorumları okudum.

"kujummm, sen beni ihmal et taaamm mı, git gejjj"

"kanks yaa harikasın burda"

"a.q evladı, nerden buldun şerefsiz o gömleği"

"aafsfsafsfsa =) çok cicisin"

"elinde ne var senin lan göt! sütten başka bi bok içmezsin"

Atışmalar, geri zekâlıca kız yazıları, şiirler, küfürler. Fake olmadığını anladım. Arabası da var, onu da anladım. Kışın alışveriş merkezlerinde gezerken, ellerinde montları olmayan çocukları keserdik. Çünkü onların arabası vardır ve montlarını arabalarına koyup çıkarlar. Bu da belli ki tiki bebelerden. Nedense bunlar alışveriş merkezlerinde resim çektirmeye bayılıyorlar. Bir de mağazanın ışıkları gözlerini rahatsız ediyor olmalı ki fotolarını hep güneş gözlüğü takıp çektiriyorlar. İki üç tane uzaktan var, mont falan da yok üstünde. Zaten arabanın içinde de var resmi. Garantilemek için ona da baktım yani. İtalya'da falan fotoları var bir de. Belli ki çok geziyor. İzmir Ekonomi mezunu. Bu kadar yakışıklı herif, mal mı ne, beni tanıyormuş ayağı yapıyor!!!

Hemen çocuğu damatlıkla hayal etmeye başladım. Sonra sadece pijama altıyla, bana kahvaltı hazırlarken. Ben onun gömleğini giymişim, öyle evin içinde koşturup duruyoruz. Bir sene sonra hemen çocuk yapıyoruz. Çocuklar babalarına benzesinler ama mümkünse. Beni aldatır ama bu. O yüzden evde sandalyeye bağlayıp, gün yüzü göstermesem mi ona acaba? Böyle hayallere dalmışken, çocuğa mesaj attım: "Özür dilerim, büyük eşşeklik ediyorum ama tanıyamadım". Bendeki kaltaklığa bak. Az ağır ol di mi? Bilgisayarın başında dört gözle bekliyorum, ne cevap yazacak diye. Klasik bir şekilde, "Ben de sizi tanımıyorum ama tanışırız" yazarsa bile kabulüm. Hemen tel numaramı yazarım. "Buradan olmaz beybi, en yakın zamanda yüz yüze tanışalım" derse de ne derece abazan bir kız olduğumu göstereceğim ona. Tabii ki öyle bir şey yapmayacağımmm, ama Allah biliyor içimden geçenleri işte.

Aradan bir yarım saat geçti, cevap yok. Kuduruyorum ben

de. Bir mesaj geliyor, ondan diye hevesle bir açıyorum, "PuCCa MSN'de beni engelledin mi? Seninle konuşmam gereken şeyler var," yazıyor bir arkadaş. Bi siktir git yaa. Bir mesaj daha geliyor. Kalbim duracak şekilde açıyorum, "PuCCa lan xxx'in fotosuna bak ahahahahahah koptum Allaamaa". Dijital ortamda bile dedikodu yapıyor, terbiyesiz! İşim gücüm var benim burada. Beni boşuna heveslendiriyor. Bir mesaj daha. Mouse titriyor elimde. Kolay mı, evimin direği, çocuklarımın babasından mesaj geldi. O ay gibi suratı kenarda parlıyor, resmine bakmayı kesip, mesajı okuyorum:

"İşin aslı profil foton başarılı, diğer fotoğraflarına baktım tırt"

Beş dakika mal gibi kaldım ekrana bakarak. Ben onunla evlenme hayalleri kurayım, çocuklarıma baba yapayım, elin puştu bana gelsin tırt desin! Sensin lan tırt hayvan oğlu hayvan!!! Göt suratlı ne olacak. Kıronun tekisin zaten. Arabasının önünde fotoğraf çektiren iğrenç yaratık. Keko. Allah belanı versin. Tırtmış. Oluumm o yanında gezdirdiğin beyinsiz hatunlardan mı sandın beni haaa!! Tırtmış!!! Facebook'tan kız yapmaya çalışan embesilin birisin zaten. Donumda sallarım ben be seni!!! Baba parasıyla gezip tozan adama ihtiyacım yok zaten benim.

O kadar çok sinirlendim ki, bir süre hanımefendiliğimi bozmayarak bir şey yazmadım. Gittim bir bardak su içtim. Sonra geldim oturdum. Sinirim biraz geçti. Açtım mesaj bölümünü ve "Senin ağzına sıçarım ben sikik! Anandır tırt! Göt herif!" diye yazdım, sonra da engeli bastım. Biliyorum yanlış bir hareket, ama olsun içimde kalmadı. Anladım ki erkek sanalda da reelde de aynı. Yüzeysel bakınca sana kapılıyor, biraz detaya indiğinde kaçıyor. Yani gösterirken iyi, verdikten sonra topuk!!! Kadın da aynı. Ortada fol yok yumurta yokken hayallere dalıyor. Karşısındakini mükemmel erkek kalıbına sokuyor. Hayalleri yıkılınca, o mükemmel erkek oluyor sana karaktersizin, puştun teki.

Dervişin zikri neyse fikri de o falan değil!!!

Dün Gece EsmaCeyhan'da kaldım. Böyle ortaokulda arkadaşında kalırsın ya, kendimi aynen öyle hissettim. Hadi uyuyalım diyorum, yoookk hatun uyumuyor. Bütün işyerinin dedikodusunu yaptık, pastanedeki adamın karısını aldatmasını bile tartıştık. Bir süre de o konuştu, ben PC'sinde takıldım. O süre zarfında Pekmez'in arkadaşına olan aşkını anlatıyordu. Pek bayık geldi. Artık gözlerim kapanıyordu, yatmaya karar verdik. Tam yatacağız, anam bir baktım, ikimize de aynı yatağı hazırlıyor.

"EsmaCeyhan, yatacak yerin olmadığını söyleseydin keşke".

"Yaaaa PuCCaaa yatacak yer var ama kırk yılda bir yanımda kalıyorsun, beraber yatalım böbüşümmm yaa."

Hayır kesinlikle lezbiyen değil. Ama böyle fazla coşkun bir sevgisi var kızın. Ben de böyle sevgiye gelecek en son kişiyim. Yattık biz, ben biriyle yüz yüze yatamam. Kalbimin üzerine doğru, yani sola dönüp de yatamam. Sağ tarafımda da kız var. O da bana doğru dönük yatıyor. Dön arkanı diyorum, dönüyor, üç dakika sonra geri yüzünü çeviriyor bana. Nefes nefese yatıyoruz. Ben kıyafetli de yatamam. Yani üstümdeki normal kalır da, altımda sadece külotla yatarım ya da gecelikle. Yoksa rahat edemem. Pijama boğar beni, bacaklarıma dolanır da dolanır. Gece boyunca kâbuslar görürüm. Yaz kış bacaklarım çıplak olacak. Kızla dip dibe yatıyoruz diye pijamayı da çıkartamadım, korkar morkar belli mi olur. Baktım olmayacak. Televizyonu açtım, en azından ona bakarken uyurum diye. Kanalları çevirirken, CNBC-E'de ne zaman izlesem off off çektiğim "Jeux d'enfants"ı gördüm. Ohaa Kadir Gecesi doğmuşum diye izlemeye başladım. O sırada da EsmaCeyhan kalktı. Oradaki Guillaume Canet, Pekmez'in arkadaşına acayip benziyor, öyle böyle değil, gülümsemesi, omuzlar falan bile. Allah var, çocuk çok güzel aslında. Ama öylesine nefret ediyor ki benden hiç konuşmuyoruz desem yeridir. Konuştuğu zaman da ağzıma sıçıyor. Çünkü ben onun gözünde, en yakın arkadaşını aldatmış, onu kullanmış kaşarın tekiyim. Ne yapsam değiştiremem, ben de hiç zorlamadım, aman öyle bilsin dedim, geçtim gittim.

Neyse EsmaCeyhan zaten sabahtan beri beynimi sikiyordu çocukla ilgili, bir de bu filmi görünce, kızın aşkı kabardı. Anlattı da anlattı iki saat Pekmez'in arkadaşıyla olan ilişkilerini. Hatta gecenin verdiği şeyle midir nedir cinsel hayatlarını bile en ayrıntılı biçimde anlattı, bacağımı şöyle bir alırdı, belimden tutup falan diye. Orada ben uyuyakalmışım. Abi rüyamda Pekmez'in arkadaşıyla bir yiyişiyorum. Allahhhh, öyle böyle değil. Porno film alanında bize ödül üstüne ödül verirler. Anam anamm diyorum. O nassı bir yiyişme. Her pozisyonu iki kere denedik her halde. Öyle deliler gibi seviştik. Ateşler içinde bir uyandım, Esra'yı gördüm. Kendimi böyle pislik gibi hissettim. Vallahi billahi bilinçaltımda Pekmez'in arkadaşına dair zerre kadar bir şey yok. Ama rüya o kadar gerçekçiydi ki, boynumda somurmasının acısına kadar hissettim. Sonra bir daha uykuya daldım.

Sabah bir kalktım, kız bana kahvaltı hazırlıyor, patates falan kızartıyor. Kendimi nasıl şerefsiz hissettim. Sanki gece çocukla cidden yatmışım gibi pis pis hissediyorum. Ağlayıp, "Bana bu kadar iyi davranmaa, ben iyi biri değilim, bilinçaltı çok orospu bi kızım. Rüyamda seninkini götürdüm," diyeceğim ama diyemem. Rüya müya hayatı zindan eder bu hatun bana. Nasıl böyle eziğim yanında anlatamam.

İşe gittik, Pekmez'in arkadaşının yüzüne bakamıyorum. Baktıkça aklıma rüyam geliyor, afakanlar basıyor. Sonra time kod'ları almak için deşifre odasına gittim. Bir baktım, bu geldi arkamdan. Ekranda da Ebru Şallı'nın görüntüsü var.

"PuCCa, yirmi kilo versen bu hatuna benzersin."

"Sağol, bana şişman dediğin halde ilk kez güzel bir şeye benzetebildin."

"Dalga geçiyorum, sen bundan daha güzelsin."

Anam orda gözlerim bir açıldı. Pekmez'in arkadaşı normalde benden nefret eder. Beni sürekli itin götüne sokup sokup çıkarır. Bana hayatta "Sen güzelsin" demez yanii. İmkânsız. Anam dedim bu da mı rüyasında gördü beni acaba. Ya da sıfatımdan mı anladı? Allahım nasıl kötü hissediyorum kendimi. "İşim gücüm yok, erken de çıkamam. Sana yardım edeyim, kâğıdı bana ver. Sen söyle, ben yazarım," dedi. Bana hayattaaa yardım etmez Pekmez'in arkadaşı, hele time kod işinde. Kapıyı kapattı, sandalyeyi çekti, yanıma oturacak. İçimden düşünüyorum, rüyamdaki gibi şimdi kulak memem-den ısırıp, "Seni istiyorum beybi" mi diyecek diye.

Çocuk da bana iyi davranınca, kendimi pisliğin pisliği gibi hissettim. Benimle şakalaşıyor, şu ana kadar yapmadığı şeyleri yapıyordu. Ya da hep öyle davranıyordu ama ben bu şekilde düşündüğüm için şimdi gözüme batıyordu. Hiç bilmiyorum ama diken üzerindeydim. Dönüp ona bakınca, çıplak halde, "Beni istediğini biliyorum PuCCa" diyecek gibi geliyor. Duvarlar üstüme üstüme geliyor. Sanki bebe birazdan kırmızı deri donuyla masaya çıkıp bana kucak dansı yapacak gibi hissediyorum. Başka şeyler düşün PuCCa başka şeylerrr. Rahatla, sevişmediniz bununla. Gevşe, o bir rüyaydı. Kâbus gördün geçti bittii. Şimdi işine dönn, çocuğu çıplak hayal etmeyi keessss!!!!! PuCCa kendine gellll sıçacam bacaana haaa!!! Bak hâlâ çocuğu çıplak hayal ediyor, o lanet olası hayalinde ellerini çocuğun apış arasından çek pis sürtük!!!

Tam ben kendi iç savaşımı verirken, bebe kalemi yere düşürdü ve almak için eğildi. Eğilirken de bacağı bacağıma değdi. Orada kendimi bir geriye ittim. Sandalye falan geriye düştü. ?Ben geliyorum," dedim, çıktım gittim odadan. Derin derin nefes aldım. "Allaammm aklımdannn çıkar şu seks-li meksli düşünceleri" diye dua ettim. O sırada bir baktım, EsmaCeyhan montaj odasında. Kolundan tuttuğum gibi Pek-mez'in arkadaşının olduğu odaya attım onu. "Çocukla yalnız kalma fırsatı kızım, ben montajın başında dururum," dedim ve derin bir oohh çektim.

Allaam yaa bu rüyanın etkisi tez zamanda geçsin. Böyle yaşayamam ben. Bir daha da hiçbir arkadaşımın uykudan ön-ce yatak hikâyelerini dinlemeyeceğim. Bilinçaltımın yaptığı piçliğe bak. Abi göster bana rüyamda Murat Boz'u, Robbie Williams'ı. Gidip nelerle seviştiriyor beni!!!

Yanlış zaman yanlış insan, tutunmak imkânsız, bıktım trıvırı sevdalardan

Allahım benden nefret mi ediyorsun•çok mu seviyorsun bilmiyorum ama böyle bir kıl olma durumun var sanki. Ne zaman su gibi, ilik gibi, taş, böyle göğüs kaslarında krem şanti yalayacağın, sırtında koala gibi yaşayacağın, bebek gibi yüzü olan tiplerle karşılaşsam, altımda ev pijamam[3], yağlı saçlarım, on dakika önce yedi travestinin tecavüzüne uğramış gibi duran sıfatımla oturuyorum. Hayatım çok sıradan, monoton ve bokum gibi gidiyor. Yemin ederim Splinter Usta gibi oldum. Şöyle kendim gibi, mutasyona uğramış, dört kaybeden zavallı bulsam, Ninja kaplumbağalarım diye eğitip dünyanın amına komayı düşünüyorum. O gün montaj odasına soktuğum EsmaCeyhan'la Pekmez'in arkadaşı yeniden

3 Ev pijaması: İki tip pijama vardır, biri misafire verilen az giyilmiş temiz, şirin ama rahat ettirmeyen pijamadır. İkincisi ise, orta kısmı delik, üzerinde yer yer çamaşır suyu izleri ile çıkmamış salça lekeleri olan, paçaları yıkanmaktan kısalmış dünyanın en rahat pijamasıdır. Bu pijama sonra baba atleti ve ortası üç metre açık donuyla birlikte toz bezi olma yolunda ilerler.

muhabbet etmeye başladı. Çıkmıyorlar ama kız sürekli çocuğun yanında. Buradaki tek kız arkadaşım da kendine yamayacak herif bulunca, beni terk eyledi. Kaldım böyle mal gibi. Hafta sonlarım o kadar iğrenç geçiyor ki.

Az önce, bakkaldan ekmek almaya gideceğim. Altımda o lanet ev pijamam var. Çıkartayım dedim. Sonra, "Ayy PuCCa siktir et, gideceğin iki adım yer, bakkal seni beğense ne olur beğenmese ne olur. Artık aş bunları kızım" falan diyen iç sesime kulak verip indim aşağıya. Gittim bakkala, aldım ekmeğimi, çıktım dönüş yoluna. Üstüme de mont almamıştım, sweat'imle çıkmıştım. Tabii doğal olaraktan sokak köpeği gibi üşüdüm. Hop çocukluktan gelen alışkanlık, koydum o ekmeği koltuk altıma, misafirhaneye doğru koşturmaya başladım. Girişe girince de bir höhlemeye başladım, ama anlatamam o sesi, ayı doğum yapıyor sanki. "Höörrkkk ööhhkkk ahhhakkk" diye böle garip bir şey. Ben öyle ilginç seslerle soluklanırken, misafirhanenin asansör kapısında bir şey gördüm. İnsan olamayacak kadar güzel bir çift göz, bana şaşkınlık ve korkuyla karışık bakıyor.

Her yer bir tozpembe oldu, sadece o çocuk ve ben vardık. O bir Yunan tanrısı olmalıydı, çıplak vücuduna geçirdiği slip'iyle karşımda duruyordu. Yok yok neyse bu fazla seksi oldu, porno film gibi. O beni bütün kötülüklerden koruması için devletin yolladığı bir kahraman olmalıydı, sonra işte birbirimize âşık olup, yiyişip mutlu olacaktık. Asansöre doğru giderken, o dört basamaklı merdiveni uçarcasına gittim. Açıp kollarını beni saracak gibi karşımdaydı. Sonra asansör aynasında kendimi görünce, o tozpembe bulutlar gitti ve gerçekle yüz yüze geldim: Bıyıklarım terlemiş, kalın kaş moda diye bıraktığım kaşlarım koltuk altı kılı gibi olmuş, saçlarımı sıksam üç kilo patates kızartırız, gözeneklerim ibne götü gibi açılmış, eşofmanım lekeli ve en önemlisi de çorap üzerine Muya terliklerimi giymişim, çoraplarım da ördekli üstelik. Sonra çocuğa baktım, asansörün en dibine geçmiş, suratıma bile bakmıyor. Hatta sanırım biraz korkmuş, çünkü hâlâ soluklanıyorum.

Gerçeği görünce, böyle bir tiksindim kendimden. Allahım, çocuğa desem, aslında ben bööle biri değilim, yanlış zaman şu zaman. Kozmik dengeyi sikim. Yirmi dakika beklersen hemen kendime çeki düzen verebilirim. Misafirhanede tek kalıcı kişi benim, onu da biliyorum. Yani gelenler en fazla iki gün kalıp gidiyorlar. Ben babadan torpilliyim diye burada böyleyim. Bu tek şansım belki de. Desem az bekle, bıyıklarım terlemiş ama bant ağdam var, cak cak alırım üç dakika almaz valla bak. Perçemlerimi öne attığımda kaşlarımı da görmezsin. Üstümdekiler içinse, hemen soyunabilirim, bir önemi kalmaz o zaman di miii?

Ama olmaz şimdi sapık olduğumu düşünür. Umarım bir dahaki karşılaşmamızda bu kişinin ben olduğumu hatırlamaz demekten başka çarem olmadığı için kendi katıma gelince indim. Arkama bile bakmadan koltuk altımdaki ekmekle birlikte Hülya Koçyiğit koşması yaparak eve geldim. Belki de hayallerimin erkeği olacak bu adamı sadece ve sadece, "Aman yaee bakkal alt tarafı" dediğim için kaçırmıştım!!! Oturdum ben de başladım hayal kurmaya: Bir gün işte böle şıkır şıkır giyinmişim. Şıkır şıkır da bir şeyim yok ki anacım, kına gecesi kıyafetlerim dışında allı pullu bir bokum yok. Off neyse siktir et şıkır şıkırı, mini etek giymişim; mini etek mi? Bacakların çarpık, geri zekâlı PuCCa, hayallerin bile imkânsız yani. Hımm o zaman topuklu ve mini etek giymişim. Bu olabilir, çünkü topuk kapatıyor o futbolcu bacaklarımı. Böyle o gene asansörün önünde bekliyor, ben giriyorum içeri ateşli bir biçimde, saçlarımı attıra attıra. Asansörün kapısını açıyor, gülümseyip giriyorum.

"Sizin kadar güzel, seksi, zeki, harika, mükemmel, fevkalade, sanatçı ruhlu, kırılgan, naif, ilik gibi, lokum gibi bir kızı bu misafirhanede görmek ilginççç."

"Ha ha beni şımartıyorsunuz, o sizin seksi, yakışıklı, süt gibiliğiniz bence."

"Hep sizin gibi biriyle asansörde karşılaşmak istemişimdir. Şimdi buradasınız, karşımda, heyecandan küçük dilimi yutabilirim."

Böyle gereksiz yağlama ballama olan cümleler ediyoruz birbirimize. Yalnız hayalimden tiksindim ama olsun. Sonra tam çıkacakken ben, hop tutuyor kolumdan.

"Gitme!"

"Gitmem lazım yakışıklı," diyorum. Sonra hop beni içeri çekiyor. Aynaya doğru yaslayıp, eliyle yüzümü kavrıyor, dudaklarını dudaklarıma doğru uzatıyor, sonra şifreli yayına geçiyoruz. İşimiz bitince iki tane patlatıyorum suratına. Ağlamaya başlıyorum asansörün ortasında, "Aslında ben böle bir kız diildim, ilk kez oldu bu yani, ben böle yapmam aslında," diyerek. Ve ilişkimizin diğer aşamalarını garantiliyorum. Sonra evlenip mutlu oluyoruz. Babalarına benzeyen çocuklar doğuruyorum. Torunlarımıza tanışma hikâyemizi anlatarak seneler boyunca pamuk gibi yaşayıp, ölüyoruz.

Ölüyoruz ölmesine de ben bir bıyıklarımı alayım en iyisi, belki de bir sevgili bulamayışımın tek nedeni budur...

Yollarda bulurum seni

Pekmez'in arkadaşıyla artık birbirimizden nefret ettiğimizi her yerde söylüyoruz. Özellikle sabah toplantılarının birinde hiç çekinmeden, "Zengin erkek avcısı da gelmiş. Onu yollayalım işte sanayidekilerle röplere. Kendine birini bulur, biz de kurtuluruz," bile dedi. Hatta dün, "Ya sen neden bu mesleği seçtin ki? İşleri bana yığmaktan başka bir şey yapmıyorsun, evlenme programlarına katılsana," dedi. Her ne kadar gerekli cevabı verdim diye kendi kendimi avutsam da, o çocuğun her yerde beni iğnelemesine çare bulamıyorum.

Bazen dış çekimlere beni gönderecek gibi oluyorlar, sonra hiçbir yer bilmiyorum diye vazgeçip Pekmez'in arkadaşını yolluyorlar. Bir iki derken, benim iyi niyeti suistimal gibi piçliğim vardır, bu olayı da kendime çevirdim. Hava soğuk, tam bir yere gidilecek, "Ayy ben bilmiyorum orasını, hiç gitmedim ki..." dedim.

"Zaten araç götürcek bişi olmaz."

"Ben hastayım sanırım. Başkası gitse."

Ve hep benim yerime Pekmez'in arkadaşını yolluyorlar. Tabii çocuk bu duruma gıcık oldu doğal olarak. Geçen gün gitmesi için bir yer söylediler ona. O da dedi ki, "PuCCa'yı da götüreyim yanımda. Hem birkaç yer gösteririm, nereye nasıl gidilir falan öğrenir. Ben kendi arabamla gelcem, kameramanı burdan alırım. Sen de yorulma PuCCa buraya kadar, direkt şu saatte şu şu şuranın önünde bekle beni". Öksürük numarası falan yaptım ama çok inat etti gel diye. Söylediği yere ilk kez gideceğim, kaynakçılar maynakçılar var. Ben zaten salağım, adres falan hayatta bulamam. Ama dediği yeri sora sora, bilmem kaç dolmuş değiştire değiştire buldum. Beklemeye başladım orada. Ne gelen var ne giden, hava buz gibi. Burnum nasıl üşüyor, kopacak sanki. Bir süre bekledim, gelmedi. Anam dedim, yanlış yerde miyim acaba. Aradım, "Geliyoruz," dedi. Bekliyorum, otocular falan var, sanayi gibi bir yer. Bir yarım saat bekledim, ha şimdi ha şimdi diye diye. Yağmur yağmaya başladı. Bir yere sığındım, öyle aradım. "Arabayı oraya çıkartamıyoruz, sen aşağıya doğru yürü, ben seni görürüm," dedi. Yürüyorum, bir yandan da telefonda onunla konuşuyorum.

"Şimdi pimapenci görceksin, gördün mü?"

"Yook görmüyorum... Haa görrdümm gördüm, ama ilerde azcık."

"İşte oraya doğru git."

"Ama araba geçiyo burdan."

"Bizimki çıkmıyo, ters yön."

"Ama diğer tarafa da var."

"PuCCa yok gitmiyo, ben meraklı mıyım iki saattir burda seni beklemeye, işim var gücüm var."

O pimapenciyi geçtim, o bilmemneciyi geçtim. Sağa döndüm, sola döndüm. Nasıl üşüyorum anlatamam. Benim montlarım hep incecik, sanki hepsi yazlık. Isıtmayı bırak, daha çok serin tutuyorlar. Bere, eldiven hayatta takamam. Atkıyla boğuluyorum gibi hissederim, ama Allahtan o gün atkı takmıştım. Rüzgâr alnıma alnıma işliyor, kulaklarım var ya soğuktan yanıyor resmen. Ellerim mosmor olmuş zaten. Çenem titiriyor. Yürü yürü yürü, E5 gibi bir yere geldim.

"Haa çıktın mı yola, şimdi bak karşıda Ünlüer var, gördün mü?"

"Gördüm de dolmuşla da gelirdim ki ben buraya."

"Nasıl gelecektin, bi inatlaşma benle, gelemezdin ki yürüdün."

"Ee şimdi napcam... Çok uzunsa daha taksiye bineyim. Çok üşüdüm ben."

"Karşıya geç şimdi, binmene gerek yok."

"Ama geçeceğim yer geride kaldı. Orada mısın ki sen? Sen bu tarafa gelsene."

"Orada değilim ben, gelemem zaten, yol yok o tarafa."

"Yaa nasıl yok, her taraf vızır vızır araba işliyo."

"Hani hiç bi yer bilmiyodun sen... İzmir gibi değil burası... Ordan araba geçiyo diye her yerden geçmez... Yok işte, benden iyi mi bilceksin... Kıza bak ya, bi anda karayolları bölge amiri oldu."

Orayı da geçtim, Real'i de geçtim, o yanı da geçtim, bu yanı da geçtim. Sonunda arabayı gördüm ve bindim. "Biz röpü yaptık, geri dönelim bari..." dedi. Arkada oturup titriyordum. Nasıl sinirliydim, kendimi ezilmiş, dışlanmış gibi hissettim. Cama kafamı koydum, ağlamaya başladım. Ellerime baktım, eklem yerlerim mosmor olmuş. Yüzüm acıyor, kulaklarımı hissetmiyordum zaten. Sırf bilerek yaptı, başka bir şey değil. Pislik torbası. O kadar sinirliydim ki, arkasından kafasını bir hamlede kopartırsam ancak sinirim geçerdi. Gözlerini tırnaklarımla yerinden çıkarmak, o dişlerini parmaklarımla koparmak, elimi gırtlağından sokup iç organlarını dışarı çıkartmak, kafa derisini dişleyerek koparmak istedim. Orada kaza yapsak ve ölse, o kadar rahatlardım ki.

Derin derin nefes aldım. Sakin PuCCa, sakin ol kızım dedim sonra. Bönürmeye başladım, kendimi zorladım, karnımı sıktım, ensesine kustum. Arabasının içine kustum, bildiğin kustum ama. O zırt pırt kusarak zayıflama olayımın bir gün işime yarayacağını biliyordum. Ne zaman iki bönürsem kolaycanak kusabiliyorum çünkü. Ensesi, koltuğu, tabii benim montum da kusmuk oldu. Gece içmişsem, sabahları ayran içerim ben. O günde bir güzel lıkır lıkır içmişim ayranımı, ayy nasıl ekşi ekşi koktu anlatamam. Örrkk...

Bu indi arabadan, nasıl bağrıyor bana. Kameramana dönmüş, "Bilerek yaptı abii bilerek yaptı," diye anlatıyor. Ben de ıslak medille ağzımı burnumu siliyorum.

"Burayı sen temizleyeceksin."

"Kusura bakma yaa, o kadar yürüdüm, midemi üşütmüşüm..."

"Allahım off bütün her yanım ne oldu... Kızım bana bak... off offfff..."

"Ya tamam abartma, üşütmüşüm işte. Yıkarsın geçer, ne yanii sıçtık sanki. Pislikmişim gibi bakma bana!!!"

"Bi de sıçsaydın... Ya ne pissin sen be... Git şurdan kolonya falan bişi al getir."

"Ay gidip bişi alamam... Ben binemem bi daha arabana, pis kokuyo... Otobüsle giderim ben..."

Gülümsedim ve gittim. Arkamdan çok bağırdı. İşe gittim sonra ama gidene kadar anam ağladı. Bir iki saat durdum ancak. Dayanacak gücüm kalmamıştı çünkü, çok kötü olmuştum. Kusunca bir de tansiyonum düşmüştü. İzin aldım, eve döndüm. Bir şey yapmamış olsaydım eğer, kendi kendimi yerdim valla. Ama onun bana yaptığı da çok ağırdı. Üstelik ben ona bir şey yapmamıştım bile. Zaten soğuktan nefret ediyorum. Her yan buz gibi, üşüyorum. Şimdi var ya ciğerlerimin nasıl acı çektiğini resmen hissediyorum, kötür kötür öksürüyorum, ateşim de var. Bu soğukta yüzüm alev gibi yanıyor. Biliyordu da kaloriferin bozuk olduğunu, üşüdüğümü. Bildiği halde yaptı bunu. Bu kadar kötü bir pislik torbası. Ondan nefret ediyorum. Bir insan bu kadar kötü olamaz.

Bunca senedir hep kusarım öyle uluorta milletin arabasına, evine, avuçlarına, bir tanesi bile bana bağırmamıştır sen ne yaptın diye. Ohhh olsun ama pezevenk hak etti...

Doritos Panço kokulu ayakkabı

Benim bir ayakkabım var, adi midir nedir artık, ne zaman giysem panço gibi kokuyor ayağım. Yaa valla ama ayaklarım kokmaz aslında, ama onda kokuyor işte. Bir de yazlık beyaz babetlerim var, onda da aynı koku oluyor. Giydiğim şeye bir o uyuyor diye dün onu giydim. Kokteyle gittik topluca. Para vermiyoruz bari reklam veren yerlerde eğlensinler diye, arada sırada yolluyorlar bizi bir yerlere. Beleşçi olduğumuz için hobereeyyy bedava içki diye atlıyoruz hemen. Eskiden aslında ben hiç gitmezdim bu olaylara. Aynı işyerindekilerle içilip sıçılmıyor çünkü. Bir defa denedim beyaz atlı prensimi kaybettim. Ama işte lanet olsun, parasızlıktan düştüğüm duruma bak. İçtik sıçtık bir güzel orada. Sanki iş için değil de eğlenmeye gelmişiz gibi davrandık. Sonra ben bir ara kendime geldim ve freni çektim. Ama bir baktım EsmaCeyhan bayağı sarhoş olmuş. Böyle kemikleri alınmış gibi hareket ediyor, sağa sola her bir yana kıvrılıp duruyor. Eve gidemez o halde diye, "Bari gel bizde kal," dedim. Bizi götürecek araç da, EsmaCeyhan'ın gelmesini beklerken gitmiş. Cebimdeki parayla otobüse bile zor binilir. Kızda da yok, varsa bile o kafayla bir şey söyleyemiyor zaten. Pekmez'in arkadaşı geldi, "Ben sizi bırakırım," dedi, yok mok bilmem ne dedim ama it gibi de bindim arabasına.

EsmaCeyhan alkolun şeyiyle çocuğa hafiften yavşadı, kafası omzuna gidiyor falan. Derken çocuk da o yavşamalara karşılık, "Karşıya geçmeyelim hiç bu saatte. Ben sabah sizi bırakırım kaldığınız yere. Bugün bende yatın," dedi. Bir kere, oğlandan nefret ediyorum, o kusmuk olayından sonra arabasına bile binmem hatta. İki, çocuk benden nefret ediyor, ya yastıkla boğup atarsa beni Boğaz'a. Üç, ayaklarım kokuyor. Ben hemen "Hayıırrrrrr" diye atladım, ama Esra'dan "Evet PuCCaaa" diye sert bir tepki aldım. Sonra da arkasını dönüp, "Mutluluğuma engel olursan, cimcirerek öldürürüm seni," dedi. "Ama Esra ayaklarım ağrıyo diye şey ettim ben," dediysem de anlamadı. Sonra baktım olmayacak, "Ben taksiyle gideceğim," dedim. Dedim ama bir hattımda kontör yok, diğer hattım borcundan dolayı kapalı. Çocuk, "İn lan şurda" dese, bilmediğim semtlerde, gecenin bir yarısında gene bok gibi kalacağım. Ama inat ettim, gitmem o eve diye. Tır şoförleri kaçırsın, travestiler jiletlesin beni, gene gitmem o eve dedim. Hayır bir de ayağım kokuyor yani, gururumu kamçılayan olay da bu zaten.

"Bir kez daha pişman oldum seni arabaya aldığım için. Saat kaç oldu, orda çevirme var ve ben alkollüyüm. Ehliyetimi alırlarsa, İzmir'e geri dönersin."

"Yaa ne be, almasaydın halla hallaa... Ben evime gitcem hem... İndir beni! Sen bırakma zaten."

"Sana iyilik yapanda hata be! Burda indirsem seni değil evine, sokağın köşesine kadar gidemezsin."

"Sana ne halla hallaa indir beni... İstemiyorum senin evine falan gitmek. Arabana da binmek istemiyorum, çok pis kokuyo zaten."

"Yaa bak yaaa, kokuyo diyo hâlâ, iç dış temizlettim arabayı senin yüzünden. Dua et kızsın PuCCa, dua et yani buna."

"Ne dua etcem be, n'apabileceksin yani... Amaan be ne kıymetli araban varmış. İki lafından biri arabam da arabam. Sanki Ferrari. Bok gibi araban var. Bindiğim için teşekkür edeceğine bana, dediğin laflara bak. Üstüne para versen almam ben bunu ıyyykk... Sakızdan çıksa kabul etmem yani."

"Konuşturma beni bak, Allahım yaa kıza bak sakızdan çıksa almazmış. Sakız alacak parası var da sanki. Taksilere beş lira az para vermek için yalvarıyodun, acıdım da aldım seni arabaya."

"Yaa acımışmış, asıl ben sana acıdım da bindim arabana. İndir beni yaa, istemiyorum, param da var benim... İncem ben... Dur bir yerde!"

Sonra EsmaCeyhan arkaya doğru kafasını iyice yanaştırdı, tırnaklarını koluma geçirdi. O bakışlarını iyice içime içime soktu. Yemin ederim "Şeytanın Avukatı" filminin son sahnesindeki Al Pacino'ya benziyordu.

"PuCCa inat etme, onlarda kalalım. Sizden işe gitmek zor oluyor."

"Peki sen kal, ben gideyim, ahhggh!"

"Size gidiyoruz, sen boş ver PuCCa'yı."

Şimdi EsmaCeyhan'la bu çocuğun ayrıldıktan sonra da bii süre sevişmeleri devam etmiş. Ama sonra her kız gibi boş beleş sevişemem, buna bir ad koymak gerek deyince, çocuk bir daha bununla sevişmemiş. Bu da bu sıralar araları iyiyken, o sevişme ortamını hazırlayıp, ilişkilerine kaldığı yerden devam etmek istiyor. Benim yüzümden kaçırırsa bu fırsatı, bana etmediği işkence kalmayacak. İnanılmaz korkuyorum ben kızdan. Öyle böyle değil. Kızla arkadaşlığımı bozamıyorum. Arkadaşım olmasın, uzak dursun benden istiyorum, ama bunu sinsice yapmalıyım. Yoksa iş yerini bana cehenneme eder. Beni inanılmaz derecede boğuyor, sıkıyor, bunaltıyor ama diğerlerine yaptığı işkenceleri görünce, kızdan ayrılamıyorum. Kendimi, kocası onu yaşatmaz diye boşanamayan kadınlar gibi hissediyorum.

Evlerinin önüne gelince, çişim var taklidi yaptım. Hemen tuvalete gitmeliyim diye, kapı açılır açılmaz ayakkabıları çıkardım ve doğruca koştum. Ayy ayaklarım nasıl kokuyor, bildiğin peynirli Panço. Ayağımı yıkıyorum ama bir türlü gitmiyor o koku. İyice parmaklarımla debeliyorum tek tek.

Sıvı sabunun yarısını boşaltım. Önce sabun kokuyor, kuruduktan sonra başlıyor yine aynı koku. Çorabı zaten bir daha giyemem, o bütün kokuyu çekmiş üstüne, hemen çantama attım. Ardından herifin bütün tıraş losyonunu ayağıma boca ettim. Bu kez çocuğun tıraş şeysi kokuyor ayağım. Bir yandan da kapıyı dinliyorum, sevişseler de rahat rahat dolansam diye.

Sonra çocuk geldi, iyi misin diye kapıya vurdu. Hayvana bak, tuvaletteki yalnız kıza sorulacak soru mu bu. "Ayy midem şey olmuş benim," dedim. Bayağı bekledim tuvalette. Klozetin üzerinde oturdum, habire ayağımı kokluyorum. Sonra tıraş losyonunun kokusundan da kurtulamayınca, yapacak bir şey yok PuCCa dedim, çıktım dışarı. Bunlar mutfakta kahve içiyorlardı. Esneye esneye, "Aauuuu, ya üstüme bişi ver de hemen yatim ben," dedim. Salona yatak hazırlamıştı, pijamaları da verdi. Hemen koşarak girdim salona. Evi çok güzeldi, hiç bekâr evi gibi değildi. Her şey tertemiz, düzenli ve kaliteliydi. EsmaCeyhan yanıma gelip, "Kekliği korkutmayayım diye üstüne fazla gitmedim, ama bugünü bir daha bulamam," dedi. Biraz yatakta debelendi. Sonra kalktı çocuğun odasına gitti. Bi beş dakika sonra da geri geldi.

"Kapıyı kilitlemiş ya... halla halla çok ilginç."

"Ahahaha, korkmuş herif resmen senden."

"Ne alâka be, neden kilitledi acaba?"

"Belki kilitlememiştir be, kapı mapı bozuktur."

"Yooo çaldım kapıyı, açmadı."

"Azdığını çok mu belli ettin acaba?"

"Mesaj atiim mi ona, al beni odana diye. Halla hallaa neden kitledi acaba. Bence onu öldüreceğinden korktu. Bu arada, lan burası erkek gibi kokuyor."

"Elimi yıkarken çocuğun traş şeysini düşürdüm, ondandır o koku."

En sonunda uyuduk. Sabah da erkenden uyandım. Yorgana baktım, kokmuyor ama belki kokar diye parfümleyeyim dedim. Dibinde azıcık kalmış olan parfümlerimi kullandığım için, kendiminkine kıyamadım. EsmaCeyhan'ın parfümünü bocaladım çocuğun nevresim takımına. Çantama bir baktım, Allahım diyorum, abuuuuu koku iğrenç. Biri çantamın içinde peynir şey etmiş gibi kokuyor. Allahım yarabbim, çantamı açıp hiçbir şey alamıyorum içinden. Çorap yok ayağımda, donuyor ayaklarım resmen. Aşağıya doğru eğildiğimde ise, Pekmez'in arkadaşı gibi kokuyor, sevmediğin ot burnunda biter gibi. Kokuyu fark etti mi, fark etmedi mi bilmiyorum. Ama fark etmiş olsa, hiç lafını esirgemezdi. Adamı tanıyorum, hatta şu anda herkese anlatıyor olurdu. Tıraş losyonunu fark etmiş olabilir gerçi. Aman onu da düşürdüm derim sorarlarsa. İşkence gibi bir geceydi be. Bu ayakkabıyı atmam gerek sanırım. Atmak da istemiyorum, kıyamıyorum, ama böyle kokuyla da yaşanmaz ki.

Ben büyük bir bok yiyorum da farkında değilim

Pekmez'in arkadaşıyla sürtüşmeler, itişmeler kalkışmalar derken, ben çocuktan hoşlanmaya başladım. Ya aslında sanırım itiraf edemiyordum, ama ben baştan beri bu çocuktan hoşlanıyordum. İşte EsmaCeyhan falan var diye, ıı ııh yok öyle bir şey yapıyordum kendime. Onlarda kalıp ayaklarımın buram buram peynir koktuğu günden beri, böyle garip davranışlar sergiliyorum. Bana laf sokuyor falan, gülümsüyorum resmen. Adam benden nefret ediyor, gıkımı çıkartmıyorum. Hep bir Hello Kitty sevimliliği. Çocuğu bir kesiyorum şerefsizim Papa'yı öyle kessem, adam hak dinine döner, gider hacca yedi kere turunu atar, havaalanından da incik boncuk alıp yanıma gelir.

Bir yandan da yaptığım şeyin yanlış olduğunun farkındayım, hem EsmaCeyhan var hem Pekmez. Ama yanlış olduğunu bilmek de daha bir çekiyor beni çocuğa. Geçen gün fotokopi makinesinin önündeydim. Bu geldi, kâğıt sıkışmış, onu çekmek için üzerimden kolunu attı, böyle kafam göğsüne yaslandı, onun kafası da benim kafamın üstüne. Ben bildiğin hayallere daldım orada. Uçuyorum resmen. Bir dönsem orada arkamı, al sana ofis fantezisi işte. Artık EsmaCeyhan'ın ondan bahsetmesi de çok koymuyor, hatta hep bahsetsin, hep onu anlatsın bana, ben de ona anlatayım falan derdine girdim.

O koymuyor ama EsmaCeyhan bir türlü peşimi bırakmıyor. Çocukla ne zaman konuşmaya başlasak, dibimizde bitiyor! O yanımdayken de vicdanımla cebelleştiğim için hiçbir şey yapamıyorum! Sonra düşündüm düşündüm, bir şekilde bu muhabbeti EsmaCeyhan'sız kurmalıyım diye. Bingo, buldum, tuvalet tabii. Tuvalete giderken bunu görüyorum ve hemen ardından ishal olmuşum gibi koşuyorum. Ellerimi suya azcık dokundurup, elime kâğıt peçeteyi alıyorum. Hani çocuk dikkatli biriyse, "Ayy pisliğe bak, kukusunu yıkadıktan sonra ellerini yıkamamış," demesin. Ben bakıyorum valla, tuvaletten çıkan adam elini yıkamış mı yıkamamış mı diye. Bir tanesi var, herif hiç yıkamıyor. Tokalaşmıyorum bile onunla. İçerde malafatıyla oynayıp oynayıp geliyor yemek falan yiyor bir de, örrkk.

Neyse işte ben bekliyorum kapının orada, hemen yan tarafımızda erkekler tuvaleti. Kapının sesini duyunca hemen atlıyorum, çıkıyorum. Şöyle bir birbirimize gülümseyip gidiyoruz. Gülümsemenin ötesine geçemedik daha. Gerçi tuvaletten çıktıktan sonra ne konuşacağız? "Ee nasıl rahat sıçabildin mi bari?" diye mi soracağım çocuğa. Bir de şey olsun istiyorum; öyle bir muhabbet edelim ki, o bana sürekli laf sokan hali bitsin, bari beni insan olarak sevsin. Geçen yine koştum arkasından girdim tuvalete, kapı sesi çıktı, hemen çıktım dışarı. Baktım başkası çıktı. Hemen pıtpıtpıt geri içeri geçtim. Milletin de bağırsaklarının çalışası gelmiş. Kızın biri de benle konuşuyor tuvalette, gri oje çok moda bu yıl bik bik beynimi sikiyor. Ben de tamamen beynimi karşı kapının sesine veriyorum. Bir taraftan kızın sesi, içerdekinin sifon sesi, musluğun sesi, fotokopinin sesi... Sanki diğer sesler yokmuş gibi düşünmeye çalışıyorum, bir yandan da diğer kıza gülümseyerek hımm hımm yapıyorum. İnanılmaz yorucu bir iş. O sırada gıırrç sesi duydum, kızı siktir ettim ve yavaş çekimde kapıyı açıp çıktım. Yanlış alarm, yine başkası çıkmış tuvaletten. Neyse artık bir dahaki sefere dedim. Tam gidiyordum ki, tuvaletten çıkan çocuk üzerimdeki bady ile ilgili bir şey söyledi ve orada konuşmaya başladık. O sırada da benimki çıktı tuvaletten. Var ya Allam sana şükürler olsun, şu meteoroloji denen şeyi yarattın, yoksa böyle gereksiz zamanlarda biz aciz kulların neyle ilgili konuşabilirdik? Ayy havalar soğuk, doğalgaz zamları bilmem neleri derken, yanımızdaki çocuk gitti. Biz kaldık onunla baş başa. Tuvaletin önünde ne kadar baş başa kalabilirsin bilinmez, ama benim için durum gayet iyiydi. Hatta orası tuvalet önü değil, cennetin en tenha köşesi gibiydi. Kuşlar felan cıvıldıyordu, ben üstüme beyaz ipekten kombinezon giymiştim, çocuk şortuyla karşımda duruyordu ve biz romantik bir konuşma yapıyorduk (Artık nasıl vahim bir durumdaysam, romantizm ile porno filmleri karıştırıyorum).

Neyse işte biz hava durumundan bahsediyoruz kırıta kırıta, "Ayy yağmur yağmasın, yeni kırmızıya boyadım saçlarımı, saçım akıyo yaa," dedim. Sonra o güzel gözlerini saçlarıma diktii diktii, "Facebook'ta fotoğraflarına bakmıştım, siyah sana çok yakışmış, bence en güzel oydu. Eski Türk filmlerindeki kadınlara benziyormuşsun," dedi. Lan sen saçlarımı beğenirsin de ben o saçları siyah yapmaz mıyım? "Kolsuz güzelsin" de, kolumu keser önüne atarım bee. Böyle demedim tabii. Ortaokul kızları gibi ileri geri sallanıp, bir yandan duvarla oynayıp, diğer yandan utanmış taklidi yaparak kıkırdadım. Tam o sırada pat pat sesleri eşliğinde EsmaCeyhan geldi. Beni gördüğü anda bas bas bağırmaya başladı.

"Yaa kızım çıldırttın beni, sabahtan beri seni arıyorum... Nerdesin yaa sen?"

Osbir çekerken annesine yakalanmış erkek çocuğu gibi hissettim kendimi. Ne diyeceğimi bilemedim, afalladım falan böyle. Kalktım gittim EsmaCeyhan'ın peşinden. Bir süre beynime oksijen gitmedi, kendimde değildim. Çekti beni köşeye, "Benim hakkımda bir şey mi dedi? Ne konuşuyordunuz?" falan diye sorunca, bir şey diyemedim. Böyle vicdanımla duygularım arasında kaldım sanki, ama niyeyse kötü olan şey daha ağır basıyor. EsmaCeyhan'a asla işe yaramayacak taktikler veriyorum mesela. Kıskandır onu diyorum, sakın arama, gitme yanına, yokmuş gibi davran falan. O böyle yaparken, ben o arada fırsat bulup çocuğa yamancam o küçücük beynimle işte!!!

En son bir bok yedim ki, ak göt kara göt belli olacak orada işte! Şimdi Erzurum'a çekim için gitmemiz lazım. Kızın biriyle Pekmez'in arkadaşı gidecek. Ya ben buna Pekmez'in arkadaşı demeyeyim artık. Bunun adı "Erik" olsun. Erik gibi çocuk zaten, kütür kütür valla. Neyse, EsmaCeyhan kendisi gitsin diye uğraşıp duruyordu. Ne yaptım ne ettim, alttan üsten, ondan bundan yardım isteyerek, EsmaCeyhan'a da belli etmeden hallettim işimi. "Mezun olduğum okulla ilgili bir sorun çıktı. Ankara'ya gitmem lazım. Hiç izin almayayım, işler aksamasın, bu ekiple Erzurum'a gideyim. Zaten dönüş için izin vereceksiniz, o bir günü Ankara'da işimi halletmek için geçiririm," dedim. Okey verdiler. EsmaCeyhan'a da yapacak bir şey yok dedim ve Ankara'ya gitmek için hazırlanmaya başladım.

O kadar heyecanlıyım ki! Bir yandan da kızıyorum kendime, bak yanlış yoldasın yapma etme diye. Ama diğer tarafımsa, "Siktir et EsmaCeyhan'ı da Pekmez'i de, önemli olan senin mutluluğun" diyor. Diğer bir ses de, "Zaten bu çocuk seninle ilgilenmiyor, senden nefret ediyor" diyor. Böyle dengeleri kurmaya çalışıyorum iç seslerim arasında...

Bir tarafta vicdanım, diğer yanda hormonlarım

Sonunda çocukla baş başa kalabileceğim, EsmaCeyhan'sız bir yere gidiyorum! Yolda benim yanıma oturmadı, tek kelime konuşamadık. Gittiğimiz gibi, hemen röp falan derken yine konuşamadık. Akşam yemekte bir katakulliye getirip yanına oturmayı başardım çocuğun, ama bu kez de oradakilerle falan muhabbet ediyor, ben de onu izliyorum. Gerçekten çok yakışıklı; kaşı, gözü, burnu, dişleri, omuzlarının oranı her şeyiyle çok güzel. Bir şey söylüyor, ardından göz kırpıyor falan, ben yanında eriyorum zaten. Öyle aptal aptal onu izlerken, sandalyesini bana doğru çevirdi, burnumu sıktı.

"Neyin var yorgun musun? Canın sıkkın duruyor."

"Yoo değilim ya, yemekten heralde."

"Hımm neyse ben yorgunum, geçiyorum otele, sabah görüşürüz," dedi ve kalktı gitti. Salak, mal PuCCa! Deseydin ya ben de yorgunum diye. Baktım olmayacak, bunun arkasından çantamı kaptığım gibi koşmaya başladım. "Yaaee sıkıldım orada, beni bekle, en azından nete girerim odamdan," dedim. Beraber otele doğru yürümeye başladık. İşte Pekmez'i falan sordu, nasıl başladığımızı sordu bilmem ne, böyle konuşa konuşa gittik.

Çok isterdim, filmlerdeki gibi diş macunumu unuttum ayağına yatarak odasına gireyim, ama maalesef... Ben odada bir kızla kalıyorum, o kameraman ve kurgucuyla! Öyle bir şey demem, "Grup sekse varım bebek!" demem gibi bir şey yani. Geçtik neyse odalara. Daha saat akşam dokuz ve ben sıkıntıdan patlıyorum. Bir yarım saat falan geçti, dayanamadım mesaj attım çocuğa: "Uyudun muu? Sıkıldım ben, içki beleşmiş yaa". Bir on dakika cevap gelmedi. Sonra baktım benim odanın kapısı çalıyor, bir açtım bu, "Hadi gel, yatamadım zaten," dedi, indik aşağıya.

Muhabbet etmeye bir başladık ama nasıl, anlatamam. Bütün çocukken yaptığım komik şeyleri anlattım, bu da anlattı. Saat gece üçe kadar konuştuk neredeyse. Ben daha konuşurdum da bu "Gidelim" deyince kalktık odalarımıza gittik. Merdivenden çıkıyoruz, çok içemedim de zaten. Aklıma sıçayım işte, biraz sarhoş ayağına yatsam, en azından yakınlaşırdık. Odamın kapısının oraya gelince, "Yaa aslında sen çok iyi bir kızsın, boşuna kıl olmuşum sana o kadar," dedi, gülümsedi ve gitti.

Kalbim nasıl güp güp atıyor anlatamam. Ama bir yandan

da düşünüyorum yediğim boku. Yani ne bileyim, olursa eğer çok pis şeyler olacak gibi hissediyorum! Gerçi Ankara'daki çocukla da böyle olmuştu. Ondan ilk ev arkadaşım hoşlanıyordu, sonra biz başladık. Gerçi kız sonra beni evden attı ama olsun. İlk yediğim nane değil diye sanırım biraz da rahatım. Ama keşke EsmaCeyhan'la çıkmamış olsalardı. Bir de Pekmez zaten beni yollu biliyor, bu da olursa. Hepsini bırak, bu çocuk benimle bunlara rağmen birlikte olmaz ki offf offf!!! Bütün geceyi kendi iç sesimle çarpışa didişe geçirdim. En sonunda artık çocuktan uzak kalmaya karar verdim, sabahı da ettim ayrıca.

Verdiğim kararlara sadık kaldığım pek görülmemiştir ama bu kez ha gayret diyerek sıktım dişimi. Bir de bu son günümüz. Bugün elimden geldiğince çocuktan uzak durursam, zaten kanala döndüğümüzde de EsmaCeyhan yakamızı bırakmayacağı için işler yoluna girer dedim. Bütün gün çekim mekim derdine hiç görüşmedik zaten, işime geldi bu durum. Akşam yemekte başka yerde oturdum. Bu yine benden önce kalktı gitti, hiç peşinden gitmedim, bizimkilerle oturmaya devam ettim. Ardından telefonuma mesaj attı, "Ne zaman geleceksiniz?" diye. Cevap vermedim. Sonra bayağı geç bir saatte döndük otele, bir baktım lobide televizyon izliyor. "İyi geceler" deyip çıktım odama.

Umutlanmak istemiyorum ama neticede mesaj attı, sonra lobide bekliyordu, ne bileyim ya. İç sesimi hiç araya katmadan, odada yirmi dakika süslenip püslenip koştur koştur indim aşağıya.

"Seni burada yalnız bırakmaya gönlüm razı olmadı, uykum da yoktu geleyim bari dedim." *(İç ses: Tam bir orospusun! Ya sana böyle bir şey yapsalardı! Kalkıp yatsaydın şimdi odanda her şey çok güzel olacaktı, senden utanıyorum.)*

"İyi yapmışsın, sıkılıyordum zaten. Tost almıştım ben de, ister misin?"

"Yok tişikkür ederim, yidimm ben şimdi (İç ses: *Oha a bu kadar sürtüklükte olmaz yani, ses inceldi çocuklaşmaya başladı, belli kelimeler değişime uğradı. Yuh diyorum, iğrenç kaltak!!! Gidip yat artık. Bak yol yakınken yapma bunu kendine. Hepsini siktir et sen üzüleceksin kızım... Hooop lan kime diyorum, elini boynundan çek, boynunu okşama, o son yapılacak hareket... Yok bacım benden bu kadar, gidiyorum, sen beni dinlemeyeceksin!)*

Bu kez sabahın beşine kadar muhabbet ettik. Kanaldaki kızların neredeyse yarısıyla birlikte olmuş! En büyük pişmanlığı EsmaCeyhan'mış. Toplamda üç gün birlikte olmuşlar, ama iki senedir yakasını kurtaramamış kızdan. O da bu durumla yaşamayı öğrenmiş. İlişkilerinden, ilişkilerde yaptığı hatalardan falan bahsede bahsede saat beş oldu. Sonra odaya doğru kalkıp gittik. Hiç alkol almamıştım, sadece uykusuzluktan mal gibiydim. Böyle merdivenlerden çıkarken bir şımarıklık geldi bana, omuz falan attım buna, sonra bu attı, saçlarını bozmaya çalıştım, böyle ilkokul çocuklarını andıran hareketler içerisine girdik resmen, bildiğin boğuşuyoruz merdivenlerin orada. Sonra ben bunun saçlarıyla uğraşırken, bu ellerimi tuttu. Böyle bir boşluk oldu o an, filler içimde poga yapmaya başladı... Kalbim nasıl atıyor, suratım kıpkırmızı oldu. Bu önce kafasını yaklaştırdı, dudağı dudağıma değdi değecek şekliyle, sonra çekti, gözlerime baktı. Sonra ben yaklaştırdım kafamı, tam o da getiriyordu ki, bu kez ben çektim. Elimi kurtarmak için biraz uğraşmaya başladım, kendimi bu kez iyice uzaklaştırdım. Tam elimi kurtardım ki, bu belimden tuttu çekti beni kendine, itti duvara doğru, bedeninin her tarafını resmen hissediyordum, öyle ki ben de serçe gibi kaldım ama hâlâ öpüşmüyoruz. O öylece bakıyor sadece gözlerime. Ben de bir gözüne bakıyorum, bir dudaklarına. İyice yaklaştırdı kafasını, ama oyun oynuyor resmen, sadece nefesini hissediyorum, öpmüyor. Baktım olmayacak, battı balık PuCCam, yapacak hiçbir şey yok dedim ve çocuğu ben öptüm. Dil, damak, dudak, ısırıklar hak getire, yemin ederim bir yirmi dakika sadece öpüştük o merdivende.

Sonra birinin telefon alarmının sesini duyunca çektim kendimi. Merdivenden çıktım ama sarhoş gibiyim, beynim hiç çalışmıyor. Ne yapacağımı bilmiyorum, az önceki anın olmamış olmasını diliyorum, bir yandan da çok mutluyum. Kapının oraya geldik, yanağımdan öptü beni, gitti sonra. Yatağın içinde ben ne yaptım dedim durdum. Bir saat sonra da yola çıktık. Ayrı yerlerde oturduğumuz için görüşemedik. Sadece dönüp dönüp güldü. İstanbul'a döndüğümüzde ise, eve geçince mesaj attı: "Özledim". Off çok bir bok yedim gibi geliyor ama bir yandan da çok mutluyum.

Hadi EsmaCeyhan'ı siktir et diyorum, lan daha düne kadar beyaz atlı prensin Pekmez'di. Zaten çocuk seninle ilgili güzel şeyler düşünmüyor, bir de şimdi yaptığına bak. Böyle gel gitler arasında kaldı kafam.

Beni hayatının neresine koyacağına karar veremiyorsun ya, amıma koyuyorsun farkında değilsin...

Erik'in bana yazdığı tek mesaj "Özledim" oldu. O gün başka hiçbir şey yazmadı, ben de bir şey yazmadım. İş günü gelip çatınca beni aldı bir telaş. EsmaCeyhan arayıp duruyor, "Benim hakkımda bir şey dedi mi? Ne yaptınız?" falan diye soruyor. Onunla hiç baş başa kalmadık bile diyorum. Ama böyle kalbim yerinden oynuyor, o merdivendeki ânı düşününce. Bir taraftan da telefon ekranında EsmaCeyhan'ın adını görüyorum, o zamanda içim sızlıyor. Kendimi acayip derece kötü biriymiş gibi hissediyorum. Çıkıyor muyuz, çıkmıyor muyuz, biz neyiz, bunlar kafamı kurcalıyor sürekli. Böyle cebelleşirken kendimle, işe geldim. Erik daha gelmemişti, oturdum masama ne yapacağımı falan düşünüyorum. Çıkmayalım, yok olmaz zaten. Ben çocukla konuşayım, yaptığımız bir hataydı diyeyim, arkadaşlığımıza devam edelim. Kafamda bunları toparlarken, asansörden indi bu, benim masaya doğru yaklaşmaya başladı. Allahım sana geliyorum diye içimden çığlıklar atmaya başladım, masama ellerini koyarak kafasını bana doğru yaklaştırdı, "Günaydın" deyip içeriye doğru gitti! Arkasından EsmaCeyhan'ın kafasıyla karşılaştım, bana pis pis bakıyordu.

Öğlen yemeğine kadar bir daha göremedim Erik'i. Yemekte hep beraber aynı masaya oturduk. Orada da normal şeylerden konuştuk, ama ben çocuğun suratına bakamıyorum bir türlü, çünkü ne zaman baksam EsmaCeyhan'ın suratıyla karşılaşıyorum. Yemekten sonra bu bana mesaj attı: "Stüdyoların oraya gel". EsmaCeyhan'ı alt ederek, pıtır pıtır gittim yanına.

"Dün neden mesajıma cevap vermedin"

"Uyumuştum ya, geç gördüm."

"Bu akşam bir şeyler yapalım, haberleşiriz, bize gidelim, film falan izleriz..."

Allahım bunu dedi ya, kendimden ölesiye tiksindim. Herif benimle sadece ve sadece yatmak için şey ediyor. Daha sevgili miyiz değil miyiz o bile belli değil, beni evine çağırıyor ya. Ama hep benim yüzümden işte, keşke o gece gitmeseydim yanına. Yatıp kalkacağız, sonrasında da "Bye bye kuzum, gidiyorum," diyecek. Aynı bana anlattığı kanalın diğer yarısındaki kızlar gibi olacak durumum. Onlardan da böyle bahsediyordu: "Haa Hacer mi? İki kere yattık kalktık, ya sonra havalandı triplere girdi o", "Aman Buse'yle bir gecelik bir şeydi, çıkma bile denmez ona", "O benim üstüme atladı". Oturup zaten bana bunları anlatan bir heriften ne beklemiş olabilirim ki??? Allah belamı versin ya benim... Off kendimden ölesiye nefret ediyorum şu anda.

Akşam gitmemeye karar verdim, artık temkinli davranacağım. Eğer neyin var derse, oturup açık açık anlatacağım, "Sen beni ne zannettin? Ben öyle yatıp kalkacağın biri miyim? Sen kendi dengini bul, zaten o gün uykusuzluktan öyle oldu." Yakın arkadaşının eski sevgilisiyim bir yerde. Buradan anlamalıyım yani itin kopuğun biri olduğunu. İşten erken çıktım, misafirhaneye gittim, bir güzel televizyon izlemeye başladım. Mesaj da attım ona, gelmiyorum diye. Saat sekizde geliyordu bu, aradı, açmadım. Bir daha aradı, açmadım. Telefonumu kapadım. Ardından da kendime küfrede küfrede geçtim TV'nin karşısına.

Türk filmi oynuyordu, izlemeye başladım. Bu esas kızları neden bütün filmlerde, karakterli, dürüst, namuslu, dobra, anaç, neşeli, kararlı yapıyorlar acaba??? Bu nasıl bir yalansa! Dünya da bana bir kız gösterin, sevgilisi Danimarka Prensi çıktı diye onu terk edecek! Ya da fakir sandığı adam, çok zengin çıkınca onu bırakacak. Kadınlar yüzde seksen, haksızlığa uğramış ama sonunda yüzünün akıyla bu olayı temizleyen, gururlu, onurlu, kişiliğinden asla taviz vermeyen kişiler oluyor filmlerde. Erkekler ise daha saf. Mesela bir telefon geliyor "Karın, Ferit'in kollarında çılgınlar gibi oynaşıyor" diye, bu hemen çekmecesinden beylik tabancısını çıkarıp gidiyor. Her şeye inanıyor. Kör oluyor mesela, eski karısı buna öğretmenlik yapıyor, salak anlamıyor. Yıllar önce yatakta başkasıyla gördüğü için terk etmiş karıyı, on beş sene sonra karşılaşıyorlar, kadın evlenmiş falan. Ama kadın diyor ki, "Ayyy kocam hiç beni ellemedi, memelerimi bile görmedi". Bu herif hemen inanıyor. Ulan pezevenk, madem inanacaktın da, tee on beş sene önce o karı sana ağlayarak, "Komplo bu Murattttt!" derken ne diye inanmadın.

Bir de kötü kızlar oluyor bu filmlerde hani: Zengin, şımarık, Avrupa'ya sürekli gidiyor geliyor, esas oğlanın nişanlısı. Bu salak esas oğlan, gidip başkasına âşık oluyor. Kötü kız n'apcak, elinde tutacak nişanlısını. Gidip diğer kızı aşağılıyor falan. Tamamen kadınsal içgüdü. Sizin nişanlınızı elinizden alan karıya ne yaparsınız? Dünyanın en büyük orospusudur o benim gözümde. Ama işte öyle değil. Kötü kızın adam ağzına sıçıyor, paçavra gibi kenara atıyor. Gidip diğer kızla evleniyor. Biz de buna, "mutlu son" diyoruz. Diğer kıza yazık günah di mi lan? Tek günahı şımarık olması mı? Başta bu kızın nişanlısıydı o salak çocuk. Diğer kız elinden almasaydı, babaları şirketlerini birleştirecekti. Asıl kötü karakter o bence. Ben çok acıyorum o kadınlara. Sarışın var ya bir tane, çok seviyorum onu ben. Yazık yavrum, Sezercik gibi dombili şımarık piç kurusuna annelik yapmaya bile çalıştı. Ama babası salağı gitti, gene 'karakterli' olan Hülya Koçyiğit'len evlendi.

Filmlerdeki iyi karakterleri sevmiyorum ben, yalan çünkü. Kimse öyle olamaz. Olmasın da boş ver, sıkıcılar. Nasıl bir erkek öyle birine körkütük âşık olabilir ki! Dizilerde bile öyle ya: "Bin Bir Gece"deki Şehrazat, osbir olsa çekilmez o karakterle bence. Biri bana "PuCCa bana kendini anlat" diye sorsa, "Yalandan nefret ederim, dürüstüm, ihanetten tiksinirim, kararlıyım, kafama koyduğumu yaparım, hassasım, kırılganım, bir defa âşık olurum, asla aldatmam, neşeliyim, Polyanna'yı sikmiş gibi iyimserim, insanları kendim gibi görürüm, iyi niyetliyim, tuvaletten sonra iki kez ellerimi yıkarım, yatmadan önce saçlarımı tararım vs vs." diye anlatırım. Sor elli kıza, kırk beşi buna yakın şey söyler, bu salak saçma filmlerle büyüdüğümüz için. Çünkü kadın böyle olmalı sanırız.

Oysa ki, "Yalancının Allahıyım, hâlâ babama yalan söyleyerek dışarı çıkıyorum, işyerine yalan söylüyorum, sevgilime yalan söylüyorum. Bana yapılan her ihanetten tiksinirim, ağzına da sıçarım ama ben ihanet etmeye meyilliyim. Hassasım evet, kırılganım da her kız gibi. İnsanları kendim gibi görmem, onları kendimden küçük görürüm. İyi niyetliyim evet, ama çıkarcıyım da. Ve yatarken saçlarımı asla taramam". Haaa, birileri sorduğunda, bunları asla söylemiyorum tabii. Çünkü bu karakter özellikleri kötü kızlarda var gibi görünüyor. O sıçtığımın yazarları bu özellikleri onlara yüklemişler ve iddia ediyorum ki elli dişiden kırk beşi benim gibi. Ama sorsan, yukarıdakini anlatırlar. Yılandan korkmam yalandan korktuğum kadar vik vik falan diye. Erkekler ise, filmlerde de gerçek hayatta da aynılar. Çabuk gaza gelirler, her şeye inanırlar, güzelliğe âşık olurlar, tohumlarını sağa sola her yana saçarlar. Pis geberesiceler!!!

Ben böyle erkeklere sinir olup, film karakterlerine küfrederken, aşağıdan aradılar biri geldi diye. Kim dedim, Erik'in adını söylediler! Yuh artık, var ya hiç beklemiyordum. Kalktım hemen üstüme bir şeyler giydim, sonra baktım o biraz fazla şık oldu. Çocuk diyecek, odadaydın. Olmaz bu. Sonra kalktım eşofmanlarımdan birini giydim, saçımı başımı yaptım, hopp bir de parlatıcı sürüp, uçar gibi indim aşağıya. Kendimi o merdivenlerden inerken, "Rüzgâr Gibi Geçti"deki Scarlet gibi hissettim. Böyle sanki balon eteğim var, aşağıda grantuvalet Rhett beni bekliyor. Yavaş yavaş merdivenlerden iniyorum, kırmızı tuvaletimin içerisinde acayip güzel gözüküyorum, gözlerini benden alamıyor, elimden tutup koltuğa oturtuyor. Tabii böyle bir şey yok. O kadar eşofmanın içinden, ortası delinmiş olanı almışım. Nasıl heyecan yaptıysam, bu şekilde çocuğun yanına gitmişim. Oradaki koltuklardan birine oturduk.

"Niye telefonun kapalı? Merak ettim."

"Fark etmedim ya, kapanmış mı?"

Böyle bayağı konuştuk, ama ben nasıl soğuğum var ya, o kadar iticiyim ki. Ne dese, hımm hımm deyip duruyorum. Sonra böyle ikimizin de sustuğu bir an oldu. Bu döndü ve başladı konuşmaya: "Ben sana ne yaptım telefonunu kapattıracak kadar! İstiyorum ki oturup konuşalım, ne olduğunu olacağını. Sen kaçıyorsun benden sürekli, köpek çekiyorsun bana, bu kadar nefret ediyorsan benden, o gün niye öyle değildin?" Sustum. Lafları bitince, "Yaa saçmalama neyi konuşup halledecez? Tamam o gece oldu bitti, n'apayım yani, nikâhıma mı alayım seni? İstemiyorum demek ki açmıyorum telefonumu. Bunu bu kadar anlamıyor musun, bir de buraya kadar geliyorsun. Neyse ben yatcam çok geç oldu," dedim ve kalktım odaya doğru gittim, onu da orada bıraktım. O geri zekâlı filmlerden etkilendim işte!!! Karakterli kadınlar, yakın arkadaşlarının eski sevgililerine göz dikmezler diye çocuğu bıraktım!!! Ne düşüneceğimi bile bilmiyorum şu an. Tek istediğim bir çıkış yolu o kadar puuffffff...

Anneanne

Dünyanın en kötü insanı kimdir diye sorsalar, anneannem derdim. Ta ki bugün ölüm haberini alana kadar! Dün sabaha karşı kardeşim arayıp, onun öldüğünü söyledi. Bazı insanların ölümsüz olduğunu düşünürdüm, anneannem de bunlardan biriydi! Şu an kendimi çok kötü hissediyorum. Onu çok sevmiyordum, çünkü o bizi hiç sevmiyordu. Ama şimdi keşke sevseymişiz birbirimizi bile dedim. Anneannem, babası Rum, annesi Rus, çok çok güzel bir kadınmış. Yolda yürürken insanlar bunu izlemek için dururlarmış. On dört yaşında birine âşık olmuş. Babası, yaşı çok küçük diye evlendirmek istememiş. Bizimki de kaçıp gitmiş çocuğa. Sonra bir kızı olmuş. Bakmış ki ev işleri çok yorucu, çocuğu bırakıp evine geri dönmüş. Kızını tam otuz sene hiç arayıp sormamış. Yıllar sonra artık kız bunu merak etmiş de bulmuş. Sonra bir askerle evlenmiş. Karadeniz'de bir yere taşınmışlar. Ondan da çocukları olmuş. Adam öldükten üç gün sonra, başka bir adamla İzmir'e evlenmek için geri dönmüş. Yine bütün çor çocuğu orada bırakmış. Ama giderken yanına tapuları ve paraları almış. Neden üçüncü gün başkasıyla kaçtığını ise, "Ayy ölü eviydi, gelen giden çok oldu, başım kaldırmadı banane yaaa," diyerek açıklamıştı.

Çocuk sevmez, çiçek sevmez, insan sevmez. İnanılmaz kötü bir dili vardı. Soktu mu on sene çıkmazdı lafları. Evinde en fazla iki saat kalabiliyorlardı insanlar. "Ben torun sevmem, benden çıkanı sevmiyorum, torun ne yaa!" derdi suratımıza baka baka. Ayak tırnaklarından, kulaklarına kadar her yerinin ayrı ayrı kremi vardı. Bir sürü parfümü vardı. Hayatında tek önem verdiği şey paraydı ve kendini çok genç zannediyordu. O kadar yaşlanmıştı ki, ama o bunu hiç görmüyordu. Sadece bir gün, çok iyi hatırlıyorum, ben saçlarımı tarıyordum. Geldi yanıma, aynadan baktı baktı bana, "Bir gün aynaya bakıyordum, çok güzeldim. Gözlerimi kapadım bir açtım, seksen yıl geçmiş," dedi.

Bana hayatımdaki birçok şeyi o öğretmişti ama, Marilyn gibi. Çok küçükken kısa bir süre anneannemin evinde kalmıştım. Annemin evinde psikolojim çok bozulmuştu, kafamdaki saçları tek tek kopartıyorum, öyle ki kafam yamalı eşek gibi kalmıştı. Ortası kel aynak gibiydi aynı. Rehberlik öğretmenimiz annemle konuşup, "Bu kızı evden uzaklaştırın," deyince, anneannemin yanına göndermişlerdi beni. Akşamları eski klasik filmleri izlerdik beraber. Bir gün Marilyn Monroe'nun filmini izliyoruz. Normalde benimle konuşmaları, "Su getir", "Götünde tırmık mı var, o koltuğu nasıl o hale getirdin?", "Git yat artık!"dan öteye gitmezdi. Birden konuşmaya başladı: "Çok şanslı bir kızsın aslında farkında değilsin. Küçükken darbe yiyen kızlar, büyüyünce hayata dört kolla sarılıyorlar. Marilyn babasını hiç tanımamış, annesi de delinin tekiymiş. Kızı yetimhaneye bırakmışlar. Orada şerefsizin biri tarafından taciz edilince, akrabası yanına almış. Ama orada da rahat bırakmamışlar, atmışlar kızı sokağa, o da küçücük yaşta bir adamla evlenmiş. Ayrıldıktan sonra da bir anda hayatı değişmiş. Ün, şöhret, para pul. Sarışın bile değilken sarışınların ilahı olmuş. Sonrası hazin tabii, her babasız kız gibi, dokunduğu her erkeğe bağlanmış. Ölümü için, şöhreti bitti bunu kaldıramadı, suikastti falan deseler de, o sadece aşk için öldü bence. Sen yine şanslısın, uzak bir şehirde de olsa baban var. Hiçbir erkeğe minnet etmeyeceksin o yüzden. Bu kollarındaki yaralar, kafandaki kellik ve morlukların ise seni daha güçlü yapacak..." Tabii şimdi hayal meyal hatırlıyorum konuşmayı ama ana teması buydu işte.

Hayat Bilgisi kitabında gösterilen aile fotoğraflarına hiç benzemiyordu yaşadıklarım. Sabah kalkardım okula hazırlanmak için. Annem benden önce işe giderdi, merdivenlerden aşağıya inerdim. Evin içinde üvey babam çırılçıplak dolaşırdı. Hiç kimsenin babası, amcası, abisi evde çıplak dolaşmıyordu. Sırf onu görmemek için para bile istemeden son saniye koşarak çıkardım evden.

Dönüş yolum daha işkence oluyordu. Adam müteahhit olduğu için iş saatleri gayet rahattı nedense. Çoğu kez okuldan eve döndüğümde onu görüyordum. Sırf onu görmemek için saatlerce yürürdüm yollarda. Başkalarının evlerini izlerdim, insanları izlerdim, saatlerimi sokaklarda o kocaman çantamla deli gibi dolanarak geçirirdim. Eve geldiğimde eğer yoksa, o zaman bayram olurdu bana... Varsa ama işkence. Annem gelirdi sonra akşam, hiç fark etmezdi, hiç görmezdi beni. Görse de duymazdı. Çünkü o adamdan ayrılmak onun için ölüm sayılırdı. Sürekli dayak yerdim, alâkasız her şey için vururdu. Gece yatarken uykumdan kaldırıp dayak atardı, yemeğin ortasında çatalım yere düştü diye patlatırdı bir tane, sokakta oyun oynarken herkesin ortasında alıp evire çevire döverdi beni. O günlerden geriye, bedenimin her zerresinde izler taşıyorum, çenemde, dişlerimde, elimde, kalçamda. Nedense o izlerin hiçbiri, annemin bizim o halimizi görmemesi kadar acıtmaz canımı.

Neyse ya anneannemden bahsediyordum. Öyle bir kadındı... Hakkında çok hikâyeler anlatırlardı. Onun yuvasını yıktı, bunun evini dağıttı falan filan diye. Hiç eyvallahı yoktu kimseye, lafını sakınmazdı, gocunmazdı. Ve şimdi o kadın öldü. Annem, anneannemden nefret ederdi. Kardeşim, annemizin perişan halde olduğunu söyledi. Son kez görmek için morga girmişler, gözlerini kapatamamışlar. Ben hiç üzülmem zannediyordum ama sanırım üzüldüm. Yani bilmiyorum, sadece garip bir duygu. Kadın hakkında iyi bir kelime bulamadığım için üzüldüm. Koskoca hayatında neler gördü geçirdi; ne aşklar, ne kavgalar, ne ülkeler gördü, ne şehirlerde yaşadı, paranın içinde yüzdü... ama şimdi hepsi kayboldu. Boşuna yaşamış gibi sanki. Ölüm çok ilginç bir şey. En kötüsüne bile yakışmıyor. Bir insanı kaybettiğini anladığında, her şeyiyle iyi olarak aklına kazınıyor. Ve ancak kaybettiğinde, her yapılana bir bahane bulabiliyorsun...

Duvarları tırmaladığım günler sona eriyor heyooooo

Anneannemin ölümü biraz sarstı beni. Biz neden varız, nasıl olsa toprak olacağız, kimler ölmedi ki, bu dünya sana mı kaldı be PuCCa falan diye bezgin bezgin dolanıyordum. Bu süre zarfında da yanımda olan tek kişi Erik'ti. Çocuk her şeyi yaptı etti benim için desem yeridir. Bir defa gece vardiyasına yazdırdı beni, "Sen gelme hiç," dedi. Kendi benim yerime on altı saat çalıştı. Ondan hiç beklemiyordum bu davranışları. Siker atar beni diye düşünüyordum. O günkü öpüşmemizden öteye gitmedik, zaten bir daha da beni evine davet etmedi.

Ben biraz toparlandım kendime geldim. Gelmişken bizim şu durumun adını koyalım pozisyonuna geçtim. Mesajlaşıyoruz mesela, ama hiç "aşkım bebişim böreğim" durumlarına girmiyoruz! EsmaCeyhan yanımızda yoksa muhabbet ediyoruz, o sağda solda gözüküyorsa hiç konuşmuyoruz. Yani bizim bir dışarı çıkıp bu durumu konuşmamız lazım diye düşündüm. Bir de şu olaylarda bana bu kadar iyi davranınca gaza geldim biraz, demek ki seviyor bebe beni dedim. Mesaj attım "Çıkışta sinemaya gidelim" diye. Okey dedi. Önce o, sonra ben gittik Cevahir'e.

Sinemaya girdik, filmi izliyoruz, kolum koluna değiyor ama elini tutsam mı tutmasam mı bilmiyorum. Bir de ben neden tutacakmışım canım, o tutsun diyorum. İyice sürttürüyorum kolumu, yok, bir hamle yapmıyor. Belki öpüşürüz umuduyla filmle ilgili abuk subuk şeyler sormak için kulağına eğiliyorum, bir dönüp öpeyim şu kızı demiyor. O filmi izledi, ben ne bok olduğumuzu nasıl çözeceğimi düşündüm. Yüz yirmi dakika boyunca Robocop gibi oturdu o koltukta. Çıktık sonra yürüyoruz falan, ama benim surat nasıl asıldı. "Sevmiyor kızım seni, o zaman acımış da demek ondan iyi davranmış sana. Sevse, çıkmayı düşünseniz, bu şekilde mi davranır?" diye mırmırmır kendimi yedim. Sonra da zaten sıkıldım. Madem çıkmıyoruz, ne dolanacağım bu hırtla diyerek misafirhaneye gideyim ben dedim. Arabasına bindik, yine hiç konuşmuyoruz. Dayanamadım artık, "Ya biz sevgili miyiz seninle?" deyiverdim.

"Olalım mı?"

"Hayır ben bir teklifte bulunmuyorum, sadece merakımdan soruyorum."

"Peki olalım mı?"

"Bana ne soruyorsun halla hallaaa."

"Çok zor olacak biliyorsun değil mi? Epeydir düşünüyorum ama, Pekmez'e öyle lak diye diyemem bu durumu..."

"Olmayalım o zaman n'apim."

Böyle bende bir ergen tripleri falan oldu. Ağzıma kürekle vurmuşlar gibi öne doğru uzatıp, kaşlarımı indirerek homur homur konuşuyorum. Bu da bir şey söylemedi, geldik misafirhanenin oraya.

"Bugün gitme bizde kal," dedi.

Nınınınıııı!!!!! Bacaklarım kıllıııııı! Allah kahretsin beni, haftasonu alırım diye bırakmıştım. Hadi minco neyse de o travesti bacaklarla gidemem ben onun evine. Off aslında tam da zamanıydı, oturup konuşurduk ne yapıp ne yapmayacağımızı. Oturup konuşma kısmına ben de inanmadım ama işte olsun.

"Kusura bakma," dedim ve indim aşağıya bir hışımla.

Bu da geldi arkamdan misafirhanenin duvarının oraya geçtik, tuttu elimden.

"Ben seni düşünüyorum biraz da, o yüzden kafam karışık sadece. Sürmezse sen zararlı çıkma istiyorum bu işten..." dedi sarıldık marıldık, ben sonra geçtim içeri.

Yarın bir yolunu bulup onun evine gideyim bari. Bugün bacaklarım yüzünden olmadı. En azından misler gibi akça pakça yapayım, "Sana börek pişireyim ihi mihi" diyerek yolumu yapayım. O değil de çok heyecanlandım şimdi. Hoop cart cart alıverdim bacaklarımı. İç çamaşırı çekmecesinin önünde ne giyeceğimi bulmak için oturdum. "Âdet donlarım", "günlük donlarım" ve iki senedir hiç kullanmadığım "seks donlarım" adı altında üç gruba ayırdığım külotlarıma baktım. Bir de arkaya bir yere sıkıştırdığım, tee ne zamanlar seksi adı altında satılan, yirmi beş liralık, Banu Alkan'ın Yaşar Alptekin'den kaçarkenki sahnelerde giydiği şeyden vardı. Ama bunu kullanmak nasip olmadı. Çok istiyorum oysa, çıkayım onunla şöyle salınayım falan, ama yok, kaldı garibim orada. Hayır yani ölürsem falan, gelinlik diye tabutuma onu serecekler ona üzülüyorum. O yüzden de bu sefer giymeyi düşünüyorum. Düşünüyorum ammaaa, şindi bu adam der mi acaba, "Ulan bunun sürüyle tokmakçısı vardır, baksana bilmediği numara yok, Zerrin Egeliler gibi çıktı karşıma". Bir de şimdi hani bu Pekmez'i aldattım mevzusu falan, hani kaşar olarak aklının bir yerinde kaldıysam, yeniden kamçılanmasın.

Uff ilk sevişme olayı çok kasıyor insanı. Ne kadar ilginç oysa bu muhabbet. Mesela erkek ilk olayda, aklına ne geliyorsa yapmak ister. Kendini kanıtlamak için var gücüyle çalışır. Kadınsa bildiği her şeyi unutur, hayatında ilk kez çük görmüş gibi bir nazlanmalar, bir ayy ben istemiyorumculuklar, ay yok rahat durculuklar. Lan evine kadar getirmişsin adamı, hâlâ neyin teranesini yapıyorsun. İşte bu tamamen toplum baskısı yüzünden olan bir durum. Erkeğin, "Homo değilim ben, on kaplan gücündeyim" gösterişi. Kadının, "Orospu değilim ben, normalde böyle olmam aslında" diyerek kendini durumdan soyutlaması. Gerçi erkeğin bu durumunu sağ olsun "Issız Adam" kurtardı. Erken boşalan, yatakta kendine güveni olmayan her adam, "Ehi ehi ben ıssız adamım, bafiler kaçarım," diye dolanmaya başladı. Yani bunun anlamı şudur: "Yatakta bir halt yapamadığım gibi, şerefsizin, pisliğin tekiyim, hatta cinsel hastalık bile kapmış olabilirim". Bir de marifet gibi nasıl böbürlenerek söylüyorlar. Neyine böbürleniyorsun hayvanat? Nohut kadar çüküne mi? Otuz yedi saniye süren sevişme sürene mi? Anca para verip yattığın karılara mı? Buna rağmen sana acıyıp, "Yazık la, bu malı benden başka kimse sevmez. Üstümden de geçmeyen kalmadı, parası da çok zaten, n'apcam bu yaştan sonra, bari şunla evleneyim de, sakin bi hayat süreyim," diyen kadınlara mı? İnsan biraz utanır sıkılır.

Gerçi Allahtan dua ediyorum, "Çılgın Sedat*" sendromuna[4] yakalanmadılar. Ayy ne kötü olurdu, "Ben Çılgın Sedat'ım, basarım zarfa parayı, düdükler atarım," diye böbürlenen adamlar; ellerinde mor zarflarla alışveriş yapan karılar

4 Çılgın Sedat Sendromu: Bir ara çok makarası geçilmişti. Götünde üç kilo pire var gibi zıplayarak garip danslar eden Sedat, dudaklarını iki metre öne doğru götürüp damardan parçalar söylüyordu. Kendini para için terk eden karıyı çatır çatır siktiğini bir de üstüne para verip intikam aldığını anlatıyordu. Heh işte bu Sedat gibi eski sevgilisine tuzak hazırlayıp intikamını almak isteyen erkeklerin ilk aklına gelen şeydi. "Bedava mı sandın para verip aldım" moduna girmeden bu adam silindi gitti piyasadan...
O şarkının sözleri de şöyle bir şeydi: *"Hatırlar mısın? Zamanında sen benim aşkımı, sen benim sevgimi, sen benim yüreğimi Ataköy'de bir kata, Tarabya'da bir yata, bir de beş para etmeyen bir cep telefonuna satıp giderken, sana iki çift söz söylemiştim... Her ne pahasına olursa olsun, ben de senin aşkının bedelini ödeyip satın alacağım demiştim... İşte o gün geldi çattı. Gözlerini iyice açtığında başucunda eflatun bir zarf bulacaksın; beni hatırla; bir zamanlar sana ilk aşk mektubumu eflatun zarf içinde yazıp vermiştim, o zarfı aldığında çığlıklarla haykırmış, aşkım, canım erkeğim demiştin... Şimdi ise o zarfı açtığında, gözlerin fal taşı gibi açılacak, yerinden çıkac[illegible]ünkü o zarfın içinde senin dün geceki aşkının bedeli yatıyor...*

olsaydı her tarafta. İyi ki ciddiye alınmadı o adam, iyi ki. Allahtan cep telefonu fiyatları düştü, krediyle ev satın alma olayı kolaylaştı da, "Hobereyy ben çılgınım, eski sevgilimin parasını verir düzer giderim," diyen adamlar yok oldu. Iyyyk!

İşte şimdi içimde hem merak, hem nasıl davranmam gerektiğini bilemediğim bir duygu. Ayy bir yatalım da şu ilk aşamayı atlatalım, Allaaamm sen benim yüzümü kara çıkarma lütfen!

Sevişmek ya da sevişmemek işte bütün mesele bu!

Geceden her tarafımı keseleyip, kendimi parfümlere yatırıp, sabahına işe gittim. Çantama ne olur ne olmaz diye bir iç çamaşırı attırıverdim. Öğle yemeğinden sonra Erik'le stüdyoların orada EsmaCeyhan'dan gizli buluşalım dedik. İşte orada hafif nameler, fingirdeşmeler derken, "Akşam bişiler yapalım mı?" dedim. O iki lafından biri "Bize gel" olan mal, bu kez balık yiyelim, Nevizade'ye gidelim, onu yapalım, bunu yapalım dedi. On milyon şey saydı salak! Baktım olmayacak, o kadar hazırlık yaptık boşa gitmesin, "Yeriz ya yemeği" deyiverdim. Bunun gözler monçiçi gibi açıldı tabii.

Çıkışta yine o önden ben arkadan çıktık gittik bunlara. Pizza söyledik, şarap marap, TV izliyoruz, ama ben nasıl kasılıyorum nasıl anlatamam. İlk hamleler gelmeye başladı ondan; eli omzuma geliyor, ben utanıyorum ihi mihi yapıyorum. Böyle bana doğru kaykılıyor, kendimi çekiyorum. Acayip kasıldım öyle böyle değil. Sonra hemen "hakkımda kötü düşünmesin" mottosuyla, "Yaa bak o işi yapmayalım taam mı?" dedim. O cümleyi kurarken bile aklıma doksan beş tane pozisyon geliyor. Sonra bu da, "Ya saçmalama yapmayız," dedi, çekti kendini. Çok uzun süre bir daha da yaklaşmadı. Hadi kendimi anlıyorum, bebe niye öőle bir tribe girdi onu anlamadım. Sonra yatalım uyuyalım dedik. Şimdiii işte geldik horozun öttüğü noktaya. Eğer ayrı yatak hazırlarsa bana, yapacak bir şey yok, mışıl mışıl uyuyacağım! Aynı yatağı gösterirse, önce "Yaa bana ayrı yer hazırlar mısın?" diyeceğim, ama yine de o yatakta yatcam. Baktım bu bir battaniyeyle içeri girdi, anlaşıldı, ayrı yerlerde yatacağız, olmayacak bu iş dedim. Hemen açtım diğer şarap şişesini. "Benim uykum gelmedi, şunu da bitirelim bari," dedim. Yediğim her boka alkol süsü verip, "Hep onun yüzünden yaaeee," diyeyim bari dedim.

Zaten o son şişe şarapla iyice yavşamalar başladı bizde hafif hafif. Baktım kıvama geldi, "Yatalım artıkkk" diye direttim. Hemen hoopp klasik erkek yalanları var ya, "Sana sarılıp uyumak istiyorum sadece bikbik mikmik," deyiverdi. Hiçbir kız da bunu yutmaz yani. Ama işte, "Canım seni istiyor" demek yerine, "Ayy sarılıp uyuyacağız çok romantiğiz" demek daha terbiyeli geliyor.

Yatıyoruz yan yana. Önce bundan bir hareket yok. "Ben böyle eşofmanla yatamam" dedim. Çıktı benim alt taraf. Sonra "Ayy ben böyle rahat edemem, şöyle rahat edemem" derken kaldım altan bağlamalı bady'yle. Neden onu giydiğim konusunda zaten bir fikre sahip değilim! Sen tut bütün gece planlar yap, bugün de kalk alttan bağlamalı bady'yi giy. Geri zekalıyım! Seksilik denen her şeyi öldüren bady. Ama anacım, eğildiğim anda zafer işaretim kabak gibi meydanda benim. Çatalımı görmeyen kalmadı. Gelecek nesilleri bundan mahrum bırakmak için iki senedir alttan çıtçıtlı bady'ler benim tek dostum, sırdaşım oldular. Ama bilemedim yatakta giyilmemesi gerektiğini. Unutmuşum ne yapılır ne edilir, bu işin kuralları nedir. Düşünüp duruyorum: "Yapsak mı, yapmasak mı? Yaparsak benden soğur mu? Sabah mor zarfla para bırakıp gider mi? Daha çok erken oldu, yapmayayım. Ya bu tek şansımsa, ya bir daha erkek yüzü görmezsem, yapalım en iyisi... Lan nasıl yapılıyordu bu iş? Önce öpüşeceğiz. Haa tamam, bisiklete binmek gibi zaten, aklına gelir insanın. Of ben bisiklete binmeyi de bilmiyorum. Acaba büyük mü lan, dönüp ona doğru baksam mı, yok yok arkam dönük kalsın, anam elini attı belime, off yapmayayım ya. Bir şey yaparsa, bağırıp korkutayım. Yapayım yapayım n'olcak. Yaa hemen de verilmez ki, sık dişini uğraştır biraz. Yok anacım verim yaa n'olcak. Ayy n'aapsam bilemedim. Acaba kafamdan geçen her şeyi yapsam, bana "Vay sürtükkk!" der mi? Kafamdan geçenler mi? Uuu ooo ummm hımmm evet evet bunları yapayım ona ben. Ama zaten pimpirikli. "Bunları sen kimlere yaptın?" derse... demez canım, o kadar öküz değildir, ama kafasından geçer. Ahanda eli biciğime doğru ilerliyor."

"Çek elini ordan yaaa."

"Bi dönsene bu tarafa doğru."

"Dönmem, bak rahat dur yapma."

"Yaa bişi yapmıyorum, sadece bakcam."

"Tamam sadece bak, bişi yapmak yok ama."

"Zaten yapamam, prezervatif almadım yapmayız diye."

Bu laftan sonrası zaten mokoko diyeceğim, ama tam öyle değil. Birincisi prezervatif almadım ne demek? Tamam korunmak gerekli falan filan, ama çok koyucu bir laf bence. "Prezervatif almadım, ben seni yapamam o yüzden." Sen kimsin lan da beni yapmıyorsun deyip, iki tane suratına geçirecektim. Öyle iç içe dış dışa sadece bir kişiyle olduğum için bu çok koydu bana. "Güvenmiyo mu acaba lan, AIDS mi sanıyo hayvan beni, benim ona güvenmemem gerek aslında, yapamazmış, tavuk yapcak sanki, terbiyesiz geri zekâlı. Yaptırayım da sen gör gününü, sen kendini ne sanıyosun?" gibi salak salak düşünceler geçti beynimden.

Bebe ne iyi düşünüyor işte, her tarafta bangır bangır afişler çıkartıyorlar prezervatif kullanın, korunun falan filan diye. Ben de işin duygusal kısmını düşünüyorum mal mal. N'apim ama? Kan beyne gidiyor mu diye bir sor bakalım. Başladık biz olaya, her şey çok güzel gidiyor, hatta fazla güzel gidiyor. Ama sadece orada kalıyor. Yani ben yine orgazm olamadım. Tepe noktasında öylece kaldım. Orgazm olamama nedenimi eski sevgilimin beceriksizliğine bağlıyordum, ama şu anda bu çocuk gayet filmlere taş çıkartır boyutta efor sarfettiği halde yine o noktaya ulaşamadım!

Sabahı çok kötü oluyor bu ilk gece olayının. Gece içime kaçan Zerrin Egeliler, sabahları oluyor Türkan Şoray. Utanmasam ağlayacağım ne yaptık biz diye. Konuşmak istemiyorum, böyle bir kasıldım. Alkol sonrası sabah içilen ilaçlar var ya, bu geceler için de öyle ilaçlar olmalı bence. Ondan önce kalktım, hemen tuvalete gidip saçımı başımı yaptım, öpüşürüz falan diye diş macununu parmağıma sürüp şöyle bir geçirdim. Çantaya koyduğum yeni çamaşırı giydim, parfüm sıktım, hani uyandığında beni öyle güzel görsün diye. Koştur koştur yatağa döndüm. Bu uyandı, "Yaa sen parfüm mü sıktın sabah sabah, boğulcam" dedi öküz! Burada ilişkinin gidişatıyla ilgili de gayet açık verdi yani! Geri zekâlı öküz!

Bazen kendime hayret ediyorum...

Erik'le birlikte olmaya başlayalı bugün itibariyle tam iki hafta oldu! İki haftadır onun evinde yaşıyorum, sadece kıyafetlerimi almak için misafirhaneye gittim. İki haftadır dünyanın en mutlu kızı sayılırım, sanki aylardır çıkıyormuşçasına rahatım yanında. İstediğim gibi küfredebiliyorum, kadın oyunlarından hiçbirini ona uygulamıyorum, bazen sabaha kadar sadece kahkaha atıyoruz. Yani bir ruh ikizim varsa, bu çocuk olmalı diye düşünüyorum.

Bir kere aynıyız, ikimiz de fazla romantik değiliz. Çiçekler, böcekler, allı pullu yemekler çok saçma geliyor. Hiç sıkılmıyorum resmen yanında, sabahtan akşama kadar işteyiz, akşamdan sabaha kadar da evdeyiz. Düşün buna rağmen hâlâ yetmiyor, bazen hiç uyumak gelmiyor içimden, gece çabuk bitmesin diye. Bir tek sorunum var, o da yatakta yatmak. Ya ben biriyle yan yana yatamıyorum. Hele böyle eli kolu değecek, sarıp sarmalayacak, ayyy çok kötü. En sevdiğim kişi de olsa kesinlikle değmeyecek bana!!! Bu da ahtapot gibi sarıyor babam sarıyor. Onu uyuttuktan sonra, bana dokunmasın diye yatağın en ucuna kıvrılıp öyle uyuyorum.

İşyerinde sürekli birbirimize komik komik mailler, mesajlar atıyoruz. Her bulduğumuz boşlukta, köşede bucakta buluşuyoruz. Bildiğin uçuyorum yani havalarda... Uçmasına uçuyorum amma tökezlememe de az kaldı! Daha hiç kimseye söylemedik başladığımızı, götüm de yemiyor açıkçası. Bir de sanırım böyle gizli saklı olmasının verdiği heyecan da çok tatlı. Yemekhanede sadece ikimizin arasında olan bir cümle söylüyor, biz kahkaha atıyoruz, kimseye çaktırmamaya çalışıyoruz falan. Böyle sürekli kesişmeler, buluşmak için kıvranmalar acayip hoşuma gidiyor. Etik olarak hoşuma gitmemesi gereken, ama köpek gibi zevk aldıran başka bir detay daha var: EsmaCeyhan! İşte sürekli Erik'ten bahsediyor, sonra geceleri onu arıyor. Ben yanındayım, görüyorum. Sabah bana bunu farklı anlatıyor. Böyle garip bir şekilde, o çocuğun onunla değil benimle olmasından zevk alıyorum. Sahipli erkeklere olan tutkunun nedeni sanırım bu, üstünlük kurduğunu düşünüyor insan. Ezik miyim neyim diyorum, bu düşünceye başka kılıflar hazırlıyorum, ama işin aslını maalesef biliyorum.

Yalnız şundan da eminim; eğer Erik'le olduğumu EsmaCeyhan öğrenirse, yemin ederim beni yaşatmaz. İşyerinde rezil eder, yemeğime fare zehiri atar, bir şeyler yapar yani.

Hadi onun gazabını geçtim. Zaten eski çalıştığım yerden, Pekmez'i aldattığımı gören insanların suratına bakamadığım için çıkmıştım. Şimdi o çocuğun arkadaşıylayım, bir de benim arkadaşımın eskisi. Off hiç düşünmek bile istemiyorum hakkımda ne diyeceklerini. Her ne kadar etrafta, "Ben kendimi biliyorum hedehödö" diye dolanıyor olsam dahi, başkalarının laflarını gayet umursuyorum. Zaten ne yapacağım başka? Yaşama nedenimiz, bütün gösterişimiz, başkaları değil mi zaten?

İşte ben en azından, bu durum arkadaşıma attığım bir kazık değil de eskiden arkadaş olduğum kıza yaptığım kapak olsun diye, EsmaCeyhan'dan iyice uzaklaştım. Bir mesafe koydum araya. Sürekli bozuyorum bana bir şey dediğinde. Ben bozdukça, o da benden nefret etmeye başladı, aramız iyice limoni oldu. Hah dedim çok güzel kıvama geldi, artık dilediğim gibi at koşturabilirim. Bir de benim için arkadaşlık, dostluk gibi kavramlar çok tırıvırıdır. Cıvık cıvık, mıçmıçlı, böyle içli dışlı, her an sevişilecek türden arkadaşlıklara hayatta katlanamam. Yani arkadaşlık dediğin, "Hobaa gençler bu akşam napıyoruz?", "Ahaha Cemile'yi gördün mü, ne giymiş", "Hadi gel şunu makaraya saralım" gibi türü muhabbetlerin geçtiği olaydır. Sevgilime hissettiğim bağlılığı, aşkı, arkadaş denilen şeye hissedemiyorum. Hatta ve hatta direkt sevgili bulunca yanındakini satan tipler olur ya, hah işte ben aynı öyleyim.

Ama EsmaCeyhan da maalesef benim tam tersimmiş. Kız bildiğin ortaokul talebesinin tekiymiş. Üç gündür, yanına almış iki kızı, onlarla böyle salak saçma laf sokup duruyor bana. Valla cevap verme tenezzülünde bile bulunmuyorum. Yapar yapar, sonra susar nasıl olsa dedim. Ama anladım ki yanılmışım. Kız tam anlamıyla deli gibi davranmaya başladı. Hayır bazen seviştik haberim mi yok diyorum. Ulan ne böyle abartıyorsun, işyerinde takıldığın insanım yani. Geçen gün toplantıda öyle bir laf etti ki, artık işlerin geldiği son nokta oldu, boynunu kırıp atabilirdim: "PuCCa'yı tanıyana kadar İzmirlilerle ilgili anlatılanları rivayet sanıyordum, ama artık anladım ki orası gayet gevşek bir yermiş". Sekiz kişi var masada, yönetmen de duruyor. İçimden dedim ki, madem ortaokula çevirdin burayı, sen bilirsin. Lafı bittikten sonra, eğdim kafamı önüme, bir şey söylecek gibi yaptım, sonra kafamı kaldırdım, elimi sanki gözyaşımı tutuyor gibi yapıp, ağlayarak çıktım dışarı. Tuvalete gidip bekledim.

Şu hayatta öğrendiğim şeylerden biri: Ne bok yersen ye, hep mağduru oyna. Siyasette, aşkta, komşulukta, otobüste, vapurda her yerde mağduru oynayacaksın, ama olmayacaksın. Şimdi eğer orada ben de ona laf söyleseydim, o da bana laf söyleyecekti ve öyle biri bizi susturana kadar devam edecekti. Dedim en azından o suçlu olsun.

Arkamdan bir kız geldi tuvalete, "Konuşmak istemiyorum," dedim, ağlamaya devam ettim sesli sesli. Sonra işte, 'tuvalette ağlayan kızlara teselli ekibi'[5] iyice toplandı oraya. Onlardan biriyle gözyaşlarım eşliğinde konuşup çıktım dışarı. Geçtim masama oturdum. 'Ağlayan kızlara masada moral ekibi' toplandı bu kez. "Yaa biz seni biliyoruz, onu da biliyoruz, değer mi?", "Yaa sen takma onu, hiç değmez", "Bak yaa adiye, orda ona bir geçirecektim, hiç canını sıkma sen" türünden cümlelerle, biz yanındayız mesajlarını verdiler bana. Ben de bunların karşılığında, onlara sadece "Öyle demeyin, aslında biliyorum o çok iyi biri, çok seviyorum aslında o kızı, ama bu hareketlerine anlam veremiyorum. Yaa öyle deme, eminim onu bana söylerken düşüncesizce söylemiştir" gibi şeylerle cevap veriyordum. Bu da, "Ayy ne saf kız, nasıl temiz yürekli" falan gibi şeyler düşünsünler diye. Çünkü ben de kızın hakkında kötü konuşsam, insanlar kendilerini taraf olmak zorunda hissedecekler. Ama bu durumda bir ezen, bir ezilen var gibi duruyor. Onun yanında dolanan iki kızdan biri de saçımı düzeltip beni teselli ediyor, düşünün artık.

Sonra Erik geldi yanıma, "Kalk gel bi dışarı çıkalım sen-

5 Tuvalette ağlayan kızlara teselli ekibi: Öyle bir ekip var yemin ederim, okulda, işyerlerinde falan. Hiç selam vermediğiniz bu kişilerle sadece orada samimi olursunuz. Bazen bunların özel bir kulüpleri falan olduğunu düşünüyorum. Çağrı cihazları falan da var: "Bipip biri ağlıyor, hemen tuvalete". Anında nasıl toplanıyorlar oraya ya! Sen kapıdan bir çıkıyorsun, kafaları yana eğik, "Bitanem n'oolduuu?" diye aynı anda başlıyorlar. Bir tanesi, büyük ihtimal başkanları, senin koluna girip lavabonun musluğunu açıyor. Ağlayan insana neden baygın muamelesi yapıyorlar orası ayrı mevzu. "Hadi bi elini yüzünü yıka, sakinleş," deyip, seni izliyorlar. Eğer senden ses çıkmazsa, hemen başkanları göz kırpıp, "Tamam, hadi toplaşmayalım, zaten kötü, bunalmasın," diyerek bütün ekibi dışarı çıkartıyor. Sonra o anaç, o duygu yüklü sesiyle, "İstersen anlatabilirsin, rahatlarsın," deyip, senden çıkan her cümlenin sonuna, "Cıkcıkcık, aaaa bak ya yaptığına, yaaa yaaa, offf..." gibi kelimeler ekliyor.

le," dedi. Yok istemiyorum falan yaptım. "Hadi kalk hadiii," dedi ve kolumdan tutup kaldırdı beni. Ohh dedim bir taşla iki kuş. Böyle ağlayan, kendisi yüzünden mağdur olmuş biri var karşısında neticede. Burnumu çeke çeke yanında yürüdüm. "Ağlamayı kesebilirsin kimse kalmadı, sen ne sansarsın var ya, resmen kızı piç gibi koydun," dedi. Kaldım mal gibi. "Ne diyosun beaaaa!?" falan yaptım. "Yaa bırak ciğerini biliyorum kızım senin, o lafa ağlamazdın sen, ağzının payını verirdin," dedi ve öptü yanağımdan. Bu hem hoşuma gitti hem de utandım. Yani ben bu çocuğa böyle numaralar yaparsam göte gelirim onu anladım, ama beni bu kadar iyi tanımış olmasına da çok şaşırdım.

Ya off bilmiyorum, iki haftalık bir ilişki için konuşmak belki saçma ama ben çok seviyorum, öyle böyle değil.

Senin o canın arkadaşının Allah belasını versin!

Erik'in metresi gibi yaşıyorum resmen, bildiğin kapatmayım. Pekmez onlara geleceği zaman, ben doğru misafirhaneye gidiyorum. Dışarıya çıkamıyoruz, hiçbir arkadaşı bilmiyor. İlk başta hobereyy dediğim her şey gözüme batıyor şimdi. Pekmez'le küsmesini dilemekten başka çarem yok. Pekmez'de hissetti mi ne yaptı bilmiyorum, üç gün üst üste çocuğun evinden çıkmadılar. Ben de sinir oldum, artık söylesin birlikte olduğumuzu. Zaten Pekmez'in bir ilişkisi var, bizim olayın üstünden onca su aktı umurunda bile olmaz yani, iki üç mırın kırın eder, susar gider.

Ben EsmaCeyhan'ı ekarte ettim, hatunla selamı sabahı her şeyi kestim. "Pekmez benim kankam yeaaa" olayından sıkıldım artık. Yirmi sekiz yaşında herifin kankası mı olur lan, sevgilisi olur, karısı olur. Çok saçma! Hayır bir de çok özeniyorum, arkadaşlarımın Facebook fotoğrafları iki geri zekâlı surattan ibaret oluyor. Herkes çift, herkes mıç mıç. Ben daha ne olduğumu bile bilmiyorum yani!

Geçen gün dedi ki, "Seni çok yakın bir arkadaşımla tanıştıracağım, onlara yemeğe davetliyiz." Büyük ihtimal Pekmez'den ayrı tuttuğu biri dedim, ama bir yandan da sevinç içindeyim, ilk defa birileriyle bir araya geliyoruz. İşte evli bir çiftmiş, kızla üniversiteden tanışıyorlarmış, müzik öğretmeniymiş. Gittik evlerine, kocası bizi içeri buyur etti, kelli felli kırk küsur yaşlarında bir adam. Sonra içeri hatun girdi. Ben bacaklarına bakmaktan kızı göremedim zaten. Dangalak, evine misafir gelmiş dötüne kadar şortla karşımıza çıktı. Bacağı yanmış, o yüzden pantolon giyemiyormuş. Git uzun etek giy, Allah Allahhh!!! Geçtik içeri, karı her bacak bacak üstüne attığında, benim göz faltaşı gibi açılıyor. Bu nasıl arkadaş lan! İnsan dediğinin arkadaşı ezik büzük bir şey olur. Şortlu arkadaş mı olurmuş! Hatun sürekli olarak bir şeyler anlatıyor, devamlı ama. Bir tanesini bile dinlemiyorum. Gözüm sürekli bacaklarında. "Giyinse ya şu kaltak, halla halla. Yanık diyo, yanık izi bile yok. Bi kıl dönmesi, bi batık hiçbir şey yok o bacaklarda. Bronz, şekli şemaili sütun gibi bacakları var. Ben de güzel bi yerimi göstermeliyim. İlgi üstümde olmalı. Düşün PuCCaa, neren güzel senin? Biciklerim fena değil. Fakat şimdi frikik verirsem, çok sürtükvari bir hareket olur. Ellerim güzel aslında, parmaklarım uzun falan, çeneme falan koyayım, belli edeyim. Bacakları kadar ilgi çekmez tabii. Gözlerim güzel ama ben bile sıkıldım artık onlardan.

Monçiçi gibi açsam, ışığa doğru baksam olur mu? Makyaj da yapmadım, kafama sıçayım!"

"Müzik öğretmeni deyince insanlar flüt çalmayı öğrettiğimi sanıyorlar. Ama öyle değil, müzik bir yetenek işi. Buna ilgisi olmayan çocuğa ben bir şey veremem, o yüzden derslerde daha çok çocuklara kaliteli müzik dinlettiriyorum. Yetişkin birer birey olduklarında beni daha güzel ansınlar diye. İnsanlar müzik ve beden öğretmenlerini hatırlamazlar bile oysa, değil mi PuCCa?"

"Hıhh? Hımm evet evet bence de. Ya o değil de sen üşümüyor musun?"

"Yoo hayır, sen üşüyor musun?"

"Yok ben iyiyim de hani sen çıplaksın ya ondan dedim."

"Ahaha ben alışığım merak etme."

"Ama bence bi etek giy en azından, böyle dolaşırsan çocuğun olmaz valla."

"Zaten istemiyorum isabet olur. Dünya o kadar kötü bir yer ki, çocuk doğurup ona bu eziyeti çektiremem."

Öyle dolanıp durdu pıtır pıtır evde. Sürekli kalkıyor, bir o yana bir bu yana bacaklarını gözüme soka soka geziniyor. Kocası da amma gevşek herif. Gerçi kızdan bayağı büyük adam ama höh dedim valla. Kesin parası için evlendi bu sürtük. Adamın sesini bile duymadım desem yeridir. Garibim melül melül yanımızda oturdu.

"Yaa sen de ne güzel iki dirhem bir çekirdek, ne şanslısın."

"Ama PuCCa'cım ben her sabah iki saat koşarım. Erik bilir, birlikte koşardık eskiden."

"Iyy ben belediyeye talepte bulundum, yürüyen yol yapsınlar diye. Bi de koşcam, hele iki saat ölürüm sanırım."

"Aaa olur mu öyle şey, haftada iki gün yüzmeye gidiyorum. Erik'le çok giderdik o şimdi çok boşladı."

"Ben tuvalete giderken bile küfrediyorum. Haftada iki gün yüzmek mi puff. Gerçi yüzemiyorum o ayrı mevzu."

"Spor benim hayatımın bir parçası. Bir odayı sadece spor aletleriyle döşedik. Çocukluğumdan beri koşarım, atlarım, zıplarım, bir şeyler yaparım. Erik bilir."

"Aa aslında ben de tenise gidiyordum, haftada bi gündü. Gidiş amacım azcık farklıydı, ama bende görüldüğü üzere hiçbir fark yaratmadı. Erik bilir!"

Erik bilir, Erik bilir, siktiimin Erik'i ne çok şey biliyormuş. Deli etti ya iki kelimesinden biri, "Erik bilir". Kız hem güzel, hem sportif mi sportik mi neyse işte ondan, muhabbeti de iyi, güzel yemek yapıyor. Kes kafasını at geri zekâlının. Uyuz oldum. Sonra bu beni spor aletlerini göstermek için odaya götürdü. Bir ton ıvır zıvırı küçük bir odaya doldurmuşlar. Bir de bana onlarla hava atıyor, "Ay bu şu işe yarıyor, bence bu sana göre, bak basenlerin için bu alet bıdı bıdı". Bende o aletleri kafasında parçalama isteği uyandırdı. Geri zekâlı iyi ki iltifat ettik, kendini Adriana Lima sandı!

"Tartılsana şu tartıda, ona göre sana program çıkartabilirim."

"Ayy yok tartılmayayım. Kilom sürpriz olsun bana ehüe-hü."

"Ama ona göre bir plan hazırlayacağım, bir ayda incecik ve sağlıklı olacaksın. Arkadaşlarımda denedim hepsi şimdi ip gibi kızlar oldular."

"Ayy yok, ben etimle butumla iyiyim valla. Kışın beni sıcak tutuyolar."

"Şişman değilsin sen, zayıf bile sayılırsın ama spor sadece zayıflamak için yapılmaz."

Bir siktir git yaa, halla halla o tartıya çıkartıp kilomu öğrenince gidip Erik'e söyleyecek. Aa ben bilmiyor muyum sanki. Yarım saat uğraştı tartıya çıkartmak için beni. Bende de katır inadı var çıkmadım. O kadar uğraşmadan sonra bir sessizlik oldu. Hani böyle olur ya çok konuşursunuz sonra bir anda konuşacak bir şey kalmaz, iki taraf da öyle malak malak etrafa bakarlar. Öyle bir durum oluştu. Önce hımmladı hımladı bayağı. Baktım kıvranıyor, bir şeyler söyleyecek ama söyleyemiyor. Hımmlamaları bittikten sonra başladı.

"Erik dünyanın en tatlı insanıdır, çok şanslısın."

"Sağol, aslında çok fazla olmadı daha ilişkimiz başlayalı ama onu yıllardan beri tanıyomuş gibiyim."

"Kaç senedir tanırım onu, benle beraberken bi tane yanlışını görmedim. Çok havai gözükür ama bir kaptırdı mı kendini, ondan sadığını bulamazsın... Biz birlikteyken bana kendimi prenses gibi hissettirirdi..."

Siz birlikteyken mi?!?! Kaldım öyle mal gibi. Ulan bunlar sevgililermiş bir zamanlar!!! Ohaaaa hiçbir şey söylemedi Erik bana. Hiç hem de. Evine götürdüğün kızın, eski sevgilin olduğunu söylesene salak herif. Kaç yıl çıktılar, ne yaptılar, ne ettiler hiç bilmiyorum ama götleri birbirinden ayrılmamış bariz belli. Bana bunu deyince taşlar yerine oturdu tabii. Sürekli "Erik bilir"ler, o lanet olası bacaklarını gözümüze gözümüze sokmalar. Kızın bacaklarını izleyeceğine, keşke arada sırada başka neler diyor dinleseydin, salak PuCCa!! Tam komplekslerine yenilecek zamanı buldun. Evli barklı falan ama, hâlâ bir ilgisi bir şeyi olmasa bana neden böyle bir şeyi anlatsın ki! Hayır zaten olayın şokundan lafı gediğine koyamadım. Dediği şeyde çok mantıksızdı, "prenses gibi davranırmış". Bana ne nasıl davrandığından yani! Ama ben bunu Erik'in yanına bırakmam. Ne demek ya, beni tutup eskiden yattığın kalktığın, ayrı nefes almadığın hatunun evine götürüyorsun, misilleme yapar gibi. Al senin zengin kocan varsa, benim de şişko, kompleksli, boş konuşan bir sevgilim var demeye mi getirdi?! Gecenin sonuna kadar astım suratımı oturdum, dönünce de onda kalmadım. "Neyin var?" dedi, "Yok bişiieeee!" diye bağırıp misafirhaneye gittim. Bir süre trip atacağım, zaten ne bok olduğum belli değil, hem bu sayede Pekmez olayını da aradan çıkartırım!

Ebru Şallı dünya ahret bacım olsun

Dün yaşadığım travmadan sonra, götüm göbeğim yine gözüme çok büyükmüş gibi gelmeye başladı. Kız öyle sülün gibi etrafta dolanırken, benim üç köyü doyuracak baldırlarımın olması pek hoşuma gitmedi. Ben takıntılı bir insanım yapacak bir şey yok. Tuvaletimi yaptıktan sonra bile holeyyyy elli gram daha eksildi benden diye seviniyorum. 1.68 boyum var, yıl içerisinde sürekli değişen kilom ise şu an elli sekiz. Ama yuvarlak hatlara mı sahibim nedir, bildiğin tombik gözüküyorum. Hele o kollarım Arnıld Şıvayzeneger'in kas olmamış hali gibi. Dedim senin neyin eksik o yosmadan, sen de gayet sportmen bir kızsın, aç bakayım Ebru Şallı'yı dedim.

Ebru Şallı'yı da severim aslında, genç kızken hayatını Televole'de izlerdik. Ardından kocayı buldu, sonra garip gurup yemek tarifleriyle ekranlarda, "Şimdi bir tutam defne yaprağı, iki kaşık inci tozu ve bir top fil daşşağı koyarak balıklarımızı pişiriyoruz," diyip sırıtmaya başladı. Gecenin bir yarısı bizimki ısınma hareketleri yapıyordu, başladım ben de onunla beraber yapmaya. Abi zaten hatun toplam dört buçuk kilo. Her harekete gelir tabi. Benim baldırlarla onun yaptığı, "Ayy çok güzel yapıyoruzz, son iki, açılıyoo açılıyoo" naraları bende tamamen farklı seslere dönüşüyor: "Anaammm anamm, canım yanıyorr, baaowww koptu bacaağım sanırım, ooyyy oyy bitmedi mi, ayy koycam ha iki tane, on iki oldu bee dursana!!!" Sonra böyle görüyorum karnına elini koyup koyup, "Karnımızı içeri çekiyoruzzz" diyor ya, orada bitiyorum zaten. Hatun ne güzel karnında gezdiriyor elini, ben koyuyorum, brusshhh ropp bir yağ tulumu. Bende bütün moral sıfır tabii. Her gün kıvranıyorum lan. Neden erimiyor bu yağlar diye kızıyorum Ebru'ya. O da yavrum hemen cevap veriyor bana, "Karnımız dümdüz olcakk bayanlar, hadi çekelimm içeri, hadii hadii". Haa bir de şeyi var, "Kaburgaları kapatıyoruz içeri içerii". Benim o sıçtığımın kaburgaları kapanmıyor. Kapanıyor, iki hareketten sonra hooopp geri açılıyor. "Karnımızı sıkarak bacakları yuvarlak yapıyoruz" diyor yaa, işte orada ben kendimi bir noktaya veriyorum. Hem karnımı sıkıp hem bacaklarımı yuvarlak çeviremiyorum.

Şahsen ben kendimi esnek zannederdim. Köprü kurabiliyorum, ters takla, düz takla, ayak parmaklarımı ağzıma koyma hepsinde başarılıyım. En önemlisi de Erik'le Kamasutra'yı denerken gram kıtırdama çatırdama duymuyorum belimde. İlişkimizin gittiği son nokta buydu işte. O kadar hafta evde beraber kalınca tek yaptığımız şey, onu deneyelim, bunu deneyelim, şuna da bakalım muhabbeti olmuştu.

Bir de nefes verişleri var ya. Ben de veriyorum ama bir yandan da korkuyorum, şimdi biri duyacak ve mastürbasyon yaptığımı sanacak diye. Uff uff uffff diye hızlı hızlı nefesi ağzımdan verirken, hiç hoş bir ses çıkmıyor yani. Sonra kocaman ağzıyla sırıtarak, "Kalçalarımızı sıkıyoruz" diyor. İşte orada ben çok sinirleniyorum. Beni diyorum şu anda biri kameraya çekse, nefes nefese kalmışım, dilim dışarıda, altımda boğazlı bady, üstümde içi yünlü pijamam ve eşofman üstüm, ayağımda patiklerim ile rezil olurum. Benim kalçalarım sıkılmayı hak etmiyor diye düşünüyorum. Ben ebediyen çiko bir kız olarak kalacağım diyerek, bir organımı bile kıpırdatmadan oturuyorum ve Ebru'yu izliyorum.

"Kaşları aslında ne güzelmiş. Keşke benim de kaşlarım öyle olsa; olur belki lan. Boyuyordur zaten. Burnu minnacık ama güzelmiş. Dişleri de güzel, benim dişlerim bile çirkin, ben hiç güzel bir kız olmıcam işte. Ekrana çıksam, hemen dicekler ki 'Höstt karıya bak, o katır gibi dişlerle ekrana çıkıyosa, ben de çıkarım lan!' Haklılar! Bu arada bu kadar zayıflık kötüymüş bee, ben o kadar zayıflasam vajina kemiğim kabak gibi ortaya çıkar. Ayy böyle zayıf olmam inşallah. Kötü yani, kafam kocaman durur benim. Neyse yeter bana bu kadar hareket. Dombiliyim işte ben, kaderim bu, yapacak bişi yok. Bu karı hep zayıftı. Amaaann acıktım zaten, bu kadar hareket iştahımı açtı..." diyerek bıraktım egzersizleri. Ben en iyisi aç kalarak zayıflayayım, spor bana göre değil sanki, hiç hoş değil...

İçimdeki Demet Akalın'ın Kibariye'ye dönüştüğü an!

Bizim işyerindeki yapımcılardan biri yurtdışına gidiyor. Böyle gitmeden önce brunch gibi bir olayla kadın kadına bir toplantı düzenlemiş. Erik, Pekmez'le buluşacaktı, ben de brunch'a gideyim dedim bari. Anam ama bir baktım masada karnımı ağrıtacak olan bir hatun daha var. Pekmez'in kız arkadaşı. Bu yurtdışına çıkacak olan hatun, Pekmez'in de çok yakın arkadaşıydı, doğal olarak kızla da bir samimiyetleri var. Zamanında bütün Facebook profilini ezberlediğim için kızın kim olduğunu biliyorum. Kaşıyla gözüyle şu an her şeyiyle karşımda işte.

Bana bir gülümsedi, oturdu sandalyesine. Nasıl güzel, nasıl kibar bir kız. Bir de kendime baktım, kendimi o masada nasıl değersiz, nasıl lüzumsuz hissettim. Böyle bir eziklik var bende Pekmez'e karşı. Onu severken ayrılmıştım neticede. Bir de açıklasam da yararı olmayacak bir durum yüzünden.

Pisliğin biriymiş gibi hissediyorum kendimi. Masadaki herkes kızla ilgileniyor sanki. Nasıl bir ezik psikolojisine girdiysem, ilgi çekmek için uğraşmaya başladım. İnsanlar beni fark etsin, ilgi odağı ben olayım diye bir şeyler saçmalamaya çalışıyorum ama anacım yok. Sanki insanlar beni görmüyorlar. Masadaki bir tuzluk, bir zeytinyağlık gibi kalmıştım. Kız gülüyor, bir şeyler anlatıyor, anlattığı her cümlenin başı Pekmez'le başlıyor: "Pekmez görmüş orayı anlata anlata bitiremiyor, çok istiyor beni de götürmeyi, ahaha Pekmez anlatmıştı onu bana, Pekmez bu kahveye bayılıyor, Pekmez de öyle düşünüyor yaaa!". O her Pekmez dediğinde, ben daha yok oluyorum, kıskanıyorum, kızı alıp parçalamak istiyorum.

Evlenmeye karar verdiklerini çok önceden duymuştum zaten, ama o gün nikâh tarihlerine karar vermişler, gün falan almışlar. Gözlerimin içine baka baka söyledi bunu sanki. Daha doğrusu masaya çıktı, beni aldı ve üç kere yere fırlattı, sonra üstümden bir tırla geçti. Masadaki diğerleri ise, "Ahahah ezik PuCCa!" diyerek beni tekmelediler, kızı tebrik ederekten. Herkes sırayla, "Ayy tatlım çok sevindim, ayy darısı başıma," diye cümleler kuruyordu. Sıra bana gelecek. Allahım kalbim sıkışıyor, bir şey söylemek istemiyorum. Ancak yüzümün alacağı şekil bile önemli orada. Sizi siklemiyorum bakışı atmam lazım. O bakış nasıl bir bakıştı, unuttum gitti. Bir anda her şeyi unuttum, hatta konuşmayı bile, sonra yanımdaki cümlesini bitirdi, kız boynunu bana doğru çevirdi. Allahım nasıl narin bir boynu var, nasıl kibar gülümsüyor.

Gülümserken gözleri gülüyor ve gerçekten içten gülüyor. Oysa beni de hatırlıyor, kim olduğumu biliyor. Erik öyle anlatmıştı; kız, yaranı ben iyileştiririm diye yamanmış Pekmez'e. Tam bir sürtük olmalı, bu kadar iyi numara yapabildiğine göre. Bir şey söylemem lazım, "Mutluluklar!' demem gerek en azından. Ayy göğüsleri yok bu kızın, güzel bir boynu var ama memesiz hahayy!! Bingo! Bir adım öndesin kızım PuCCa, hem senin gözlerin mavi zaten. Ülkendeki en büyük avantajındır bu senin. Göt gibi sıfatın bile olsa, 'Gözleri güzelmiş' diyeceklerdir senin için. Yalnız kızın dişleri çok güzel. Hepsi tek sıra, pislik!!! İşte o konuda töbe billah baş edemem, offf yaa keşke dişlerimi zamanında yaptırsaydım. Hâlâ kız bakıyor, bir şey söylemem gerek, salak gibi kaldım böyle. İnşallahhh son dakika bir şey çıkar evlenemezsiniz. Umarım Pekmez seni annenle aldatır, diliyorum o gün darbe olur ve hükümet düşer. İçimden geçen bunlardı, ama ben kıza yarı buruk bir gülümsemeyle, "Hayırlı osuunnnn..." dedim.

Sonra kız durmadan konuştu, ben de durmadan kızı izledim sapık gibi. Kendimi onunla kıyasladım. Hatta utanmasam, yanımdakilere bu kız mı daha güzel, ben mi diye soracaktım. Kızın uyurken suratının nasıl olduğunu, sıçarken nasıl göründüğünü, banyodayken nasıl liflendiğini, Pekmez'le konuşurken suratının aldığı şekilleri, sevişirken çıkarabileceği sesleri, trip atarken ne kadar itici olabileceğini düşündüm. Sonra ulan âşık mı oluyorum n'apıyorum dedim. Tövbe Allaam affet diye, etrafta yüzü gözü akça pakça bir bebe aradım. İçimde bir lezbiyen varsa kaçsın gitsin istedim. Ne kadar garip, benden önceki ya da benden sonraki kıza garip bir çekim hissediyorum hep. Belki o yüzden sevgilimin geçmişini sürekli merak ediyorum. İlle kıyaslayacağız birileriyle kendimizi. Bu acı veriyor ama verdiği acı kadar garip bir hazzı da var. Yani orada onun çirkin yanlarını bulup kendimi yüceltmek hoş bir duygu. Oysa bizden sonrakinin çirkin bir kadın olması da acınası bir durumdur. Bu kez onda ne buldu acaba diye yiyorsun kendini.

Bir de bu kıza karşı hep bir adım öndeydim sanki, niyeyse öyle bir hava oluşmuş bende. Ama bu kez konuşamıyordum bile, cidden ezilmiştim, çok bozuldum yani. Eski sevgilimle evlenecekti, zayıftı, fındık gibi poposu vardı, dişleri inci gibiydi. Masadakiler onu sürekli tebrik ediyorlardı. Bana gelince, "Hımm, olur ya düzelir, moralini sıkı tut sen" deniyordu, kıza gelince her şeyi dört dörtlük gidiyordu. Her anlattığı şeyin ardında alkışlayan bir sürü kadın vardı!

"Ya ofisi değiştirdik biz de, bu sayede işlerimiz de büyüdü."

"Tatlımm hayırlı olsun, çok güzel, tebrikler valla."

"Bir ayda beş kilo vermişim."

"Ayy tebrikler, harika bir şey bu."

"Üstümdeki hırkayı yeni aldım, üstelik geçen sezon fiyatına."

"İnanmıyorummm harika bir şey bu, tebrikler valla."

Artık bir yerden sonra yeterrrrrr diye bağırıp, pompalıyla hepsinin kellesini tek tek patlatacaktım. Başka şeyler düşün PuCCa derken, diğer taraftan, Pekmez ve Erik'in geldiğini gördüm. Ohhh maşallahhh herkesden gizlediğim yeni sevgilim, onun yakın arkadaşı olan eski sevgilim ve onun evleneceği kız. Porno film değilse bile, gayet karışık bir durum yani. Oturdular masaya. Güya kadın kadına olacaktık, bunların ne işi var diye mırmırlanmaya başladım.

Karşımda Pekmez'le kız el ele göz göze. Onun yanında benim sevgilim, ama bir şeyler anlarlar diye suratına bakamıyorum. O da bana bakmıyor, ha bire onlarla muhabbet ediyor. Arada sırada Pekmez'in o delici bakışlarıyla karşılaşıyorum. Benden nefret ediyormuş gibi bakıyor, gözlerim gözleriyle buluşmuyor ama hissediyorum o bakışlarını. Midem bulandı artık bu durumdan, kalktım gittim misafirhaneye!

Dolmuşta kafamı dandandan diye cama vurarak düşündüm. O kızın yerinde ben olabilirdim, şu anda Pekmez'le evlilik hazırlıkları yapıyor olabilirdik. Ne vardı o gece içmeseydim, bu nasıl bir kaderdi yani. Pekmez'e hissettiklerim, vicdan azabının dışında başka bir şey değil ama o kızın yerinde cidden olmayı isterdim. Evleniyor be daha ne olsun, bir de bana bak. Neydim ne oldum harbiden. Kaşlarımın çıktığı belli olmasın diye perçemlerimi uzatmışım ve ne bok olduğu belli olmayan, köpek gibi âşık olduğumu sandığım bir ilişkideyim. Eskiden olsa kalkıp gitmezdim, mutlaka kalıp bir pislik yapardım. Fon müziği olarak kafamın içinde kâh Demet Akalın, kâh Petek Dinçöz şarkıları çalar dururdu: "Ben aşkı sende buldum sen de bende, benden sonra onu mu buldun zevksiz sen de" falan gibi. Oysa şimdi fon müziğim, "Eller kadirr kıymet bilmiyor, anneeeee senin kadar kimse sevmiyorr anneeeeee".

Dibimdeki var ya sen olmalıydın

Geçen gece Erik'le, Pekmez yüzünden kavga ettik. O gün çektim gittim diye hâlâ Pekmez'i düşündüğümü falan söyledi. O kadar garip kavga ediyoruz ki anlayamıyorum aslında. O salonda film izliyor, ben de mutfakta meyve soyuyordum. Oradan bana seslendi:

"Neden çektin gittin dün?"

"Sıkıldım yaaee orada."

"Hımm gidişinin nedeni Pekmez değildi yani."

"Cıks."

Aynen muhabbet bu, getirdim meyveleri içeri, yan yanayız, hiç istifini bozmadan, "Pekmez için gittin sen," dedi. Ses çıkarmadım, meyveleri yemeye devam ettim. Ağzına bir elma attı ve "Sen hâlâ Pekmez için umutlanıyorsun, dün de ondan gittin, dayanamadın onları izlemeye," dedi. Öyle soğukkanlılıkla söylüyor ki, ciddi mi değil mi, tartışıyor muyuz tartışmıyor muyuz anlamıyorum. Hiç sesimi çıkarmadım, domuz gibi önümdekileri yemeye devam ettim. Bana doğru döndü, kaşları biraz çatık, "Bir cevap versene," dedi. Aynı tavırla döndüm, "Gerçekten öyle olsa, bunu şu an sana söyler miyim ya da öyle bir şey olsa yirmi beş dakika önce seninle sevişir miydim?" dedim. Kalktı, "Ben dışarı çıkıyorum," dedi, çıktı gitti...

Bunun bu huyu da beni deli ediyor. Ne zaman tartışsak, kalkıp gidiyor. Ben de istiyorum ki bağrış çağrış olsun, içimdekileri kusayım. Yok, bu iki laf söylüyor sonra kalkıp gidiyor. Erik, Oğlak burcunun bütün pis özelliklerini almış sanırım. Ben de İkizler burcuyum. Başta her şey aynı diyordum, ama sadece iyi günlerimiz aynıymış meğer. Ya da acaba çok mu sıktık birbirimizi. Her gün işte beraberiz, neredeyse her akşam da beraberiz. Ne bileyim artık dolabında sutyenim bile var. Hani bir anda böyle bir duruma girdik diye mi bu şekilde davranıyor diye düşünüyorum. En büyük aşkların ulaşılmaz olması gerekir belki de. Eskiden ayrı gayrı aşklar o yüzden uzun sürüyordu sanırım. Ne telefon var ne bir şey. Ayda yılda bir yazılan aşk dolu mektuplar. Leyla ile Mecnun paso MSN'den konuşuyor olsalardı, Mecnun dallaması vurur muydu kendini çöllere. İki bira kapardı Tekel bayiinden, kamerasını açıp Leyla'nın babasına söver söver sonra da Youtube'a koyardı. Romeo ve Juliet'in cep telefonu olsaydı, Juliet kaltağı bir alo derdi ve sorun çözülürdü.

"Yalandan içiyorum, zehir değil o, masusçuktan ölmüş

gibi yapcam. Mallık yapıp sen de öldürme kendini."

"Sen kime mal diyosun lan, anlarız heralde zehir olmadığını."

"Ne bileyim oolum, şimdi anlamazsın, kız gitti diye sen de içersin zehiri dediydim."

"Ahh tabii anlamam ben. Kimim zaten, zottirik Romeo, baban gibi züppe değilim. Bilmeyiz biz kızım öyle zehir tozlarını falan... Leblebi tozunu bilirim ben."

Ferhat ile Şirin'de, Şirin'in ablası Ferhat'a yanık ya mesela. Face'te sahte mini etekli on dokuzluk bir çıtır profili yapar, Ferhat'ı ekler, yazılır yazılır. Ferhat bir mesaja cevap verse, tamamdır. Şirin, Ferhat'a tekmeyi basar. Bu kadar basit olay, yok git dağdan bize su çıkar, yok yalnız yap, yapmazsan unut bacımı. Git bakkaldan iki buçuk litrelik Şaşal su al lan pezevenk, dağa bayıra gitmeye ne gerek var yani.

Bizimki de sanırım bu yüzden büyük aşklar kategorisine giremeyecek. Belki de evden sen git diyemediği için kendi çıktı gitti. Anlarım diye düşündü. Bekle bekle bekle gelmiyor da. Gece oldu iki, yok yine gelmedi. Kesin dedim karının birinin evinde kaldı, yoksa bu saate kadar neden gelmesin! Hatta kesin o arkadaşım dediği yollu karıda kalmıştır. Kafamda kurdum kurdum kurdum... Eğer ona gittiyse, o kadının yuvasını yıkacağıma yeminler ettim. Ardından uyuyakalmışım. Sonra bir uyandım, Erik beni kaldırmaya çalışıyor. Hopp zıplayıverdim yerimden, "Neredeydin yaa sen?" diye bağırdım. "Pekmez'e anlattım her şeyi... Bu böyle olmuyor, kesecekse kessin benimle muhabbeti. Nereye kadar sürecek bu şekilde, iki ay geçti, seni bu eve tıktım kaldım," dedi. "Pekmez ne dedi peki?" diye sorma gücünü bulamadım kendimde. İşin o tarafını düşünmek istemedim, sarıldım Erik'e sadece.

Pornocuysam günahım ne

"Hayatımda hiç porno sitelere girmedim, çük görmedim" falan gibi mal kız ayaklarına yatmama gerek yok sanırım. Geçen gün programın bir şeyi için kadının birinin geçmişini araştırıyordum, zamanında porno filmler falan çekmiş. Hani böyle "Ünlü olmanın yolu pornodan mı geçer?" temalı bir şey hazırlıyoruz. Mozaikleyeceğim fotolarından aramaya başladım internette. Yanımda da stajyer kız var. Gayet eğleniyoruz kızla. Oha göte bak ne güzelmiş, bunlara makyaj yapıyorlarmış, portakal yağı sürersen götün pürüzsüz olurmuş falan filan derken, Türk amatör resimlerine geldik.

Fotolarda kanıtlanmaya çalışılmış kızın nereli olduğu: "Gerçek Türk, ahanda arkada Kral TV açık, bak Gözcü gazetesi yanında." Oysa kanıta gerek yok, Türkler kabak gibi belli oluyor. Sallam mallam memeleriyle ahanda Türküm diyor. Zaten yorum yazanları anlamak da zor, dört dakika çekeceği osbir için ırkçılık yapıyor pezevenkler! Hısım akraba tanıdık çıkar mı diye bakmaya başladık. Başladık amaa hısım akrabadan öte kendi fotom var mı diye bakıyorum aslında. Kişi kendinden bilir işi derler. Erkek olsam, yalan atmayayım çok şerefsiz olurdum. Canımı yakan karının fotolarını babasına bile gönderirdim. Canım yanmaya görsün, bazen yaram kopmadan kanatırım karşımdakini. Neyse bakıyoruz işte kızla, başka bir kız geldi, o da bakmaya başladı, ardından başkası derken odada altı kız olduk. Hepimiz konu komşu arıyoruz ayağına kendimize bakıyoruz. Gamze Özçelik olayından sonra bir kıllanıyorsun doğal olarak. Bir de öyle bir şey ki, sadece çıplaklar değil, Face'ten falan çalınmış fotolar da var. Gerçi hoş ben neden bakıyorsam? Beni öyle sitelerden çok, MSN'in ana sayfasına koyarlar: "Uzaylı yaratıkla sevişen çılgın Türk", "Garip sesler çıkartan pörsük derili bu hayvanın türünü tespit edemedik", "Bunun ne olduğunu bilene Samsung cep telefonu hediye". O sebeple kendimi daha çok, "Bunu bile siken var" başlıklarında aradım. Neyse konu adlarına bakıyoruz, "Web cam'de göğüs show". Aramızdan biri hemen atlıyor, "Aaa aç açç tanıdık olabilir". Ardından başka konu: "Otele yerleştirilen gizli kamera". Şuna da bakalım buna da derken herkesin kendine baktığı anlaşıldı.

"Meltem bak bu sen olabilirsin: 'Kızıl saçlı hatun Hürriyet okuyor'."

"Ayyy pislik, annesinin fotolarını koymuş, bir de yazmış annem diye."

"Şu herifin karısını bulup ağzına sıçalım mı? 2 artı rep[6] için görsün anasının nikâhını."

"PuCCaa, İzmir demiş, kızım sen olabilirsin bak: 'İzmirli çıtırı kanırta kanırta'."

"Çıtır demiş ama baksana, benim kategorim 'Tombul ama iş var' kategorisi."

Öyle böyle derken, bulamadık kimseyi, yabancı resimlere bakmaya başladık. Yurt dışında ilik gibi karılar pornocu. O fizik bende olsa, zengin kocayı bulup, Alem'e pozlar veririm. O zavallılar ise yavrum yaa, sağlı sollu acımadan telef ediliyorlar. Ama helal olsun karıya, mesela hatuna beş kişi saldırıyor, hatun objektife bakıp gülümsüyor. Seks yapmıyor sanki, mezuniyet için vesikalık foto çektiriyor. Bir de alt alta hikâye anlatır gibi fotolar var, hepsinin sonu aynı: Karı malafatı yüzüne yakın yere koyup, hayvanat bahçesindeymiş gibi poz veriyor. Amaaaa bazı zenci fotoları gördüm; insan değil, hortumu yanlış yere takılmış fil hepsi mübarek. Annesi atla mı yiyişmiş n'apmışsa, boyum kadar çükleri var heriflerin. Ayy hele o güzelim kızların popoları falan, yok böle bir şey, yeminle.

"Yaa nasıl bu kadar güzel poposu olur ki insanın?"

"Memeleri silikon herhalde, karının üstünden tren geçmiş, gene baksana nasıl dikler."

6 2 artı rep: "Allah senden razı olsun hacı" demenin forum versiyonu. İnsanlara çubuk kraker dağıtıp teşekkür etmeyenlere ağlayan, sinirlenen tipler vardır ya, ha işte onların klavye görmüşleridir bu tipler. Böyle bir bok yazarlar, "repleri görelim beyler" diye ardından not düşerler. Sanki pezevengin repleri çoğalınca, kendisine ev, araba, iki de Rus kız alacak.

"Bebek gibi yüzü var, kıyar mı insan şuna yaa, bu zorla düşmüş aralarına."

"Anamm anammm iki tane nasıl aldı ohhaaaaaa!!!"

"Allah yardım etsin ya, yazık yani baksana. Babaları falan bi görse cık cık cık."

"Kızım onlar domuz eti yiyor, kıskanmazlar. Babaları görse afferin diyomuş."

Ona bak buna bak falan derken bitirdik hepsini, neyse geldim ben eve, televizyon izliyoruz Erik'le. Daha doğrusu o belgesel kanallarından birini izliyor, ben de bilgisayar başındayım. Naşıl iştahla izliyorsa kanalı, "Lan sanki porno izliyon haa, alt tarafı Dubai'de yapılan binalar," dedim. Sonra dank etti bana, artık sevgilimle oturup porno izleyebilme seviyesine geldiğimiz. Kalktım gittim yanına, kulak arkasındaki saçlarını okşayarak, fikrimi söyledim.

"Ben porno izlemem kızım, bana göre değil."

"Ya saçmalama, mutlaka izlemişsindir, hadiii yapalımm lütfennn..."

"Ya valla izlemedim, sevmem hem ben."

Bir iki daha ısrar edince, açtık bilgisayarı, koyduk önümüze. Porno izlemeyen beyefendi tak tak tak açtı sayfaları önüme. Allahtan izlemiyor ha, bir de izlese demek ki kendi sitesini yapacakmış. İşte böyle kenarda kategoriler var; lez, mature, grup neyin. Bir baktım tak bastı bu lezbiyene.

"Aaa hasta pislik, ne ona bastın. Kapat şunu, başkasına bas."

"Yok yaa, sana elin çükünü mü göstercem, hayır, izliceksen bunu izle."

"Yaa bi defol git. İki memenin yoğrulmasını izlemicez heral. Bas dedim. Senin böyle fantezilerin mi var be manyak herif. Aa aç o zaman bana da gay pornosu aç aç onu izlicem ben."

Böyle bir yarım saat kavga ettik. Sonunda normal bir porno açmada uzlaştık. İzliyoruz böyle. Sarışın bir kadın var, memeler falan yapay. Kadının her şeyi yapay, ama çok güzel. İşte kapıdan giriyor, hop orada başlıyor kadının orasını burasını yalamaya. Adam acayip yakışıklı, hem yakışıklı hem de bir malafat var, kessen üç köy doyar onunla. Hayy maşşallah analar neler yaratıyor diye geçirdim içimden. Bir gözüm de karının götünde başında, kendimle kıyaslayacağım ama yapamıyorum. Çünkü bir popo var hatunda, pürüzsüz bir şey. Memeler böyle zıplarken, aynı oranda kalkıp iniyor. Benimkilerden biri Hanya'da, biri Konya'da. Bir de böyle bir gülümsüyor, sanki o kol kadar affedersin şeyi almıyor da, gıdıklanıyor gibi. KPSS'ye başvuru için vesikalık çektiriyomuşçasına, otuz iki diş meydanda bir görüntü.

Yataktaki halimi düşünüyorum, alâkam yok. Bir kere o boyda bir şeyi alan kimse o şekilde gülümsemez. İnsanın gözleri şaşı olur. Fizik kurallarına aykırı yani. Sonra kıza üzüldüm bir, yazık lan dedim. Kim bilir ne acılar çekiyor da, o acılarını gülümsemesinin ardına saklıyor. Belki üniversite parası için geldi New York'a, sonra çok güzel bir kızdı, böyle puştun biri aldı bunu kullandı. O da bu hale geldi, köydeki anasına babasına para yolluyordur kim bilir. Yazık biz de böyle izleyip fantezilerimize alet ediyoruz onu. En az onu bu hale getiren puşt kadar şerefsiziz. Ayy hasta kardeşi falan da olabilir, belki onun için yapıyordur bunu, ameliyat parası için. Hiç sevgilisi olmayacak bunun, bir gelinlik giyemeyecek. Kim evlenir lan bununla, bir tabur asker sikmiş karıyı. Ayy ne hayatlar var Allaaam. Çok tenkyu. Ben halime şükredeyim diyerek böyle içten içe gözyaşı döküyordum. Çok üzüldüm lan kıza. Allah bütün porno yıldızlarına yardım etsin diye dualar okurken, bir baktım Erik'in kol benim omuza geldi.

Şöyle bir döndüm Erik'e. Ohh maşallahhhh, benim gözyaşı döküp, kaderine acıdığım kızı öyle bir izliyor ki yanımızda olsa hasta babasını dinlemeden atlayacak pezevenk. "Kız acayip güzelmiş," deyince anam anam benim surat kıpkırmızı oldu. Kızı güzel buldu, bir de bunu bana söyleme gereğini duydu. Nefes alamıyorum, böyle daralmaya başladım. Kız güzelmiş, güzel anlayışına atlayayım senin. Bana gelince, "Ayy zayıflama, ay makyaj yapma, ay sakın saçını sarıya boyama". Elin yapay sarışın, şişme bebeğini ise güzel bul. Bir sinirlendim ben. Derin derin nefes almaya başlayınca, bu salak sandı ki ben azdım. Eli meli biciklerime doğru kaymaya başladı. Orda bir bağırdım.

"Çek elini pislik!!! Bu mu güzel karı ha, bu mu?? Neresi güzel, bana sööle neresiii? Saçlarını mı beğendin? Ben de hemen gidip sarışın olcam, madem öyle. Beyfendi ha bire sarışınlara bakıyo, ooo yeeee. Geri zekâlı, pis sapık!!! Porno izleyip kızları hayal ediyosun, analarını babalarını düşünmeden. Pisliksin, dokunma bana bi daha. Gittt gittt, o kızla şey et sen. Ona layıksın sen zaten ancak. Kapat şunu, hâlâ izliyo-o..."

Kalktım gittim içeri ama bağırıyorum hâlâ. Sonra geçti gitti sinirim, artık uyuma faslına geldik. Tam yatacağız, aklıma geldi, suratına bir bakayım şunun dedim. Bir gülümseme var sıfatında. Kalktım yataktan, çektim yorganı attım aşağıya.

"Biliyodum işte biliyodum, o kızı düşünüyosun di mi?"

"Hangi kızı?"

"Hangi kızı olduğunu iyi biliyorsun. O sarışın kızı. Demek o kız benim arkadaşım olsa, bizim eve gelse, sen "Ne güzel kız" deyip, onu düşüncen. Sana güvenmemem gerektiğini biliyodum."

"Porno yıldızı bir arkadaşın neden olsun? Yat şuraya iyice kafayı yedin sen."

"Demek olsa böyle düşüncen, hepiniz aynı boksunuz işte. Orospu olmak lazım abi sizin için."

"Sana izlemeyelim demiştim, off biliyodum başıma gelecekleri. Artık yat ne olur, kimseyi düşünmüyorum. Sadece sen varsın."

"Annem babam ölsün ki kimseyi düşünmüyorum de."

"Annem babam ölsün. Hadi yat artık ne olur, bak işe gitcem sabah."

"Tamam, yatcam ama sanma ki bu olay burda kaldı."

Sonrasında bütün gece uyuyamadım, sağa döndüm, sola döndüm, ha bire Erik'i sarışın kadınlarla bastım, kâbuslar gördüm. Ya işyerinde böyle bir sarışın varsa, bunu ona benzettiyse. Bir de güzel dediği kadınla benim alâkam yok. Ya beni güzel bulmuyorsa, ya hep aklı öyle karılardaysa, ya bir gün porno yıldızlarıyla dolu bir adaya düşerse ve beni unutursa bla bla bla... Allah, özgüveni gelişmemiş, kilo sorunu olan kadınlardan korusun erkeği. Beni de sarışın orospulardan. Amin.

Şapa oturduğumun resmidir yemin ederim!!! Aşk hayatım iyi gittiği zaman, nedense iş bok gibi oluyor. Ne zaman işim düzgün giderse, hayatımda aşk olmuyor! Kriz var diye bizim programı yayından kaldırdılar, tabii bana da yol verdiler. Var ya resmen koydu bana. Bu krizde nasıl iş bulacağım, misafirhanenin parasını nasıl ödeyeceğim diye günlerce beynimi yedim yedim yedim. En sonunda bir karar verdik, misafirhaneden ayrılıp tamamen Erik'in evine yerleşiyorum. Onun dışarıdan iş yaptığı bir ajans var, orada bir süre takılacağım freelance olarak. Krizi fırsata çevirdim yani resmen. Ya zaten neredeyse her gün Erik'in evindeydim. Ama hâlâ orada bir dolabım yoktu, ne bileyim bir havlum bile yoktu. Şimdi o ev benim de evim oldu.

Evliliğin yüzde ellilik kısmını atlattık yani. Bu olayların buraya gelmesinde, benim günlerce ağlayarak "Misafirhanede nasıl kalcammm beenn yaaeeee..." demem etkili oldu tabii, ama olsun n'apalım. Ya aslında bakmayın günlerdir kafayı yemiş gibi davranıyorum ama işten ayrılmam aslında iyi oldu bir bakıma. Şu an ne kadar para yönünden biraz zorluk çekecek olsam da, artık Erik'le her şey kabak gibi belli olmaya başlamıştı. Her gün EsmaCeyhan birilerine sordurup duruyordu. Erik de Pekmez'e söyleyip bütün ipleri kopardığı için, kimseyi sallamamaya başlamıştı. Muhabbeti açıp tadımızı kaçırmak istemediğimden en son durumlarının ne olduğunu bilmiyorum, ama sanırım kökten kestiler diyaloğu. Erik, "Hiç sallama. Ne yapabilir ki sana EsmaCeyhan?" diyor ama ben hâlâ yusuf yusuf atıyorum kadına karşı ya. Utancım falan kalmadı da, sanırım hiddeti beni korkutuyor. Yaa öylesine korkuyorum ki, Erik dışarı çıktığında kapıyı yabancılara açmıyorum, EsmaCeyhan kiralık katil yollamıştır diye. Valla salak bir düşünce gibi gelebilir ama öyle değil, kız ciddi bir psikopat!

Ama artık n'apalım öğrenirse öğrensin. Ben de bir yerde bıktım; herkese "Bişi yok aramızda, arkadaşız," deyip, akşam çekirdeğimden reçel yaptırıyorum kendime. Kanalca toplanılan yerlere gitmiyoruz etmiyoruz, hâlâ o "metreslik" mertebesini aşamadım yani. Neyse taşınma faslıyla, yatak odasında dolap yaptırmayla, mutfağa yeni tabak çatallar almayla falan uğraşırken, acayip hasta oldum, öyle böyle değil. O kadar ateşim var ki süreli kâbus görüyorum. Kafası kesik insanlar falan dolanıyor evde. Gözlerim yanıyor cayır cayır.

Yaa ama Erik o kadar güzel bakıyor ki bana, resmen karı koca gibiyiz yani. Hani böyle aramızda hiç evlilik lafı geçmedi, ama ona taşındım falan ya, kendimi bu olaya biraz hazırladım. İşten geliyor, ben yemeği hazırlamış oluyorum. Onları yiyip, ardından ona mandalina soyuyorum. Hafta sonları rakı masası hazırlıyorum. Hayatımda her şey bok gibi ama dünyanın en mutlu kızıyım şu an. Bugün mesela yarım saat hümkürttü beni. Peçetelerimi topluyor, başımda bekliyor. Hayatımda hiç kimse bana böyle davranmamıştı.

Lisede bir çocuk vardı mesela, sümüklerimi görünce kaçmıştı benden puşt. Lise 1. sınıfa yeni geçmiştim. Nasıl havalı hissediyordum kendimi ama nasıl. Lise demek zaten o dönem, tamam sen olmuşsun demekti. Lise son'larda bir tane çocuk vardı, namı almış yürümüştü oğlanın. Ben daha görmemiştim ama âşıktım. Bir efsaneler vardı hakkında off off. Maça gitmiş işte şöyle yapmış, on beş gün nezarethanede kalmış; bilmem ne basket takımı bunu almak istemiş, bu istememiş; babasının tanıdığı varmış, ÖSS'ye falan girmeden ODTÜ'ye gidecekmiş; Duygu Dikmenoğlu'yla çıkıyormuş eskiden; İbrahim Erkal'ın dizisinde oynayan kızla sevgiliymiş; bir kızı çok sevmiş, bakireyim diye kandırmış kız bunu, bu da artık kızlara güvenini yitirmiş, her önüne geleni çatçat bozuyormuş falanmış filanmış. Nasıl gözümde büyüdü bu oğlan nasıl. Hayaller falan kuruyordum bununla ilgili, sokakta görsem tanımazdım ama.

Lise 2'ler, lise sonlar çömezlere bakmak için sınıfın önüne gelirlerdi, sonra bu da bir iki kere geldi. Orada gösterdiler çocuğu bana. Allah var, bir içim suydu. Bebek gibi yüzü vardı oğlanın. Ben bildiğin âşık oldum. Ama ne aşk bendeki, ne aşk. Onunla nasıl konuşacağımın hayalini falan kuruyordum. Evleneceğimizin hayalini, babasının tanıdığı sayesinde ÖSS'ye girmeyeceğimin hayalini, Duygu Dikmenoğlu'nun gelip bizi ayırmaya çalışacağının hayalini... Ama bir türlü konuşamıyorduk, ilgisini çekemiyordum çocuğun. Onların sınıfları en üst katta, bizimki en alt kattaydı. Ben her tenefüs bok varmış gibi, bunların koridorunda bir sağa bir sola salınıyordum. Bütün Fen bölümü nerdeyse teklif etmişti, bir bunda iş yoktu. Öyle böyle derken baktım olacak gibi değil, bir gün pata küte çıktım yukarı, girdim sınıflarına, en arka sırada oturuyordu bu, sinirli bir şekilde masasına gittim, koydum ellerimi belime, "Eski sevgililerine söyle beni tehdit edip durmasınlar, yeteerr bee," dedim çektim gittim. Bu arkamdan geldi, "Kim seni tehdit ediyor?" falan derken kurdum çocukla muhabbeti. Kimsenin beni tehdit ettiği falan yoktu tabii. "Evi aramışlar kızlar, babama söylemişler, güya seninle birlikteymişiz!" diye attım tuttum öyle. Kim mim bilmem ne, senle ben ne alâka gibisinden, "Ben seni tanımıyorum," diyor çocuk. Ben de bir bağırdım, "Sanki ben seni tanıyor muyum, senin yüzünden başıma gelmeyen kalmadı!" diye, ortalık bir karıştı. Ama artık konuşmaya başladık, bu geliyor bizim sınıfın önüne, "Aradılar mı seni gene?" diye sormaya. Gördüğü yerde konuşuyoruz böyle. Bir kızın üstüne kaldı benim kafadan salladığım olay, "Ben yapmadım" diye yeminler ediyor. Bu inanmıyor ama. Öyle böyle derken, bir gün bana biriyle haber yollattı. Bizim apartmanda bir çocuk vardı, beni almaya gelirdi okuldan arada sırada. Çocukla zaten sonra çıkmaya başladık. Hani anlatmıştım ya beraber intihar edecektik falan, sonra en yakın arkadaşımı bafiledi diye, hah işte o! Bu olaydan sonra o çocukla çıktım. Neyse demiş ki, "Onunla arasında bir şey mi var, bir ağzını arayın." Dedim saçmalasın, gelsin buyursun yüreğime otursun.

Bir gün ben nasıl hastayım ama anlatamam. Ölüyorum bildiğin, aynı şu anki gibi. Sırf bu oğlan için gidiyorum okula. Beden dersindeyiz, hastayım diye girmedim çalışmalara, yanımda salak bir kız var, banklarda oturuyoruz. Baktım bu çocuk geliyor, hemen yanımdakini postaladım. Geldi oturdu, işte başladı klasik konuşmalara: "Sevgilin var mı?" "Bi adaya gitsen alacağın üç şey ne?", "Hangi sanatçıları seviyorsun?" falan filan. Sonra da "Ben senden hoşlanıyorum," dedi. O konuya böyle girince, ben de kıkırdamaya başladım, ama Allah benim belamı versin. Kıkırdarken burnumdan bir baloncuk çıktı, yemin ederim ben gördüm balonu. Bir çektim içime, bütün hepsini yuttum. Sonra bir göz göze geldik, suratındaki o iğrendiğini belli eden hali, ağzını buruşturması, şaşkın gözleri, kusacak gibi bakışları, hepsi mıh gibi aklımda yemin ederim. Öleyim dedim, öleyim na burda, yer yarılsın içine gireyim. Allahım al canımı, öldür beni, bir şey olsun. Ya da o ölsün, unutsun bunu, rüya olsun bu kâbus. Nasıl kötüyüm, ağlayacağım. Bu kalktı, "Derse yetişmem lazım," dedi ve gitti.

Ben orada yalnızlığım, baloncuklu sümüğüm, rezilliğim, ergenliğim ve kırık kalbimle kaldım. Sonra herkese, "İşte geldi konuşmaya, ayy sümüğü aktı geri zekâlının, pislik yaa, istemedim, ayy onla sevgili olur muyum ben," falan dedim ama yiyen yedi, yemeyen için yapacak bir şeyim yoktu. Bir daha çocuk benimle konuşmaya gelmedi, ben de onların katına çıkmadım, gördüğüm yerde kafamı eğip kaçtım. Bundan beri böyle ne zaman hasta olsam, peçete burnumda yaşarım. Ama şimdi sevgilim burnumu bile siliyor. Çok seviyorum onu, her şeylerden, çiçeklerden, yemişten, sarı saçlı bebişten...

Anana ana desem, babana baba desem

İşten ayrıldım ya, freelance tadında bir şeyler yapıyorum şu an. Kariyerime katkısı "0", parası az, ama Erik var yanımda. Evden çalışmak ne kadar kötü bir şeymiş. Hiç çalışamıyorum neredeyse, ayy şunu izleyeyim, buna bakayım, ay şunu yapayım derken akşam oluyor. Kendimi iyice bu evcilik oyununa da kaptırdım. Sanki Erik kocam, ben böyle ona pastalar börekler pişiren hanım hanımcık bir kızmışım gibi geliyor. Bir ev hanımı edasında kuğu gibi süzülüyorum.

Sürekli temizlik yapıp onu besleme girişimlerim sonuç vermiş demek ki, annesi ve ablasıyla tanıştırmaya karar verdi beni. Ankara'dan çağırdı bunları. Ben oturdum sarma yaptım, var ya anam ağladı o sarmaları yaparken. Sonra akşam geldiler bunlar. Annesi nasıl desem, arkasından da konuşmak olmaz ama cıkss yani. Yaa vazgeçtim, yeniişim arkasından konuşmayı, deli etti beni karı! Götüm çıktı lan o kadar sarmayı yapana kadar, "Biz yemek yedik yaaee..." dediler, ben bir kaldım mal gibi. Sonra sorguya çeker gibi, "Sen burada mı yaşıyorsun hımmm? Ailen nerede hımmmm? Hiç sormuyolar mı seni hımmmm?" diye sorular. Bir de ablasının çocuğu var on üç yaşında, embesilin teki. Sürekli homurduyor, elinde telefon mesaj yazıyor, yazmadığı noktalarda hayattan bıkıyor. Anası ve yeğeninden ablasının nasıl bir şey olduğunu kavrayamadım bile. Çerez merez bir şeyler koyuyorum kadına, suratıma bakmıyor resmen. O ayı yeğeni ise bütün çerezi yedi, üstüne gitti benim sarmalardan yedi. Bir de utanmadan, "Pizza sööölеyelim dayı yaaee," dedi.

Salonda oturuyorlar, Erik anasının kucağında yaşıyor resmen. "Oyy benim pombik oğluşum, gözleri zeytin oğluşumm, annesinin bitanecik bebeyi." Yemin ederim o koca herifi böyle seviyor. Sonra kadın, "Ayy ben acıktım," dedi. Hemen hoopp yeni gelin adayı olarak puan toplama amaçlı koşturdum mutfağa. "Sen dur ben hallederim," dedi ve kesti yolumu. Gitti içeriye, ekmek arası bir şeyler yaptı geldi. Sarmamın tadına bile bakmadı. "Aaa orada sarma vardı," dedim. "Hımmm gördüm," yaptı o kopasıca dudağını üste doğru büzüştürerek.

Bir de şeye çok takıldım, kadına ne diyeceğim mevzusuna. "Abla, teyze, siz, biz". Her bir cümlemin başında farklı bir şey söylüyorum, hani surat ifadesine göre hep onunla devam edeyim diye. Nasıl bir nemrutsa, hiç birinde değişmedi o ifadesi. Ayy en kötüsü ama şeyde oldu, salonda oturup film izliyorduk, artık nasıl yorulduysam, kafam Erik'in omzuna düşmüş, orada uyumaya başlamışım. Erik bir kaldırdı beni, bir tomar salya çocuğun omzunda. Bir baktım ablası da anası da bana bakıyor. Allahım nasıl utandım, kâbus bu kâbus diye kendime tekrar ediyorum, annesi oğlunun tişörtünü çıkartmaya çalışıyor. Baraj kapağı açılmış gibi vücudumdaki bütün suyu aktarmışım sanırım oraya. Çok kötüydü yaa... Salya lan, resmen bir insanın başına gelebilecek en kötü şey. Bir de gaz çıkarsaydım, ohh değme keyfime. Ayıyım ya bildiğin ayı!

Artık yatalım dedik ama yanında mı ayrı mı yatacağım bilmiyorum. Erik, "Beraber yatacağız yaa salla anamı," dedi, "İyi," dedim. Zaten o salyadan sonra hayatta o kadının gözüne giremem diye boşverdim. Geçtik içeri uyumaya. Ben yine önce sarmaş dolaş olup Erik'i uyuttum, tam benim uyuma ânım gelecekti ki bir çişim geldi anlatamam. Yattıkları oda tuvaletin karşısında. Çıkmak istemiyorum, yanlış anlayacaklar çünkü. Çıkmasam, ağzımdan çıkacak çişim. Öyle bir durumdayım ki, perinin biri gelse ve bir dilek hakkın var dese, para pul, ölümsüzlük aklıma gelmez, direkt "Sınırsız çişimi tutimmm nolurr" derim. O derece vahim durumdayım. Baktım olmayacak, kalkayım bari dedim. Tam kapıya doğru ilerledim ki, kadının sesini duydum. O girdi tuvalete. Bekle bekle bekle dişlerimi sıkıyorum artık. Yok anacım karı çıkmıyor dışarıya. Sallanıyorum yatağın içinde, topuğumu tam o noktaya getirip sıkıyorum kendimi, karı beş senelik ihtiyacını mı gideriyor n'apıyor anlamadım ki! Son dakika artık böyle kulaklarımdan fışkıracakken sifon sesini duydum. Koşarak, hatta uçarak gittim. Bir baktım kapının önünde on üçlük mal kız. Kadın çıkar çıkmaz girdi içeri, elinde de telefonu var. Kapıyı kapattım, girdim odaya, elimi koydum apış arama odada koşturmaya başladım. Bir yandan da Erik uyanmasın diye sessiz sesiz uff ufff ufff, çiş yok, başka şey düşün uff uff uff diye söyleniyorum. Baktım olmayacak, sidik torbamı patlatacağım. Kalktım gittim kapıya vurdum dan dan dan. Kız çıktı, "Neeoluyooo yeaaaa?" diyerek. Kaktırdım kolumla, girdim tuvalete. Allaahhhhhhhhhh ooaaahhhhhh gibi garip bir ses çıkartarak, oraya neyim var neyim yoksa boşalttım. Çiş yapmak sanırım dünyanın en güzel şeyi. O kadar mutlu oluyor ki insan. Hiçbir keyif verici madde bu mutluluğu sağlayamaz yemin ederim.

İçerde kız beni anneannesine ispitliyordu, duydum. Sallamadım hiç, geldim yattım Erik'in yanında. Uyanmış o da, döndü bana doğru, sarıldı, kafasını kaburga kemiğime koydu, elleriyle belimi sardı. "Babamı hiç tanımadım ben, her şeyimi annem yaptı, ben fedakârlık nedir ondan öğrendim," dedi. Öptü kaburgamdan. Yani demek istedi ki lütfen ona iyi davran. Hayır zaten iyi davranıyorum, ama ben anne sevmiyorum, yalakalık yapamıyorum, süslü cümleler kullanamıyorum. Pekmez ve Ankara'da bulunan çocuğun annelerine karşı da hep soğuktum. Ya ben istiyorum ki, hiç karışmasınlar, hatta hiç görmeyeyim onları, muhatap olmak zorunda kalmayayım. En güzeli olmaz mı?

Bugün biraz da kıskandım Erik'i öyle mıçmıç annesiyle görünce, sürekli kadının ilgisi onun üzerinde. Mesela benim annem gelmiş olsa, kocasını düşünmekten hiç bizle muhatap olmaz bile. Ya da biz onlara gitsek -ki bu imkânsız, kocası sevmiyor diye bizimle görüşmüyor; o da İstanbul'da oturuyor ama ayda bir defa öğlen yemeği yiyoruz beraber, daha nerede kaldığımı bile bilmiyor- ha işte gitsek diyelim, "Aman kocam gelmeden gidin, ayy şimdi o kızar, ay koltuğun üzerinde oturmayın, kocam nefret ediyor, ay dolaptaki Cola'yı içmeyin," der durur. Ya yemin ederim, şaka yapmıyorum. Erkek kardeşim gelmişti. Onlara gittiğinde, çocuğu salona sokmamış, yanlarında oturtturmamış. Garip geliyor bana o yüzden annelerin çocuklarına olan ilgileri. Bir de hak etmediklerini düşünüyorum.

Bir defasında çok iyi hatırlıyorum, anneler günüydü, harçlık almadığım için çam kozalakları toplamıştım anneme, sonra da o kozalakları suluboyayla boyamıştım. Bir kutunun içine dizip hediye etmiştim. Ertesi sabah, o kozalakları mutfağın çöpünde görünce yıkılmıştım ya! Kocası, "Çer çöp ne arıyor evde, böcek basacak evi," demiş. Annem de almış atmış hediyemi. Sevgiyi hak etmek gerek diye düşünmüştüm sonra. Ona eğer iyi bir hediye almış olsaydım, beni severdi. Çocukken nefret ederdim aslında annemden, dört beş sene hiç yüzünü görmemiştim. Babama temelli taşındıktan sonra benim için öldü o kadın demiştim. Hatta bir süre Sezen Aksu'yu kendime hayali anne yapmıştım. Bir klibinde oğlunu oynatmıştı Sezen Aksu, sürekli onunla ilgili hayaller kurmaya başlamıştım. Oğlunu çok seviyordu falan, ben de kızı olabilirim demek ki diye düşünmüştüm. Hatta ben çocukken böyle farklı bir boyuta ışınlanabiliyordum. Valla bak, kime desem inanmıyor ama ciddiyim. Hee tabii ışınlanma değil de onun adı neyse işte. Annemin kocasından dayak yerken ya da hiç dokunulmayacak yerlerime dokunup mahremiyetin ne demek olduğunu bana o yaşta gösterirken, acı çekmemek için gözlerimi kapatırdım, dişlerimi sıkardım ve hayal kurmaya başlardım. Sezen Aksu annemdi; "Beverly Hills Yaramazları" diye bir çizgi film vardı hani, oradaki Lara en yakın arkadaşımdı; bir de Bianca vardı, onunla da çok yakındık. Böyle başıma bir şey geldiği zaman, Lara beni alıp kurtarırdı, hemen diğer arkadaşlarımıza haber verip, beni içi havuzlu limuzine götürürdü. Sonra da o eller üzerimden kalkana kadar orada beraber oyun oynardık. Ya da bazen Sezen Aksu gelirdi kapıya, beni alırdı, evine götürürdü. "Birazdan her şey bitecek, bir daha bu evi görmeyeceksin," derdi.

Şu an çok saçma geliyor ama ben bu hayalleri kurarken gerçekten acı çekmiyordum. Kitliyordum kendimi bildiğin. Onların hepsinin hayal olduğunu da biliyordum, Lara diye bir arkadaşımın olmadığını da, kimsenin beni o evden kurtaramayacağını da. Ama o eller üzerimde gezerken, bunları düşünmekten başka çarem kalmıyordu.

Bazen hâlâ rüyalarımda o evi görüyorum. Merdivenlerin

oradan aşağıya inemiyorum bir türlü, çıkış kapısında üvey babam duruyor, ondan kaçıyorum hep. O evin içinde çıkışı bulamıyorum.

Annemden nefret ediyordum, her şey onun suçuydu çünkü. Hiçbir şeyi görmüyordu. Öylesine âşıktı ki o herife, biz ayak bağıydık, sorumluluktuk ve bizden içten içe nefret ediyordu. Babama gittiğimde, beni ve kardeşlerimi aylarca aramamasına o kadar üzülmüştüm ki. Ama sonra büyüdükçe ve ona benzediğimi fark ettikçe unuttum nefretimi. Hatta acımaya dönüştü yavaş yavaş. Kadın bizi çocuğu gibi hiçbir zaman görmedi, çünkü babama âşık değildi. Sanki ne bileyim, uzaktan akraba gibi bir şeydik onun için. Ona göre normal geliyordu bir de yaptıkları. Bazen kardeşimle konuşuyoruz da, bu konularda annem gerçekten kendini aklayabiliyor, çünkü buna inanıyor. Ona göre, bize iyi bir anne oldu. Kulaklarını tıkadı, gözlerini kapadı, öyle hayatına devam etti. Mutlu mu mutsuz mu bilemem, ama gece yatarken vicdanıyla cebelleşiyordur büyük ihtimalle. Ve her şeyi bir erkek için yaptı, onu öylesine sevdi ki her şeyinden vazgeçti.

Bazen korkuyorum, korktuğum için affettim sanırım, ya ben de öyle olursam sonunda diye. Ne hissettiğime emin olamadığım erkekler için bile bütün gemilerimi yakabiliyorum çünkü. Ufacık bir ümide kapılıp, hayatımdaki her şeyi silip, kendimi bir adama adayabiliyorum. Ya diyorum, çocuğum olunca ben de bu şekilde yaparsam? Aslında en büyük korkumla, en çok istediğim şey aynı: Anne olmak. Ya beceremezsem diyorum, ya benim de kanımda varsa bozukluk. Anneannemin annemi terk edişi gibi, annemin bize yaptığı kötülükler gibi, ya ben de yaparsam çocuklarıma böyle şeyler. Ya bakamazsam onlara, ya bencilliğim ağır basarsa. Ya gerçekten de annenin kaderi kızınaysa...

Gelin olmak için "point" topluyorum

Dün gece, öyle sarmaş dolaş "Babamı hiç görmedim" diye duygu sömürüsü yapınca Erik, ayy dedim bugün annesiyle ben ilgileneyim. İlk başta, Erik işe gidince o komedi dans üçlüsüyle evde kalmamak için ben de iş ayağına çıkıp arkadaşlarla takılmayı planlıyordum. Sonra düşündüm taşındım, bir güncük fedakârlık yap işte dedim. Annesi ve yeğeniyle, çıktık İstanbul'da alışveriş yapmaya. Ablası gelmedi bizimle. O da boşanmak üzereymiş. Kocasıyla saatlerce telde konuşmaktan karının suratını göremedim bile.

Neyse kıyafet alacağız deyince bunlar, hiç dolandırmayayım müze bahçe dedim, direkt alışveriş merkezine götürdüm. O on üç yaşındaki kız, dudağını it amcığı gibi boyamış, yayvan yayvan konuşuyor, elindeki telefonuyla devamlı cak cak birilerine mesaj atıyor. Bir şey soruyorsun, hep bir offlama pufflama. Hayatı sadece Facebook, MSN, Converse üzerine. Bir resimleri var kızın; kırk beş derecelik açıyla çekilmiş, Sevtap Parman pozları. Ulan on üç yaşındasın sen. Kitap okumuyor, okulu dışında hiçbir faaliyeti yok, arkadaşlarıyla 'kopamıyolar' diye baskete gitmemiş küçük hanım. Telefonda arkadaşıyla konuşuyor, "Ayyy yaa anlatamamam sana, öyle bi koptuk öyle bi koptuk kii... Ayy kurtulsam şurdan MSN'de yazcaam sana, off neler oldu kızaammm". O her konuştuğunda ağzının üstüne iki tane terlikle çakasım geliyor.

Yemek yiyeceğiz, bu gene oofflamaya başladı, "Ananeeee yaa bana sakınn et falan alma, ben yiyemiyorum artık et. Vejeteryan oldum, midem kalkıyooo". Anneannesi de kızdan daha salak, tam iki saat, "Balım, bebeğim n'olur, et yemen lazım, gelişimin için, lütfen yapma böyle," diye yalvardı durdu. Bok yesin diyecektim tuttum kendimi. Bir de şişkonun teki, entel olmak adına onu yemem bunu yemem mavrası çekiyor, sonra gizli gizli dolap önünde benim sarmaları götürüyor. "Boş vakitlerinde neler yapıyorsun?" falan dedim, resim yapmayı seviyormuş kız. "Ben de yapıyorum. Hadi 'Gölgeye Övgü' sergisine gidelim beraber, merak ediyordum, bak ilgin de varsa hem..." gibisinden şeyler söyledim. Oyulası gözlerini devirdi, "Ayy sergi mergi amaaaan netten bakarsın işte," dedi.

Kendi ergenliğim, inanılmaz bunalımlar, olaylar ve entrikalarla geçmişti. Yemediğim bok kalmamıştı yani diyebilirim. Ama ben o yaşta keman çalıyordum, tiyatroya gidiyordum, ne bilim bir ton işle uğraşıyordum hiç olmazsa. Kardeşim aynı şekilde, yüzmede kızın bir ton madalyası var, okumadığı kitap yoktur, salonda yaptığı tablolar asılı.

Mağazalara girip çıkıyoruz, bu geri zekâlıya kıyafet denetiyorlar, hiçbir şeyden hoşnut değil, ne giyse suratı bir karış kızın. O anneannesi denen karı da bundan daha salak bence. Kız istemiyorum işte dedikçe, o küçücük kıza tonlarca kıyafeti giydirdi. Erik'le evlenirsek eğer ve bir çocuğum olursa, asla bu karıya teslim etmem. Na bu şişko gibi bir şey olur sonra. Bir de annesine nasıl bağırıyor, "Ne diyosunnn beaaa ben onu giymem," diye. Ahhh o benim kızım olacaktı var yaa. Onu mum ederdim ben valla. Ben anne olunca sanırım inanılmaz despot olacağım. Hele bir de kız çocuğum olursa, öyle böyle değil. Yok erkek arkadaş, gece gezmeleri, alkol, sigara, kırık karne, ergenlik bunalımı. Gözünden anlarım ne bok yediğini.

"Anne ben Çağla'larda ders çalışcam."

"Çağla buraya gelsin. Sen kimsenin evine gidemezsin."

"Anne, akşam tiyatroya gitcem."

"Akşam akşam ne tiyatrosuymuş, otur oturduğun yerde."

"Anne konsere gidebilir miyim?"

"Her gün dinliyorsun zaten, canlı görünce ne geçecek eline?"

"Anne arkadaşlarla yemek yiicez."

"Dışarda yemek yiyemezsin, gel evinde adam gibi ye."

Üniversitede yok öyle yalnız yaşama, ayrı şehir. Oldu babam, başka derdin?! Kızım nereye ben oraya. Zaten onun için böyle koftiden günlük hazırlıyorum kendime, yaşı geldiğinde vereceğim. Okusun benim yaşamımı, alsın dersleri. Tabii kızıma vereceğim günlüğümde bazı şeyleri değiştirmem gerekecek: "Bugün yine ders çalıştım, ders çalışmayı çok seviyorum günlüğüm. Bütün notlarım beş. Bunun nedeni, pis pis arkadaşlara uyup onlarla fink atmamam. Tabii büyüklerimin sözünden de çıkmıyorum, her şeyin en iyisini onlar bilirler. Kısa kesmem gerek, ders çalışmalıyım."

Olayın gerçek hali şöyle (ve cidden günlüklerimde bunlar harfi harfine yazıyor): "Ders ders ders lan beynim sikildi. Sanki bi bok öğretiyolar gibi. Verdikleri eğitimle bu ülkede hiç bi bok olamam ben, her şey ezbere. Koca Osmanlı'yı sen yetmiş dokuz sayfalık kitaba sığdır, sonra gel bana tembel de. Sistem tembel ben değil. Hem zaten umurumda da değil, kümelermiş, parantez içi çarpanlarmış. Ben ünlü olcam. Bu ülkede yaşamam zaten. Amerika'ya gider garsonluk yaparım para kazanmaksa amaç. Orda zaten mutlaka keşfedilirim. Burda kendimi harcayamayacağım."

"Sevgili günlüğüm, aşk denen şey çok saçma. Daha yaşım ne benim. Sevgim fazla geldiyse, annemi daha çok severim olur biter. Bugün çocuğun biri daha geldi yanıma, hemen 'Hayır' dedim. Sonra eve gelip babama söyledim, böyle şeyler bence hemen söylenmeli. Erkekler çok pis sevgili günlüğüm, her türlü pislik onlarda. Yaşım kemale erinceye kadar asla sevgilim olamaz."

Olayın gerçeği: "Yaaa, Emrah'ı seviyorum ama Hakan'a da âşığım... Off Ercan var bi de. Keşke hepsiyle çıksam, ne güzel olur. Aşk dünyanın en güzel şeyi olmalı. Bi de kızları artık sevmiyorum ben ya, erkeklerle daha iyi anlaşıyorum. Kızlardan böyle kaltaklık, kaypaklık ve döneklik akıyor."

"Sevgili günlüğüm, ÖSS sınavı için o kadar çok çalışıyorum ki seni boşladım. Günde dokuz saat test çözüyorum. Arkadaşlarım hep beni çağırıyorlar ama ben hiç çıkmıyorum dışarı. Çünkü benim belli hedeflerim var. Onları başarmam lazım. Hem daha önümde uzun yıllar var. O zaman daha rahat, daha özgür sokaklarda dolaşabilirim. Neyse günlüğüm, mat. çözmem gerek."

Olayın gerçeği: "Millet tutturmuş, bi ÖSS falan. Hayır yani kazansan ne olacak?! Bu ülkeye doktor olmuşum, mühendis olmuşum ne yani! Yapacağım tek şey çok ünlü bir yıldız olmak burada. Başka da bir şey olmam. ÖSS'nin tek güzel yanı aldığın raporlar. Zaten sınav sorularını gör, götünle gülersin. O sorulardan tıp fakültesine adam alıyolar işte düşün. Üç saatte senin ne olacağına karar veren bu ülke için, bu kadar okumuş adam fazla bile. Her şey bürokrasi burada. Rapor almaya gittim, elli yere girip çıkıp imza attırdılar. Ama bir tanesi bile başın mı ağrıyor, neyin var demedi. O yüzden hiç yormam kendimi."

"Sevgili günlüğüm, üniversiteyi sonunda kazandım. İstediğim hedefi tutturdum. Ama tek hayalim kızımın bir avukat olması, çok istiyorum bunu bilmem anlatabildim mi? Neyse

halamla birlikte yaşıyorum burada, hâlâ sevgilim yok günlüğüm. İstemiyorum zaten. Okulumu en iyi derecede bitirip, ailemi gururlandırmak istiyorum. Arkadaşlarım hep yalnız yaşıyorlar ya da yurtta. Asla öyle bir hata yapmam, halamla mis gibi yaşıyorum. Yalnız kalan kızların evlerine sapıklar giriyor, tecavüz edip kafalarını kestikten sonra onları tarlaya atıyorlar. Bir de akşam dokuzdan sonra dışarı çıkanlara da öyle yapıyorlar. Çok şanslıyım, iyi ki halamla yaşıyorum. Bir de kötü kızlar var, sevgilileriyle yaşıyorlar, aman Allahım. Onlarla hiç konuşmuyorum. Dersim bitince evime gelip, sıcak yemeğimi yiyip, uyuyorum. Çok güzel bir hayatım var."

Olayın gerçeği: "Yaa tükürdüğümü yalarım işte böyle. Koyun oldum valla n'apalım. Neyse yaa, sınıfta bir tane yakışıklı adam yok. Gittim ben de diğer çocuğu unutmak için şaş beş çiko biriyle çıkmaya başladım. Şaş beş ama fena abayı yaktım oğlana. Onların evinde yaşıyorum şimdi. Ödevlerimi falan bu salak yapıyor. Zaten o olmasa sınıfı da geçemem. Amerika hayalim falan yalan oldu tabii, okul bitsin ver elini İstanbul."

Neyse işte yazdığım kolpa günlükle, kızıma annesinin nasıl hayırlı bir evlat olduğunu göstereceğim ki beni örnek alsın.

Ben böyle kabinlerin orada çocuklarımla ilgili hayaller kurarken, bunların işi bitti, yine acıktılar. Bu kez tatlı yiyelim dediler ve çıktık yukarı. Küçük kız tuvalete gitti, biz kaldık baş başa kadınla.

"Ailen nerede demiştin?"

"İzmir'de"

"Buraya çalışmak için mi geldin?"

"Hı hı evet.."

"Ohh ne güzel, oğlumun evi sayesinde kira da vermiyorsun. Ev masrafın, fatura masrafın da yok. Bu yeni nesil çok uyanık, ben bunlara bir türlü alışamadım," diyerek gülümsedi. Ama o gülümserken ki bakışlarını asla unutmamak üzere aklıma kazıdım. Bir zafer kazanmışçasına, alttan altta süzerek bakıyordu. Dilime onca kelime geldi gitti, ağzına deli gibi sıçabileceğim kelimeler dolandı dudaklarımda. Ama tek kelime söylemedim. Ertesi gün gideceklerdi sonuçta, bir de Erik'i kırmak istemiyordum

Eve gittik. Ben de internette kendime evi olan arkadaş aramaya başladım. Erik geldi akşam, hep beraber dışarıya çıktılar yemek için, ben "Çalışmam gerek," dedim ve evde onları bekledim. Kadın ne kadar boş boğazlık etse de haklı. En azından kafamı sokacağım bir yer olması lazım. Yarın ayrılırsak çük gibi ortada kalacağım. Bir evim olursa kendimi daha güvende hissederim. Saat dokuza mı ne geliyordu, onlar gelmeden yatayım dedim. Sabah olsun, kalkıp gitsinler, ben de kurtulayım, onlar da. Kalktım yattım, geldikleri zaman hâlâ uyuyamamıştım, içeriden seslerini, kıkırdamalarını dinledim durdum. Kendimi şey gibi hissettim; hani çocukken kalabalık akraba evine gidersiniz, oradaki çocuklar kaynaşır, seni aralarına almazlar ya. Heh işte öyle bir eziklik geldi üs-

tüme, yatakta bildiğin dizlerimi karnıma çektim ağlaya ağla-
ya uyudum.

Kıskançlık hapı olsun istiyorum!

Erik'in annesi gitti. Rahatlayacağım derken, Erik bana bir afra tafra: "Anneme giderken böyle yapmadın, şunu demedin, çıkarken öpmedin". Ayy kusura bakmasın, o sahte gülümsemi takındığıma şükretsin. Bunun da afrası tafrası hiç çekilmiyor! Günlerdir, "Senden ilk defa bir şey istedim, onda da teşekkürler! Sadece iki gün kaldı kadın, yanında bile oturmadın. Çok üzüldü giderken, 'Ben ne yaptım oğlum?' dedi". Hani böyle biraz tepki göstersem, hoop ayrılacağız. Ben de alttan alıyorum sürekli, "Gerçekten hastaydım, canımsın, yoksa annene ne gibi bir şeyim olabilir? Üzüyorsun beni ama," diyorum. Ne diyeyim ki, senin anan bana böyle böyle dedi desem inanmaz, inansa bile annesine sorduğu zaman, o sansar karı bunun aklına girer. Dedim olmayacak bu iş, gidecek yerim yok lan!

Annesi de bakma biraz haklı, o yüzden gücüme gitti ya. Erik bana para vermiyor falan ama neticede ne kira ödüyorum ne bir şey. Her gün eli kolu dolu geliyor. Evden güya metin yazarak çalışıyorum ama ayda kazandığım parayla değil ev kirasını ödemek, kendime iki çift ayakkabı alamam. Ben de serdim götü ne iş arıyorum ne bir şey. "Ehehe evimin kadınıyım" modundayım. Ev bile benim değil. Yarın bir ayrılsak sudan çıkmış balığa dönerim valla. Bunu da Erik'in fark etmemesi lazım, çünkü ne zaman erkek kadının ona bağımlı olduğunu fark eder, o noktada serer taşakları. Adamlara her an gidebilirim mesajı vereceksin ki hep, uğraşsın bir şeyler için. Bir de ilişki ilerledikçe, kadın daha çok bağlanıyor, erkek ise uzaklaşıyor. Biraz geri zekâlılar erkekler bence, çocuk gibiler ya, sürekli ödül karşılığı çalıştıracaksın onları. Çocuğa, "Ödevini yaparsan sana çikolata alırım" misali, bizim dallamanın bilinçaltına da "Bana hediye alırsan sana sınırsız oral" diye yerleştireceksin. Sonra cezalandıracaksın, oyuncakları önüne atmayacaksın, belli saatleri olacak onlarla oynamanın. Eğer hepsini verirsen, o geri zekâlı bebe çoğunu kırar, sonra da ilgisi dağılır ve gider TV izler. Ulaşılmaz olan onlara cazip gelir, bayramlık çikolataların saklanması gibi. Çocukken bütün evi talan ederdim o çikolatalardan yemek için.

Nitekim kendime ev bulmaya karar verdim. Bunu da aynen Erik'e söyledim. İlk başta saçmalama falan dese de sonra anlaştık. "Babamlar gelir eder bilmem ne olur," falan diyince "Tamam," dedi. Aslında bakma, çoktan gönlü vardı onun da. Eski özgürlüğü kalmadı çocuğun, bazen sıkıldığını fark ediyorum. Sürekli beraberiz, her yere beraber gidiyoruz, paso evdeyiz. İnternetten evi olan birini bulayım, kiranın yarısını öderim, neye benzerse benzesin, zaten çok kalmayacağım diye bütün siteleri didik didik ettim. Paso erkekler kendilerine ev arkadaşı arıyorlar! İlanda yazıyor: "Bayan ev arkadaşı, temizlik bıdıbıdı önemli". Bir arıyorum, Abdullah diye bir adam telefonu açıyor. Ve çoğu da yeni boşanmış bu adamların. Karı terk edince bunları, garibanlar bir bok da beceremiyorlar, ancak böyle ilanla eve geleni bekliyorlar sanırım. İlandan biri, "Rahat, özgürlüğüne düşkün, güzel fizikli, yemek yapmayı beceren bayan bir ev arkadaşı arıyorum. NOT: Kira vermese de olur," şeklindeydi. Onları hoop tek tek eledim. Geriye kaldı, bayan olup da yanına bayan ev arkadaşı arayanlar. Ya bir şeyi anlamıyorum, ilanların çoğunda direkt "EVE ERKEK GELMESİ KESİNLİKLE YASAK" yazıyor. Lan salak, eve erkek getirmek için çıkıyorum zaten. Seninle diz dize oturup "Aşk-ı Memnu"yu izlemek değil amacım. Hem madem erkek atamayacağım, o boktan eve neden o kadar para vereyim. Kalkar giderim yurtta, misafirhanelerde kalırım. Düzenli seks benim de hakkım!!! Bu hakkımı elimden alamazsın diye celallenecektim de vazgeçtim, hiç cevap yazmamak daha uygun olur diye düşündüm ve 'erkek atamazsıncılar'ı da sildim.

Geriye kaldı, 'dürüst mürüst, temiz olsuncu'lar. Bir tanesine mesaj attım, önce Face'den birbirimizi ekleyelim falan diye. Karı daha beni ekler eklemez, "Hayatlarımızın birbirine uygun olmadığını düşünüyorum," yazdı. Korktum bir an, telaş yaptım, lezbiyen arama sitesine falan mı üye oldum diye. Yoo, gayet ev ilanı içindi. Sonra biriyle daha aynı şekilde oldu, ekledik Facebook'tan birbirimizi, yazdığını harfi harfine yazıyorum: "Eve sevgilim geliyor, sen varken güvende olamam". Sanki Dexter'ım, ikinizi de keseceğim. Hayır profilime de kaşar gibi mi gözüküyorum diye bakıyorum, yooo gayet malak suratımın olduğu fotolar var. İtiraf etmem gerekir ki, götüm de kalktı. Taş gibi kızım, korkun benden ezik kızlar ahaha. Tabii bu götümün kalkıklığı, yabancı öğrencilerle eve çıkma fikrine kadar sürdü.

Öyle böyle derken, tam ben umutlarımı kaybetmişken, babam aradı. Hınımın hınısının dıdısının bilmem ne kişisi İstanbul'a gelecekmiş. "Kızı karşıla da gideceği yere götür, hiç bilmiyor orayı. Muharrem Abi'nin kızı, işi olmuş orada, beraber takılın, ona arkadaşlık et. Sonra anlaşırsanız eve çıkarsınız," dedi. Ohaa dedim, ben istedim bir göz, Allah bana verdi yirmi dört ay taksitle kontak lens. Hemen Erik'in mahallesindeki 'sahibinden' ilanlarına bakmaya, yeni ev arkadaşım ve benimle ilgili hayaller kurmaya başladım. Kızın geleceği gün de koştur koştur gittim otogara. İlk gün bizde kalır, ikinci gün işlerini halleder, ben zaten evi falan ayarlarım ederim diye düşündüm. Depozitosuz bulmaya çalışırım diye de planımı yaptım.

Garda bekliyorum, servisten iniyorlar. İki kişi indi; biri

kız biri erkek. Akraba kızı denilen şey ne olabilir yani? Neticede bir akraba kızı. Babaannem Brooke Shields değil, bir şey değil. Lan kız bir indi servisten, benim ağzım açık kaldı. Bütün gece yolculuk yapmış bir hatundan öte, biraz sonra podyuma çıkacak bir mankene benziyordu. Bir fizik var hatunda Allahım. Kot giymiş ama o kota benim kollarım ancak sığar. Bir de güzel giyinmiş. Saçlar falan dalgalı, uzun. Yüz bebek gibi. Hiç bir yorgunluk belirtisi yok, bir şey yok. Kaç saatlik yoldan gelmişsin, bu nedir yani? Benim bir kere ağzımın kenarında mutlaka salya izi olur. Gözlerim kırmızıdır. Yüzüm inek götü gibi şişkindir. Üstümde başımda zaten yola çıktığım için eşofman falan vardır. Saçlarım desen, tek kişilik koltukta kıvrılmaktan herhalde, arkadan itmişler gibi oluyor. Ama hatun, az önce evinde şıkır şıkır giyinmiş, hatta bu hale gelmek için üç saat evde uğraşmış gibi duruyor. Sonra valizini falan indirdi, öpüş koklaş yapmacık yapmacık.

"Xxxx di mi? Ayy hoş geldin ehiehi."

"Çok beklemedin di mi?" Muckk muck...

Hop aldı valizini, önüme geçti. Allahım bir popo var kızda. Bir avucumu doldurur yani bir lopu. Minnacık ve kalkık. Resmen kızın götünü izliyorum. Her kıvrımını, bacaklarının bitiş şeklini falan. Ama gözler kısılmış, dudaklarımın ölü derilerini kavlayarak izliyorum. Bir gıcıklıkla yani. Bir kusur bulsam, sevineceğim. Ama yok maalesef. Arkadan, hayatım boyunca istediğim ama asla sahip olamayacağım fiziğe sahip. Kızla yürümek işkence gibi geldi resmen. Her geçen kıza bakacak diye içim içimi yiyor. Ulan baksın ne var yani, ama yok, nasıl sinirliyim, nasıl asabiyim. Kız bir şeylerden bahsediyor, ben ağzımın içinde mırmırmır, küfürle karışık söyleniyorum. "Yaa ben biraz açım, bir şeyler yiyelim mi?" dedi, şöyle bir süzdümm süzdümm. O fizik için o kızın hiçbir şey yememesi lazım. Yemin ederim iki aydır yemek nedir, nasıl yenir unuttum. Ama hâlâ bir göt var bende Konya Ovası gibi. Zaten on beş kilo da kalsam, on kilo da götüm olacak, o kesin.

Gittik bir börekçiye oturduk, sipariş vereceğiz, kız garsonla ay bir içli dışlı, bir samimi. Sanki dört senelik kocasıymış gibi. Adam benim suratıma bakmıyor. Döndü götünü bana, hatunla su böreği üzerinde konuşuyorlar. Ulan sipariş vereceğim, beni sikleyen yok. "Ben rahatsız ediyosam kalkim," diyecektim. "Bakar mısınız, pardon bakar mısınız" diyorum herife, yok, o hâlâ hatuna bir şeyler anlatıyor. Artık dayanamadım, kasadaki adama bağırdım: "Bi börek yiicem ama bi türlü sipariş veremiyorum". Kız afalladı, garson afalladı, yan masadakiler afalladı. Herkes bir döndü bana baktı. Ben de hiç bir şey olmamış gibi, "Peynirli istiyorum," dedim ve gülümsedim.

Geldi börekler, yiyoruz, ama ben bildiğin sinirliyim. Neye sinirlisin diye sorsan, onu da bilmiyorum. Kızın güzel olmasına uyuz oldum sanırım. Uyuz olmadım aslında, çatır çatır çatır kıskandım hatunu. Orada suratına çay dökecek kadar kıskandım. Zaten yiyemiyorum da, her yediğim lokma ağzımda büyüyor büyüyor, Allahım bunlar götüme gelecek diyorum. Kızı da bir yandan süzüyorum, hakkında izlenim edinmeye çalışıyorum. Kirpikleri ne güzel lan, kaşlarının yapısı da. Ama gözleri mavi değil, hohoyyy ben öndeyim. Kahverengi gözleri var, ıııyyy ne sıradan, hee böyle de avut kendini geri zekâlı PuCCa. Elleri de güzel lan. Nasıl zayıf, şu köprücük kemikleri çıkık kızlara bitiyorum. Bütün istediğim her şey kız da var. Kolları nasıl zayıf. Bir de benimkine bak, on dakika sonra ringde güreşecek gibiyim. Acaba bu yediklerini nereye aktarıyor? Ayı karı, bir buçuk porsiyon aldı. Hızlı da yiyor haa. Bir de bana bak, nefes alsam iki kilo alıyorum. Bence yatakta kötüdür bu. Ben iyi miyim acaba yatakta? Bu da bir kıstas değil ki anacım, yazamam CV'ye 'oralda üzerime kimseyi tanımam' diye. İki kişinin arasında olan şeylerde başarılı olmak çok matah bir şey değil sanırım. Tamam performansım iyi olabilir ama yatakta eminim o daha güzel gözükür. Bel çukurum var ama o da onun sıkı, kalkık, minnacık poposuyla boy ölçüşemez. Allah belasını versin pislik karı! Orospuuu, kesin orospuu bu kız. Baksana, herkese veriyordur bence. Güzel kızlar bence hep orospu olur. Hıı belli ne mal olduğu.

"PuCCa, ben bugün bizim akrabalarda kalacağım. Üç güne işe başlıyorum. Baban ev falan demişti ama buraları hiç bilmiyorum ben, sana da yük olmak istemem ama ne düşünüyorsun?"

"Ya sen bi işe başla bence, biz bakarız ya, şey etme yani."

Anam eve çıkmak mı??? Bir an buraya geliş amacımı unuttum!!! Ben bununla eve meve çıkmam lan. Her gün bu işkence çekilir mi? Hayır Erik gelecek o eve, ayyy daraldım düşünmek bile istemiyorum. Bir gün ben evde olmayacağım, hop bu havluyla kapıyı açacak. Sonra, '"Ne güzel dötün varmış senin, fındık gibi. Ne güzel göbeğin var senin, dümdüz. Ne güzel bacakların var senin, Eyfel Kulesi gibi," diyerek alt alta üst üste... Sonrasında ise, "İyi ki yiyişmişim senle, aylardır pelte gibi eziliyordum. Yatakta dört çevireceğim bi hatunsun. Benle evlenir misin? Zaten PuCCa'ya gelinlik yakışmaz. Straplez istiyomuş ama koltuk altı loppucuk, etleri fışkırıyor, sana daha çok yakışır." Yooo dostum yooo, senle aynı evde dolanmak istemiyorum. Komplekslerim, kıskançlıklarım, eziklikleri mle ben kendimi o eve gömerim. Böyle uzağımda ol daha iyi, Allahım kalbim sıkışıyor, su istemeliyim suu, evet suu. Daha da yemeyeyim şu böreği.

Kendime de bir yandan kızıyorum. Kız sanki kendi istedi güzel olmayı. Hem sen de maalesef, lanet olsun ki, "şirinsin". N'apacaksın? Allah seni böyle yaratmışsa, kızın günahı ne? Siktir et ya senin de alımın, çalımın, bir noktada çekiciliğin var. Ama yok, içimde duran o ezik karı çıkıp, "O senden bir adım önde koca götlüüüü ahahah," diye bana gülüyor.

Neyse kızı bıraktım gideceği yere. Sonra dönüşte düşündüm: 'Çirkin kadın yoktur, bakımsız kadın vardır' mantığıyla saçlarımın pamuk ipliğine benzeyen uçlarını kestirip şöyle bir model verdireyim de kendime geleyim. Kuaföre gittim ama sonra kıyamadım, herife de güvenemedim. Şimdi çıkarım oradan Tarık Akan modeliyle. Bari maşa yaptırayım dedim, bu kararı vermeme sebep olan tabii ki kızın uzun ve dalgalı saçlarıydı. Keşke hiç yaptırmasaydım, yarın gerdek gecem var gibi duruyorum. Üç kat kafam oldu, kekomançi kızlarına[7] benzedim. Ben yürüdükçe lülelerim kıpırdıyor. Sivri burunlu çizme ve içine sokacağım kotum da olsa tam kıvamımı bulacağım yani. Şu anda aynen, "Keko kızları koruma ve yaşatma derneği başkanı" havasında dolanıp duruyorum. Kıza da, "Ben eve çıkmıycam, zaten İzmir'e döncem," dedim. Babama da, "Kız yollu gibiydi yaa, sevgilim eve gelsin diyip durdu, ben çekemem ööle, kusura bakma," dedim. Oturdum yine internetten kendime ev arkadaşı aramaya giriştim.

Kekomançi Kızları: Tikky kızlarının parasız versiyonlarıdır. Bellerine, sosyete pazarından aldıkları altın pullu boksör kemerlerini takarlar. Saçları her zaman kafalarının üç katıdır. Öndeki tutam, içine sünger mi ne koyuyorlarsa, bombeli bir şekilde arka tarafa doğru yapıştırılmıştır. Kışın kotlarını çizmenin içine sokarlar. Makyajlarını yirmi beş dakika sonra düğünleri varmış gibi yaparlar. Suratlarını asfalta sürtmüşsün gibi allık vardır yanaklarında. Yerli yersiz mavi far sürerler, kırmızı da giyseler o mavi far göz kapağındadır yani. Ruj olarak ise parlatıcı dışında bir şey sürmezler. Her yerde bağıra çağıra konuşurlar, insanlarla hemen samimiyet kurarlar. Genellikle alışveriş merkezlerinin yemek bölümünde, kuzenleriyle türkü barlarda ve sevgilileriyle mahalle parklarında buluşurken görülürler.

Sabah seksi insanın kendine yakışanı giymesidir

Şu sabahları Erik'in beni dürterek uykumdan uyandırıp akrobatik hareketlerle cinsel birleşmeye girme çalışmasından nefret ediyorum!!! Sabah sabah seks mi olurmuş ya! Tamam ilişkinin başında yapıyorduk eyvallah. Ama artık yeter yani. Zaten sabahları bildiğin kurbağa gibi bir şey oluyorum. Gözlerim yumuk yumuk, salyam akmış, ağzım kokuyor, üç saat kıçımı kaşıyorum. Yemin ederim uyandığımda tek yaptığım şey, bir noktaya kitlenip kıçımı hart hart hart kaşımak. Bunu görüp nasıl istersin seksi benden. Uyandığımda en son isteyeceğim şey seks benim. Robbie Williams'ı sağımda görsem, "Kahve suyu koyar mısınnnnn..." derim.

O dürtmesine sinir oluyorum bir de. Madem istiyorsun başka bir yol bul, dürtme beni!!! Allah bismillah diye bir uyanıyorum, arkamda pişmiş kelle gibi sırıtıyor. Derin bir nefes alıp, geri yatıyorum, bu kez kulağıma doğru fısır fısır

fısır. "Lan bir git yat!" diye bağırıyorum. Yok bir de kafaya taktı mı ille yapcak. "Hadi hadi hadi". Bazen o kadar sinirleniyorum ki kalkıp tokatlamak istiyorum, hatta balkondan hortumu alıp şakada şukada girişmek istiyorum. Biraz duruyor, sonra yine başlıyor kolumu, bacağımı okşamaya. Enerjisine de hayranım ha! Kalk bulaşıkları yıka desem, o götü kaldırmaz. Ama iş sevişmeye gelince atom karınca oluveriyor. Bir iki yoklar, sonra vazgeçer gider diye ölü taklidi yapıyorum. İçine bir ayı kaçtığı için, mantık aynı çalışır diye düşünüyorum. Bir iki yokluyor, cidden bakıyor uyanmıyorum, dönüyor arkasını.

Sonra, kafamıza dayatılmış belli normlar beni işkillendiriyor. Ulan şimdi sevişmedim ya, kalkıp işyerinde çirkin bir karıyla işi pişirirse. 'Sevgilimle iyi bir cinsel hayatım yok, sabah sevişmesini sevmiyor, beraber birlikte olalım mı?' diye başlayıp, sonra 'Her sabah seks ne güzel bir duygu Allahım, al sana tektaş' yaparsa. Bir ton evli adam metreslerine bu yalanı söylemiyor mu sanki! Yuvaları yıkan şey bence bu sabah seksi olabilir. Bunun için bir yol bulmalı. Erik'i bu konudan soğutmalıyım. Bunun çiş olduğuna inandırmalıyım. İki günde bir bu işkence çekilmez.

Hayır, kadının kendini seksi hissetmesi için bedenine güveninin olması gerek. Makyajsızken bakkala gitmek istemeyen biri olarak, sabah sevişmek baaowww. Oramı kapa, buramı kapa, ay bana bakma, ayy dönemem arkamı, ay çatlaklarım gözükecek, off çok çirkin gözüküyorum gibi şeyler beynimi yiyeceği için, ne ben yediğimden zevk alırım, ne adama bir lokma bir şey yediririm. Ben hâlâ, "Işığı kapamadan memelerimi elleyemeyeceksin" grubuna üyeyim. O ışık kapanacak biz sevişirken. Ama işte, "Ya birini bulursa, lan çocuğun istediği tek şey de bu, yazık günah" diyerek, hoop bir hamleyle porno yıldızı gibi dönüyorum. Çapaklarımı silmediğim gözlerimle, salyadan kenarı kabuk bağlamış beyaz dudağımla, "Hadi bebeyimmmm" diyorum. Sonra bu yavru köpek gibi havlamaya başlıyor, debeleniyor yatakta mutlu mutlu. Tam başlıyoruz, "Öpmee öpmee öpmee" diyerek kafamı çeviriyorum. Bu sefer aklıma başka düşünceler geliyor. Lan erkeğe de her istediğini her zaman verirsek olmaz bu iş. Sonra alışır, hep aynı meme, aynı döt der. Kalkar gider iş yerindeki çirkin kızlardan birine. Sonra, "Ay ne farklı, seninle şey yapmak için uğraş veriyorum, emek sarf ediyorum, al sana tek taş," der. Töbee Allaam bu fikirleri çıkar sen benim aklımdan diyerek bebeyi üstümden atıyorum.

"Sabah sabah manyak mısın ya? Kalk kahvaltı edelim sonra yaparız."

"Ne güzel yapıyoduk ama yaa, kahvaltıdan sonra da yaparız hadi hadi."

"Off Erik, sabah sevmiyorum. Bi dur ya bi elleme, ayy çek elini mememden."

"İyi be tamam... git yat sen n'apiim."

"Küstün mü lan? Şiişt dönsene bana, küstün mü be?"

"Konuşmak istemiyorum şimdi, kırdın sen beni."

"Taam söz yarın sosis yiyerek uyandırcam seni."

Dönüyor bana ama gözleri nasıl ışıl ışıl, sanki herife ev, araba falan hediye etmişim gibi. Nasıl sevinçli, nasıl mutlu. "Valla de, yemin et, cidden mi? Taam o zaman, bak söz verdin!"

"Ama her gün olmaz, özel günlerde ancak."

"O zaman bugün de yaparız kızım, şeyy bugün mutlaka bir şehir kurtulmuştur. Bugün ne? 5 Ocak. Hah Adana'nın kurtuluşu. N'apalım yapmak zorundasın. Hadi sen dedin."

"Sevişmekten soğuttun yeminle beni. Şu sabah diretmelerin için sana Moldovyalı bi hizmetçi tutcam. Sen de kurtul, ben de. Kalk git çişini yap. Sonra zaten bitecek."

"Çişimle diğerinin arasındaki farkı gayet iyi biliyorum. Ama hizmetçi şeyinde haklısın. Almak gerek bence de."

"Ayağına çorap giymeyi beceremiyosun da onu nasıl becerecen, hadi kalk. Geri zekâlı. Bütün Moldovya'yı sokacam ben senin bi yerine, kalk kalk şurdan. Güney Afrika'dan getirtcem sana hizmetçiyi!"

Her sabah mutlaka bu muhabbeti yapıyoruz yani, hiç sıkılmadan, yorulmadan. Köpek gibi eğitmeyi düşünüyorum Erik'i. Her sabah seks istediğinde, kafasına gazeteyle vuracağım.

Korkuyu iliklerime kadar hissettim

Sabah bir kalktım, telefonumda on mesaj var, hepsi EsmaCeyhan'dan. "Mutluluklar dilerim", "Allah belanızı versin", "Sen orospunun tekisin", "Lanet olsun senin gibi arkadaşa", "Senden, insanlardan nefret ediyorum", "Bana attığın bu kazıkla mutlu musun?" Mesajların çoğu böyle. Erik'i uyandırdım. "Kalk kalk kalk EsmaCeyhan öğrenmiş, sıçtık ki ne sıçtık!" Bu hiç sallamadı. "Yaa bilmeyen mi vardı zaten! Ne korkuyosun elin salağından?" dedi. Ona göre hava hoş tabii. EsmaCeyhan'ın çocuğa nasıl bir zaafı varsa, ne yapsa ne etse, hiç sesini çıkarmıyor. Olan bana olacak, adamın umurunda değil.

Kalktı gitti işe bu. Ben kaldım evde; korkudan, biraz da sanırım utançtan. Karşılaşırsak eğer, söyleyeceğim şeyleri düşündüm: "Seninle küstükten sonra oldu", "Bilmiyorum EsmaCeyhan, gerçekten bilmiyorum, sana yüzüm bile yoktu", "EsmaCeyhan ne olur öldürme beni lütfen yalvarıyorum, yapma, kesme beniiii. O kezzabı suratıma dökmeeee". Düşündüğüm her şeyin sonu faili meçhul bir cinayet kurbanı olmama gidiyordu. Aslında bilinçaltımın böyle olmasının tek nedeni Müge Anlı! Sabahları Erik'i işe gönderdikten sonra, tam bir ev hanımı edasıyla açıyorum televizyonu, Müge Anlı'ya bakıyorum. Aslında çok garip bir şey, hipnoz mu ediyor n'apıyor anlamadım. İzlemeyeceğim diyorum ama baştan sona kadar o tiz sesiyle, cinayetlerin perde arkasını araştırmasına takılı kalıyorum. Bir de öyle kadın programı falan da değil ha. Bildiğin cinayetleri araştırıyor, katillerden biri programa gelmiş olabilir diye heyecan yapıyorsun. Bu durumun, üzerimde çok pis etkisi oldu. "Herkes beni sikmek istiyooo!" kızlarına benzedim. Bu kızlar alt komşusunun, arkadaşının sevgilisinin, eniştesinin, öğretmeninin, kaldırımda karşılaştığı adamının, kısacası herkesin ona deli divane vurgun olduğunu düşünür. Bir de bu durumdan dertlenir. Kafasına takar falan. Hah işte o kızların bir level üstü oldum ben. Sürekli insanların beni kesip cesedimden kıyafet yapacaklarını düşünüyorum. Şimdi de bu paranoyalarıma EsmaCeyhan'ı ekledim.

Bugün de evin doğalgaz tesisatını yeniden yapıyorlar. Evin içinde ben yusuf yusuf atıyorum. "Ya şey ederlerse, ya parça pinçik keserlerse, ya suratımı jiletleyip kolumu bacağımı ayrı ayrı yerlere gömerlerse. Ya bunları EsmaCeyhan tuttuysa! Yemin ederim yapar, beklerim ondan". İçerideki odadayım ama nasıl kalbim ağzımda. Bir de apartmanın dış cephesini de boyuyorlar, penceremin önünde dolanan işçiler var sürekli. "Allaam dört koldan sikecekler beni, sen benim götü koru, ben kalanını hallederim," diye serçe gibi titriyorum. Öyle bir şey ki, programda biri ölmüş oluyor ya, katili mutlaka akrabalarından, en yakınlarından biri çıkıyor. Sonra kendi kendime kızdım, sınıf ayrımı yapıyorum diye. Neden hemen beni kesecek olan adamları işçilerden seçtim ki. Bu, işyerinde hırsızlık olunca, direkt temizlikçiden şüphelenen geri zekâlılar gibi bir şey. Belki yönetici tecavüz edecek bana. Zırt pırt eve geliyor, n'aaptılar ne ettiler diye. Gözüne kestirdi beni. Zaten pezevenkte öyle dayı kızına sarkacak tip de var. Uzunca bir süre kimse ondan şüphelenmez de. Herkes işçilerden şey eder. Sonra zaten MSN konuşmalarım... Abooooooo var ya acayip tırsıyorum log'larımın internete düşmesinden. Çarşı pazar karışır yemin ederim. O log'larda neler var neler. Arkamdan herkes iyi olmuş, ölmüş sürtük diyecek. Bir de zaten EsmaCeyhan beni öldürürse, "Hak etmiş, insan arkadaşının sevdiği çocuğu elinden alır mı?" deyip, arkamdan bir Fatiha'yı çok görecekler.

Müge Anlı katilimi bulmaya çalışırken, bir senede bir katil buluyor, sürekli fotoğrafım ekranda zoom in - zoom out şeklinde gelir gider. Bir de gidip vesikalık fotomu koyarlar, adım gibi eminim. Vergi dairesinde çalışan memur gibi çıkmışım onda da. Bütün gün kendimi yedim yedim yedim. Evden dışarı çıkmadım. Bir daha EsmaCeyhan aramadı.

Akşam Erik geldi, yemek yedik, tam TV izliyoruz, lak elektrik gidiverdi! İşte orada gözümün önüne Müge'ciğim, kedigözlü, sinsi sıfatlı, despot hatunum geldi. Kalbim ağzımdan atmaya başladı, Erik üçlü koltukta yatıyor, ben teklide oturuyorum. Oda zifiri karanlık. Lan bir tırstım, EsmaCeyhan kesti elektriği diye. İçeri girecek, ikimizi de öldürecek. Koltuğun arkasına mı saklansam acaba? Karanlık zaten, fark etmez beni. Kız kaçmış der, beni sokakta aramaya başlar. Bir de benim çocukluğumdan kalan bir durumum var, hangi eve gitsem tek düşündüğüm şey, "biri evi basarsa nereye saklanabilirim"dir.

Çocukken bizim evde belli köşelerim vardı, üvey babamın terlik sesini duyunca oralara saklanırdım hep. Ondan beri sanırım, misafirliğe bile gittiğim evlerde sürekli kendime saklanacak bir yer arıyorum. Erik'in evinde de, televizyonun arkasını ve banyoda duşa kabinle klozetin yan tarafını bulmuştum. Şimdi televizyonun arka tarafına saklanabilirim, ama Erik'e ne diyeceğim? "Ne arıyorsun sen orada sapık karı, hasta mısın?" demez mi bana! O yüzden kalktım, Erik'in yanına gittim usulca.

"Ya EsmaCeyhan yaptırdıysa."

"Hıı PuCCa saçmalama ya, içerde bi yerde mumlardan olacaktı dur getireyim."

"Ya gitme dur, oradan çıkabilir lütfen."

Gülüp benimle dalga geçmeye başladı çocuk, ne yapsın. Ben de böyle kafamdan nasıl kıtır kıtır kesileceğimi düşündüm. Öldükten sonra hakkımda ne söyleyeceklerini de tahmin ettim: "Aa bak kıza kalkmış gitmiş yiyişmeye, ohh olsun sürtüğe, hak etmiş kaşar. Eee neden gitmiş oraya, insan kocasına, babasına güvenmiyo, aman iyi ki ölmüş". Bizde böyle bir mantık var çünkü: "Sevişiyorsa ölsün orospu". Sanki kendileri hiç sevişmiyormuşçasına, böyle cinayetli tecavüzlü durumlarda, "Haa yalnız mı kalmışlar, aman iyi ki ölmüş, hak etmiş pislik!" durumları oluyor. Anam arkamdan biri bile güzel laf demeyecek diye düşündüm.

EsmaCeyhan tek başına gelirse tamam amenna, bir şekilde Erik onu alt eder. Ama ya adam tuttuysa??? Kapıya dayanırlarsa üç beş kişi? "Barda" filmindeki gibi yaparlarsa? Ayy Allaamm öyleyse ibne olsunlar, lütfen sadece Erik'i yapsınlar. Yazık lan Erik'i de yapmasınlar. Amaaan ya bir şey olmaz üç gün depresyona girer, sonra psikologda halleder olayını o.

Kafamda bir milyon film çektim, sonra şak diye geldi elektrik. Kendimden utandım. Müge Anlı'dan da nefret ettim. EsmaCeyhan'a küfrettim. Onun yüzünden herkese katil, pis sapık gözüyle bakıyorum. Korkumla yüzleşmeliyim artık. EsmaCeyhan'a, içeriği az yalan olan, onun duymak istediği şekilde yazdığım bir mesaj attım: "Sana karşı yüzüm yok zaten, ama emin ol seninle muhabbetimiz bittikten sonra oldu. Ne desem bir faydası yok biliyorum. Sadece özür dilerim". "Sadece Allah belanızı versin," diye bir cevap verdi o da. Erik'e göre bir bok yapmaz artık, her çıktığı kıza böyle mesaj atıyormuş bu manyak karı çünkü. O yüzden biraz içim rahatladı. Bir de sabahları da kesersem Müge Anlı izlemeyi, daha iyi olacak.

Tek taş tek taş diye nicesine sarıldım...

Sonunda kendime ev bulabildim, üstelik Erik'in mahallesinde. Nette buldum ilanı: Otuz-otuz beş yaşlarında bir kadın kendine ev arkadaşı arıyor. Ev bildiğin ev işte, kirası da az. Odamda yatak ve dolap da var. Zaten sadece kötü anlarda gitmek için kullanacağım, o yüzden evin de ev arkadaşımın da neye benzediğini çok umursamadım. Üstümden büyük bir yük kalktı, kendime güvenim geldi yemin ederim. Bir hafta falan oldu tutalı, daha evde hiç kalmadım. Dedim bari bir günlüğüne kalayım, hem Erik de özlesin beni.

Gittim yeni evime, ayy bir sıkılıyorum. Nasıl alışmışım çocuğa, burnumda tütüyor resmen. İki saat dayanamadım aradım: "Napıyosunnnn? Seni özledimmmm". İyi ki aramışım, arkamı dönmeye gelmiyor yemin ederim. Alt tarafı üç sokak ileri gittim, hemen eski kız arkadaşıyla kocası gelmiş bunlara. Oha yaa ben gideyim diye mi bekliyorlarmış n'apıyorlarmış.

Kalktım hemen üstümü giydim, pıtır pıtır gittim Erik'in evine. Nasıl sinir oldum ya, iki saat yoktum alt tarafı! Demek bir hafta yok olsam, ohh ev Japon kerhanesine dönecek! "Almanya'dan oğlu gelecek ev sahibesi edasında" bir girdim içeri, o bakışımdan zaten nasıl sinir olduğumu karı anlamıştır. Pizza almışlar, buradan geçiyorlarmış, uğramışlar, falanmış filanmış. Yine giymiş göt çizgisinde bir etek, bütün bacakları bize doğru. Erik mutfağa gitti, bir baktım bu da arkasından koşa koşa gidiverdi. Bekliyorum bekliyorum, gelmiyorlar bir türlü. Kafamda kuruyorum: Erik kızı mutfak tezgâhına dayamıştır şimdi, kesin doggy yapıyorlardır, o eteği kıvırmıştır ya da kız oral yapıyordur. Baktım orada beklerken kalpten öleceğim, sinsi sinsi bir şey görürüm umuduyla mutfağa doğru yol aldım. Yakaladığım anda kocasını çağırıp onları öldürmesi için gaza getireceğim. Ya da dur, önce ben o yellozu bir döveyim, o kafasını mutfak tezgâhına vura vura peltesini çıkartayım beyninin, bir hıncımı alayım, kalanı kocası halleder. Böyle sansar adımlarla yaklaştım mutfağa, kapının oradan kafamı bir korku filmi edasıyla uzattım. Eee sadece Erik var burada. Dürttüm, "Kız nerede?" dedim. Saklandı mı falan diye bakıyorum sağa sola. "Telefonda konuşuyor bizim odada," dedi. Bizim odamızda! Yani yatak odamızda, şu anda senin eski sevgilin büyük ihtimalle kocasını boynuzladığı yeni sevgilisiyle konuşuyor. Çektim kolunu, "Neden o odaya soktun ya onu?" diye sordum. "Nereye soksaydım, oda mı var evde?" dedi. Çok sinirlendim, kaltaklıklarını bizim evde yapmasına. Gittim odaya doğru, sanki orada olduğunu bilmiyormuş gibi bir hışımla açtım kapıyı.

Yatağın kenarına oturmuş hanfendi, böyle bacaklarını kaşıya kaşıya. Artık kiminle konuşuyorsa, bir işve bir cilve bir iğrençlik abidesi. Kalktım dolaptan bir şey alacak gibi yaptım, bir yandan da dinliyorum. Ben gelince sustu, sadece "ahaha ayy evet hımm ben derim sana," falan yapıyor. Sonra gittim içeri. Kocasına acayip derecede üzülüyorum ya, hani ne bileyim bu kadarını da hak etmemiştir o adamcağız diyorum. Böyle bir içeri geldi, kocasına sarılmalar, yalandan hareketler, bir taraftan Erik'e işveler. Kıskançlığım, acımaya ve tiksintiye dönüştü.

Neyse ki çok geçmeden bunlar kalktı, biz de yatmaya gittik. Ben kızla ilgili bozuk atıyorum kendimce, Erik arkamdan sarıldı, "Yaa kıza biraz daha iyi davransan olmaz mı?" dedi. Eee ama yeter, anana iyi davran, sürtük eski sevgilini kabullen!!! Bir sinirlendim, döndüm arkamı, "Yatağımıza da alalım ister misin? Bu ne ya eski sevgilinle aynı ortamda bulunuyorum diye şükredeceğine... Kalk git ya yeter cidden!"

"Evli barklı kız, eskisi mi kaldı"

"Senden yemin ederim tiksiniyorum. Nefret ediyorum senden de o eski orospu kız arkadaşından da. Kadın orada kocasını aldatıyor bunu görüyorsun, sana iş atıyor bunu fark ediyorsun ve utanmadan ona iyi davran diyorsun. Annen ablan neyse ama sen iyice abarttın ya."

Böyle saatlerce kavga ettik. Ben ağlama krizlerine girdim.

İçimde ne varsa ne yoksa döktüm. Hissettiğim her şeyi söyledim. Neler neler ama, "Benim neyim eksik, senin gözüne giremiyorum? O kaltak karı bile benden daha değerli senin gözünde. Herkes değerli. Pekmez'le aran bozuldu diye bana aylarca tavır aldın, sanki farkında değildim. Ben mi seni zorladım, haa ben mi? Her şeyde üstüme geliyorsun, onu öyle yap bunu böyle yap..."

İlk büyük kavgamız bu oldu sanırım, ben bağırıyorum, ağlama nöbetleri geçiriyorum, o domuz gibi susuyor. Ağzını açıp tek kelime etmiyor! Artık bir evim var diye kalktım yataktan, altıma eşofmanımı giydim, gitmeye meyillendim, tuttu beni kolumdan. "Gitcem bırak," diyorum, bırakmıyor. Gitti dış kapıyı kitledi. "Dur sakin ol, tamam sabah konuşalım," diyor ama ben öyle bağırıyorum ki, o kadar çok ağladım ki artık gözyaşım akmıyor. Sonra yorgunluktan sızdım yatakta. Sabah kalktığımda işe gitmişti. Gittim, evinde neyim var neyim yoksa hepsini yeni evime taşıdım. Her şeyde bir hayır varmış, demek ki o evi tutmamın bir nedeni varmış. Dışarıdan bakınca aslında o kadarcık şeyi büyüttüm gibi gözüküyor ama değil. O gün hiç aramadı beni. Nasıl olsa eşyaların gittiğini görünce arar dedim. Gece oldu yine aramadı. Ben hiç uyumadım, elim telefonda arasın diye bekledim. Yani tamam bitirmiştim ama en azından arasın sorsun. Yüzüne "Bitti!" diyerek ben de onun canını acıtayım. Aramadı... Ertesi gün öğleden sonra bir baktım bu arıyor.

"N'apıyorsun, sinirin geçti mi?"

"Evet."

"Eşyalarını almışsın."

"Evet."

"Böylesi belki daha iyi oldu, iyice birbirimizi yemeye başladık çünkü."

"Evet."

"Bir şeye ihtiyacın olursa söyle, kendine iyi bak."

Son sözü bu oldu, kapadı sonra telefonu. Keşke büyütmeseydim o kavgayı, gitti çocuk ya. Gece sinirden ne dediğimi bilmiyorum ama şimdi hemen kabullenince ayrılığı, bildiğin pişman oldum. Yatağa atıp kendimi debelenmeye başladım. Mesajlar yazıp yazıp silmeye başladım. Yeniden başlayalım diye dua etmeye başladım. Sonra hani çok fazla ağlayınca uyuşmuş gibi olur ya insan. Ben de öyle bir duruma girdim. Bir baktım yine arıyor. Dedim inşallah vazgeçmiş olur ayrılıktan. "Evde misin? Yemek yedin mi? Yemediysen bir şeyler yiyip konuşalım," dedi. Gittim üstümü giydim, mosmor gözaltlarıma dayadım kapatıcıyı, çıktım dışarı. Bu aşağıda arabayla bekliyordu. Bindim arabasına. "İyi misin?" dedi, ses çıkarmadım. "Evde eşyalarından bir kısmını unutmuşsun, torpido gözüne koydum, al istersen," dedi. Geri zekâlı ya, ne var kalsa bir parça eşyam mal insan, ne kadar hevesliymiş ayrılmaya. Açtım gözü, yüzük kutusunu gördüm. Aldım elime, bildiğin tek taş var içinde. Bir an mallaştım, "Bu benim değil," dedim. "Senin senin o," dedi gülümseyerek. "Ohaa sen mi aldın bunu?!?!" deyip bir atladım üstüne. İki gündür ağlamaktan heder olmuştum. Bu kez de sevinçten ağlamaya başladım. Nasıl mutluyum ama var ya, hiç beklemiyordum. "Zaten kafamda çok uzun zamandır vardı bu düşünce. Sen gidince, ev çok koydu bana, içeriye giresim gelmedi... Bekleyeceğimiz bir şey de yok," dedi.

Ohaa ya resmen ohaa, gerçekten beklemiyordum Erik'ten böyle bir davranış. Hani sürpriz insanı da değil çünkü. Bana hediye alırken bile ne alayım diye sorar. Bir de evlilik lafı geçince, üç km. topuklayıp koşturmaya başlıyordu. Kalkmış bana yüzük almış şimdi, Allahım yüzüğüme bakmaya doyamıyorum resmen. Şu an dünyanın en mutlu kızıyım. Evleneceğim lan öle böle değil, bildiğin evleniyorum!!!

Yüzük takmanın verdiği ağır sorumluluk altında eziliyorum

Yüzük günlüğü: Bugün yüzüğümü taktığım on yedinci gün. İyice değişime uğradım, kendimi aştım. Yüzüğe uygun olarak kıyafet seçiyorum, sokakta erkekleri kesmiyorum. Mesela cillop gibi çocuklar görüyorum, tam hafif keseceğim güneş gözlüğünün altından, o anda bir parlama, bir nur gözümü alıyor, hooopp bakıyorum parmağımda bir yüzük. O yüzük böyle Erik'in suratına dönüşüyor, o çocuğu keseyim kesmeyeyim telaşına düşerken, o oradan konuşmaya başlıyor: "Ayıp değil mi yaptığın? Yüzük takmış kadınsın artık, biraz ağır ol! Yoksa hak etmiyor musun o yüzüğü haa?" Tövbeler olsun, aylarca azmettim sabrettim, ÖSS sınavına girermiş gibi ter döktüm, kazandım o yüzüğü. İki bebe keseceğiz diye vicdanımla oynayıp kendimi kasmayayım. Ve başım öne eğik gidiyorum.

İlgi alanlarım da değişti. Ayakkabı vitrinlerine yalanırken, artık "Ayy güllü çaydanlık ne güzelmiş," diyorum. Gelecek günlerde Erik izin alacak işyerinden, beraber İzmir'e gideceğiz. Ayy ne zor geçecek var ya ooff offf. Hele halalarla tanıştırmak. Benim üç tane halam var, dünya iyisi insanlar (eğer okuyorlarsa kıvırma payı olsun diye yazılmış bir cümle!). Haa işte dünya iyisi insanlar ama Allaaahım insanın eleştiriye dayanma gücünü ölçüyorlar sanki. Kırk, otuz beş, otuz yaşlarındalar. Ne zaman üçü bir araya gelse, ay yok buran çirkin, şuran şöyle, götün büyük. Saçım kızılken, "Ayy PuCCa karı gibi olmuşsun, hiç yakışmamış"; çikolata kahveyken, "Kırk yaşındakilere benzemişsin, hiç güzel değil"; platin yaptığımda, "Banu Alkan'a benzemişsin, şişmansın ya bi de ahahaha"; siyahken, "Satanist gibi olmuşsun"; kendi rengine boyadığımda, "Ölü gibisin, hiç güzel durmamış". Yani, hiçbir rengi yakıştırmazlar bana. Ne zaman görseler beni, "Ayy benden bile yaşlı duruyosun, kırışıkların bile çıkmış," diyor biri. Diğeri geliyor, "Ayyy PuCCa saçların çok kötü, gözlerinin feri sönmüş çok çok çok çirkin," diyor. Arada hemen öteki atlıyor, "Ahaha bence sokağa çıkma bu tiple ahaha". Halamlara nedense gık çıkartamıyorum bir türlü. Üçü bir olup eleştirileriyle yıkıyorlar beni.

Bir de beni babama ispitleyip duruyorlar. Bir ara uyuşturucu kullanıyorum diye yaymışlardı manyak karılar. Haa bir de bir şehir efsanemiz var, güya ben tangamın iplerini pantolonun dışarısına çekip öyle dolaşıyormuşum etrafta. Bunu gidip yengemgillere falan anlatmışlar, oradan oraya yayılmış durmuş. Baba tarafındaki karılar arasında "tanga ipini gösteren kız" diye anılıyorum. Bunu neden uydurduklarını bile bilmiyorum, öyle bir şeyi hayatta yapmam, yapmadım da, ama kimseyi inandıramıyorum. "Yapmadım," diyorum, üçü birden aynı ağızdan, "Aaaa PuCCa yaptın yaaa," diyorlar. Acaba mı lan diye düşünüyorum elimde olmadan ama imkânı yok! Ne zaman evimize gelseler cüzdanımıza kadar karıştırırlar. Ne bulacaklarsa, her seferinde bütün odamın ıccığını cıccığını çıkarırlar. Panalgin bulmuşlar bir kez. Akşam eve bir geldim, masa başında toplanmışlar, Panalgin'ler de sehpanın üzerinde, benden açıklama bekliyorlar. Ben hiç ağrı kesici içmem. Bir yerde duymuştum aspirin cilt maskesi diye, aspirin bulamayınca Panalgin almıştım. Bunlar da ağrı kesici içmediğim için kıllanmışlar. Artık Seda Sayan'da mı ne zıkkımda duymuşlarsa, Ecstacy sanmışlar. Bir de, "Bunu da yaptın ya, yazıklar olsun," diye suratıma tükürdüler. Olayı akladım pakladım ama hâlâ işkilleniyor manyaklar. Bunlarla yemek yemek de işkence.

"PuCCa çok yeme sen, bak nasıl şişmanlamışsın, çok kötü gözüküyosun."

"O basenler ne yapsan erimez, sendekiler donmuş yağ olmuş."

"Bak onu ağzında kırk beş kere çiğne, öyle yut."

"PuCCa'ya az koy, bu zamana kadar yedikleri yeter onun."

"Eee sen böyle yersen, tabii kilo alırsın. Üç beyazı hayatından çıkaracaksın."

"Saç modelin de seni şişman gösteriyor. Yüzün çok toplu zaten, bi de bu modelle çok kötü olmuş."

"Çok dar giyiniyorsun sen, belden düşük kotlar yanlarda simit yapıyor."

"Üstündeki seni kısa göstermiş, hiç güzel olmamış, pazar malı gibi."

"Sana siyah hiç yakışmıyor. Kot da yakışmıyor. Boğazlı bady'lerle de yüzün ortaya çıkıyor... Kötü yani."

"Eeeee yeter ama haaa... Halla halla kendinize baksanıza siz. Göt benim götüm, göbek benim göbeğim, saçım da benim yani. Başka işiniz yok mu sizin?" diye isyan etsem birazcık, yine altta kalmazlar, hemen yapıştırırlar cevabı.

"Ayy PuCCa, sen böyle sivri dilli olursan, ikinci gün kocan seni kapının önüne koyar."

"Birini bulursan dua et bence, ona da böyle davranma. Onun için önce saçlarını düzelt."

"Halla halla sanki kilolarını biz zorla yaptık sana. Bize çemkireceğine az boğazını tut, yemek yeme."

Bu muhabbetlerin hepsi, ne zaman bir araya gelsek yaşanıyor. Bir kadından daha tehlikeli şey, üç kadındır. Ben bunlarla asla baş edemiyorum. Haspalar sanki Klodya Şifirtın gibi bir şeyler. Öyle bir şey de yok, kendi hallerinde ev kadınları hepsi sonuçta. Baba tarafım güzel değil. Babam mesela at hırsızına benziyor. Karıları kızları hep ağzı iyi laf yaptığı için tavlıyor. Anne tarafım güzeldir. Mesela bir kuzenim tescilli güzellerden, adı sanı bayağı bilinmiş bir manken hatta. Yeni boşandı, hayvan gibi nafaka yiyor. Bir teyzem var elli beş yaşında, ama benden daha genç duruyor. Bütün anne tarafım en az iki koca eskitti. Ne kadar samimi olmasak da, onlardan böyle eleştiri duymuyorum. Ama bu üçü benim gençliğimi çiğ çiğ yiyor. Kendimi yanlarında ucube, pislik, kıyamet alameti gibi hissediyorum. O yüzden Erik'le birlikte sıçtık ki ne sıçtık...

Düğünümü falan da düşünmeye başladım ama ne yapacağımı hiç bilmiyorum. Çocukluğumdan beri kendime "koca bulmak" gibi salak saçma bir misyon edinmiştim. Ama iş biraz ciddiye binince düğünden korkmaya başladım. İlkokulda bile kafam karışıyordu, "Allaam üç kişiyi birden seviyorum, hangisiyle evlencem ben?" diye. Lisede, "Üniversite okumasam keşke de, hemen okul bitince şu bebeyle evlensek," diye dua ederdim. Üniversitede, hem okur hem evlenirim ne olacak diyerekten her Kadir Gecesi, "Kim olduğu mühim değil evlendir beni yarab," diye dualar etmeye başladım. Sonra sevgililerimin kafamda yarattığım koca karakterine uymamasından dolayı, yavaştan evlilikle ilgili fikirlerim umutsuzlaştı. En azından sadece bebek doğurmak için evlenmeliyim diye bir fikir oluştu. Ama yine de evlilik denilince yüzümde salak bir gülümseme, kafamda toz pembe düşünceler hep vardı.

Bu düşlerim sadece ve sadece bir noktada yıkılmaya başlıyordu, o da DÜĞÜNLER. Ben hiç düğün aşamasına kadar hayal kurmamıştım, çünkü düğünlerden nefret ediyorum.

Kendimi ezik, yapayalnız, köşeye atılmış gibi hissediyorum. Bir defasında ilkokulda yerli malı haftası için evden yiyecek getirmeyi unutmuştum. Hoca da beni tahtaya çıkartıp ayakta bekletmişti. Herkes karşımda yemeğini yerken, ben orada onları izlemiştim. Ne zaman düğüne gitsem, o hissi tekrar tekrar yaşıyorum. Benim düğünüm olsa mesela, bomboş geçer. Hiç akrabam yok, sadece halalarım var. Bir de bizim şöyle bir durumumuz var; baba tarafı gelse, anne tarafından gelmezler. Babam sülalede kimsenin düğününe gitmediği için bir Allah'ın kulu da benim düğünüme gelmez. Babam, kardeşlerim, halalarım oturur bir masada ve halalarım başlarlar: "Ayy PuCCa, o gelinlik içinde o kadar iğrenç olmuşsun ki! PuCCa suratın çok kötü, adam seni bu gece bırakır, ben diyim. PuCCa hamilesin, değil mi? Kocan salak bişi heralde, yoksa hangi aklı başında adam senle evlenir. Pastadan yeme, zaten ayı gibisin, tut şu boğazını, bugün tut bari".

Arkadaş desen; şehir, iş, okul değiştirdiğimde, bir daha oradakileri tövbe aramam. İçimden gelmiyor valla, yapacak bir şey yok. Onlar da gelmez yani. "Gelinin akrabaları haydi piste!" dendiği anda babam hayatta kalkmaz, kardeşim yalnız oynamaz. O pist bomboş kalır. Ne kadar kötü bir durum. En acısı, takı merasimi. Damadın olduğu taraf kuyruk olacak, benim tarafım bomboş. İn cin top oynuyor. Sonra fısır fısır dedikoduları dinle dur. Kına gecemde de zaten evde kardeşimle oturup mandalina soyarım. Bunlar aklıma geldikçe, daralıyorum, bunalıyorum. Düğün istemiyorum desem, biliyorum Erik'in ömür tüketen anası mutlaka yapacak. "Entelim ben, düğününe sokim" diyen hatunlar gördüm, akrabalar olaya el atıyorlar ve sen istesen de istemesen de düzene yenilip düğünü yapıyorsun. O akrabalar da düğünde yaratığa dönüşüyor. Hepsinin saç modeli aynı; önden iki kıvrık oğlak boynuzu, arkadan sıkı simli topuz. Mutlaka likitli ve mavi farlı göz makyajı. Kıyafetleri de hepsinin aynı. Tombul tombul kadınlar, gerdanları altınlarla dolu, her tarafından sim fışkırıyor, pistte kendilerinden geçmiş halde dans ediyorlar. Çocuklar masaların etrafında dolanıyorlar. Büyüyünce zilli olacağı muhakkak altı yaşındaki bir kız çocuğuna giydirmişler gelinliği, o dans ediyor, bunlar alkışlıyor. İki poşet çerez için kavga çıkartanlar, bebesine üç tane almak için çırpınanlar. Alkollüyse düğün zaten, mutlaka birinin dayısı ceketi yana takıp kendini rezil etme pahasına hopluyor o pistte. Adam bilmem nerenin müdürü olabilir, emrinde bir ton adam çalışabilir, karizmanın Allahıdır, gel gör ki düğün ve rakı birleşince o herifi orada tutamıyorsun. İçinden çıkan bir efe şakşukada bile oynuyor.

Bir de sürekli gelinin karşısında oynamaya meraklı kadınlar var. Gelin ne tarafa dönse, abla o tarafa kaykılıyor. Yazık, gelin de herkese mavi boncuk dağıtmak zorunda, her yana oynuyor. Zaten düğün müzikleri beni öldürüyor. "Nikâh Masası"nı çalıp gelini son dakikada vazgeçirmeye çalışan piyanistler var yurdumda. Off çok kötü bir şey ya. Gerçi ben düğünüm olursa eğer, şeyi istiyorum: "Ben bal arısı gibiydim senden önceee, bak pervanelere döndüm seni görünce". Gerçeklik payı olsun en azından biraz. Bir de oğullarına kısmet arayanlar var. Çocukları ev boş, annemler düğüne gitti diye manitasını çağırıp evde çatır çutur şey ediyor, anası orada oğluşuna gelin bakıyor. Herkesin kafasından da şunlar geçiyor kesin: "Bunlar kesin önceden yiyişmişlerdir", "Sen güll kızım güll, gece ağlıcaksın yiyince yarraa", "Bu kızı mahallede Fikret'le köşe bucak öpüşürken görüyoduk. Bu orospu bile gelin oldu, benim kız halaaaa netlerde dolansın."

Bir kez en yakın arkadaşımın düğününe gitmiştim, kızın kardeşini temsil ediyorum orada. Damat tarafından birinin bir şeyi beğenmiş beni. Böyle ortamlarda beğenilen tipler arasındayım. Tombul, beyaz etli, güleç suratlı olunca, neneler çok seviyor nedense. İşte gelinin annesine söylemişler. Gelinin anası denen kaltak da benim için, "Yaa kız iyi de ailesi mailesi yok gibi bişi onun. Kendi başına buyruk büyümüşler size gelmez," demiş. Nasıl koymuştu bana bu laf. Hep dalga geçtiğim, asla içinde bulunmadığım ortamlar hayatın gerçeği gibi gelmişti. Erik'in annesi de böyle bir karı bence. O düğün gününü bana zehir eder gibi geliyor. Acaba yalan mı söylesem Erik'e, "Yaa bizim mezhep farklı sizden, babamgiller evlenmemize izin vermezler. Gel gizlice nikâhı kıyalım," falan diye.

Eğer bu tutmazsa, "Yaa bırak yemişim geleneğini göreneğini, biraz marjinal ol, cool ol. Kimseye ispatlamak zorunda değiliz, sırf sevişmemizi kutlayacak bir ton akraba olacak.

Boş işler bunlar. İkimiz evleniyoruz, gel beraber gidelim yapalım nikâhı," diye ısrar ederim. Bu da tutmazsa, "Tatlım zaten zor durumdayız, düğün masraflarını düşünsene kol gibi girecek götümüze. Kendi aramızda ufak bir eğlence yapalım. Hem şirin olur, hem masraftan kurtuluruz, olmaz mı?" derim. Yani mutlaka biri tutar, düğün müğün istemiyorum valla. Ama gelinlik çook istiyorum o ayrı mevzu. Akrabalarla ilgili her durum bunaltıyor beni. Düşüncesi bile daralttı içimi ooff offf...

Sokakta Tansu Çiller, mutfakta Emine Beder, yatakta Sasha Grey olamadım!

Ya şimdi hayatımda hiç parkta, bahçede, yok ne bilim bilardo kafelerinin üst katlarında yiyişme olaylarına girmedim. Hatta lisede hiç bilardo oynamadım. Park buluşmasına da gerek duymadım, çünkü apartmandaki bebeyle fingirdeşiyordum. Üni'de de mâlum ev olayları oldu. Fantezi falan değil de, bu olay benim içimde uhde olarak kaldı. Yaş aldı başını gidiyor, torunlarıma anlatmak istiyorum, "Ahh ahh şuralar o zamanlar ormanlıktı, anneanneniz az fındık kırmadı," diyerekten. Ama yok anacım o lafı kuramayacağım, sanki hayat istemiyor. Erik, öyle bağ bahçe sevişmesinden geçtim, herkesin ortasında fazla cıvık cıvık yılışmalardan bile hoşlanmıyor.

Şimdi Erik'le başlangıç dönemlerimizde, yani o daha heyecanlıyken, kafası seks seks seks diye gümbür gümbür atarken, kanalda stüdyolara giden yolda öyle bir kaç elleşmemiz oldu. Lakin bu aralar efendiye bir ağırlık, bir beylik çöktü. Geçen gün sinemada en arka koltuktayız, bize en yakın insan beş koltuk önde oturuyor. Zaten Pavlov'un köpeği gibi, sessiz, tenha ve karanlık ortamlarda aklıma direkt ayıpçıl şeyler geliyor. Hadi dedim, ya bismillah yumul bebeye. Anacım ilk hamlemle beni bir itti. Sanki Turist Ömer'in Star Trek çakması filmindeki tuz emen canavarım. Beş dakika falan geçti, yine ya bismillah deyip gömülüyordum ki, "PuCCaaaaa!!!" diye bir bağırdı. Dedim, "Affet, bakireliğini bozarım mozarım yanlışlıkla, sen de haklısın". Bir süre filmi izledim ama kararlıyım, sevişeceğiz burada, istediğimi almak zorundayım, yoksa olmaz bu iş!!! Bir hamle daha yaptım, önce biraz gevşedi, boynundan moynundan hop mop gidiyordum ki, "Yaa ben sevmiyorum böyle.. biri görse ne diyecez... rahat dur!" Bir bozuldum, döndüm oturdum, istediğimi alamayınca acayip sinirli oluyorum. Bir de dünyadaki en zararlı şeyin abazan bir kadın olduğunu da üstüne eklersek! Orada dönüp onun kafasını koparmak istedim. O haşmetli çükünü koparıp, "Bunu mu görmelerinden korkuyosun haaa bunu muuu?" diye millete sallamak istedim. Hatta, "Bundan sonra sana ayıpçıl şeyler yok, biciklerimi ellemek bile yok," diyecektim ama korktum. Tamam falan der kalırım sonra. Çıkışta biz bir kavga ettik oofff offf. Şimdi düşününce sinemada benle öpüşmedi diye manyak manyak davranmak çok salakçaydı ama işte o zaman mantıklı gelmişti.

Geçtiğimiz gün Büyükada'ya gittik. Vapurda düşünüyorum; ormanlık alan ohh ohh, bu kez başarırım diye. Önce bahsini açayım da, bebe tırsmasın ormanda benden diye alttan alttan gaz veriyorum. "Çok sevişesim geldi" gibi erotiklikten bin mil uzakta cümlelerle, her şakanın altında yatan pis gerçeği ona çaktırmaya çalışıyorum. Ama Erik şakasından bile kıllanıyor. "Yaa bak dünyada sevişmekten güzel şeyler de var, biraz rahat dur," gibi cümleler kuruyor. "Yaa salak şaka yapıyorum ehiehi," diye gevrek gevrek gülerek gözlerimi kısıp uzaklara bakıyorum. İçimden ise, "Azz sonra seni ööle bii şey edecem kiii dünyadaki güzel şeyin ne oolduunu anlıcaksın ürkek güvercinim," diye düşünüyorum. Erik başına geleceklerden habersiz bir biçimde doğayla ilgili malak malak şeylere seviniyor.

"PuCCa bak martı, ne güzel, fotosunu çekelim."

"Ayy cidden çok güzelmiş (martıyı sikim, lomburduk bir kuş işte uçuyor mal mal).

"Kınalıada da güzelmiş, denize de giriliyor burada."

"Ayy evet güzelmiş (Bak bak şerefsize bak, bikinili bacılara bakmak için nasıl kıvranıyor)."

"Aslında otel pansiyon falan baksak, bir gün de buraya geliriz."

"Aa evet ben bakarım (Hobereeeeeyyy otelde yiyişcezzz)."

İndik sonunda adaya, bu arada nasıl kazık bir yer lan öyle, iki Ayvalık tostuna yirmi lira verdik. Bisiklet kiraladık, ikili olanlarından. Eskiden Göktan'ın klibinde görmüştüm, o zamandan beri içimde kalmıştı, çünkü ben bisiklet süremiyorum. Hatta buna rağmen motor ehliyeti almaya çalışmıştım, ama duran motorun üstünden düşmüştüm. Denge sorunum var benim, duramıyorum. Sanki o göt oğlu göt iki tekerlekli metal beni fırlatıyor, ki bence öyle. Ama o ikilide çok rahat durdum. Hayatımda ilk kez, hatta o kadar uzun süre bisiklette kaldım. Yukarıya çıkıyoruz, ben pis pis sağa sola bakarak nerede kıstırsam nerede mıncırsam şu çocuğu diye mekân taraması yapıyorum. Sonra hadi duralım hadi duralım diyerek bir yere götürdüm. Ayy beni deli etti orada. Karı gibi nazlanıyor, "Ayy yok saçmalama insanlar var, ben sevmiyorum böyle. PuCCa orama dokunma, görecek biri. Şeyime bakmayı keser misin? PuCCa yaklaşma, tamam, dur. Mıncıklama, tamam bi dur bi sakinleş, sevmiyorum diyorum, biri görür bak yapmaaa!!!"

Ben de hapisten yeni çıkmış hanzolar gibi nasıl saldırıyorum. Utanmasam yırtacağım üstünü başını, "Benim olacaksın ulaannn!!" diyerek. Ama bebe istikrarlı çıktı, değil sevişmek öpüşmedi bile. Çıktık sonra kiliseye, orada zaten bir mefta oldum. Hayır yani o kadar yürüdükten sonra, böyle devasa bir kilise bekliyordum. Ama 1+1 ev boyunda minnacık şeyle karşılaşınca, burnumdan soludum. İçeride bir de dilek kutusu vardı, bakayım dedim kim ne yazmış: "Dünyada açlık ve fakirlik bitsin lütffeeeennn n'olurr bitsin" yazan arkadaşımızı kutluyor, katılacağı güzellik yarışmasında iyi şanslar diyorum. Ben de yazacaktım, "N'olurr Erik benle ormanda falan yiyişsin" diye, ama ulan kilisedeyim tövbe billah çarpılırım diye normal insani dileklerde bulundum.

Ardından bir iki daha mıncırmaya çalıştım ama anacım yok, bebe Nuh dedi peygamber demedi, vermedi bana. Öyle evlere baka baka indik aşağıya. Sonra da ben unuttum gittim yiyişmeyi. Yatakta boğa, sokakta beyefendi, mutfakta aç bir sevgilim var. O bu değil de ben bu çocuğu gerçekten seviyorum. Bir de neden böyle bu aralar kafam yatmaya gidiyorsa. Bir bok oluyor sanki. Daha bir defa bile orgazm olamadım. Ama orgazm taklidi yapma dalında ödülleri topladım yani. Bir de hem orgazm olamıyorum hem de her köşe bucakta çocuğun orasını burasını sıkıştırıyorum. Şey gibi miyim yoksa lan; kendi kusurunu kapatmak için onun üzerine oynayanlar. İktidarsızların sürekli seksten bahsetmesi gibi falan. Bazen Erik'le konuşayım bunu diyorum, ama sonra bunu çok takacak kafaya, kendisinden zannedip, ben alev alana kadar çalışacak. Valla şu ana kadar bildiğim, duyduğum bütün her şeyi yaptım ama o sonuca ulaşamadım. Sanırım bir tedavi şart, onu da artık evlenince eşimle beraber gidip yaparız. "Eşimle beraber", ayy bu iki kelime nasıl yakıştı birbirine ayy ayyy ayy...

Ama bu kez eşeğe suyu hortumla vermedin mi
Tanrım haa?

Erik yarın Ankara'ya annesinin yanına gidecek diye kendi evime geçtim. O oradayken bari evde kalayım, kiramın hakkını vereyim diye. Bugün görüşmeyecektik ama akşam aradı "Bize gelsene," dedi. Ev arkadaşım da yokken "Sen gel," dedim. Geldi, hoş beş muhabbet, midye falan almış, TV'de bir magazin programı açık. Her çift gibi izlediğimiz halde, "Ne biçim insanlar yahuuuu, milletin özelinden sana ne, yuh buna da haber mi diyorlar şimdi!" gibi yorumlar yapıyoruz. Ama kanalı değiştirmeyi aklımıza getirmiyoruz.

Sonra böyle midyeyi ağzına atarken, gayet normal bir şeymiş gibi, hımm bunun da tadı tuzlu dermiş gibi, "Ben iki yıllığına ingiltere'ye gidiyorum," dedi. Boğazımdaki pirinçler büyüdü büyüdü büyüdü. Kafamın içinden bir ton soru geçmeye başladı! İki yıl İngiltere. Acaba beni götürecek mi? Peki, evlilik? Ne işi var orada? Peki, evlilik? Babamla tanışacaktı? Neden gidecek ki? Peki, evlilik? Ama ağzımdan gık çıkmıyor, devam etmesini, o ülkede neden iki yıl kalması gerektiğini anlatmasını, cümlesinin sonunda da "Orada sana da iş buluruz" demesini bekliyorum. Hiçbir şey demedi, midye kabuklarını, kanser yapan siyah poşetin içine koydu, parmaklarını limonla sildi, ayağa kalkıp banyoya gitti. Ve ben tek kelime soramadım. Döndüğünde konuşur diye, öyle durdum bekledim. Geldi koltuğa oturdu, sırtını arkaya doğru yasladı, TV'da sarhoş bir mankenin bar çıkışı görüntülerini izlerken konuşmaya devam etti.

"Master'a devam etmeye karar verdim, burada öyle salak salak yaşayıp duruyorum, bari bi işe yarayayım dedim... hem bizimkiler de böyle istiyor."

"Hımm ne zaman gideceksin?"

"En kısa sürede..."

Kaçar gibi yani, korktu yani, o yüzük korkuttu onu ve o, kaçmak için başka ülkeye gitmeyi tercih etti. "BİZİMKİLER DE böyle istiyor!" dedi üstelik. Sizinkiler, yani annen. Yani eşek kadar herife "Kalk git master yap!" diyor. Sırf bana yüzük taktı diye yani. Ve bu salak, annesinin bir sözüyle çıkıp gidiyor. Yuh artık, bu kadar olur. Gözlerim doldu, bir tek kelime bir şey diyemiyorum. Hani iş için olsa anlarım, ne bileyim hayat memat meselesi olsa anlarım, ilişkinin başında olsak anlarım. Ama şimdi bu...

Konuşacak tek kelimem yok, ne diyeyeyim. O kadar rahat, öyle pişkin bir şekilde koltukta oturuyor ki. Sadece onu öldürmek istiyorum, limonu kestiğimiz bıçakla. Canını yaka yaka, yavaş yavaş, usul usul, kanlarını halıya akıtarak şah damarının patlamasını izlemek istiyorum.

"Şaka lan" desin, "İki günlük gideceğim" desin, ne bileyim "Üzülmüş mü benim aşkım" desin, bir şey desin, ama bu kadar rahat bir şekilde oturmasın o koltukta. "Peki, biz?" sorusunu sormaya o kadar korkuyorum ki! Alacağım cevabın beni tatmin etmeyeceğine eminim çünkü. Hemen insanlar geliyor aklıma, bizim için söyleyecekleri. Ooff onlarla nasıl başa çıkarım! Bazen var ya sırf bu yüzden ayrılmak zulüm geliyor bana! Soracağım soruların cevapları beni korkuttuğu için hiçbir şey söylemedim. O da söylemedi, televizyon izlemeye devam ettik. "Yatalım artık sabah gitcem," dedi. Peki dedim... İçeri geçtik...

Kendimle, mutluluğumla, yüzükle o kadar meşguldum ki belki de Erik'in benden soğumuş olduğunu fark edemedim. Yatarken sarıldı bana, dayanamadım, en azından tepkili olduğumu anlasın diye arkamı döndüm. Sesini çıkartmadı. Sonra dayanamadım, "Haftaya gider miyiz babamın yanına?" dedim. "Onu biraz ertelesek iyi olacak sanırım. Şu İngiltere işi hallolmadan hareket etmeyelim," dedi. Dişlerimi sıktım, "Peki ne zaman gidersin?" dedim. "Yakında belli olur, master yapmam lazımdı zaten. Yarın evlendiğimizde seni burada bırakıp gideceğime, şunu kafamdan tamamen silmek için gidiyorum..." Evlendiğimizde beni bırakıp gidemeyecekmiş, peki şimdi ne yapıyorsun pezevenk? Bir de hiç demiyor "Sen de gel, zaten işsiz gibi bir şeysin" falan diye. Bütün gücümü kuvvetimi toplayarak döndüm ve sordum: "Peki ben ne olcam şimdi?" "Burada işine devam edersin, zaten iki sene bir şey, göz açıp kapanıncaya kadar geçer. Benim eve taşınırsın, buradan çıkarsın, boşuna kira verme. Kardeşini çağır hatta, yalnız kalma."

Benim adıma her şeye de karar vermiş yani. Ben günlerdir düğün yapsam mı telaşına düşerken, herif gitme planları yapıyormuş. "İyi..." dedim... Döndü uyudu. Ben de sabaha kadar gitmemesi için yapabileceklerimi düşündüm durdum. Annesini öldürsem dedim, hem ben kurtulurum hem o yeğenim var ayağına gitmez. Vize almaması için bir şeyler yapsam dedim. Ne bileyim, canlı bomba falan mı desem? Vize işlemleri yapan yeri mi arayıp ağlasam? Ne yapsam da gitmese? Ama hiçbir şey bulamadım. O planını yapmış. Ben nasıl alıştım buna anlatamam. Ya neden her şeyim boka sarmak zorunda, tam bir şey oldu, artık çok mutluyum diyorum, onda da bir bokluk çıkıyor. Belki de kaderimde yoktur. Belki de o beni gerçekten sevmiyordur, kaçış için bunu kullanıyordur. Belki de karşıma daha iyi birisi çıkacaktır, Allah böyle uygun görmüştür. O istiyorsa gitmeyi, hoşça kal demekten başka ne yapabilirim ki?

Bir "Son" yazılması gerekliydi...

İki üç gün, "Bana kaderimin bir oyunu mu buuu???" tadında duygusal bir moda bağlamıştım. Erik gitti geldi Ankara'dan. Kavga etmeyelim, darlamayayım diye gizli gizli gözyaşlarımı içime akıtıp duruyordum. Ama baktım olmayacak, lann dedim ne yapıyorsun, bir kendine gel! Sen de PuCCa isen, bu yüzüğü de parmağına taktıysa, sana da söz verdiyse, sonuna kadar uğraşmak senin en büyük hakkın. Hoop aklıma filmlerdeki en klişe sahneyi yapmak geldi. Yani hamile kalacağım!

Zaten şişmanlatıp kıllandırdığı için doğum kontrol hapı kullanmayan, yumurtalıkları Allah'a emanet yaşan biriyim. Prezervatiflerle canciğer kuzu sarması şeklinde hayatıma devam ediyorum. Filmlerde hani esas kız hamile kalınca her şey tıkırına giriyor ya, benim neyim eksik lan onlardan dedim. Aldım çekmecedeki bütün prezervatifleri, iğneyle deldim çat

çat çat çat… Hepsi süzgeç gibi olmuştur. Sonra hopp Erik ve fantezilerinden kurulmuş bir gecelik yorucu maraton. Her türlü şekle şemaile girdim yemin ederim. Evin her köşesinde her şeyi yaptık. Taodan başladık, misyonere kadar devam ettik. Ben yine orgazm olamadım tabii ama inan o yanımda yorgunluktan sızıp kaldığında, orgazm olmuş kadar huzurlu ve mutluydum.

Gece boyunca minik bebelerimizi düşündüm durdum. Kızımızın adı "Cansın" olacak. Çocukluğumdan beri istediğim tek isim bu çünkü. Şimdi değiştirirsem çocukluğuma ayıp olur. Çocuğun odasının rengine kadar hayal kurup uykuya daldım. Sabah kalkıp çocuğumun babasına kahvaltı hazırladım. Onu işe yollayıp, hayallerime kaldığım yerden devam ettim. Sonra hayallerim garipleşmeye başladı. Yani çocuk dediğin sadece sevilip okşanmak için gelmiyor ya dünyaya. Onun sorumluluğunu düşündüm, bir de zaten çok korkuyorum iyi bir anne olamazsam diye. Peki, ben iyi bir anne olsam bile ya çocuğum garip olursa… Ya yanlış yapıyorsam diye bir korku sardı sonra içimi.

Bir kere çocuklar her şeye ayak bağı oluyor. Hayatım boyunca böyle evden metin yazarak çalışmayacağım ki. Bir de kızım olacak diyorum. İşi bıraksam mı bırakmasam mı derdi başlıyor. Bıraksan işi, kendini çocuğuna adasan, on dört yaşına gelip sivilceleri çıkınca, "Beni neden doğurdunuz haa nedennn?" diye sana carlıyor. İşte orada al ağzına çarp o ergen müsvettesinin. Sonra bir telaşa düşüyorsun sıksam mı, rahat mı bıraksam diye. Ne yapsan yaranamıyorsun o yarım akıllıya. Adamın canı çıkıyor kızın altına Diesel pantolonu almak için, kızın umurunda değil. O hâlâ, "İnsanlar neden var? Ben niye böyleyim? Regl ne kadar garip. Veysel'i seviyorum. Hamit'e versem mi? Büşra sevişmiş, ben de sevişmeliyim, sevişmek çok marjinal," diye düşünüyor.

Zaten erkek arkadaş mevzusu iğrenç bir şey. Kızının bütün sevgilileriyle tanışan anlayışlı anne olsan, konu komşu demediğini bırakmaz. Sıksan, kız gidip Büşra'ların evinde sevişecek. Böyle bir ne yapcam lan ben diye telaşa kapılırsın. Annemin bana yaptıklarını yapmamalıyım dedikçe, kızı sıkarsın. Sıktıkça, kendi kendini suçlarsın. Sen aptallaşırsın, oysa kız hâlâ bunalımda, senin farkında bile değil. "Kimsee beni anlamıyooo, hayatın yükü omuzlarımda ooff," diye ağlar durur odasında. Sen apışıp kalırsın o ağladıkça, ulan nerde hata yaptım diye kendini suçlarsın.

O salak kızına vakit ayıracaksın diye, ne saçını boyatırsın, ne kendine bakarsın. O eski halinden eser kalmamıştır. Herifin tabii sikinde değildir. O, akşam gelir yemeğini yer, "Kızım bugün uslu durdu mu?" der, televizyonunu açar, orada sızar. Azıcık konuşsan, "Zaten bütün gün beynim sikildi, evde huzur ver," diyerek seni susturur. Kızın ayrı bir telden, kocan ayrı bir telden, sen evde bambaşka bir köşede pişmanlıklarınla kalırsın.

İşi bırakmasan daha kötü. Haa benim gibi çocuğun olur, işte düşün artık gerisini. İlgi görmeyince, o ilgiyi abuk subuk yerlerde aramaya başlar. Okulda sürekli başı belaya girer, nerde pislik nerde bela insan var onlarla arkadaşlık eder. Okulun en piçiyle çıkmayı marifet sanır. "Eğlence benim göbek adım ooo yee beybi" tarzında, dünya sikime minare kıvamında dolanır. Başı hep beladadır. Odada gizli gizli sigara içmeler, esrar çekmeler, kimlik bunalımları. Bir gün metalci olur, ertesi gün türkücü, daha ertesi gün tikky olur. Başka bir gün bir bakarsın, öyle durup dururken evdeki novaljinlerle intihar etmiş. Ulan on üç yaşındaydık hatırlıyorum, bizim sınıfta kızın biri oral nasıl yapılır diye anlatıyordu arka sırada bizlere. Kuzeniyle mi ne bir boklar yemişler. Şimdi düşünüyorum da o kız benim kızım olsaydı ayy n'apacağımı bilemezdim sanırım.

Mesela şu yaşımdayım, ama ailesi sorunlu insanları hemen tanıyorum. Gizli bir örgüt gibi zaten bu insanlar, hep bir şekilde birbirlerini bulup anlaşırlar. Otuz kişinin arasından, kimin anası yok, kimin babası ölmüş, kim çocukken travma yaşamış, kim okuldan atılmış şak bulurum. Hislerle mi alâkalı bilmiyorum ama anlıyorum işte, eminim bu kişiler de anlıyordur. Çünkü hemen kendilerini belli ediyorlar. Otuz sene geçse de ilgi üstümde olmalı kafası gitmiyor bu insanlardan.

En acısı da ama, sen besle büyüt bilmem ne yap, sonra kız bulur kendine salak bir herif, evlenip seni bırakır gider. Yani her şeyin sonu yalnızlık. Senden çıkan parça bile seni terk ediyor bir yerde. Sen yaşayamadıklarınla kalıyorsun. Haa bir süre sonra o da mühim olmuyor, hayat her şeye alıştırıyor seni çünkü. Sonra senin yaşadığını o kızın da yaşıyor. Aslında ne acı, hayat hep aynı kısır döngü içerisinde devam ediyor.

Allahım ben ne yapıyorum dedim. Bir de bu çocuk istenen bir çocuk olmayacak. Erik sürekli "Senin yüzünden gidemedim" diyerek beni suçlayacak. Zaten ilk başta bir aldır aldırmama olayına gireceğiz. Sonrası kâbus gibi... Alahım o prezervatifleri delmeseydim keşke, şu an içimde belki de büyüyordur... Off off... Ertesi gün hapı almalıyım hemen dedim ve koşarak eczaneye gidip bünyemin içine sıçan haplardan aldım. Evdeki bütün delikli prezervatifleri attım. Sonra kaderime razı gelip, yapacak bir şey yok dedim.

İlk günler sessizlikle geçti. Eve geliyor, konuşmuyoruz, ben surat asıyorum, uyuyoruz... Sonra bu sessizlikler kavgaya dönüştü. İyice kafayı yedim, o yüzüğü elli kez çıkardım, elli kez taktım. Sürekli olarak, "Madem gidecektin yüzüğü neden taktın?" diye ağlayıp durdum. Yani yapılmaması gereken ne varsa yaptım. Yaralı ayı saldırırmış ya, ben de aynen öyle çırpındım durdum günlerce. Önceleri "Gitme," diye ağladım. Sonra bu ağlamalarım, "Sen eziksin, sen lanetsin, tırstın işte, ana kuzusu," diye hakaretlere vardı. Şuurumu öylesine kaybettim ki ne yapacağımı bilemiyordum. İnşallah bir tır altında kalırım, ölürüm, o da pişman olur, "Keşke gitmeseydim" der. Ya da son dakika kanser olayım, evet evet beynimde tümör çıksın, "Son aylar..." desin doktor. Bu da gitmesin. Sonra devlet hastanesi röntgenleri karıştırmış olsun, bana bir şey olmasın. Bence en güzeli, o anasını öldürmek. Geçen gün aradı, evin anahtarını istedi Erik'ten. O da "PuCCa kalacak evde," dedi, iki saat tartıştılar. Evet evet bence onu öldüreyim, dünyaya bir iyilik yapmış olurum. Amaaan hiç kimseyi öldüremem, öldürsem bir boka yaramaz zaten, ama bari ölümcül bir hastalığım çıksa ya... Off domuz gibi de sağlamım! Bacaklarımı kırsam, sonra bacaksız kaldım diye belki yanımda kalır.

Ayy saçmalamayı keseyim en iyisi. Ne bok yiyeceğim şimdi. İki kuruş param var, sevgilim İngiltere'de olacak. Kime söylesem zaten, "Oooo enişteye hayırlı işlerrrr", "Sizin iş yaş kızım" deyip duruyor. Hayır sevgisinden emin de değilim. Sevse diyorum, "Sen de gel," der bana. Ki ben artık dayanamadım söyledim, "Ben de geleyim," diye. "Saçmalama, sen burada güzel yerlere geleceksin. Oraya gelirsen, arkamdan sürüklemiş olacağım seni. Benim için bir şey yapmanı istemiyorum. Zaten ayda bir gelecem yanına, bu kadar işi yokuşa sürme," dedi.

Yani istemiyor beni. Tabii orada rahat olacak ya beyefendi, ohh keka, ben ayak bağı olacağım yanında. Niye istesin ki? Ben olsam ben de istemem. Yalan söylüyorum, isterdim. Şu anda her şeyden çok isterdim onu yanımda. Gidecek, gittiği gibi de diğerlerinde olduğu gibi her şey bitecek... Kimi sevsem el oldu diyerek, kırmançi şeyler söylemek istemiyorum ama çok arabesk içim ya... Şimdi her şeye sil baştan başlamak gerek. Bir erkek bütün hayatımın akışını değiştirebiliyor. Ve böyle kime yaklaşsam bir türlü olmuyor. “Dahi” anlamındaki "de" gibiyim yemin ederim, bir kelimenin bile anlamını değiştiremeyecek kadar salağım. Ne zaman birini bulsam, yakın olmaya çalışsam, sert bir uyarı alıyorum. O kişi olmadığı zaman benim bir anlamım olmuyor, yani ille de o olmalı. En acısı da sanırım, yokluğumun onlara bir faydasının olmayışı. Varlığım, olsa da olur olmasa da... Ayrılmayız belki diye içim içimi yese de, biliyorum iki sene ne bende bekleyecek göt var ne onda. Ciğerimden iyi tanıyorum onu, o da beni. Sadece son söz avutması bizimki.

Şu anda yanımda yatıyor, sırtı bana dönük. Bir doğum lekesi var Afrika kıtasına benziyor sanki. Hayret hiç dikkat etmemiştim, sırtını hiç izlememiştim çünkü... Saçları, omuzları, kokusu... Onu çok özleyeceğim...

okuyan us

YAYINLANAN KİTAPLAR:

SANAT

1- Desen mi Demesen mi? Cem Mumcu, Yıldırım B. Doğan, Desenler: Selçuk Demirel
2- Artrit ve Sanat, Kolektif
3- Çocuk ve Sanat, Kolektif
4- Bedava Gergedan, Orhan Cem Çetin
5- Orson Welles, André Bazin - Çev. Senem Deniz
6- Sinema Köşelerinde, İlhan Mimaroğlu

EDEBİYAT

EX LIBRIS

1- Orada (La-Bas), J.K. Huysmans, Çev. Birsel Uzma
2- Don Kişot'un Dönüşü, G.K. Chesterton, Çev. Bihter Sabanoğlu
3- Hareket İblisi, Stefan Grabinski, Çev. O. Fırat Baş
4- Sıradan Bir Cinayet, Karel Capek, Çev. Bihter Sabanoğlu

ROMAN

1- Planımız Katliam, Haldun Aydıngün
2- 7, Cem Akaş
3- Altın, Blaise Cendrars - Çev. Nuriye Yiğitler
4- Bir Kuzgun Yaz, Mehmet Ünver
5- Mariella, Max Gallo - Çev. Asena Sarvan
6- Mathilde, Max Gallo - Çev. Işıl Bircan
7- Sarah, Max Gallo - Çev.: Asena Sarvan
8- Ziyaretçiler, Giovanni Scognamillo
9- Salta Dur, Semra Topal
10- Pus, Mehmet Ünver
11- Kentlerin Kraliçesi, Hakan Senbir
12- Cowrie, Cathie Dunsford - Çev. Funda Tatar
13- Selkie'lerin Şarkısı, Cathie Dunsford - Çev. Funda Tatar
14- İstifa, Akça Zeynep
15- Acayip Hisli, Kate Atkinson, Çev. Devrim Kılıçer Yarangümeli
16- Makber, Cem Mumcu
17- Kötü Ölü, Erkut Deral
18- Boşlukta Sallanan Adam, Saul Bellow - Çev. Neşe Olcaytu
19- Tuhaf Bir Kadın, Leylâ Erbil
20- Hazdan Kaçan Kadınlar, Fidan Terzioğlu
21- Kurban, Saul Bellow, Çev. Perran Fügen Özülkü
22- Hey Nostradamus, Douglas Coupland, Çev. İrem Başaran
23- Kâseden Hisse, Tibor Fischer, Çev. Duygu Günkut
24- Getrude 2'ye nasıl bölündü?, Şule Öncü
25- Üç Başlı Ejderha, Leylâ Erbil

ÖYKÜ

1- Beyoğlu Kâbusları ve Diğer Öyküler, Giovanni Scognamillo
2- Bir Gamze-Bir Kuştüyü Yastık, Gülseren Tuğcu Karabulut
3- Üçüncü Sayfa Güzeli / Binbir İnsan Masalları-I, Cem Mumcu
4- Cinsel Öyküler, Kolektif - Editör: Cem Mumcu
5- Hepimiz Gogol'un Palto'sundan Çıktık, Süreyyya Evren

6- Muallâkta, Araf'ta ve Düşlerde / Binbir İnsan Masalları-II, Cem Mumcu
7- r, Cem Akaş
8- Âşık Öyküler, Kolektif - Editör: Sevengül Sönmez
9- Deli Öyküler, Kolektif - Editör: Cem Mumcu
10- Suçlu Öyküler, Kolektif - Editör: Halil Gökhan
11- Gelecek Öyküler, Kolektif - Editör: Deniz Koç
12- Erotik Öyküler, Kolektif - Editör: Halil Gökhan
13- Sahici Aşklar Külliyatı / Binbir İnsan Masalları-III, Cem Mumcu
14- Absürd Öyküler, Kolektif, Editör: Nida Nevra Savcılıoğlu
15- Sidre, Berrin Karakaş
16- Aşk ve Öbür Duygular, Türkay Demir
17- Hassas Ruhlar Terazisi / Binbir İnsan Masalları-IV, Cem Mumcu
18- Su Kedileri, Mustafa Ziyalan
19- Tül, Berrin Karakaş
20- Mevt Tek Hecelik Uyku, Feryal Tilmaç
21- Bütün Hikâyeleri, Fikret Ürgüp
22- Hayat Gerçeğe Perde / Binbir İnsan Masalları-V, Cem Mumcu
23- Aradım Yaz Dediniz, Feryal Tilmaç

ŞİİR

1- Ahkâm Vakti Tohumları, Yusuf Eradam
2- Enel Aşk, Yelda Karataş

ÖZEL DİZİ

1- Kahramanlar Kitabı, Kolektif Editörler: Cem Mumcu, Nida Nevra Savcılıoğlu
2- Mazruf, Enis Batur
3- Bu Kalem Un(ufak), Enis Batur
4- Koşarak Geldim Çorabı Deldim, Komet
5- Hayat Kırıklığı, Cem Mumcu

PSİKOLOJİ / PSİKİYATRİ

1- Majör Depresif Bozukluk Hastalarının Tedavileri İçin Uygulama Kılavuzu, Çev. Ayla Yazıcı
2- Şiir ve Psikiyatri Kavşağında, Yusuf Alper
3- Duygudurum Bozukluklarında Atipik Antipsikotik Kullanımı, Editör: Simavi Vahip
4- Öteki Peygamberler, Anthony Storr - Çev. Aslı Day
5- Biz - Romantik Aşkın Psikolojisi, Robert A. Johnson, Çev. Işılar Kür
6- Buradan Böyle / Hayatın Psikososyopolitiği, Erol Göka
7- İç Bahçe, Betül Yalçıner, Lütfü Hanoğlu
8- Psikiyatri ve Sinema, Krin O. Gabbard, Glen Gabbard, Çev. Yusuf Eradam, Hasan Satılmışoğlu
9- Psikiyatri Tarihi, Ali Babaoğlu
10- Yaşlılık ve Depresyon - Cem Mumcu, Çağrı Yazgan
11- Kadın ve Depresyon - Cem Mumcu, Suzan Saner, Peykan G. Gökalp
12- Az Rastlanır Psikiyatrik Sendromlar - David Enoch, Hadrian Ball, Çeviren: Banu Büyükkal
13- Nöroloji ve Psikiyatrinin Örtüşen Yüzleri, Betül Atabey Yalçıner, Lütfü Hanoğlu
14- Âşiyan'daki Kâhin - Tevfik Fikret'in Melankolik Dünyası, Serol Teber
15- Aşk ve Kıskançlık, Ayala Malach Pines - Çev. Canan Yonsel
16- Kozmik Kahkaha, Vamık D. Volkan, Çev. Banu Büyükkal
17- Cesur Yeni Beyin, Nancy C. Andreasen, Çev. Yıldırım B. Doğan
18- Atlarla Yaşayan Kadın, Vamık D. Volkan, Çev. Banu Büyükkal
19- "Bilimsel Bir Peri Masalı"- Sigmund Freud'un "Aile-ve Tarihsel Romanı", Serol Teber
20- Kusursuz Kadının Peşinde, Vamık D. Volkan, Çev. Banu Büyükkal
21- Şizofreni: Sesler, Yüzler, Öyküler, Editör: Haldun Soygür

22- Depresyon Atlası, Andrew Solomon, Çev. Berna Çapçıoğlu, Gülderen Dedeağaç, Funda Tatar
23- Şizofreni Hastalığı Anlamak ve Onunla Yaşamayı Öğrenmek, Dr.Mustafa Yıldız
24- Kış Bakışı, Bir Ruh Hekiminin İç Bahçesi, Haldun Soygür
25- Canavar ve Kurbanı, Çocuk Ruhunu Anlamak, Türkay Demir
26- İnsan ve Sembolleri, C. G. Jung, Çev. Ali Nahit Babaoğlu
27- Aşk ve İrade, Rollo May, Çev. Yudit Namer
28- Kim Bu Çılgın Türkler?, Ali Nahit Babaoğlu
29- Dinamik Psikiyatri, Edwin R. Wallace, Çev. Hakan Atalay
30- İnsanın Anlam Arayışı, Viktor E. Frankl, Çev. Selçuk Budak
31- Uykusuz Çocuklar: Şizofreni Yazıları, Haldun Soygür

İLETİŞİM

1- Basın İlanı Böyle Yapılır, Jim Aitchison, Çev. Serkan Balak

MİZAH

1- Yamyamın Yemek Kitabı, Yusuf Eradam
2- Kafadanbacaklılar, Mehmet Ulusel
3- F, İzel Rozental
4- Geç, Kadir Doğruer
5- B, İzel Rozental

GEZİ

1- Dikkat! Buda, İzel Rozental
2- Fethiye'den Antalya'ya Likya Yolu, Barış Doğru

FELSEFE / DİN

1- Bir Sevdâ Yorumu Kitabı, Ahmet İnam
2- Hz. Muhammed'in Yolunda / Günümüz Dünyasında İslâmiyeti, Yeniden Düşünmek, Carl W. Ernst-, Çev. Cangüzel Güner Zülfikar

TARİH / İNCELEME

1- Medya Tarihi / Diderot'dan İnternete Frédéric Barbier, Catherine Bertho Lavenir Çev. Kerem Eksen
2- Medeniyetler Çatışması ve Dünya Düzeninin Yeniden Kurulması, Samuel P. Huntington - Çev. Cem Soydemir, Mehmet Turhan
3- Labirentin Tarihi, Jacques Attali, Çev. Selçuk Kumbasar
4- Ütopya: Hayali Ahali Projesi, Akın Sevinç
5- Körü Körüne İnanç, Vamık D. Volkan - Çev. Dr. Özgür Karaçam
6- Türkiye'nin Çıplak Tarihi, Kolektif Editör: Cem Mumcu
7- Bakırköy Akıl Hastanesi'nin Gizli Tarihi, Editörler: Betül Yalçıner, Peykan Gökalp, Cem Mumcu
8- İtalya'da Rönesans Kültürü, Jacob Burckhardt, Çev. Bekir Sıtkı Baykal
9- Dante ve İslam, Miguel Asin Palacios, Çev. Güneş Ayas

EROTİK US

1- Kadınlar İçin Erotik Astroloji, Olivia - Çev. Işılar Kür
2- Yatağında Yalnız mısın? Eski Japon Ozanlarından Aşk ve Özlem Şiirleri - Çev. Celâl Üster
3- Kimsenin Konuşmadığı Dil, Eugene Mirabelli, Çev. Ahu Antmen
4- Çifte Alev / Aşk ve Erotizm, Octavio Paz - Çev. Tomris Uyar
5- Ezgiler Ezgisi 'Neşideler Neşidesi' - Çev. Samih Rifat
6- Bahar Noktası, William Shakespeare - Can Yücel
7- Sevdâ Lûgati, Mehmed Celâl - Günümüz Diline Aktaran: Sevengül Sönmez
8- Samuraylar Arasında Aşk, İhara Saikaku, Çev. Fatih Özgüven
9- Lulu, Almudena Grandes, Çev. Nejat Bayramoğlu

ANI

1- Şanslı Adam, Michael J. Fox - Çev. Oytun Süngü
2- Bostancı Masalları, K. Özcan Davaz
3- Paşama Mektuplar, Ayşe Nil

... ŞEYSİ

1- Terapi Şeysi, Cem Mumcu, Yıldırım B. Doğan, Desenler: Mehmet Ulusel
2- Hukuk Şeysi, Kadir Şinas

ÇOCUK

1- Filmimin Hikâyesi 1, Kolektif
2- Filmimin Hikâyesi 2, Kolektif
3- Noel Baba'dan Mektuplar, J.R.R. Tolkien, Çev. Leyla Roksan Çağlar

YAYINLANAN KİTAPLAR:

SAĞLIK / YAŞAM / KİŞİSEL GELİŞİM

1- Fark Etmeden Diyet, Selahattin Dönmez
2- 'Fark Etmeden Diyet'le Yeni Bir Hayat, Selahattin Dönmez
3- Feng Shui-Pusula İçinizde, Esra Koyuncu
4- 'Fark Etmeden Diyet'le Kalıcı Kilo Verme, Selahattin Dönmez
5- İmdat! Bir Adamla/Çocukla Yaşıyorum, Betty McLellan, Çev. Oytun Süngü
6- ABcD / ABD'de Eğitimin ABC'si, Ayşe Kora
7- Kokoloji 1, Isamu Saito, Tadahiko Nagao, Çev. İpek Djafer
8- Kokoloji 2, Isamu Saito, Tadahiko Nagao, Çev. Adile Sevinç İpekçi
9- Melekler Okulu, Antero Alli, Çev. Deniz Duruiz
10- A'dan Z'ye Kişiliğiniz, Dr. Allen R. Miller, Susan Shelly, Çev. Sıla Alayunt
11- Anne Baba ve Çocuk Arasında, Dr. Haim Gnott, Çev. Arzu Tüfekçi
12- Çekim Yasasını Yaşamanın Anahtar'ı, Jack Cankfield, Çev. Arzu Tüfekçi
13- Kim Olmak İstiyorsunuz?, Maria Shriver, Çev. Kenan Şahin
14- Mücadele Eden Herkes İçin Strateji, Hakan Senbir
15- Muhteşem Seks, Sari Locker, Çev. Gül Bostancı

POPÜLER KÜLTÜR

1- Z "Son İnsan" mı?, Hakan Senbir
2- Poplisans, B. Volkan Yücel
3- Biri, Kemal Tümerkan
4- Sana Bi'şey Olmasın, Ayşe Özyılmazel

EDEBİYAT

ROMAN

1- Güllerim Açtı Seni Görünce, Hande Özcan
2- Evden Uzakta, Cathie Dunsford, Çev. Taşkın Ermişoğlu
3- Aşk Bir Varmış Bir Yokmuş, Tom Perrotta, Çev. Duygu Akın
4- Beni Kalbimden Vuranlar Var Ya, Reşat Çalışlar
5- Kırmızı Fener Sokağı, Mehmet Ünver
6- Konuşmayan Tavuskuşu Camio, Berrak Yurdakul
7- Saatçi Bayırı, Ayça Şen
8- Gece Gelini, Erkut Deral
9- Aşka Şeytan Karışır, Hande Altaylı
10- Hayta, Ergin Atlıhan, Çev. Nejat Bayramoğlu

11- Kentlerin Kraliçesi, Hakan Senbir
12- Rolkesen, Millenia Black, Çev. Perran Fügen Özülkü, Deniz Pehlivaner
13- Türk Diplomatın Kızı, Deniz Goran, Çev. Burcu Küheylan Uyurkulak
14- Bir Yazarın Romanı, Mert Özmen
15- Kemal'e Eren Kadınlar, Melike İlgün
16- Her Şeyin Bittiği Yerden, Sami Dündar
17- Bay Miller, Charles den Tex, Çev. Tuna Alemdar

ÖYKÜ
1- Pornovida, Zafer İlbars
2- Aşk Yüzünden, Evren Yiğit
3- Hayat Bu İşte, Suzan Mumcu

ÖZEL DİZİ
1- Sallama Klasikler, Greg Nagan, Çev. M. Onur Duman
2- The Stage in the Text, Özden Sözalan

EROTİK US
1- Yatmadan Önce 100 Fırça Darbesi, Melissa P.
2- Yusufçuk Gece Gelir, Melissa P.
3- Penisin Katı Gerçekleri, Alexandra Parsons, Çev. Ulaş Erkal
4- 7 Gece, Alina Reyes, Çev. Buket Yılmaz
5- Haram, Selva Nuaymi, Çev. Nehir Su
6- Mutluluk, Denis Robert, Çev. Mehmet Demirtaş

ANI
1- Yarım Asırlık Asker, Orgeneral (E) M. Hikmet Bayar
2- Kırk Yılın Penceresi, Suzan Mumcu

Notlar

Notlar

Notlar

Notlar

Notlar

Notlar